中国散文排行榜

绿荫与喧寂

《百花洲》编辑部 编

2023

百花洲文艺出版社

图书在版编目（CIP）数据

绿荫与喧寂：2023年中国散文排行榜 /《百花洲》编辑部编. -- 南昌：百花洲文艺出版社，2023.12
　ISBN 978-7-5500-5367-0

Ⅰ.①绿… Ⅱ.①百… Ⅲ.①散文集–中国–当代 Ⅳ.①I267

中国国家版本馆CIP数据核字（2023）第228568号

绿荫与喧寂：2023年中国散文排行榜
LÜYIN YU XUANJI:2023 NIAN ZHONGGUO SANWEN PAIHANGBANG
《百花洲》编辑部　编

出 版 人	陈　波
责任编辑	罗　云　朱　强
书籍设计	方　方
制　　作	何　丹
出版发行	百花洲文艺出版社
社　　址	南昌市红谷滩区世贸路898号博能中心一期A座20楼
邮　　编	330038
经　　销	全国新华书店
印　　刷	湖北金港彩印有限公司
开　　本	720mm×1000mm 1/16
印　　张	18.75
版　　次	2023年12月第1版
印　　次	2023年12月第1次印刷
字　　数	260千字
书　　号	ISBN 978-7-5500-5367-0
定　　价	43.00元

赣版权登字 05-2023-397
版权所有，侵权必究

邮购联系　0791-86895108
网　　址　http://www.bhzwy.com
图书若有印装错误，影响阅读，可与承印厂联系调换。

目录

1	张锐锋	古灵魂
11	王剑冰	漫川关
17	江 子	一件棉袍
27	冯 杰	闲逛荡·东京生活手册
40	张宗子	在纽约看八大山人（外一篇）
50	苍 耳	致巨河书
58	徐 风	假如我是一枚壶手
66	李晓君	绿荫与喧寂
78	朱以撒	厚重的坚硬的
87	苏沧桑	立春·梦马
93	李青松	林中无恶鸟
101	艾 平	樟子松随想
119	祁云枝	种子秘语

131	**朱永官**	食物变迁记
138	**龙仁青**	茉莉为远客
148	**贾志红**	法蒂妮娜的家园
159	**简　心**	寒露籽，霜降籽
167	**习　习**	想念之河
188	**蒋　蓝**	故乡是藏在肺叶的声音
195	**昂　桦**	溺水的人
205	**绿　窗**	愿托乔木
220	**林　混**	柜　子
225	**庞　培**	江南的冬天
237	**田　鑫**	杂草丛生
249	**段若兮**	穿黑丝绒晚礼服的女人
255	**向　迅**	羽　毛
261	**葛小明**	水边的反常
269	**杜　梨**	颐和园
281	**安　宁**	前往梦幻山林
288	**刘　琼**	江南以南

古灵魂

张锐锋

卿云烂兮,
糺缦缦兮。
日月光华,
旦复旦兮。

————《卿云歌》

明明上天,
烂然星陈。
日月光华,
弘于一人。

————《八伯歌》

豫 让

我是不是一颗灾星？我投奔哪一个人，哪一个人就要灭亡。原来我侍奉范氏和中行氏，但他们被四卿剿灭。我投奔了智氏，侍奉智伯荀瑶，可现在智伯也被韩赵魏三家所灭。智伯乃是一个有智谋的人，他不仅对我十分宠信，也让我在他的门下做事感到十分快乐。遇到了一个理解你、赏识你的主人，这是多么难啊。

智伯曾对我说，赵无恤这个人，既软弱又极其让人厌恶。他的内心是阴暗的，他所做的事情也是自私而无耻的。他能够杀掉他的姐夫，又让他的姐姐自杀，可想他是多么残忍。可是，我让他攻打郑国的都城，他却退缩于一边。一个怯懦而残忍的人，是多么让人厌恶啊。我说，是的，在韩氏、魏氏和赵氏中，赵氏是最难缠的，若是能够灭掉赵氏，晋国就会属于你一个人。

可是我担忧的事情真的发生了。智伯率领魏氏和韩氏围住了晋阳城，却久攻不下，我的心中就有了一种不祥之感。后来，他想出了引水破城的计谋，灭掉赵氏已经指日可待，可是魏氏和韩氏却背叛了他。智伯太不在意了，也许他太相信魏氏和韩氏了，也许他太相信自己的力量了，也许他已经看见了获胜的希望而忘记了近在身边的危险，所以遭遇了覆没。

他没有听从郤疵的劝谏，这缘于他在怀疑中忘记了真正的怀疑。尽管他是多疑的，却在这样的时刻，以为眼前即将到手的利益可以笼络住魏氏和韩氏。他没想到，魏氏和韩氏不仅要看眼前的利益，还要看未来的利益。若是未来的利益不可获得，眼前的利益也将放弃。所以，郤疵看见的，他却没有看见。这乃是他覆灭的缘由。

郤疵已经看见了结局，所以他在智伯覆灭之前就逃走了。他乃是为了躲避一个可以预料的结局，因为智伯将他的劝谏告诉了韩氏和魏氏。事实上，我也远远地看见了这样的结果。因为智伯的骄傲和自信决定了他的命运。也许，很多人早已看见了这样的结果——在他继位之前，就有族人劝过他的父亲，觉得他什么都有，就是缺少德行。可我觉得不是这样，他的对手中，谁又是有德行的人？

最后的命运并不是取决于个人的德行。一个人不是在别人的攻打中沉沦，而是在自己的骄傲中灭亡。在四卿之中，哪一个人不是贪婪的？哪一个人不是自私的？哪一个人不想独占晋国？只有智伯还想着怎样让晋国复兴，恢复从前的霸主地位。可是这注定是不可实现的。从前失去的，已经失去了，你就不要再想着拿回来。一个人的目光应该向前，而不是向后。后面的东西就让它留在后面。

是啊，一切都已经注定，所有的理由都是从前的理由，是事情还没有开始的时候就已经有了的理由。也许，这是我的原因？我是一颗灾星？我走到哪里，哪里就没有好结果？我不知道，我不知道。人世间是这样残酷，不是因为别人的残酷，而是因为所有的人都是残酷的，而每一个人都置身于这残酷之中，而这残酷又因每一个人的加入而加倍。

韩赵魏三家接着攻打智氏的封邑，将智氏家族的两百多人杀掉。就在这攻打中，我逃出了重围，逃到了罕有人迹的山林之中。在山中躲藏的日子里，我以清泉为饮，以山果为食，用兽皮制作衣裳。这是多么清净的日子，没有人间的烦扰，也没有人世的残酷。我藏身于一个山洞中，在青石板上睡觉，在清风之中迎着朝日呼喊，又获得山峦起伏之中的回音，以及鸟兽的唱和。

这里没有时间，只有一个个白天和夜晚，只有太阳、月亮和群星陪伴。我不知道在这里过了多少个日子，直到有一天，我遇到了一个樵夫，他背着柴就要下山去。我问他，山下现在还是晋国吗？晋国的国君是谁？他说，是的，山下还是晋国，不过这晋国已经不是原来的样子。它已经被韩赵魏三家分尽了。他们一起杀掉了智伯荀瑶，也灭掉了智氏家族。我听说，赵氏将智伯荀瑶的头骨做成了酒器，上面刻着智伯的名字，镶嵌了花边，他将这头骨漆成了黑色，每天用它饮酒，在宴请宾客的时候，还向周围的人炫耀。

我看着这樵夫的背影渐渐消失，一片白云出现在我的视野里。我看着这白云无以名状的形象，似乎看见了我自己。我难道就在这山林里穷尽一生？我难道只能像一个懦夫躲在这山洞里？我就这样从众人的眼中消失不见？我就是为了保全性命而躲藏？那么保全我的性命又是为了什么？一个女人尚且要为自己喜欢的人而梳妆打扮，让自己喜欢的人喜爱自己的容貌，一个国士就不应该为对自己有知遇之恩的人而死吗？

我在智伯的身边度过了我最快乐的日子，他让我知道了自己的才能，也让我知道了自己生命的意义。现在他已经死去了，他的家族已经被灭掉，我却在这山林里过着悠闲的日子，我难道是一个有仁义的人吗？一个人失去了仁义，他的苟活又有什么意义？每一个人都会死去，也许现在就死，也许会有更多的日子，但得到别人的赏识却是不容易的。我应该为智伯复仇，应该为他而死，为自己的恩人而死，这样才可以守住自己的仁义，才可以报答智伯对我的礼遇和恩德。

我要让自己的剑对准赵无恤。他把我的主人的头骨作为酒器，盛满了他的仇恨，饮下的却是我的仇恨。我要夺下他手中的酒器，将我的主人的头骨埋葬在高处。这样我的主人才可以获得安宁。我的主人的头骨怎能在仇人的手里？他的头骨上有着仇恨的火焰，有着不眠的遗憾，有着被杀的耻辱，这也是我的仇恨、我的耻辱。是的，我要从仇人的手里夺过这仇恨和耻辱，将这仇恨和耻辱还给他。

可是我先要做的，就是让自己变为别人，不然许多人会辨认出我。他们就会捉住我，杀掉我。我要想办法改变自己的容颜，装扮成受过刑罚的罪人。我对着镜子，看见了自己丑陋的模样，我终于认不出自己了。我都认不出自己，谁还能认出我？好吧，都准备好了，我要找一个好机会，潜入赵氏的宫室。

赵氏宫室需要一个清洗茅厕的人，这正好适合我。因为这是赵氏必到之地。我以罪人的身份做这件事，就是为了刺杀仇人。不是我和他有什么私仇，不是的，我甚至一点儿也不仇恨他。但我却又有着更深的仇恨。那么这仇恨是怎样的仇恨？我不知道，但这的确是仇恨，而且是更深的仇恨。这是一种没有仇恨的仇恨，是一种奇特的仇恨，一种超过了自己的仇恨的仇恨，一种镜子里的虚幻的仇恨，却又是这样深刻的、不可更改的仇恨。这仇恨乃是无以名状的仇恨，就像我看见的天边的云。云是那么高，看起来我够不到它，可它却属于我。

我将短剑藏在身上，只要我接近他，就可以杀掉他。这一天，机会终于来了。我看见他已经来到了茅厕。就在快要到我身边的时候，他突然反身而去。接着，许多侍卫一拥而上，将我捉住了。他们将我捆绑着，押解到了他的面前。他久久看着我，问我，你是谁？为什么要刺杀我？

一个侍卫认出了我。他是怎么认出我的？我不知道。那个侍卫一跃而起，就要杀掉我，但被别人拦住了。赵无恤对我说，啊，你就是豫让，我以前听说过你，你是荀瑶的贤臣，可荀瑶已经死了，他的后代也都已经死了，你却要来复仇。我难道和你有什么仇恨吗？你为什么乔装打扮、改换名字要来刺杀我？你觉得你可以杀掉我吗？

我说，是的，我和你没有私仇，我甚至没见过你。可是你杀死了我的主人，还将他的头骨制成了酒器，这乃是对我的主人的侮辱，那么也是对他的家臣的侮辱。我的主人待我不薄，我怎能看着他死掉后仍然遭受侮辱？他的仇恨就是我的仇恨，我从来没有自己的仇恨，可现在我的主人的死给了我仇恨。从前我的主人给予我的是宠信，现在你杀掉了这宠信，剩下的只有仇恨了。

他说，我喜欢贤臣义士，我看到的是荀瑶的专横和自负，以及他的残忍和无情，所以我看见他四周都是他的仇人，没想到他身边还有你这样的贤臣义士。我以为我已经杀掉了他，也杀掉了所有可能为他复仇的人，可没想到还有你，这让我感到惊奇。过去我恨他，他几乎灭掉了我，所以我杀掉了他。我将他的头骨做成了酒器，乃是因为对他的仇恨。我用它饮酒，我感到我已经报仇，每当饮酒的时候，就会感到复仇的快意。

我是一个复仇者，却遇见了另一个复仇者。我理解你，甚至因为你而羡慕荀瑶。他喜欢你，我也喜欢你，但我不是喜欢一个刺杀我的人，而是喜欢一个没有私仇的义士。我很想杀掉你，因为我想要杀掉一个想置我于死地的刺客；我又不想杀掉你，因为我喜欢一个忠于主人的贤臣义士。这让我十分为难，因为是同一个你。我若杀掉行刺者，也就杀掉了我所喜欢的人，所以我要放了你。

就这样，我被释放了，我又回到人间。我走出了赵氏宫室，走出了死亡，但天上的那团云仍然在我的头顶。他释放我，并不是他施与了恩德，因为我并没有仇恨这个人，我仇恨的乃是杀死我的主人的那个人。既然没有仇恨，恩德又从何而来？是的，施恩者和仇敌，乃是同一个人。因而，他既没有施恩，我也不曾复仇，但这两者之上，仍然飘浮着真正的仇恨，我已经坐在这样的仇恨上，我可以逃离赵氏的杀戮，但仍然不能逃离仇恨。

赵无恤

这一天，天空是阴沉的，我想到茅厕去，就要走进茅厕的时候，突然感到一阵心慌，心跳越来越快，头上冒出了冷汗。我立即返回去坐了下来，对我的侍卫说，我忽然觉得心神不宁，是不是有什么事情要发生？你带人到四处仔细搜寻，看看是不是有什么人混入了宫室？

一会儿，他们将一个人带到了我的面前。我审视着他，看见这个人衣冠齷齪，面容肮脏，他的身体受过刑罚，似乎身有残疾。但这个人显然和他的身份不符，因为他的目光是那么犀利，有着别人少有的骄傲之气。我问他究竟是谁，他不说话。我又问他，你为什么身藏利刃？他说，我要杀掉你。

我又问，你为什么要刺杀我？你和我有什么仇恨？这时我身边的一个侍卫认出了他，告诉我，这个人是荀瑶身边的家臣豫让。啊，我知道了，这就是豫让。我曾听说过这个人，知道他乃荀瑶的贤臣，他的名声十分响亮，可我从来没见过这个人。我身边的人看他毫无悔意的样子，就要杀掉他，却被别人拦住了。

我叹息了一声，说，你身为高贵之士，却将自己弄成这个样子，真替你感到惋惜啊。你们拿一面镜子，让他看看自己是什么样子。我的仆人拿来了一面镜子,他从中看到自己的形象,大笑起来。他说,是啊,我曾经是别的样子,现在你将我变成了这个样子。你杀掉了我的主人,也灭掉了他的家族,拿走了他的土地,将他的头骨做成了酒器,我为什么不杀掉你?你侮辱了我的主人,也侮辱了我。智伯把我当作国士对待,我就要以国士的身份回报他。若是对别人的恩德不予回报,我还有什么仁义可言?智伯死了,我却躲到深山,我又有什么智勇可言?智伯死了,我还活着,我还有什么忠心可言?我若不将自己弄成这个样子,又怎能杀掉你?我若不杀掉你,智伯不就白白死掉了吗?

我说,是的,荀瑶和我也有仇,所以我杀掉了他。我杀掉他,乃是因为他要杀掉我。可是我和你并无仇恨,你为什么要刺杀我?他说,是的,我和你并无仇怨,可是你杀掉了我的主人,我们的仇怨就有了。自古以来,恩与仇是相连的,他对我有恩,而你却同他有仇,你杀掉了他,就杀掉了我的恩人。这仇恨原本是没有的,但你给了我仇恨,所以我怎能不复仇?

我说,我喜欢你这样的人,我喜欢所有的贤臣义士,所以我要释放你。我不会杀你,不是因为你不该被杀掉,而是因为我不想杀掉一个贤臣义士。我看你的目光虽然犀利、睿智,却没有一个刺客应有的凶光。你不是一个凶残的人,但你对自己是凶残的。你杀不了我,因为你没有足够的凶狠之气。即使有更多的你,也杀不了我。若上天护佑我,刺客再多又有什么用?你的主人被我杀了,但他其实是被自己杀掉的,他触怒了上天,上天要除掉他,我只是顺应了上天的意志而已。当然,我杀掉了他,也让我报了自己的仇。但他是该死的,让该死的死掉,这有什么错?

他说,在人世间,没有什么人是该死的。就像你所说的,一个人的死乃是由上天决定的,而不是让你来决定。你杀掉了我的主人,你就是我的仇人,我今天没有杀掉你,不是因为你不该死,而是因为我的无能。我来到你的宫室,就没想过活着出去,所以请求你杀死我,这样我就可以报答主人的恩德了。我将自己弄成现在的样子,就不是为了求生,而是为了求死。你现在就杀掉我吧。

我放声大笑，说，我要杀掉你真是太容易了，但我不想做容易做的事情。你所要做的事情是这样不容易，我为什么做容易的事情？我若现在杀掉你，岂不成就了你的美名？我若现在杀掉你，国人就会说，瞧，他杀掉了一个义士，那么我就会受到国人的鄙弃。成就你却让我得了污名，我为什么要这样做呢？我若真的这样做，岂不上了你的当？你可以自杀，但我不会杀你，现在我就放了你。

他说，不，我不自杀。若我自杀了，国人就会说，豫让的复仇只是给别人看的，他不过是寻找一个死的理由。他没有杀掉别人，只能杀掉自己。他的复仇乃是对自己的复仇，他没有将他的利刃对准仇人，而是对准了自己。不，我不会自杀，那样我岂不上了你的当？好吧，你放了我，那么我就回到我原先的地方。我原先的地方不是安度余生的地方，而是复仇的起点。

我让人解开了捆绑他的绳索，这个人抬起头来看了我一眼，什么话都没有说，然后转身离去了。我的侍卫问我，你为什么放了他？他可是要刺杀你的。他临走时说，他还要复仇，这样的人，怎么能放掉呢？这一次不杀掉他，他还会来。怎么能放了他呢？我说，是的，我知道这还没有结束，我不能就这样结束。荀瑶的死去，乃是他自己寻找的。这便是争夺天下的残酷和血腥。

即使我没有杀掉他，别人也会杀掉他。若我和荀瑶换一个位置，他又怎会饶过我？是的，我不仅杀掉了他，也杀掉了他的家族，看起来是残暴的，但我必须这样做。若他能够击败我，他也会这样对我。所以面对敌人，他所想的就是你所想的，他要做的你也要做。残暴不在自己的内心里，而在别人的内心里。或者说，残暴不在事实中，而在对未来的想象中。他在想象中将这样对我，我在想象中也这样对他，这是对等的，只不过我知道了他的想象，所以我将自己的想象变为事实。

豫让是一个真正的贤臣义士，他的主人死了，他的主人的后代也死了，荀瑶所等待的就是被人彻底遗忘。我是他的仇人，但我还记得他。我将他的头骨做成酒器，就是为了记住他。不然，他的一切就会落到荒草丛中，只有蝼蚁才会光顾。但我不知道还有他的一个家臣记得他，并为他复仇，这让我十分感动。

我若杀掉了他，国人就会说我杀掉了一个义士；我若不杀他，国人就会说我喜欢贤臣义士，即使要刺杀我，也获得了释放。这是以德报怨。这样，更多的贤臣义士就都知道我是怎样对待这样的人的，他们才会投奔我、归附我。何乐而不为呢？我放掉了他，他又能怎样？他现在杀不了我，以后就可以杀掉我吗？我已经看出他仅仅是一个仁义者，而不是一个凶残者。这样的人，仅仅是求死，他刺杀我，不过是自己求死的途径，今天我折断了他的途径，他感到的只是挫折。

以后的日子里，我将倍加小心。但以我对他的观察，他并不是要真正杀死我。我放掉了他，已经施恩于他。别人的恩德他能牢记，我的恩德他就会忘记吗？荀瑶对他有知遇之恩，而我对他有不杀之恩，这两样恩德，都是大恩德，他又怎会忘记？是的，他还会来的，但不知道他将怎样来到我的身边，我等待着他。

我说完之后，拿起了用荀瑶头骨做的酒器，斟满了美酒。我从这美酒里看见我的面容，我的面容浸泡在这美酒里，却被这仇人的头骨托了起来。不，是我的手托着仇人的头骨，仇与复仇已经不可分离了。我的仇敌已经死了，但他的头骨仍然在我的手里。我的仇恨已经消解，而他的仇恨还藏在他的头骨里。

我对着这头骨里的美酒，也对着显现在其中的我的面容，说，荀瑶啊荀瑶，你的头骨中有我的美酒，美酒中有我，我的手却拿着这一切。你死了，我却和你一起品尝用仇恨酿造的美酒。我羡慕你，我原以为所有的人都恨你，没想到却有人深深地爱着你，愿意为你复仇。我原以为所有的人都想杀掉你，没想到也有人想杀掉我，你不曾做到的，别人也做不到。你是不是感到了失望？

　　我以为你就要被人遗忘，只有我还记得你。我不是想记住你，而是想记住对你的仇恨，不论怎样，你都应该感激我。因为要让一个人记住，这不是一件容易的事情。我记住你，你就应该感激我。我的手里拿着你的头骨，就是为了和你说话，让你看见我的快乐。我从你的仇恨里得到了快乐，这仇恨是你给的，这快乐同样是你给的。所以我也要感激你。现在，我们的仇恨已经化为美酒，可还有一个人，你的贤臣豫让牢牢记得，我们的仇恨已经不在我们之间，而是转赠给了别人。将仇恨留给别人，将欢乐留给自己吧……说完之后，我将这美酒一饮而尽。

节选自《百花洲》2023年第4期

漫川关

王剑冰

一

从来没有见过这样的古戏台,两个紧紧并排在一起,就像一对孪生兄弟,同高同大,不离不弃,一起走过数百年的岁月。它们是两个雕塑,两个标本吗?不,一个个活生生的人物,走马灯似的晃动着,一声声道白与声腔,分明还在戏台的上空飘荡。

台下那么多百姓,他们聚精会神,目不转睛,跟着台上的人物同欢笑,共悲伤。激动处,或发一声喊,或落一串泪。那喊穿越了重重大山,那泪就那么挂着,来不及擦,顾不上抹。

就此,我似乎看到了上下合一的和谐场面,感受到长盛不衰的民间风情。

当然,第一次站在这里的人,都会有一个疑惑,为何两个戏台跟鸳鸯似的相依相伴,难道一台不够,还要一台?以前有对台戏的说法,难道常常以实景再现?那样,老百姓是看戏呢，还是看争抢？

　　后来弄明白，处于商洛山阳之地的漫川关，昔为秦楚之畛域，今是鄂陕之边界。在这里，南北文化相互交融，也相互包容。北边的戏楼对着关帝庙，每年三月三、九月九开戏唱秦腔，人们就称它"秦腔楼"。南侧的戏楼对着马王庙，每年二月二、五月五演汉剧，所以又叫"汉阳楼"。遇到年节，今天你唱秦腔，明天他唱汉剧。或是上午你唱漫川调，下午他唱楚河弦。也有等不及的，那就两台大戏一齐来，反正老百姓喜欢的是热闹。

　　老辈人说，那可真是"朝秦暮楚"，"南腔北调"。这边的嗓音穿云带雨："你一声不响下凡来，我哪里知道绿水青山带笑颜。"那边的腔调滴露生烟："俺想你想到海枯石烂不变心，望穿秋水眼不干……"

　　无论什么调什么腔，小孩子都在台下又跑又跳地欢喜，大人们也都相携而来，看懂看不懂，都是挤得头挨头肩靠肩。时间长了，两个戏台子不演戏，他们还不习惯呢。

二

　　金钱河在不远处静静地流着，那里有水码头。水码头接纳来自南方的船帮客商，想象不到，秦头楚尾的漫川关，曾经百船联樯，千篙并奏，上货卸货，喧闹繁忙，颇负"小汉口"之名。那货物有铁、钒、水晶石、磷、石灰石、煤，还有柑橘、茶叶、油桐、棕榈及木耳、蘑菇。水路通着湖北的上津古镇，过夹河关入汉江，可直达武汉。还有繁闹的旱码头，接纳来自北方的骡帮商贾。

　　水旱码头由来已久，早在魏晋南北朝时期，苻菁就在漫川关通关市、招远商，到了明清时期，古街上已是十户九商。秦楚茶馆、望江客栈、川陕鄂酒家等商号会馆不计其数，"泉盛源""樊盛恒""洪顺泰"等老字号旗幡招展。

　　现在看这漫川关，建筑特色非南即北，南方细致讲究，北方粗犷朴实。

多是青砖老墙，雕梁画栋，楼台相连。白色的封火墙，有致地化出一片亮眼奇观。穿过一道道老街，就如穿过一曲别具风情的《梅花三弄》。

漫川关是骡帮和船帮的交易中心。船帮建有武昌会馆、湖广会馆；盐帮、西马帮、北马帮、关中帮建有北会馆、骡帮会馆。镇上的老鲁说，每年三月三为骡帮交流会，要在鸳鸯戏楼唱大戏；五月端午是船帮交流会，也会在戏台上唱大戏，在河上赛龙船。凡遇节日，漫川关从来都是热闹得很，有灯会、火狮、锣鼓、旱船，那个时候，使船的、走马的都要赶来凑这热闹。

老鲁高个子、宽肩膀、黑脸膛，十分豪爽。他说，这里深受秦楚文化的影响，既含北方之犷悍，又兼南方之灵秀。人情淳厚，民风简朴，重礼仪，讲义气。这帮那会的，相熟不相熟的，要有什么疙瘩，都会在这漫川关解决。解决绝不是拼杀火并，而是在帮会头人的操持下，摆一桌席，喝一场"摔碗酒"，之后便各自大笑着上路，再见面就成了兄弟。

漫川关除了金钱河，还有靳家河和万福河，可谓水域宽广。四围都是险峻的高山，南有郧岭，东靠太平，西有猛柱，北有天竺。山山连绵，构成这险要的一片天地；也就成了鄂陕咽喉，山水要道。就在这里，秦楚争霸、宋金元会战，加上李自成和太平天国，再加上后来的"大刀会""红枪会"，可谓金戈铁马、硝烟弥漫。

多少年来，古道在山间盘绕，流水在山下回环。古道间是接连不断的骡马铃声，水上是高亢沉郁的船工号子。人们从远方赶来这漫川关，绝对要到这双戏台前，看两场舒筋活络的大戏，在老街上吃五喝六，喝一通畅快的老酒。高兴够，潇洒完，然后离去，重新踏上过关中、走西口的万里征程。那征程就有了念想，想着何时回返，还在这里看一看，吼一吼。那样，可真的是痛快地享受了一场人生。

三

随便走进一个个大门小户，都能感受到那种山川般的热情。在一个门口刚探头，未见人，先闻声：进来坐，喝茶哟。

说话的老人盘腿坐在一张木床上，她的床很大，像一片田野。能够想象，她从小就常坐在田野间，坐在鲜花绿浪中。老人姓蔡，银丝满头，声高气朗。蔡奶奶喜欢人们到她家里来，来了就和人唠嗑。她身边的媳妇说，来找她的人很多，她也就惯了，没人来反而寂寞。

跟她唠起来。实际上你不说，她也会冲着你说这道那。蔡奶奶耳朵有点背，媳妇总是对着她耳朵说，而蔡奶奶说出来的话，却很清楚。

蔡奶奶说你们不知道吧，还是玄宗时，朝廷从江南挑了一百多个宫女，结果赶上安禄山起反，一切都乱了套。那些宫女就留在了上津和漫川关一带。你就想吧，多少年后，这一带该有多少好男女。再多少年后呢？再多少年后，就让我们看到了蔡奶奶。是呀，我说怎么感觉蔡奶奶不一般，年轻时肯定是个美女呢。媳妇把这话告诉蔡奶奶，蔡奶奶就搬着盘起的腿，张着没牙的嘴笑得前仰后合。蔡奶奶说她家离戏台不远，小时候有事没事都会跑到那里去玩，她看过南来北往各种戏班的戏，还跑去后台看过人家卸妆。那时就想，卸了妆的人怎么跟商洛人一样呀！大家喜欢听蔡奶奶说话。媳妇说蔡奶奶的父亲曾经当过船工，你可以问问她。蔡奶奶说，她从小跟着母亲去水码头卖红芋，有时候就会遇到使船来的父亲，父亲给她带来一条红绳或一只发卡，她就欢喜得到处显摆。父亲后来手受伤就上岸了，改做骡马生意。蔡奶奶说，早先漫川关往北有两条骡马道，父亲曾经带着她过碾头溪、越鹘岭，经高坝店去过县城。这个蔡奶奶，还真有些见识。问起她的孩子，回答说孩子都好，连孙子都出息了，种着好几棚大田，瓜瓜果果吃不完，还让城里人尝稀罕。媳妇说蔡奶奶早年还会剪纸，剪喜上眉梢、鲤鱼跳龙门、百事如意；会用玉米叶子编篮筐。媳妇说镇子来的人多了，都喜欢买些当地手工和土特产，有人就来向蔡奶奶学习，然后回去做了卖。媳妇说文化馆还来找蔡奶奶问过民间谚语。大家就让老人家再说说，蔡奶奶张口就来。她说，惜衣有衣，惜食有食；她说，明不尽的是理，走不完的是路；她说，河有两岸，事有两面。听了让人慨叹不已，都夸老人家不简单。再问，您老可会唱漫川大调？媳妇对着她的耳朵大声问她。她张口就是一句，闲来窗后听《周易》，忙时船头看漫川……

虽然气息从缺牙的缝隙跑出不少，但是悠扬婉转的韵味还在。大家听了，更是开心地伸着大拇指夸赞。

问她老人家今年高寿，媳妇说八十九了，比我大三十一。这一句蔡奶奶听见了，说，八十八，离八十九还差俩月呢。大家又笑了。走时看到她门上的对联：寿长寿高寿比山，福广福盛福如海。

四

离开漫川关，走上来时的路，那路在群山峻岭间盘绕，不知还是不是当年的骡马古道，也许当年的骡马古道比这更绕，它一直没入了白云之中。偶尔看到的那条水，早没有了大大小小的船只。有了高速公路，有了铁路，还有了高铁，水旱码头也已成了古董。倒是山腰间那些梯田，还像以前一样，生长着绿油油的庄稼以及丹参、杜仲、远志和山茶。

青龙山、卧虎山、落凤山、如意山深深浅浅，层层叠叠，云气蒸腾，蒸腾出无尽的青山绿水。人们在其中，还在劳作，那是祖辈的形象。刚才从漫川关出来时，看到老百姓在路边，摆卖的都是自家的收获。那带有露珠的农家美味，让多少人流连忘返。他们的身后，是广阔的田野，永远带有希望的田野。

我感受到了这片土地的丰厚与神秘，蘑菇、核桃、葡萄、大枣，都带有一种纯粹的野性，这种野性制作出琼瑶，酿造成美酒。一个个小作坊、大厂房，无不告诉我们，旧的漫川关成了景点，新的漫川关仍旧是景点。你看那些不断涌到这里的人们，这里走那里看，吃着小吃，装着土特产，赶上时候，还可以看两场不同风味的大戏。

日月更迭，世事变迁，不变的是商洛永久的气质与情怀。

选自《中国艺术报》2023年5月24日

一件棉袍

江 子

1

同事W爱穿袍子，直襟直统，长过脚踝。她经常穿的一件是黑底红花，交领，右衽，扣子是一字盘扣。袍子的黑底并非深黑，而是厂家着意做旧，仿佛是穿过多次，经过反复水洗后的颜色，黑中带黄，这就显得特别有历史感。袍子也的确被W穿过多次，W说买下来至今已经有些年份了。听W这么介绍，再看这件袍子，就感觉到了时间的力道。

W略比我年长，是已经过天命之年的人了。很早时候，我在乡下教书，爱写作，她是省城某文学刊物的编辑，自然，她就是我的老师了。后来我调入省城，与她成了同事，她依然是我敬重的老师。与我爱瞎折腾不同，W是个安静而有定力的人，说得文气一点，是一个心中有道的人。她独来独往，少交际，无意惹尘埃，所谓办公室政治、市井恩怨，于她是无关的。领导换几届了，但对她了解的真是少。她却对阅读与写作始终如一，爱用一双冷眼暗察人世。她的文字，常于无声处听惊雷，于灰烬中见珍宝，在凡常间现深情与大义。她还真写过一篇《珍宝的灰烬》的文章，写她经常路遇的一个有着傻儿子的白发母亲。她如此写这位母亲在寺庙里的神色："她的背影肃穆得就像是只有她一个人，她是一个人站立在空阔的原野上，站在离上苍那些能够洞察人世苦难并可解救他们的菩萨最近的地方。""生活的火焰并不能够总是燃烧得旺盛与鲜艳。尤其对于小人物而言，更多的时候，它是灰烬的代价和化身。然而，当你于灰烬里埋头寻找，尘灰扑面呛人的刹那，你能发现的，总有一块心一样形状的钻石或珍宝，让你怦然心动。"

她这样的人，与袍子结缘，是早晚的事——这件源自久远、相比其他服饰十分严实并有凛然力道的袍子于她就是一堵墙，或者是一座能让她获得安全感的微型庙宇，而她是这庙宇里的信徒。靠着这袍子，她隐于市井，隐于凡尘，得到了自在，成了不被打搅的、遵从内心秩序的人。

2

"百度百科"如此解释"袍"：直腰身、过膝的中式外衣。一般有衬里。是中国传统服装——汉服的重要品种，男女皆可穿用。

袍在中国的历史很长，东周时期的墓葬品中就有袍的记载。中国《诗经》《国语》中已出现"袍"的名称——《诗经·秦风·无衣》："岂曰无衣？与子同袍。"袍子见证了战友的生死之交。《国语》："袍以朝见也。秦始皇三品以上绿袍、深衣，庶人白袍，皆以绢为之。"指出袍是官员与百姓共同的服饰，却以颜色区分等级。袍分龙袍、官袍和民袍。龙袍为皇帝专用，袍为官家朝服乃是东汉永平二年（59）后的事，以所佩印绶为主要官品标识。民袍乃百姓在日常生活中所穿。

这里专说民袍，也就是直襟直统的长袍。

东周开始，袍活了两千多年。有过两千多年历史的袍，自然就有了性格，有了魂。我们说到袍，除了蔽体之用，肯定还与文化之类的有关。

刘义庆的《世说新语》中有"王子猷雪夜访戴"：乘小舟就之。经宿方至，造门不前而返。如此放浪不羁的王子猷，想必是穿着袍的。袍子还得是新的，色泽还深，袍领和袖口甚至还缀了保暖的兽毛。

苏轼的《记承天寺夜游》：元丰六年十月十二日夜，解衣欲睡，月色入户，欣然起行。念无与为乐者，遂至承天寺寻张怀民。怀民亦未寝，相与步于中庭。庭下如积水空明，水中藻荇交横，盖竹柏影也。那晚苏轼与张怀民的穿着，必须是袍子，而且是色浅而薄层、风吹起来有飘荡感的袍子才对。

张岱《湖心亭看雪》中，张岱自然也是穿袍子的，而且是厚袍子，衬里缀了很厚的棉絮，否则抵御不了西湖的风雪，担不起文中的天云山水和湖心之亭：余拿一小舟，拥毳衣炉火，独往湖心亭看雪。雾凇沆砀，天与云与山与水，上下一白。湖上影子，惟长堤一痕、湖心亭一点，与余舟一芥，舟中人两三粒而已。

…………

在古代中国服饰文化里，袍子关乎斯文、教养、态度、责任，乃至更广阔的精神指向。换句话说，袍子即人。一个灵魂没有分量的人，是担不起袍子的。

3

近百年前的中国，当是袍子的世界。

蔡元培、胡适、林语堂、朱自清、钱穆、沈从文、陈寅恪……他们都是穿袍子的。他们袍子上的立领，从来都凛然竖立，领下和右肩上的布扣，从来都严严实实。袍子是他们的民族、国籍、语言、时代，也是他们共同的性格、风度、操守与运命。穿着袍子的他们，就像是一个家族的子孙。

中国现代文明启蒙先驱胡适曾是师从著名哲学家约翰·杜威的留美学

生，美国哥伦比亚大学哲学博士。他后来还担任过中国驻美大使。他毕生着力倡导民主、自由思想和理性主义，称得上是二十世纪中国最为洋派的人，也是最有资格穿西服的人。

胡适先生当然经常西装革履。穿着白色衬衫、深色西装，打着领带，戴着圆框眼镜的胡适先生，挥洒自如，风度翩翩。他以西装为标榜，站在时代前沿，批判中国传统，在世界外交舞台驰骋。

可是他经常穿着袍子。西装和袍子，两种完全不同价值观的服饰，奇妙地统一在一个人身上。百度上看他的诸多照片，袍子穿在他的身上，竟和西装一样妥帖——不，比西装更妥帖。

与他同样有很深西学背景的是林语堂。林语堂的父亲是个牧师，母亲是虔诚的基督徒。他最早接受的是西式教育，17岁入上海圣约翰大学就读，后又在美国和德国留学，先后获哈佛大学文学硕士和莱比锡大学语言学博士学位。回国后，他先后在清华大学、北京大学、厦门大学任教，所教科目也多是外文。他任过北京女子师范大学教务长和英文系主任，外交部秘书，上海东吴大学法律学院英文教授等。1948年，他赴巴黎出任联合国教科文组织艺文组主任。1954年，他到新加坡筹建南洋大学，任校长。1975年，他被推举为国际笔会副会长。

林语堂几乎一辈子与西方文化打交道，据说他懂欧美胜过中国，曾听说他直到30岁执教北大才知中国孟姜女哭长城的传说。如此西化程度厉害的林语堂，按理是长年穿洋装的。可网上搜索林语堂，其穿袍子的照片数量竟远远超过穿西装的。就连其祖籍地福建漳州市芗城区天宝镇五里沙村的林语堂纪念馆前他的塑像，也是穿着袍子的造型。

一个人的着装往往暗示着他对自己的身份认同。我想胡适、林语堂虽然有各种身份，但他们认定袍子才是他们真正的自己。或者说，他们同样热爱西装，但西装于他们不过是一场场旅行，而袍子才是他们出发和最终要抵达的故乡。

在现代中国文化的语境里，鲁迅绝对是个异数。他是被解读最多的人，也可能是被误读最多的人。认同他的人们，把他当作以笔为刀的思想者、革命者、民主斗士，当作"民族魂"；不认同他的人，说他性格偏执阴郁，对中国传统（包括中医）的批判过于凌厉无情，对与他论争过的人，"一个都不宽恕"。

真正的鲁迅是怎样的，只要看他留下来的许多照片就知道了。照片里，他都穿着袍子，中国的袍子。

他只有赴日本留学时穿着制服。那该是学校的校服，短装，铜扣，衣着挺括而生涩。但那时候，他还不叫鲁迅，叫周樟寿。

袍子应该是鲁迅认知中国的起点，也可能是终点。他几乎终生穿着袍子，也终生审视袍子。袍子是他的精神母体，也是他要反抗的敌人。袍子是他渴望突围的囚室，也是他驰骋一生的战场。袍子于他，也可能是思想的悬崖——袍子耸峙，他的目光与思考，正建立在这布帛的危险的悬崖之上。

袍子也是他的铠甲。他一生得罪人无数，是袍子护卫着他，让他免于伤害。

鲁迅穿着袍子，参加朋友的宴会，给穿着校服的学生讲课，看戏，回故乡，在书桌上完成各种报刊的稿约，给年轻作者的新作写序，订正准备付梓的书稿，躺在摇椅上与前来拜访的萧红有一句没一句地聊天。天气很热，他也不松开脖子下的那粒布扣，忙的时候，却会挽起宽大的袖管，露出青筋暴出的、指间被烟卷熏得焦黄的手。烟灰落在袍子上，他会手忙脚乱地拍打袍子。一辈子，他与袍子相生相克，直到最后，袍子也就成了他的墓碑。

有一张照片是他与英国戏剧家萧伯纳的合影。那是1933年初萧伯纳到上海访问时的合影。照片里，77岁的萧伯纳身板硬朗，个子魁梧，风度翩翩。他白发、白眉、白胡子，穿着一套笔挺的西服，打着领带，左手握住右腕，样子俨然一位战功卓著解甲归田的老将军。这个老头子，气场真是强大得很！

而相比萧伯纳，鲁迅太矮了，也委实普通。从照片看，鲁迅只到萧伯纳的脖子处，相当于比萧伯纳矮了一个头。鲁迅平头，一字胡，发须皆黑，右手指间夹着烟，就是一名中国寻常老伯的样子。在相貌堂堂的萧伯纳面前，鲁迅的风度，眼看着要被萧伯纳比下去了。

可是鲁迅穿着袍子。那件袍子浑朴绵厚，却又威风凛凛。穿着袍子的鲁迅，样子就像是一座石塑的雕像，一块古老的碑。萧伯纳个子再高，发须再酷，也根本压不住他。

二十世纪二三四十年代的中国，军阀混战，列强逼迫，民众如同蝼蚁，国家衰弱到了极点。袍子们纷纷奋起，从课堂、书斋走向街头，走向面目模糊的民众，走向无尽的远方。他们眉头紧锁，目光机警，步履匆匆。在街头临时搭起的演讲台上，他们慷慨陈词，袍子宛如风中高举的旗。在风声鹤唳的巷道里，他们匆匆走过，衣袖里可能藏着秘密的情报，一张通知某个群体秘密转移的纸条……为防被人认出，他们戴着礼帽，帽檐压得很低；为防风雨，他们把油纸伞握在手里。但不幸的消息纷纷传来：一件叫陈独秀的袍子，被投进了监狱；一件叫李大钊的袍子，被绞死在绞刑架上，一件叫闻一多的袍子，被子弹打出了十几个窟窿……

4

1938年2月，一群袍子领着千名学生从长沙出发，开启了终点为云南昆明、路程近两千公里的远征。

他们的身份，是国立北京大学、国立清华大学、私立南开大学的教员。他们怎么从北方流落到了长沙，却又为何要领着学生从长沙前往昆明？

事情的前因后果关乎国运：1935年，北京的局势日益危急，为了防止突发的不利情况，国立清华大学秘密预备将学校转移至长沙，拨巨款在长沙岳麓山山下的左家垅修建一整套的校舍，预计在1938年初即可全部完工交付使用。并在该年冬秘密南运几列车的图书、仪器等教学研究必需品，到湖北汉口暂时保存，随时准备运往新校址。

1937年不仅是中国的多事之秋，也是中国教育的多事之秋。该年7月7日卢沟桥事变，7月29和30日，私立南开大学遭到日机轰炸，大部校舍被焚毁。考虑到国立北京大学、国立清华大学、私立南开大学三所大学的安危，鉴于国立清华大学此前为预备转校在长沙所做的努力，以及长沙当时的太平局势，教育部分别授函三所学校的校长，令三校在长沙合并成国立长沙临时大学。

三所学校的1600名师生经过长途跋涉陆续抵达长沙，开启了乱世中的文明重构之旅。11月1日，国立长沙临时大学正式开学。学校租借圣经学院和涵德女校，本部择于长沙城东的韭菜园。韭菜园，多好的地名呀，正对应着人们的期盼：即使烽火连天，中国的人才，依然可以像具有强大再生能力的韭菜一样，一茬又一茬地生长出来。

可是局势在几个月后发生急转，南京失守，华北沦陷，中原动荡，画着红色膏药旗的飞机一次次往长沙市区扔炸弹，学校是办不下去了。1938年初，教育部决定，国立长沙临时大学西迁昆明。

师生们出发了。他们的迁徙何其艰难。他们分成三路，第一路走水路，部分老教授领着女同学从长沙小吴门的粤汉铁路上车，坐火车南下广州转道香港，再从香港上船，坐船到越南海防，再坐火车经过滇越铁路到达昆明。第二路师生坐汽车，从长沙走湘桂公路，经过桂林、南宁、镇南关，到达越南河内，再从越南河内上火车，经过滇越铁路到达昆明。

最悲壮的是第三路，一群中青年教授领着男学生，336人编成3个连，以湘黔滇旅行团的名义从长沙出发，靠着两只脚一步步经益阳、常德、沅陵进入贵州，跨越湘黔滇三省，费时68天于1938年4月28日到达昆明。

这是无比仓皇的流亡之旅。正是初春，天气寒冷，又是三千多里远的征程，袍子们的遭遇可想而知。无法正常洗澡，正常洗涤、晾晒，在长沙时整齐的袍子，到昆明就邋遢了；在长沙时还算崭新的袍子，到昆明就暗旧了；在长沙时还散发着太阳香味，到昆明就臭烘烘的了；在长沙出发时是柔弱的、蓬松的、温顺的，到后来就铁一般硬了。一路上的风霜、泥泞、汗水、菜渍、烟味，都可能在上面留下痕迹，一路奔波造成的脱扣、掉线、破洞、起咪、改色，也是时有发生。昆明人见到他们，肯定会认为，他们和叫花子差不了多少。真正是有辱斯文！

可是没有人不对他们肃然起敬。他们虽然手无寸铁，但他们是真正的战士。他们进行了一场真正意义上的战斗。他们为文明而战。他们的流亡，乃是为文明的图存。他们衣衫不整，却是乱世中国的文明引擎。那一件件脏兮兮的袍子，乃是威风凛凛的战袍。毫无疑问，今天的我们，依然受它们的庇护。

应该记住这些袍子的名字：梅贻琦、汤用彤、冯友兰、金岳霖、吴宓、陈铨、吴达元、钱锺书、杨业治、傅恩龄、刘泽荣、朱光潜、叶公超、朱自清、罗常培、罗庸、魏建功、胡适、杨振声、刘文典、闻一多、王力、浦江清、唐兰、游国恩、许维遹、陈梦家、吴有训、陈寅恪、傅斯年、钱穆、萧涤非、余冠英、贺麟、黄钰先、袁复礼、李继侗、曾昭抡、吴征镒、陈岱孙、华罗庚、陈省身、吴大猷……

5

我承认今天的弯子绕得有点长。我必须赶紧打住来说正题。我其实要说的是另一件袍子，一件蓝色的棉袍。它是传统标准制式，交领，右衽，一字盘扣，白领口和袖口，直腰身，下摆过膝。袍子宽大，显见是按照身材高大挺拔的人的身高做的。袖口衣厚，有夹层，衣服表面有细细的棉絮从针脚处探头探脑，可以想见夹层里铺了厚厚的棉。这使得这件袍子特别有质感，特别像煞有介事和义正词严。

袍子崭新，应该是成衣后没有洗过，布面还发着光呢。

平心而论，今天的袍子，已经很少见了。从二十世纪以来至今，中国发生了太多的事情。西装、夹克、裙子、裤装，各行其道。只有少数像我的同事W那样的人，才会是它的忠实信徒。只有演艺界需要塑造特殊的时代特殊的人群时，才会像煞有介事地把袍子穿上——那时它有另外一个说法，叫作道具。

这一件棉袍还真是一件道具。它穿在一个宋姓的先生身上。

正当花甲之年的宋先生是我生活的N城颇有名气的表演艺术家。他个子高大，仪表堂堂，国字脸，一字胡，两鬓斑白，双目炯炯，两道剑眉让整张脸显得特别有力道。我知他在不少电影、电视剧里饰演过让人印象深刻的角色。那些角色，有老谋深算的警察卧底，虽千万人吾往矣的古装英雄，久经磨难不肯屈服的江湖侠客，铁骨柔情的边防军人，或者古道热肠的邻家老伯。

他也多次在N城排演的话剧里担任主角。话剧中他饰演得最成功的一个角色，是方志敏。

宋先生这次是受邀来参加我所在的文化单位举办的一个诗歌朗诵会。朗诵会以百年中国为主题，十余首诗歌作品由不同的朗诵者担纲演绎，面向社会公演，网络同步直播。宋先生朗诵的诗作，关乎民族大义，洋溢着中国志士的慷慨激情。几次彩排，我都在现场关注着宋先生的表演，他时而紧锁眉头，时而举起拳头，时而昂起头颅，完全是烽火岁月里为苍生为民族请命的人的灵魂附体。他的声音略带沙哑，越发接近那个特定年代胸怀大义无惧生死者的本真。

正式演出在晚七点半，此刻才六点多。我们——包括所有演职人员和我这样的工作人员都已用过盒饭。在等待演出的时段，我和穿着袍子抽着纸烟的宋先生有一句没一句地聊着天。我们说到袍子。首先说到他身上的袍子。他告诉我说这是与他们有着长期租借关系的道具公司，专为他本次演出量体裁衣定制的，他穿起来觉得特别合身，款式、布料和针脚也让他特别满意。然后我们说到袍的功用、品行与文化，说到中国古代袍子之所以流行两千年，肯定是袍子和中国自然与文化的高度契合。它上下一体，衣长过膝，适合遮风御寒。它从领到袖再到下摆都严严实实，正是含蓄、隐忍、崇礼、中庸的中国文化在服饰上的表达。它是美的，是适合入中国山水画的，想想如果中国山水画中的文人墨客，都是西装领带，或者T恤夹克，那会成何体统！它的退场，对于我们来说可能是一次遗憾……

宋先生发现了我对袍子有着别样的情感，突然说，这件袍子，你要不要试试——

说话间，他就作势要脱给我。

老实说我的确觊觎他身上的袍子，就像我对那个时代的志士充满了向往一样。可是我突然间感觉到了一股强大力量的逼迫。我知道这件袍子对于真正的袍子来说不过是个仿品。可是难道它仅仅是仿品吗？它经过宋先生的数次彩排，已经与原生态的关乎袍子的精神谱系接上了头。它虽然崭新，但它已经有了这个谱系里的袍子的魂魄和脾性。我配穿上这样一件袍子吗？——我是否准备好了，接纳这样一件袍子，随时准备成为这样一件袍子中的人？

慌乱中，我冲宋先生摆了摆手。

选自《北京文学》（精彩阅读）2023年第10期

闲逛荡·东京生活手册
——《清明上河图》化学变化

冯 杰

开 篇·驴子们

你一来，时间从蹄下开始

小驴子一打喷嚏，白霜随着融化。

那五匹驴子出现，撞开东京灰蓝色的早晨。大地明亮，闪开一道白色口子。五匹驴子是驮炭而来，为东京送去温暖的炉火。火苗蓝色，最高时可达三尺。想起第一次我们到东京，你曾惊奇于一方温暖的炉火，围着烤手。

你说，像一盆童话。

偌大东京城每年需要消耗成千上万吨煤炭，人民只有高筑火苗，才能对抗寒冷的冬天。更多人喜欢木炭对垒，喝酒需要炭火，填词需要炭火，剔牙需要炭火，没有炉火的诗句还像文学吗？毫无平仄可言。

有温暖的炭火，皇上写字不至于停下哈手运气，能急速地表达出铁画银钩。案头，温度和速度一直是成正比。

白乐天说"心忧炭贱愿天寒"。受冷是穷人人生体验里的标配之一。现实上或心灵上，每个人都有属于自己的一点冷：我从十八岁开始，在黄河北当一名乡村信贷员，冬天临帖，砚台结冰，破毫伤字。字字冻伤，偏旁部首都结着伤疤。我不时打喷嚏，搓手跺脚后再写，为出人头地。我爸期望有朝一日我也弄个人民公社书记干干。

小驴子不打喷嚏，是怕主人说感冒。它闷头走路，一柴一炭，全然不知自己对一座城市的巨大贡献。蹄声嗒嗒嗒嗒，驴腿左右摇晃，在它们中间悄悄传递着城市流传的消息，其中一条驴语散布：

诸驴留意，和我们同时进城的还有其他三十五匹驴子，将陆续光临东京，它们从曹门入市。

八方风雨会中州，四十匹驴闯东京。一百六十条驴腿踏霜行，每一头驴都有属于自己的"东京梦"。有诗为证："千里之行，始于驴蹄。"欲知驴事，且听下回分解。

2014年11月2日郑州吃驴肉火烧后

诗人和斗笠
——关于"诗装论"

人靠衣裳马靠鞍。穿戴是第一印象，形式感最重要，艺术在于形式，好诗一定是分行的。这是我的诗论。

《清明上河图》里一共有三位诗人。

第一位诗人在船上：

是苦旅行吟诗人陈雨门，他从南阳白河来。他在船上游走，到夜半也不瞌睡。褪黑素没吃。子夜时分想了上句"冷霜结伴独登桥"，下句想不起来，瞌睡了。苇棚外挂的斗笠不再摇晃，蓑衣听着涛声也瞌睡了。汴河上游是一片月光，恍如天上另一条白河。

第二位诗人在马上：

是外省诗人晁无咎，晁是兼写当代城市服装题材的诗人，从广济渠坐船，自山东来到东京，第一次下榻孙羊店，夜里睡不着觉，看窗外灯火璀璨，重写过去的句子"越罗作衫乌纱帻，长安青云少年客"。第二天饭店孙总管看到，他让晁无咎为孙羊店招牌上写这两句，说，可经济搭台文化唱戏，若"长安"二字换成"东京"，作者可持卡一辈子免费吃住，孙羊店一切消费全包。

晁诗人拒绝，说，店可以不睡，字却不能改。

孙总管想，和上次一样，咋又碰到一个死心眼文人？

晁无咎戴的斗笠上面有一层马尾编的纱网，近两年最流行，苏东坡都戴过。晁诗人骨子里想学陶五柳，一直没机会。今天机会终于来啦！许多年后回忆时叹息，可惜选错了地方。

第三位诗人淹没在人流里：

赵青勃坐在凳子上，伫立桥头，他立在烧饼店，倚在木匠铺，诗人深入生活扎根人民，在熙熙攘攘人群里推敲句子。

天下每个诗人都和斗笠有关系。杨万里说过，无笠不诗。

我总结梳理过《宋人笔记》，来孙羊店住过的诗人名单里，数诗人章世轩脾气最不好，少年得志，每写出个好句子，都要张扬展示一下。来住的诗人都用一种独特形式，把一行好句写在竹板上，用铁丝缠住竹板，拉紧，拧紧，镶嵌在墙上，最后在诗句上挂一面斗笠。孙总管说，好诗只管查斗笠。孙总管到年底匡算一下，四壁挂满了斗笠。

年底宣和院召开的一次文化会议上，蔡京说，在东京不能没有诗人，也不能诗人过多，诗人过多对国家不利，尤其在匡都，会出幺蛾子。全国有几个能代表时代风貌的诗人即可。

蔡京停顿一下又说，大家听听，这句诗是谁写的，"诗人在马上行走，河流在斗笠中呐喊"？是啥意思？斗笠会喊叫吗？你们要严查一下京城里那些自由走动的斗笠。

裁缝小传

东京最好的裁缝是王复春。东京没有成衣铺，只有裁缝，多是买好布匹请裁缝定做。

京城之外也没有专业成衣店，得定做。那年史进在史家庄乡村养志，为表达心意，"次日，叫庄客寻个裁缝，自去县里买了三匹红锦，裁成三领锦袄子"。史进给少华山三个强盗定制三件衣服。本庄没有，要专门跑到少华县里裁缝店。

在裁缝店里，王复春盘问过大汗淋漓的史家庄庄客。

王复春就是从少华县里出来的裁缝，他受到那件事的启发，决定来东京发展。县里一房，不如东京一床。他先投靠赵员外，两年后，开一家"王家罗锦疋帛铺"。后来出资赞助让张择端添上了地理位置。

他做的衣服剪月裁云，可身得体。找他做衣服都得提前半年挂号。苏轼、王安石、蔡京、黄庭坚、王巩等党政要员的衣服他都做过。晚年，在晁补之的动员下，他曾口述过东京做衣经历，晁补之记下来，编了一本《裁云过眼录》。

宋人做衣服讲究，还要选日子适合否。

王婆道："娘子家里有历日吗？借与老身看一看，要选个裁衣日。"那妇人道："干娘裁甚么衣裳？"王婆道："便是老身十病九痛，怕有些山高水低，头先要置办些送终衣服。难得近处一个财主见老身这般说，布施与我一套衣料，绫绸绢缎，又与若干好绵，放在家里一年有余，不能够做。今年觉到身体好生不济，又撞着如今闰月，趁这两日要做，又被那裁缝勒掯，只推生活忙，不肯来做。老身说不得这等苦。"妇人听了笑道："只怕奴家做得不中干娘意，若不嫌时，奴出手与干娘做，如何？"那婆子堆下笑来说道："久闻娘子好手针线，只是不敢来相央。"那妇人道："这个何妨。既是许了干娘，务要与干娘做了。将历头去叫人拣个黄道好日，奴便与你动手。"王婆道："若得娘子肯与老身做时，娘子是一点福星，何用选日？老身也前日央人看来，说道明日是个黄道好日。老身只道裁衣不用黄道日了，不记它。"那妇人道："归寿衣正要黄道日好，何用别选日？"王婆道："既是娘子肯作成老身时，明日起动娘子到寒家则个。"

那天早晨，也是个黄道吉日，"王家罗锦疋帛铺"长凳上坐一位顾客，相貌不凡，凭王复春多年经验，知道是个官人。

那人要定做两件春冬服装。

王复春不紧不慢，量好腰围，记下后，问客人，客官是在衙府任职多少年？

那人心里一紧，心里掂量一下，嘀咕道，这裁缝做个衣服管那么多闲事？

王复春神会，解释说，我是想把衣服做好，当今京城有个规律，年轻官员刚就职，春风得意，平时多是抬头挺胸，裁衣服就要前长后短。当了两年官职，意气逐渐少平，知道收敛一些，衣服应该前后长短一样。若是当官年久了马上要致仕，或新旧两党上下隔阂失意，抑郁不振，走路难免弯腰低头，做的衣服就要前短后长。所以小的问官人做官多久，是想给你做一件称心如意的衣服。

惊得那人张着嘴，他没想到，做个衣服并不简单，裁衣人竟有那么多想法。这人不该当裁缝，应该入宫。

那人犹豫一下，说，我先做个内衣吧，成衣明天再来。

那人走后，一去不回。

王复春从此再没见过。

补记：宋以前把裁缝叫"缝衣匠""成衣匠""缝人""缝子""缝工""成衣人"等。现当今世界，流行称呼是"国际服装大师"。

我对"裁缝"一词很是亲切，我母亲是一位乡村裁缝。我爸工资不够养活全家，母亲靠温暖的手艺，打上生活的补丁，用于养家糊口。柴米油盐是手下剪出的。供我上学，吃饭，交学费。

母亲说，裁缝靠一把剪刀、一条尺，有个手艺优势，再穷也会拼搭出一块碎布，不至于自家孩子衣不遮体。

童年、少年，我穿着母亲做的衣服，走在路上，母亲做的衣服不长不短，尺寸恰好。这是我多年保持的衣服尺寸。母亲用衣服暗示我不亢不卑。

东京人擅长吃羊肉

"全羊法有七十二种，可吃者，不过十八九种而已。虽全是羊肉，而味各不同才好。"

——袁枚论羊肉

1

一座150万人口的东京城，从君臣到人民，人人喜欢吃羊肉。

不喜欢吃羊肉的人也有，是几个专攻婉约派的文人，包括周邦彦、晏几道、李清照、朱淑真，他们对外解释说，专业上是保持"清口"，想保持句子清洁，上阕和下阕之间不散发羊肉膻气为佳。

词境和气息最重要。对婉约派而言，膻气不宜过大，它对抗句子里面的梅花香味。必将彼此消长。没想到文人挑剔到如此状态，不亡国才怪。

前天，诗人一树发来他刚写的《明月》一诗，其中一句"当我肾虚时，你是一只快要烤焦的羊外腰"。住在樊楼的柳永吃了羊蛋怕也写不出羊肉惊句。

2

东京人吃羊肉多，不喜欢猪肉，认为那是穷人食物。饮食观念上，东京有瞧不起猪肉的观念，正是这种缘由，才有后来苏东坡"黄州猪肉诗"反讽事件，一架猪头执在诗人手里，上下反复，化俗为雅，达到指猪为羊目的。

几种肉类里，羊肉是宋代宫廷食材至尊。政府文件规定"御厨止用羊肉"，原则上"不登彘肉"。宋太祖当年宴请吴越国君主钱俶的第一道菜是"旋鲊"，即用羊肉制成。为了反对滥用羊肉，宋仁宗禁止宫廷为半夜饥饿时进贡上"烧羊"。

《大宋羊肉地理坐标地图》上，哪里羊肉最好？首推陕西冯翊出产的羊肉，时称"膏嫩第一"。宋真宗时"御厨岁费羊数万口"，全年定的都是陕西货。有年侄子冯振华带我去陕北采访延川苹果，感受梁家河，路过延安市时，我没瞻仰宝塔山和延河水，只想着羊肉，见到招牌有"水盆羊肉""三秦羊肉""老陕羊肉"，在一家"冯翊羊肉"门店前停下，下车大吃一顿，车上共四人，两男两女吃得口滑，吃熟羊肉八斤，人均二斤，肚子还不发撑。老板是大荔人，知道我还理解"冯翊"，另外多切了一刀羊肚。我觉得这就是文化的力量。

吃了"冯翊羊肉"，一路轮换驾驶，我一气开车二百公里，四轮奔腾，鲜飘一路。侄子说，叔，你这速度像李自成从陕西进北京。

大顺军进京为了吃羊肉，多尔衮携带草气、膻气入山海关也是为了吃羊肉。

3

宋代宫廷吃羊肉是一种时尚，朝廷每年从"河北榷场买契丹羊数万"。新冠病毒肆虐华夏期间，蒙古国表达友情赠羊三万只，不是三十只。视频画面蔚为壮观，羊群步调整齐，像人民群众汪洋大海。我侄子说视频画面是"拼的"，有造假嫌疑。如今人真能，看着明明真的最后都不相信自己的眼睛。

我侄子说，网络时代垃圾纵横。还是张择端时代白纸黑字好。

宋神宗御厨账记录一年中使用的具体数字，"羊肉四十三万四千四百六十三斤四两，常支羊羔儿一十九口，猪肉四千一百三十一"，羊肉为主，猪肉为配菜。猪肉只是羊肉的零头。猪尾巴小于羊尾巴。我当过北中原乡村信贷员，知道数字最有说服力。

东京的羊肉消耗量大，一直居肉食类消耗首位。城市管理制度完善，东京大街白天没有一只羊走动，一到夜间便要出动，东京夜市摊位出售的都是纯粹羊肉，极少有猪肉狗肉马肉，更无当今机器挤压鸭肉成肉卷冒充羊肉。

东京各种羊肉羊杂肴馔纷纷出场，早市出售有煎白肠、羊鹅事件、糕、粥、血脏羹、羊血、粉羹之类，华灯初上，夜市出售有羊脂韭饼、糟羊蹄、羊血汤等。酒店里出售有鹅排吹羊大骨、蒸软羊、羊四软、酒蒸羊、绣吹羊、五味杏酪羊、千里羊、羊杂熓、羊头鼋鱼、羊蹄笋、细抹羊生脍、改汁羊撺粉、细点羊头、大片羊粉、米脯羊、假炒肺羊熓、五辣醋羊、红羊、灌肺羊血糊虀、熟羊，面食店里出售有软羊燠腰子、猪羊大骨、猪羊生面、鳖蒸羊、元羊蹄、鼎煮羊麸、大片羊、大片铺羊面。乳炊羊、羊闹厅、羊角腰子、入炉羊头签、羊舌签、鲜蹄子脍、烧羊头、片羊头。这都是古人纪实，近似文字录像。

东京滴漏本该装满十二时辰，一时贯穿了羊的汤汤水水。万柴齐燃时，膻气会弥漫整个东京上空。

我在开封结识的那一位"嘞大爷"苏布衣问我：宋朝有羊双肠吗？

我说，有，当时专业称呼叫"热洛和"。

我从文认真，文必出处，有根有据，免得学者窥探，露出破绽。尤其写大历史时，文字里一定要加上碎屑，要有真实的羊肠、羊爬豆、羊胎盘，还要有俩羊蛋。

4

在开封，我最喜欢去寺门那家清真店吃卤羊头，味道十分勾人。我看到那位"长着一脸络腮胡子像鞋刷子，头发像一丛风中荒草的人"，他正提着一颗热腾腾的卤羊头，在膻气里晃荡。

那人立在风中，不慌不忙，顶风啃羊头。他对我鄙视道：给你个小羊头就喜得屁颠屁颠，被收买了？

质问实在突然。我说：别这么说，羊头上肉多，啃完我都舍不得扔，家里两个孩子还等着熬羊汤喝。

他说，我知道你住在大梁门宣和画院家属楼旁边的民居，三家和一面砖墙，你用的印章是石语刻的"不为五斗米折腰"？我告诉你一句实话，羊肉吃多了容易上火，嘴角起燎泡。

上街者

是谁裁掉了最后五尺？

东京街上行人摩肩接踵，车马轿驼络绎不绝。忙闲不同，苦乐不均。调子音节长短不同，脚下路程更是长短不一，有草鞋路，有靴子路。

"宋学"会长庞作道说上面人物共计815人。我问，会长你咋统计的？

他说，人物数量历来有争论，最多时有说竟达1643人，我查得最准，用的是祖冲之的"数米法",此法看似笨其实并不笨,每个人前放一颗米,最后数米,方为实际人物,这样不会乱码。政府公务员不会重叠安排或吃空饷。

我听后佩服,至于"数米法"真伪又不能去向祖冲之核实。

画面人物计有:

不断移动四季风景的抬轿者。把吆喝声水声举到头顶的撑篙者。上房揭瓦骂人者。重复吊打一条井绳的抄袭者。缺斤短两的面白无须者。以扇遮面不想让对过看见自己瘩子的为官者。匆忙即时赶点交差的仆役者。予牲口以口语的驾辕者。拓印花纹的手工作坊者。掷骰子怀揣发财希望者。反复一个动作也是一生动作的打草炉烧饼者。一生反对铁钉穿越的卯榫结构主义者(我称之为素木行动者、折柳者)。把雪山搬过来用酒帘挡掩一面的说书者。操刀剃头图凉快的理发者。亮出舌苔点燃火把虚气上升的从医者。切三五斤上好牛肉者。能匡算途中泥泞粘足的看相算命者。约束铜铃声不响的喂马者。测量阳光高度的风向观察者。春韭秋菘的看菜园者。窃香失手者。观水者。能精准小数点后三位是股级科级巡视员副厅级厅级副局级局级副部级部级到皇帝正国级的垒积木者。传播回鹘契丹信息的传奇者。唱喏唱肥喏者。啃凳子腿者。批发山水风月者。不和姜太公一块钓鱼者。一直在窃听双龙巷脚步声音者。怀抱大公鸡和鲜花的旁观者。计算温暖的秤炭者。头上簪花者。借助铁器飞檐走壁者。袖里揣着鹌鹑的城市放鸽子者。能自由穿入厚厚宫墙的读报者。足球踢得好的职业玩球者。孤独一身走天下的行脚者。在酒楼下埋头挖地道者。把风筝布置到云朵上的坚持者。春天来了但心里还留有残雪的乞讨者。聆听一路骨头歌唱以声为路标从西到东的牵骆驼者。那一位打秋风者。驾驭太平车和调整速度的执鞭者。匆匆赶往政府输送出国考察护照和大锭金银者。240个州上访代表者。坐在墙下捕捉虱子咀嚼同时捕捉无聊的闲散者。一生只在水上刻字的印刷者。屏风后面那一位永远只讲话就是不出来的隐者。正在书写远方上秦中秦下秦为桃花石者……

面孔不同的行动者走在同一条街道上。

职外，纸外，之外，还有那一位不动声色的调色者。

正德乙亥三月二十七日，明代李东阳开展看画，这时候，画还是两丈长，比今天我看到的这一幅多了五尺。李东阳入画忘我，一直看到掌灯时分，让童子举烛，光亮里，听到上面门环响，他看到赵太丞家里走出来"一个长着一脸络腮胡子像鞋刷子，头发像一丛风中荒草的人"。

此人也属其中的一"者"。

李东阳吃了一惊，灯花跟着一抖，流星般落满夜空。

最后的落款

——关于张择端所处的位置

我是当代三流作家里签名最好的一位。

——冯杰题记

宋代画家一般画不落款，如果落款，也多是穷款，还不盖章。

郭熙落款在树枝下，崔白落款在树干上，李唐落款在石壁里，李成落款在石碑边。范宽在《溪山行旅图》里，落款在树丛一棵树的树干里面。他名字隐藏像猞猁。这是李霖灿先生引以为豪的事情，他在故宫里读了四十年画，忽然发现。

他说："忽然一道光线射过来，在那一群行旅人物之后，夹在树木之间，范宽二字名款赫然呈现。"

李霖灿先生是北中原辉县人，和作家柏杨同乡。辉县是毛主席说过"辉县人民干得好"的那个辉县。辉县古称共城。我姑姑在辉县一中当了一辈子人民教师，满头华发如粉笔末。童年时我跟随父亲看望过姑姑，登苏门山，访白云寺，临百泉水。父亲去世后，我每年正月十五前要去看望姑姑一次。

有一年在辉县百泉一家汉陶馆，碰到一位女士恰好是我姑姑教过的学生，姓柳，临走她送我一个汉代的陶器，让我一定要插梅花才般配。我说瓶都送我了，还管我插啥花？

柳女士对我说，李霖灿先生是她近门里姨夫，她说他姨夫采用的是"网球法"，就是把整张画面分成若干小网格，一格一格仔细来看，才在茂密丛林里发现"范宽"二字。她说她祖上还和苏东坡有联系，后来给我寄过家传的资料复印件，其中一则手札复印件，我一看就是苏体。"柳仲举自共城来，拸大官米作饭食我，且言百泉之奇胜，劝我卜邻。此心飘然已在太行之麓矣。元祐三年九月九日，东坡居士上。"信上说"大官米"是辉县大官庄的香米，我走亲戚时，姑姑每年会送我一袋。想到自己在百泉苏门山留影的"涌金亭"仨字，也是苏东坡题字，我大胆联想，说不定这是柳女士家先人和东坡还交流过的证物。

辉县出过很多画家，其中我认识几位，侯德昌、侯钰鑫、窦宪敏、耿安辉，人民大会堂东大厅最大那幅就是辉县画家画的。后来我还和侯钰鑫先生攀成作家同事。辉县画家还说要成立"太行画派"。以我的陋见，艺术单打独玩最好，一结伙就完啦，画家一成所谓流派便面目单调，釜底抽薪。余生也晚，共城画家里我只有李霖灿先生没拜访过，2009年晚秋我去台北故宫博物院，他已去世十年了。

李霖灿先生单枪匹马，他说自己是"前半生在玉龙看雪，后半生在故宫看画"。他在台北故宫博物院看画四十年回忆录中，将发现范宽签名那激动人心的一刻化为心灵感召的永恒。连见过此画的董其昌都没发现。他作为九百年来第一位发现范宽签名者载入中国画史。独见此款，不虚此生。

范宽当年自信落款终有答案，会走出来一个有心人，走进画里发现自己的影子，像找到幽林密丛中那一只神秘猞猁。

我扯这么远，是为了说张择端落款。

范宽死了五十几年后，张择端降临人间，传说他是范宽托生，画魂附体。范宽是张择端心里致敬的师父。《清明上河图》开首走来的那五匹驴子，就是从范宽《溪山行旅图》里走出来的那五匹驴子，仔细对比，连小驴子腿上的"夜眼"都是一样的。

和范宽落款相比，张择端在《清明上河图》里的落款形式最高妙。

他有新意，不落窠臼，别成家数。佛国太子以身饲虎，张择端是以身饲画，他最后把自己画了进去，成为画中一员。在824位人物里，那一位和全篇人物貌似无关系者，无勾连者，无牵挂者，无东张西望者，悠然自得者，独立成章者，就是作者张择端本人落款。

请闭住气，耐心寻找一下张择端，像那一年我在东京寻找你一样。丙子欲临，寒气笼罩，星光欲降，十二生肖开始轮回，一如上帝掷骰子。暮色向晚，你正坐在一方木凳上，你向火的面庞那样宁静。像柳女士后来嘱咐我的瓶中梅花。如今回忆起来让人伤感。

后来看到"美国黄说"。黄仁宇说，宋徽宗有一个三女儿，她也是让张择端以人物形式入画的。一位少女站在未启程的轿前。

还有"开封赵说"。在河大成立鲁枢元生态文学研究所研讨会上，我见到开封学者赵国栋，赵老兄说得更彻底。赵说，宋朝根本没有张择端这个人，张择端只是宋徽宗化名，为啥叫张择端不叫冯择端？张是老天爷的姓；泽，恩泽；端，宋徽宗最早是端王，像他落款画押"天下一人"一样。《清明上河图》作者应该是宋徽宗。皇帝扎根人民，亲自创作。

我则坚持张择端独特签名行为。

如一卷画徐徐展开，二十年里，从开封那一方小小的木凳子开始，到开封那一条细瘦的小巷结束，我像做了一场漫长而又短暂的东京梦华录。

在画里，张择端把自己签进去了。一人嵌在窗下。

节选自《花城》2023年第2期、第4期

在纽约看八大山人（外一篇）

张宗子

位于曼哈顿下城的华美协进社中国美术馆，经过六年筹备，从天津和常州博物馆精选明清两代五十九位画家的逾百幅画作，举办了"河上花：中国花鸟画之道"特展，主打展品是八大山人朱耷七十二岁所作的长卷《河上花图》。正是冲着这幅画，我得知消息，马上请了假去看。

也许是因为地点偏僻，而且画展一个月前就开始了，我去的日子又非周末，整个上午，馆内几无看客，异常安静。这样也好，在暗淡柔和的灯光下，可以尽兴地看，反复来回地看。情不自禁的赞叹，脱口而出的感想，都无忌讳地发出来，不用担心他人的嗔怪。

天津博物馆到底家底深厚，从他们的藏品中，我看到了很多喜欢的作品，如虚谷、徐渭、罗聘、金农和李鱓的册页。虚谷画的成群的细长小鱼，倏然斜向而游，仿佛出自老杜"白小群分命，天然二寸鱼"的诗意；陈淳的山茶，比纽约目下开得正红火的真的山茶还要姿妍态媚，然而艳媚中有掩不住的傲兀、尊贵和自在，构成勃勃的生气；金农是诗人，我在还读不懂他诗文的年纪，买了一本影印的《冬心先生集》，直到遗失，未能通读一过，如今读到他那些趣味盎然的题跋，也算有所弥补。有的画，包括常州博物馆提供的一些，很可满足好奇心，比如董桥文中写到的慈禧身边女官缪嘉惠的作品。

但在诸峰罗立之间崚嶒独尊的，自然是八大山人的巨作《河上花图》了。

中国的书画，不看原作，很难领略其韵致和生气。除了细节的精微，尺幅也是重要的方面。再考究的印制，都不能完全再现原作的精神，这和见人与见照片的道理一样。再好的照片，乃至肖像画，都不能代替活生生的人。我至今犹记二十多年前在大都会艺术博物馆近在咫尺看黄庭坚《松风阁诗帖》时的震撼和感动，当《河上花图》从《八大山人书画集》中跳出来，横贯在眼前的时候，真使人有不知人间何世的茫然。

长卷起处，两枝看似衰败的荷叶和一枝尚未绽开的荷花突兀而出，中间夹着一枝残梗。它们凭空出现，却带着不容置疑的必然性，好像贝多芬和勃拉姆斯交响曲中劈面而来的气势磅礴的主题，无须任何铺垫，自有雷霆万钧之力。在荷叶的墨色映衬下，淡墨勾出的荷花隐隐泛着光。左边的荷叶倾身向前，带出一截石岸，绿草点缀其上，近水处微露几朵荷花的头角。再往前，水和地穿插交互，竹叶俯垂水上，荷枝昂首向天，宽大的荷叶远远近近，如同密云，弥漫了大部分画面。山石掩映其后，后面又是更多的荷叶。墨影空隙处闪出的天光，亮得晃眼，荷花在空白处和墨色中三三两两，好比月亮边上和月光照不到的夜色里的星星，恣意散发着芬芳。零散的细草，像是被人随手一抛，抛在了所有它们应该在的地方。草叶的纤微，竹叶的尖巧，和荷花柔顺饱满的圆互相呼应，使彼此愈加鲜明。

这些荷花歌唱一般自由簇拥着出现，好像人经过了一番畅饮，忘记过去和隐忍，临风起舞，长袖飞扬。这些花朵全都是将开未开的，每一朵都昂首挺立，光芒四射。水墨的音乐达到高潮，从前由小提琴，由双簧管，由圆号分别单独奏出的主题，现在是全乐队都跟随了，你甚至能听到打击乐低沉的敲击。

　　画面将到中段，出现了一棵倾斜的枯树。水面空无一物，縠纹细细，寒意微微。混混迷茫的背景下，似觉无限深远，淡墨刷出的，是蓊郁的水汽，又像隐晦的天色。枯树的长枝在空中划了一个弧形，终又探向水面。单独看这一段，仿佛感觉到漫天雪意，观者不知不觉地，变成了柳宗元《江雪》诗中孤舟蓑笠的钓翁，独自享受着天地之间的清寂。景物随着长卷的展开，在变换场景即空间的同时，也悄然变换了季节和时间。荷花则宛如这段山水间的舟，带着观者在时空中任意漂荡。

　　河面逐渐远去，突起的崖岸逐渐占据了画面，但荷花还时隐时现。随着岸景越来越清朗，《河上花图》的另一个主角现身了。先是几小丛竹叶，然后是一小丛轻快开放的兰花。比起前面的荷花，它们显得更年轻，更洒脱。随着画卷继续左移，视野拉开，河水、花、竹子，全都不见了，但见群峰连绵，林木苍苍，其间瀑流直泻，杳然无声。

　　《河上花图》系八大山人应友人蕙嵒的请求而作，画成，八大山人又题了一首长达两百余字的歌行体长诗，神飞天外，想象奇特，写得痛快淋漓：

　　　　河上花，一千叶，六郎买醉无休歇。万转千回丁六娘，直到牵牛望河北。欲雨巫山翠盖斜，片云卷去昆明黑。馈尔明珠擎不得，涂上心头共团墨。蕙嵒先生怜余老大无一遇，万一由拳拳太白。太白对予言：博望侯，天般大，叶如梭，在天外，六娘剑术行方迈。团圞八月吴兼会，河上仙人正图画。撑肠拄腹六十尺，炎凉尽作高冠戴。余曰匡庐山密林迹，东晋黄冠亦朋比，算来一百八颗念头穿，大金刚，小琼玖，争似图画中，实相无相一颗莲花子。吁嗟世界莲花里。还丹未？乐歌行，泉飞叠叠花循循，东西南北怪底同，朝还并蒂难重陈，至今想见芝山人。

八大山人的题画诗一向艰涩难懂，清代以来的学者，多为此头疼，邵长蘅就说："山人题画及题跋皆古雅，间杂以幽涩语，不尽可解。"饶宗颐先生解释说，这是由于八大山人使用了许多一般人不熟知的禅宗灯录之典。饶先生为此写了几篇解释文章，但个别地方仍不能尽如人意。

八大山人是性情中人，天分既高，又杂涉博览，作画和题诗写意传神，往往一挥而就。即如这《河上花歌》，就完全是想到哪里写到哪里，思维跳跃，读者很难跟得上。偶尔还有些不讲究的句子，意兴所至，无暇斟酌文法，也给读者造成了障碍。好在大意是明白的，尤其是像《河上花歌》这样的长诗，有前后文参照，不至于让人像猜谜语那样猜来猜去。但要句句细究，问题还是有的。比如我一直存疑的"万一由拳拳太白"，由拳是古地名，即今日之嘉兴，第二个"拳"字却不好解。其实八大山人本来要说的是，假如在嘉兴遇到李白，又当如何。句子本该是"万一由拳逢太白"。第一个"拳"字写罢，顺手加了两点，就变成"拳拳"了。看特展的英译，"拳"字译为喝酒猜拳，读到的文章里，还有人解释为"抓住"，都无根据，是据上下文自己意会的，好在都勉强说得通。

最有意思的是诗的开头几句，由此我们可以看清楚八大山人奔放无羁的迅捷思维。"河上花，一千叶"，千叶，自然是形容莲叶之多。如果不是特展中碰巧加入了一幅蒋廷锡的《敖汉千叶莲》（画插在瓶中的两枝荷花），我们很难想到"千叶"也有出处。《楞严经》中写道："于时世尊，顶放百宝无畏光明，光中出生千叶宝莲，有佛化身，结跏趺坐。"所谓千叶莲，是一种多瓣莲花，观蒋廷锡的画可知，还不是寻常的花，是佛祖幻化出来的。下句来了个六郎，六郎是武则天的宠臣张昌宗，因他姿容俊美，善于逢迎的人称赞说："非六郎似莲花，然莲花似六郎也。"张昌宗本非美好人物，八大山人想到他，显然是因为莲花的比喻。有了沉醉酒乡的六郎，顺理成章，又引出一个因被冷落而一肚子怨气的六娘。丁六娘历史上也有，是隋朝有名的歌妓，逯钦立编的《先秦汉魏晋南北朝诗》中收了她的《十索》诗，第三首就写到花："君言花胜人，人今去花近。寄语落花风，莫吹花落尽。欲作胜花妆，从郎索红粉。"但和莲花无关，她自己更和张昌宗无关，纯粹因为叫六娘，便成了六郎的怨偶。六郎的狂醉、六娘的哀惋，都是以人喻花，写荷的高低俯仰不同的姿态。唐人舒元舆在著名的《牡丹赋》里就有这样的写法，为识者所称道，如说牡丹"俯者如愁，仰者如悦。袅者如舞，侧者如跌。亚者如醉，曲者如折"。八大山人诗中还写"六娘剑术行方迈"，大约进一步联想到杜甫诗中"一舞剑器动四方"的公孙大娘了。

八大山人画《河上花图》时，解衣盘礴，风神凛凛。《河上花歌》的风格，酷肖他景仰的李白，情绪是《月下独酌》和《春日醉起言志》式的，想象是《梦游天姥吟留别》式的。天上地下，古往今来，一概收拢在诗中，驱之于笔下，这样的诗，正是大写意画，谁会计较它使事是否精当，句法是否圆融呢。

学者们多说，《河上花图》是八大山人对个人境遇和晚年心态的集中概括，用荷花所处之世界的景色和时令的变化，象征生命的盛衰和时代的变迁。这是很有道理的，因为艺术中的一切物象，无不是画者内心世界的映照，不过深度和广度有别而已。绘画是空间艺术，中国人却以长卷的形式突破了这一局限。一个人的漫长一生，一个朝代的勃焉而起、忽焉而亡，草木的荣枯，星辰的轮替，看不尽的高岸为谷，说不完的大海扬尘，都借助一笔笔水墨、一点点丹青，借助那些点、线、涂、抹、皴、染，浓缩在有限的纸上和帛上。"想见时人解图画，一峰还写宋山河。"就这样，《河上花图》以纵四十七厘米、横近十三米的特长手卷，把绘画变成了充满历史感的时间艺术。

咖啡时间

大学时候读过几种国人编著的外国文学家逸事的书，有两件事印象特别深。一件是海明威为了把小说写得简洁，故意站着打字；另一件是巴尔扎克不分昼夜写《人间喜剧》，靠咖啡提神，一天喝掉五十杯黑咖啡。

这种逸事，就像少年的乔治·华盛顿砍樱桃树，显然是段子，但咖啡让我很好奇，久闻其名，可是没喝过。毕业后到北京上班，见到咖啡，立刻买回来尝试。那时候，街头还没有咖啡馆，也许宾馆和西餐馆里有，我不知道。我把咖啡舀两勺到大搪瓷杯子里，加水在电炉上煮，煮好后搁方糖，稍稍放凉，直接就着搪瓷杯子喝，一边喝，一边得吹走浮在面上的咖啡渣子。伏案在台灯下看书，不知不觉把一杯喝完。那一大杯的量，顶得上现在星巴克的三小杯，喝完，除了浑身发热，微微出汗，倒也没觉得有什么。有时喝得晚，没等身上的热乎劲儿下去，径自熄灯睡了，照样一觉睡到天亮。

牛奶不易得，我也没费心去找，从未加过。因为听说喝黑咖啡比较有作家范儿，就试着不加糖，很快就习惯了。加了糖，反而觉得咖啡有点酸。咖啡的兴奋作用呢？我没感觉到。年轻时精力旺盛，脑子里有打扫不完的胡思乱想，咖啡的那点刺激，好比石头扔进本来就洪波涌起的海水，轻描淡写的一声扑通，只有它自己听得见。

虽然如此，还是爱上了咖啡。

戴舫兄写过一部很棒的长篇小说《咖米其伤》，咖米是咖啡之友的意思。小说写二十世纪六七十年代上海一群酷嗜咖啡的人，如何上天入地搜罗咖啡，然后麇集在一起畅饮为乐。咖啡宝贵，煮过的残渣不忍丢弃，晾干了接着煮。一遍一遍下来，直到把咖啡渣煮成白色。这样的痴迷，意义恐已超出咖啡之外，正如无数古人诗里的酒。

我喝咖啡，起初是好奇，还有点力所能及地赶时髦的意思，后来成为习惯，配早点，暖胃，提神，制造一个相对异样的闲适空间。坐在店里喝咖啡和坐在家里喝不一样，哪怕店里的咖啡并不更好。

有意思的咖啡馆最好在相对僻静的小街上，街是厚实的青砖铺的，行人踩久了，有点坑坑洼洼的，虽然不时有车经过，但速度不能快，扬不起灰尘，马达声也小。这些街狭窄，两旁房子不高，平房最理想，有楼房也不怕，因为向前伸出的店面低矮，楼在其后，等于躲开了视野，形象轻淡得如同不存在了。咖啡店的外墙略显老旧，墙角摆着木桶，种着细长蓬松的植物，什么都有，比如玫瑰和美人蕉，叶子和花都是稀稀落落的；还有一些，大概是蒿类，绿得谦虚，灰溜溜的不碍人眼目。屋檐下吊垂着陶制的小花盆，密密地种着三色堇、一串红、苏丹凤仙花那些矮小的花卉，有的只插着干花。门上悬挂大小不等的木牌，用歪歪扭扭的字写着店名，画着卡通人物和动物，以及"欢迎"或"营业"的字样。这种店，推开门后，一定转个弯才能到店堂，室内光线柔和，总有一种雨天的味道。

有些店带后院，不大，能看见别家房子的后背，如果地势稍高，能看见下面的街。经过的路人看不见，只听见说话声，走远了才看见身影，也是淡淡的，像在吴作人的水墨画里。

我在画片上看到很多这样的咖啡馆，大概都在中国南方的城镇，有一种迷人的慵懒情调。从前在曼哈顿上学，去过类似的小店，和同学一起，各自操着蹩脚的英语聊天。偶尔自己去，在那里还苦学英文，读很厚的畅销小说。掐着表看时间，一点也不从容，要么赶去上课，要么赶去打工。其中打工的一家餐馆在十四街联合广场附近，到得早，会在咖啡馆坐一会儿。店里没有看远景的窗户，如果喜欢敞亮，只好在天气好的日子，坐在室外。铁皮涂漆的椅子和桌子都简陋，还摇摇晃晃。电影里巴黎街头艺术家高谈阔论的所在，经常如此，也许桌椅更讲究些。背后车水马龙，游客如织。男女环坐，拊掌论道，真可谓闹中取静了。

说自己不喝咖啡的鲁迅先生，曾对咖啡店有过嘲讽的形容："遥想洋楼高耸，前临阔街，门口是晶光闪灼的玻璃招牌，楼上是'我们今日文艺界上的名人'，或则高谈，或则沉思，面前是一大杯热气蒸腾的无产阶级咖啡，远处是许许多多'龌龊的农工大众'，他们喝着，想着，谈着，指导着，获得着，那是，倒也实在是'理想的乐园'。"他这么写其实是在与人打笔战，别有所指，并非说咖啡店的不是。我引这段文字，是觉得他写得传神，虽然离题目远了点。

其实，更真实的描述，在斯蒂芬·布迪安斯基的《哥德尔传》里，有很好的例子。书中写到，一战后的"维也纳大学周围，有各式各样的咖啡馆，数学教师喜欢在这里闲聊"。紧挨大学的长廊咖啡馆夏天会为客人提供户外的座位，让他们享受惬意舒适的时光。赫伦霍夫咖啡馆的家具"极富新艺术风格，天花板上镶嵌着明亮的黄色玻璃，墙上有窗口式的壁龛，雪白的大理石桌面因为方便书写公式而广受好评"。一位常客形容它"宽敞、明亮、华丽而热闹"，"弗洛伊德医生曾是这里的守护神，他把政治和改革观点大相径庭的各路人聚集在这里喝咖啡"，"赫伦霍夫咖啡馆的常客里不乏有名有姓的人物，如小说家罗伯特·穆齐尔、约瑟夫·罗特和赫尔曼·布洛赫"。

这种高大穹顶下、大理石廊柱环绕的华丽又热闹的大型咖啡馆，同样令人神往。

因为画片看多了，对咖啡馆总有幼稚的幻想，曾说对未来的期望，其一是有个自家的小院，种花、树和杂草，养两只猫狗，花木之间设木制的粗椅子，草丛中放几块大石头，后门廊檐下立一只摇椅，用来看书、散心、吹风、听雨、养神。其二便是开家小咖啡馆，里面架上摆一百本书、十几本杂志。有客，最好不多。这样的生意当然不可能糊口，那么目的何在？消遣余生，还是认识一些所谓陶渊明般的素心人，要么愿意和陌生人聊聊天？说真的，我自己也不知道，但有一点很明确，就是可以天天坐在这里喝咖啡。

三十年来，我真没在周围的咖啡馆遇到什么有趣的陌生人，若住在格林威治村附近，也许能碰到个刚从乡下来曼哈顿的伍迪·艾伦之类，可是我并不喜欢伍迪·艾伦。再早一百多年，邂逅的不是爱伦·坡就是欧·亨利，但不知能否攀谈得上。有一次，我夹着一册普鲁斯特的书进去，坐了很久，旁边一位白发老者问读的什么书，我说是普鲁斯特的，他连声称赞，不知是称赞普鲁斯特了不起，还是称赞我肯读这么厚的书。还有一次，我去较远的一家饼屋。经过闹市区，看见路边有人摆摊处理旧书。我拿起一本萨德的《索多玛的120天》，惊讶居然已有中文译本。刚放下，那人立刻拿起书，不由分说塞到我手上，说送给你了。喝咖啡的时候，我读了几十页，结果把胃口读坏了，连咖啡都不能下咽。于是起身离开，走到半路，把那本八成新的书扔进了垃圾箱。

我觉得有意思的还有一次。一群嗓门响亮的南方妇女请求我换位子，好让她们五六个人拼桌挨一起。我让了。其中一位感谢我，说，你是台湾人吧？我一看你就是台湾人——普通话说得不标准。我说，是啊，我的普通话有口音。她又说，你们台湾人爱看书。我说，那里，你们大陆人也有爱看书的。

儿子上初中那两年，我每天送他坐巴士去学校，去时带一本书，回来后会去韩国人开的饼屋，点一杯咖啡、一块面包或点心，算是早餐。饼屋客人不多，桌椅洁净，靠墙的软座尤其舒适。我时常一坐一个多小时，直到把小说的一个章节，古诗和笔记的一卷读完，或读到任何我觉得能停得下来的地方。就是这样随兴地读，伴着热乎乎的咖啡，常常一句话、一个细节，引起很多联想，立刻就想动笔。这种时候，未喝完的咖啡也不要了，立刻回家，坐在电脑前，文章一挥而就。那两年积攒的文章，无论优劣，都写得特别流畅。

咖啡确实可以提神，可以诱发灵感。秋冬之际，天已寒凉，早晨的第一口咖啡饮下，一股热流顺着喉咙泻入胸腹之间，那时长舒一口气，觉得人到此才算醒过来，一天开始，对于世界的一切，兴致勃勃。但比咖啡本身更重要的是，咖啡馆提供了一个适合思考的环境，让你觉得，走进这里就是为了无拘束地想事情，这种想象力支配的思考是最好的休息，让脑子变得澄净，光影和色彩以及声音和香味纷至沓来，像开花的原野一样秩序井然。

在某种意义上，咖啡馆是把个人暂时从社会驱离的地方，使人摆脱实用主义，获得自由和安全的陌生感，因为在咖啡馆里，无论安静还是人声嘈杂，都和你无关，只是纯粹背景的一部分，于是很自然地被忽略了。如果是爱伦·坡笔下那个畏惧孤独的人，他可以和这背景结合，成为背景的一部分；或让背景成为自己的一部分。人是社会性的，但在冥思和艺术创作中，必得制造出非社会性的瞬间，使其所思得以升华，从而更深刻地理解社会，并以此更本质地描述社会。这样，一个人才真正拥有了他的社会性。

　　上面这段话忘了是在什么地方读到的，虽然不无故作高深之嫌，但因陌生而自由的说法，说得却很实在，因此想到历史上的一些人物，在与相对陌生者的谈话和书信中，常常无意识地说出了最坦诚的话，原因或许就在于，正是陌生带来了恰到好处的安全和舒服的距离。

　　我爱咖啡，如同爱茶爱酒，不懂，也不挑剔。咖啡，只要够热够浓就好。我爱它们，正如爱古典音乐和书。然而旅行在外，一个月，甚至更长时间，也许没机会喝咖啡、喝茶和听音乐。在家里，无人对饮，很久不沾一滴酒。这些，都无所谓。但是书，无论在哪儿，哪怕是在火车或飞机上，在酒店或朋友家里，是一天不能离的，至少每天睡前，必定要读上几页。

选自《香港文学》2023年6月号、11月号

致巨河书

苍　耳

致白鹿山庄·2017

几年前的炎夏，我和顾老在连续暴雨后驱车来到小龙山下，无意间闯入你的领地边缘——靠近石塘河那个叫官兵村的地方。到处都散发着湿润的混杂气息：湖边玉米地缥缈的酸甜气味，灌木腐殖层浓重的发酵气味，年代久远的废墟的窒闷气味。巨河的梅雨季历来如此，要么昼夜暴雨倾盆，让两岸的平原陷入周期性内涝；要么像一首抒情泛滥的绵绵长调，不讲平仄，只把浓霾、烟雨胡乱填入桑园、田格。再看那湖上栅影晃动，水鸟游弋，远山墨釉吻着水波线，若剑侠别姬。不过，该村在路边竖一块"精致官兵，欢迎你"的巨碑，倒像是漫长雨季遮掩掉的若干词牌之一，但显然不是望海潮、临江仙慢，倒有点接近换巢鸾凤、醉翁操。

女村干圆脸，着一袭红裳，很亮眼，介绍说，这个村在明代叫官箅村，今人嫌"箅"生僻烦琐，字典上都难找，便以谐音"兵"替之。我"哦"了一声。树上飞来一只寒鸦。女村干说，村子自南而北依次为：江氏享堂、元庄、李家洼、渡船口、白鹿山庄、南浮山陈家老屋、小堂湾、程家享堂、獭石岭、将军湾。我问：白鹿山庄是否为明代方氏所建？她瞪了我一眼说：好像是吧，你来过？我摇摇头。女村干说：这片都叫白鹿山，大着呢。我好奇地问：见过白鹿吗？女村干笑起来：大哥哎，俺没见着，俺爷爷见着哟。顾老笑道：见着白鹿精了吧？女村干说：莫瞎讲哟，老哥哎，把俺肚子笑痛着。树上寒鸦"呀"了一声。女村干敛住笑容，将近年村建成绩叙说一遍，然后指着湖对岸说：喏，那边有个渡口呢，通往大枫圩区便捷得很。

我一惊，双目尽力往迷蒙的湖岸搜瞄。湖面灰寥微渺，断云幽渡，不见一叶。我确实在找寻某个隐秘的渡口，但不是通往大枫圩区。

采访结束后，村会计聊起村委后山边早先有个尼姑庵，是个流浪老尼化缘、开荒建的，老尼后来不知所终。听老人说民国初年，广济圩筑堤前，长江与内湖水系相通，漕运发达，官篆渡一带商贾兴隆，遍布鱼市、茶肆、酒馆、木行、油坊、当铺、鞋庄、面店。我和顾老坚持要去看那庵。会计说庵址距此不远，可那仅剩一口井了。于是会计在前面带路，探寻到荒草纷披的湮没遗址，但全无一点庵基残迹。会计仍往丛密处走，我们屁颠屁颠尾随其后，颇有点披荆斩棘的意味。当那口庵井在杂草乱荆中显现时，我们的下半身已被枝叶打得湿漉漉了。掀开井盖，一眼水泛着幽光；定睛再瞅，暗苔斑斑，疑似一个面孔慢慢浮上来，像荷叶。那是谁？似曾相识，又完全陌生。清漪微漾，这张脸立马变得丑陋无比、狰狞无比，仿佛现代类人猿。我后悔没把这张脸打捞上来，带回去制成面具，挂于壁以便反复谛视。

白鹿山庄！你的墟址仍在白鹿消隐的白鹿山上，在我匆促的脚步之下，在巨河北岸沧湖黛山之间埋首掩面。据我所知，此山庄为桐城方氏数代贤哲之别业，始建于明代天启四年，大理寺少卿方大镇预感政治清洗将至，卜得"同人于野"卦辞，遂辞官返桐城——在石塘河、白鹿山之间择地筑居，改号"野同翁"，承继父亲方学渐著述讲学之文脉，专研学问，撰《易意》

《诗意》《礼说》多卷。次年桐城人左光斗被下狱虐死，方大镇之子、兵部主事方孔炤，亦受牵连黜职，不得已携子方以智、方其义回山庄隐居。

然而白鹿山绝非世外桃源。山庄因连年战祸衰败不堪，暴侵的血火时时波击居者内心。方以智出走山庄，潜入南方抗清遭拘捕，誓不降敌，在梧州"披缁为僧"，仍秘密参与复明运动；女婿孙临战死福建莆城，女儿方子耀及外孙下落不明；方其义博洽多艺，开五石弓，作尺许字，琴剑棋画，无所不工，明亡后困居山庄，累年悒郁，以致英年侘傺以死。在如此艰窘中，方孔炤秉承家学渊源，撰成《周易时论》初稿，次年秋即郁殁。方以智奔丧返白鹿山，于父冢旁结庐三载，修撰亡父《周易时论》及其他遗著，将"易学"及象数之学传授给次子方中通。方氏数代治《易》，凿石攻玉，方以智可谓集大成者，《易》是他的道和器，亦是方氏家族的乌托邦。山庄因之声名远播，白鹿灵异引世人瞩目。可以说，方以智求学始于"白鹿"，也终于"白鹿"：十五岁时随父回归山庄并拜白瑜为师，接受姑母方维仪的悉心教导，结识了钱澄之、周岐、方文、孙临、吴道凝等同道才俊；及至中年，其主要著作《东西均》《物理小识》《医学会通》等酝酿于斯，并在往返山庄与南京期间渐次完成。

白鹿山庄！明亡后白鹿已远遁，你自此徒具其壳。看看有清文字狱，对汉文化典籍的摧残与篡改令人发指。方以智坚信与阐扬"尽天地古今皆二"和"公因即在反因中"之哲念，秉持"不虚生，不浪死"之态度，但其死仍存未解之谜。学者余英时认为方以智因"粤难"案被执押往广东，行至江西赣江惶恐滩想起文天祥，遂自沉以殉节。另一派认为，倘说方以智以身殉节，理应二十年前在广西平乐首次被清兵拘执时即殉，所以"病殁"一说更可靠。笔者认为，方以智既非殉节，亦非病殁，而是自沉于最悲摧的绝望：一则个人抗清之志不泯，拒降绝仕，但南明弘光朝廷又指责他帝都城破时未"殉节"，打入"从逆六等"之列，随着南明内讧和覆亡，满人坐稳江山，此乃"亡国"之悲；一则个人著述基本完成，然面对统治者奴化施政，摧残文化，遂有"亡天下"之悲；一则白鹿山庄方氏家破人亡，有战死者，有自尽者，有忧殁者，苟活莫如己者，且病魔缠身，此乃"亡家"之悲。任一之悲堪比利箭必置人死地，何况三箭攒心，哪有活理？在风萧萧中，"易"之光必照彻那决绝一跳。过赣江惶恐滩，不过偶合一机缘耳，不自沉于此，必自戕于彼矣。无可大师信奉"尽心，知性，知天"和"大生死之事"，从决绝自沉那最后一刻，已完成验证。

幽冥无踪的白鹿啊，丁酉年炎夏我无意间与你照面，竟相隔四百年之遥，你却在距我四米远的萋萋草尖倏忽而逝！走到土岗上，一丛丛芭茅低昂如纤夫，墟址上有屋舍、猪圈、篱笆和玉米地，其间一株老橡树兀立，浑身结满树瘤，令我肃然起敬。山庄遗址错综呈现着缥碧、酱红、土黄和瓦蓝，均淹没在大地的褐色和天空的铅灰之中。

一阵湖风吹酸我的眼，沼泽边的灌木丛传来沙鸭的低鸣。那参差的菖蒲举起烛绒，似乎想照亮什么，不过只照见一只栖停的鱼狗——它须掠过多少朝代的风刀霜剑，才能抵达这里？

无人告诉我隐秘的渡口在哪里。那远去的灰影，是参照呢，还是尺度？告别时，会计忽想起那庵的逸事——

当年张献忠率农民军攻入桐怀之地，大批难民逃到白鹿山庄附近的山坳里，结果饿死很多人。那庵里老尼听说后拿出仅存的杂粮，完了开始拆庵墙——有一年开荒种地，玉米丰收了，吃不了就将玉米棒子晒干，和以糯米粥，然后砌成庵墙。老尼带着小尼拆下一块块玉米砖，因此救活四邻八乡的逃难者，此庵后被村民呼作"普济庵"。

如今此庵仅剩一井，在荒荆野莽中。

致清明·2000

两千年了，你降临巨河两岸时往往烟雨如晦、天色沙黄，箬竹和鹃鸟在丘峦间一哑一鸣。你不过是疏通阴阳的一隙虫孔，一面透光铜镜。春四月，当爆竹炸响、纸灰飞扬，我们其实并不在青石碑后，不在黄土中，也不在高陵地宫内。我们一直奔突在巨河的苍波里——凋世之际已化作这无尽西奔的苍黄流波：逝者如斯夫！一百年前，大胡子的美国诗人惠特曼描述：

> 倒下的战士一如沉下去的海浪，他们是奔腾不息的海洋的一部分。

何谓逝者？无物无我，无贵无贱，无富无贫，无高无下，万类归一，几经沤烂、分解，仍复归这无边无际、无形无状的鸿蒙之水。

哦哦，我等不过是浮沤、浪沫、旧朝落红、碎萍，破灭后又层出的若干气泡。

光线愈加幽暗了。在山道间、圩堤上，手携黄表纸和祭品的灰暗身影行走匆匆。那个撑着油纸伞的杏村少妇有点面熟，她提着装满花束、冥币和金晃晃元宝的竹篮，恍若此间的一尾白鲟；其旁跟着一紫衣伢子，头戴柳圈，手舞一只蝴蝶筝，又似此间的一条薄花鳅。"小哥哥哎，带快点哟，爷爷在北方筑长城时累毙，爹修皇陵死不见尸。"马王堆近了，青烟四起了，土岗上麦苗青郁，乌鸦盘旋若磁铁，未亡人披麻戴孝，形似陈年棉秸。世间总把逝者视为"过去时"，却不曾打量巨河里一涡一涡的流波——冲撞、叠涌是交谈，回旋、跌宕是哼小调。别以为我们消失了，不在了，便需要你来超度、招魂。这其实源自一种古老的误解。倘无敬生赡老之心，亦无一点自省、忏悔之意，一个劲地朝碑石磕得头破血流，得了破伤风咋办？

况且，况且我们已从六合空间"降维"进入巨河，每年都要涨几次潮啊，又化作霜露以及梅雨抚摸干燥的旷原。再看那秦、汉已化作尘土，在一座座荒圮的宫殿中，黄鼠鸣窜，无主的燕子呢喃着五行闭合的圆。不断重复的悲剧和喜剧呀，英雄穷途，小人得势，戏子张狂，不断轮回的诡谲命运仍在持续上演。在孤注一掷的日落时分，我们举起一头濒临灭绝的白鳘豚，设法让它跃得更高些，更凄艳些，然后慢慢滑坠下去，陷入渊谷和忘川。至于胭脂鱼、银鮰、江豚、松江鲈……不忍一一说出。此间并不欢迎它们加入络绎的"逝者"行列！

我和我们流过去了。不是白驹过隙，不是飞矢不动，倒近于惶恐滩头的白鲦，零丁洋里的河豚，然后化作弱水三千。

比如我，可能是南唐那位末代君主。我写的那些词被后世视为杰作，其实不过是以泪洗面的悲情延续，更近于水银泻地千里，然后再度灌回我的每一根血管。不敢缅想最后的金陵之夜，刀剑交鸣，乱马狂嘶。在肉色、镀金的日子崩溃后，剩下的只是锁链、蔑视和羞辱。

> 我的脚踩上了寻找着我的长矛的阴影。我死亡的嘲弄，骑兵，鬃毛，一匹匹战马，收紧了我的包围圈……

一千年以后的南美洲诗人博尔赫斯竟如此逼真地描述了我的命运！在乌暗得失去名字的巨河渡口，我和其他皇族像牲口一样被押解到汴京。

我是谁？是丰额骈齿的南唐君王，还是引颈待决的囚徒？是一目双瞳的江南国主，还是受尽凌辱的违命侯？下弦月之夜，我抖动手腕用颤笔写下"流水落花春去也，天上人间"，墨迹虬曲，大字如截竹，小字如聚钉。可是我真的跌落到人间了吗？我做过南唐的人君，可我做过几回"人"？倘非"人"，死后做"鬼"怕有些危机，也领受不了这份香火呀。借着烛光，我审看金错刀体反倒更像人，更像一个个风骨嶙峋的"倔强丈夫"！写下这些词句，吾深知本囚连涸辙之鲋也不如。

> 一旦归为臣虏，沈腰潘鬓消磨。最是仓皇辞庙日，教坊犹奏别离歌，垂泪对宫娥。

先是蹂躏小周后辱杀我,接着以牵机药鸩杀——那马钱子性寒味苦,令饮者全身抽搐,头与足相接而毙,状似牵机。然而葬于洛阳北邙山的,不是我。一江渔火若白芷,见证我的臭皮囊化作了草萤……宋太宗那个臭狗屎也来了,成为农家肥也加入"逝者"阵列。

长夜。漫漫长夜会发现我在金陵的一个荒凉河湾逗留、张望。我生性懦弱,搞出的浪花很小,响声也小,低得像洞箫。我的南唐故城啊,四十年来家国,三千里地山河。玉栏我拍不到,却把金陵宫阙的一块雕砖拍湿了。

清明呀,吹了两千年的巨河之风仍在吹着,吹向土岗尽头的一座废窑洞,那儿除了草还是草,一只倾倒的破陶罐,里面的水像瞳孔,凝望河边土屋的篱笆上吊着的几只干丝瓜。何谓逝者?无荣无辱,无名无实,无春无秋,无彼无此,万源归一,几经蒸腾、冷凝,最终复归这无边无际、无形无状的混沌之水。

比如我,也可能是晚清安庆那个民间小女子胡娴静,因排行在七,胡玉美族人呼我"胡七姑"。我深爱的未婚夫孙本佑功名心切,读书用力过猛,猝然呕血而亡,我悲伤至极,决意以死相随,吞金自尽!然小女子绝非"殉节"!杜丽娘死而复生,与柳梦梅缔结死生无间的好姻缘,是天意昭昭,更是自由抉择。然而我的灵堂挂满了"贞孝可风""百世贞洁""千秋烈女"的挽匾,在菱湖北岸建"胡七姑祠",还惊动慈禧御赐"胡氏节孝坊"。然百年豹变,不变的是所有的祭祀,不过是把我的爱情第N次杀死,连同我的抗争!

何必……何必问君愁?那只蝴蝶筝已脱手而去,飘曳在"一江春水向东流"之上的云边、月边。

不再絮叨了。逝者不是死者,而是另一种"在者":被巨河平等、宽大地接纳在怀,作为不可否定的世界的一部分,仿佛童年歌谣,以及星空长出豆芽的旋律。"伢子哎,地上长河么人开呀,月里梭桐么人栽呀?伢子咿子呀，什么人天河把渡摆？什么精灵下凡过河来呀？伢子咿子呀。"

不必问杜刺史，亦不必问那牧童。

选自《散文》2023年第6期

假如我是一枚壶手

徐　风

　　我喜欢这个名字：壶手。它很感性，强调了手的地位。不过我并不是一枚壶手，只是写过一些关于紫砂壶的文字。如果把壶假设为一扇门，那么，我这些年一直在其间出出进进。有一种神秘的力量在牵引我走向它。如果你去过壶乡（本地人称为陶都），那你将看到一栋栋连绵不绝的迷宫——有一万个以上的制壶作坊，在蠡河的两岸铺展开来。每天的清晨或黄昏，你都能听到制壶时乓乓乓乓的声响。壶，紫砂壶，于太湖西岸的宜兴，是一个巨大的存在。你无法回避一把壶，就像你无法不进行你的一日三餐，因为这里的人们除了吃饭，还好一口茶。八百年前苏东坡来了，他给本地人展示的，是其凡夫俗子的一面。如何汲山中清泉，如何采鲜嫩茶芽，然后，如何研制与茶匹配的壶。所谓饮茶三绝，其实是宜兴人自己的想头。但人们愿意把苏东坡并不能做的事附丽于他。此地有茶山，烧壶的土金贵，别处没有，此地有一座黄龙山，皆是做壶的好土，人称"富贵土"。茶之于壶，是诱惑，也是一个巨大挑战。远古饮水，无非用陶罐或陶盏，日常器皿粗糙，亦如生活本身。供春和时大彬，是最早留下姓名的壶手，早前制壶者如过江之鲫而寂寂无名，他们凭什么留下名字呢？时光并没有在他们的壶上滞留，文字却记录了他们的手感——转换到壶上，就是不可复制的灵性。人们称他们做的壶，叫传器。后辈的壶手想知道的却是，他们用了什么样的工具，来帮助他们确立手感并反哺给壶？

是的，我们见到了供春和时大彬留下的壶。从今天的角度来看，壶艺还是粗糙的。供春根本不是一个壶手，他就是一个明代的文艺青年，饭碗在主人手里。主人在寺庙里养病读书，他没事干。他得感谢自己的无聊。寺庙的老和尚在做壶，他不太服气。他在没有最基本的工具的情况下，用一把调羹，仿照院子里一棵银杏树上的树瘤，做了一把像壶一样的东西。这把壶石破天惊，被后人奉为壶之先祖。供春自己也被吓到了。他再做壶时，手里有了一堆工具。这是别人给他的。他用着很别扭，做出来的壶，不但难看，也非常拘谨。对于一个壶手来说，工具其实就是他手感的物化。于是，一些问题来了，是工具适应他，还是他适应工具？他的工具由谁来做？是先做工具，还是先做壶？有一位被奉为当代紫砂壶泰斗的壶手顾景舟出来说话：好壶，是好工具做出来的。一个壶手不会做工具，就不会做壶。他自己的一套传世茶壶，人民币九千多万。壶背后的工具有多少？一百多件。然后，他转身，开始做另一把壶了。原先的工具被放进几个抽屉。干吗？即将要做的新壶，跟原先的不太一样，工具必须重做。

假如我是一枚壶手，刚入行的半年里，肯定一直在学做工具。我会感到枯燥心烦，那是我的心和手还没有建立某种默契。手在盲目地忙碌，就像一个人在荒原上毫无目的地狂奔，心却还蒙在鼓里沉睡。这个时候有什么解药呢？寻找手感吧，师父会告诉我，手感是做出来的，不做，或者做得少，手感就不会降临。我制作的第一件工具叫明针。它不是一枚针，而是一张如刀币状的牛角片。壶手的心思和手感，就靠它来连接。师父告诉我，紫砂泥经过手工拍打和震动，"泥门"就被打开了。泥门不是一扇门，而是坯体的气孔被打开了，说泥门开了，是壶手们催自己干活的一种说法，就像你煮一锅饭，煮到锅巴都香了，那火候就到了。泥跟人一样，也有状态。彼时紫砂泥已被捶得欲罢不能，如果它能够呼唤，它一定会大叫：师父啊，我等不及了！

我慢慢得知，紫砂泥的颗粒在反复的捶打中，经历了一次重新排序，很细的砂颗粒会慢慢沁出来，当用竹片压形的时候，水分带着细砂浆也会渗出来，当用牛角片去压光它的时候，目的，就是让渗出来的细泥浆稳定下来，在坯体表面形成一层薄薄的膜，这就是好壶的皮肤：内部结构疏松，表面细腻绵密。一经茶水泡养，包浆立马呈现——一把好壶的有机构造，如同皮肤与血肉的完美粘连。这对于真正的泡茶人来说，至关重要。

这样的时候，打理紫砂壶表面的光洁度和处理整个壶体和谐的工具，就数明针了。

乍一看，所谓明针，就是一张薄薄的牛角片。壶手的心思和手感，要靠它来传递。没有它，壶体表面的光洁、气韵就无从谈起。壶手们做明针，先是把从常州乡下某地（似有专售）买回的牛角片，剪成像古代战国刀币的形状，放在凉水里浸泡两三天；然后用一块玻璃，轻轻地修刮其形状的边沿，使其薄而润；接下来的一个关键字是：刮。所有的要求，都是用一块玻璃的锋刃，一记一记刮出来的；要让这张刀币形的明针片，从尾部到头部，一点点地均匀地薄下去，这太不容易了。如果你不懂做壶，那你就不知道什么是适度的厚薄。被刮下的纤维卷曲着掉到地上，一圈一圈，一张小小的牛角片，竟然可以被刮出一堆纤维。

现在你明白了吧，明针其实就是手的延伸部分，人的手掌不可能有那么薄，手指不可能有那么尖，那么有韧劲，那么有弹性，那么张弛有度，那么随心所欲地弯曲到任何一个所需的弧度。所以，做明针，就是做自己的一只可以延伸的手，那是灵性，是手感的托付，是只有自己知道的习惯在一个器物上的演示，这只手应该怎么用力，特定的手势又是怎样的，只有明针知道。

于是就有了一个词：明针功夫。

壶上的光与润，都要依仗明针。这里的明针功夫，不光关乎壶体的光洁明亮以及转弯抹角的周全，还与茶壶日后的包浆有关。厉害的壶手会刮得恰到好处，那就是，多一刮则瘦，少一刮则腴。明针使用不当，那就是跑气，壶韵就给弄没了，而且还把壶体的泥门给淤塞了。这听上去有些玄乎，事实是，泥门的淤塞，会导致一把壶越养越脏，像人的脸，皮肤毛囊堵塞了，就会起痘痘。壶其实是一样的，这种壶，你喂它十吨茶叶，也休想养得出光彩，包浆之类，早就跟着别的壶私奔了。

当我真正会使用明针，并且让一个粗糙的壶坯焕然一新的时候，我的心和手其实已然是默契的好友了。冬天的时候，壶手们喜欢去山里选几棵腊竹做工具。即便是上了年纪的壶手，也会爬上很高的山，在"竹海"里选那种合意的老腊竹。所谓老，必须有十年以上的"竹龄"。十载寒冬，经霜耐雪，又在腊月里被伐下，故称腊竹。为何这么讲究呢？师父说，经受了冬天的风霜雨雪，腊竹的肌理会变得细腻、没火气，且没有蛀虫。将其放在屋檐下，让它闲着，两三年不要动它。然后，某一日，截取其最好的一段，根据壶体外形的不同，制成不同的弧度。因为，制一把壶，需要各种不同弧度的竹拍子、竹篦只。

临走的时候，师父还在一条干涸的涧滩边漫不经心地捡了几块鹅卵石。我好奇地问要这些石头干吗？师父说，也是做工具用的。"竹子上的毛糙，要用砂性大的涧滩石来打磨。为什么呢？竹子长在山里，它依靠山土和涧滩里的水活命。涧滩里的鹅卵石跟它是邻居，说不定还是亲戚。它的砂性跟竹子的质感是相通的，它的砂性就能对付竹子的糙性。它们是相克相生的，不伤感情。这样的竹拍子和竹篦只，磨出来肯定是玉觉觉的，用来制壶是最自然不过了。"

玉觉觉，是本地方言。顾名思义，就是要让一件竹制的工具，摸上去有玉器的感觉。觉觉，就是那种玉感的加强版。

要让壶上有珠圆玉润的感觉，那么就从做工具开始吧。假如我是一枚壶手，最初我会感到绝望。都什么年代了，我哪还有这种心气，像返回到农耕社会，天昏地暗地去折腾那种冷兵器一般的工具，老法师们那样笃笃定定，仿佛时光在他们身上停滞了。要命的是，竹拍子和竹篦只做出来了，老法师并不立即使用。他们有强大的参照，比如苏州折扇，其扇骨也是竹子削出来的。一把扇骨，要放二十年。为什么呢？老法师不说了，让徒弟自己去想。

做一把壶，一百多种工具。哪一件最重要？壶手还真的无法回答。因为，每一件工具的诞生，都是心与手磨合、贯通之后共同决定的。壶手拿起它，手感就来了，就像通电。比如挖嘴刀，你说它重要吗？做壶的时候，大部分时间它都闲着，但到做壶嘴的时候，就非它莫属了。懂壶的行家非常注重壶嘴，认为它是一把壶的精气神。不过，壶嘴并不是光用来看的。沏茶的时候，壶嘴的出水能不能成一条线，力度够不够，水柱冲进茶杯里，能不能不泛出水花，对于一把壶的名声很是紧要。"七寸不泛花"，是壶界衡量壶嘴出水爽利与否的标准。旧时茶馆，某新科壶手登场，一把新壶当众开壶，几十双眼睛盯着，那壶被拎起，离茶杯七寸高，壶嘴一动，水流飞快地倾泻而出，聚而不散，飞注如线，方称好壶。

所谓精气神，这是场面上的说法。事实上茶壶出水时的爽利畅快，全凭挖嘴刀来成全。它的脖子很长很细，体形潇洒，像栖息在岸边的鸬鹚。刀头子很尖，两面刃口都很锋利。手柄部分则因人而异，有的玉觉觉，有的细伶伶。当手工搓出来的壶嘴里还有一些残余的泥屑时，挖嘴刀上场了，它可以从容地深入到壶嘴的任何领域，清除那些妨碍嘴道畅通的细碎泥屑。嘴道，不能太宽，也不能太窄；壶手的心里有一把尺子，嘴道的宽窄跟壶体大小是有比例的。即便是一个熟练的壶手，他也不习惯用别人的挖嘴刀来干活；而自己的工具仿佛有一种磁铁效应，一上手，感觉就来了。它貌似冷兵器，没有温度，但它有记忆、感觉。壶手拿起它，密码就对上了。它是一个壶手的手势、感应、习惯的叠加与扩大。突然你发现壶手拿起挖嘴刀干活的时候，它立刻就有了表情。那种志在必得的姿态，在伸进壶嘴里清除泥屑的时候，表现得直露无遗。"七寸不泛花"于它，是一个板上钉钉的指标。如果壶手的新壶在茶馆里被斗败，壶手会不会迁怒于挖嘴刀呢？——一种最坏的结果是壶手不再宠它，甚至另觅新欢。它最终生锈而被撂在一边，壶手顺便就把它扔进工作台（泥凳）边的一个杂物筐里，这是它想象中的末日——就像被打入冷宫的妃子。它无言的委屈是，我的样子又不是我自己决定的，干吗就这样不用我了呢？此处没有公理，只能是壶手的感觉说了算。

紧要的工具其实都没有惊艳的外表，甚至木讷得没有表情。前面说到的那种叫"篦只"的工具，乍一看，它就是半截方方的竹片；但它的履历上写着，它来自某某深山里一棵竹龄十年以上的老毛竹的腰部。它浑身上下没有一个哪怕是潜在的蛀眼，肌理坚韧而细腻。它成为"篦只"之后身价有点高，对于做壶而言，一个壶体（身筒）立起来了，它还需要经过打理。壶界的人，把身筒分为三截，打理它们的工具，叫篦只。它们各自的名字，其实就是壶手对它们的分工，分别是上脱、中脱、下脱；再往细里分，还有直脱、盖板、肩脱。这些名字，只包含最简单的意思，但内中却也别有意味。壶手对它们的熟悉，就像对自己的手指头一样。如果把张三和李四的篦只放在一起比较，你会发现，它们之间的差距很大，大小不一，形状亦有异。这是因为，张三和李四的出手不一样，他们的手势、手感也不一样。

从字面上看，"篦"是一种梳头用具，跟制壶八竿子打不着。一种说法是，离宜兴不远的常州，出产一种用来梳篦头发的器物，用牛骨和竹子做成，中间有根梁，两边是密齿。此物称篦子，古时还是情人之间的信物。因为古时没有洗发水，古人的一头长发容易打结，男人女人俱是如此。经常用篦子来梳理，是生活里的日常。篦子还能按摩头皮，这就扩展到了理疗的范畴。做壶的艺人，就是取它的梳篦之意。在壶手看来，这个身筒立是立起来了，不过，毛病还挺多，需要一点点来梳理它。

所以就有了一个词：篦身筒。

既然与篦子相关，篦只的式样，便保留了篦子的诸多成分。方方的竹片，自然的凹度，所有的边角都变得温文尔雅，但细细一看，棱角还在，只是锋芒已然消隐。这些都是壶手根据篦身筒的要求，自己设计出来的。

只有壶手自己知道，在篦身筒的时候，哪个部位需要多大的篦只，哪里需要圆一点，哪里需要阔一点，都是干活的那只手在悄悄告诉你。你把篦只做到刚刚好，手感就把酣畅的密码发到篦只上了。你于是知道，为激发自己的手感做一款特别好用的工具，是对干活的手的最好馈赠。手就是这样，你待它好，它就待你更好。你做的篦只又灵巧，又好用，手干起活来，会频生灵感，且格外卖命。

木转盘、线石、线梗、木拍子、竹拍子、搭子、勒只、矩车、鳑鲏刀、虚砣、独个、木鸡蛋、的棒、的屁股……这些听起来不怎么高雅的工具名字，其实都是做壶时镇守一方的大仙。假如我是一枚壶手，我的光荣与梦想，就是得到师父最满意的一件工具。是的，如果有一天，师父肯把他最得心应手的工具送给我，那就表明，我已然学到了他的本事。师父也是这样，得意的时候，会把他师父当年传给他的一件工具，拿出来给我看，顺便还给我讲一个故事：当代紫砂壶泰斗顾景舟有一次接待一位日本顶级的陶艺家。这位日本陶艺家很牛，国际大奖拿到手软，在日本堪称技艺盖帽。起先他没把顾景舟当回事，但看到他工作台（泥凳）上的一把壶，以及做壶的几件工具，态度陡转，变得非常恭敬。他觉得顾老的每一件工具，都堪称艺术品。他说自己一生周游五十多个国家，还没有见过这么精美的工具。如果可能，他想向它们鞠躬。他还提出请顾老去日本讲学，并且责备顾老身边一个去日本留学的徒弟：这么伟大的老师在身边，你干吗还要来日本！这个段子被写进了顾老的传记。

在师父的师父那一辈，谁能得到顾景舟一件工具，就等于承继了他的衣钵，那是做梦都想的事情啊。工具之于壶手，就是他的秘籍，就是他的艺术生命密码，他的手感，也是他的托付。壶手的一生就是和工具耳鬓厮磨的一生，也是不断制作工具的一生。因了工具的连接，壶手看世界的眼光会不一样，世间万物，在壶手眼里都是有情的，拿来都是有用的。屋顶上的老瓦，可以磨成"燕石"打磨竹篦只；乡下打谷场上的破竹床，可以拿来做竹拍子；用了几十年的旧皮革和磨掉了经纬的旧面纱布，都可以用来做光洁壶坯的"了坯布"；经历了风霜雨雪的榉树疙瘩，可以削成打泥片的搭子。在壶手眼里，它们都是不可或缺的宝贝。心爱的工具融入了壶手的身心，变成了壶手生命的一部分，它和壶手一起，成全着一件一件传世妙壶。这绝非矫情，更不是言过其实。

选自《十月》2023年第1期

绿荫与喧寂

李晓君

古圣所见诸境，唯见自心。

——［五代］文益禅师

马龁枯萁喧午枕

回想过往种种，不知从何说起。我曾经做过一个梦，梦见白昼窗外马在嚼食豆秸。那样静谧、安详的声音，突然化作翻江风雨。一个白日梦。醒来后，神思恍惚，怅然若失。这是我一生最好的时辰（没有之一）：苏轼做翰林学士，我除神宗实录院检讨官、秘书校理，我们首聚于京师。八年前我与子瞻开始通信，此番相处三年有余。那段元祐时期的文学盛况，是以子瞻为核心，我与秦观、晁补之、张耒，加上陈师道、李廌（人称"苏门六君子"）等共同开创的。正所谓"红尘席帽乌靴里"，我在仕途最顺畅、足以眺望未来的时候，却做了一个"清凉之梦"。梦中向往的依然是风雨江湖。马在窗外嚼草，我的心却如佛法揭示，进入一种内在的神秘体验。《传灯录》中第二十二祖付法偈曰:"心随万境转,转处实能幽。随流认得性,无喜亦无忧。"窗、马、江浪在梦中三位一体,构成一幅禅定的画面。

三年前,我离任太和县令,来到京师,对我来说亦喜亦忧。喜的是,此番进京是朝政风向转变的一个缩影——元丰八年(1085)三月,神宗驾崩,十岁的太子赵煦即位,是为哲宗,太皇太后垂帘听政。她起用反变法派人士(史称"元祐更化"),一大批熙、丰年间被外放、贬斥的官员回到朝廷,而声誉鹊起的文人也受到举荐——我属于后者。经历变法与反变法以及残酷的党争,国朝这艘巨舰似乎朝着平静、广阔的洋面航行。我与子瞻相知相慕(他曾对我岳父孙莘老说:"此人如精金美玉,不即人而人即之,将逃名而不可!")。畅快的翰墨生活符合一个文人的理想。我对他始终执弟子礼——哪怕在声誉到达顶峰,人们将我与其并称时,都未曾改变。元祐三年春季,进士考试期间,苏轼领贡举士,我以参详(参酌详审)忝列其中,数月幽闭的生活枯燥而有趣,公与我们唱和诗歌、寄情书画——我的书法,在那时开始发生转向。我承认,坡翁书法对我影响很大——某种程度上,他矫正了我早期学周越"抖擞"不去的习气。多年后我回忆:"元祐中锁试礼部,每来见过,案上纸不择精粗,书遍乃已。性喜酒,然不能四五龠已烂醉,不辞谢而就卧,鼻鼾如雷。少焉苏醒,落笔如风雨,虽谑弄皆有义味,真神仙中人!"东坡可亲、可爱的形象便是如此。驸马王晋卿是我们好友,他张罗"西园雅集",似乎重现了"兰亭诗会"盛况。这一切,如绚丽的虹彩深深照映在我记忆中。

忧的是,我身在仕途,心在江湖。虽然义宁双井黄氏是个显赫家族,有人统计,仅宋代便出进士四十八人,我同族兄弟十三人,中进士者十人,被称为"十龙及第"。这种现象并不多见。但我内心深处并不看重做官,相反,我命途多舛、屡遭流放的一生,正是主观上排斥仕途的必然结果。上古时帝颛顼高阳氏后裔有才子八人——称为"八恺",庭坚为其中之一,我名字便出于此。我兄大临名字亦如此。太和澄江月色,与义宁双井月色相似,两地相距不过几百里,山川、风俗也多有相似。此番离赣赴京,我的心情如林鸟投笼,前途未卜。

也许对江湖念想太深,或者说"此心吾与白鸥盟"的执念,我在公署做了个白日梦——或可作为我一生的注脚。人生如梦,于我不是一种形容,而是一种实践;不是一种虚幻,而是一种现实。后人任渊说:"闻马龁草声,遂成此梦也。……以言江湖之念深。"

马嚼草的声音,仿如梦,又如梵音轰顶。

多年以后,陆游在《老学庵笔记》里写道:

> 鲁直至宜州,州无亭驿,又无民居可僦,止一僧舍可寓,而适为崇宁万寿寺,法所不许,乃居一城楼上,亦极湫隘。秋暑方炽,几不可过。一日忽小雨,鲁直饮薄醉,坐胡床,自栏楯间伸足出外以受雨,顾谓寥曰:"信中,吾平生无此快也。"未几而卒。

信中,吾平生无此快也

信中是谁?一位不传于《宋史》名费衮的人,曾作一本笔记小说《梁溪漫志》。费衮说:"暇日时以所欲言者,记之于纸,岁月寝久,积而成编,因目以《漫志》。"梁溪为无锡别称,东汉梁鸿曾寓居于此。小说志怪,多出于这种寂寂无名文士之手。若以成功的仕宦生涯而论,我与费衮无异。因而,你将《梁溪漫志》当作我的手笔也无妨。《漫志》里也详细记载了信中——我在宜州最亲密的人的事迹。信中本名范廖,蜀人,时客居南京,听说我贬谪岭表,恨不能与我相识,长途跋涉数月来到宜州,从此朝夕陪伴我左右。

信中出生于富家，负才任侠，豪纵不羁，花钱如流水。曾尝试科举，又曾纵酒杀人，从此隐姓埋名，浪迹于江湖。他后来投奔某知州翟公，求为书吏。翟公赏识其书法精妙，其子从他双眼看出他非平凡辈，便详细询问，他也如实作答，再以《易》《书》为题考他，一挥而就，文采斐然。翟公要回家乡丹阳，便将他安置在州学，并将一笔钱交给州学教授，吩咐只在范急需时给他。情形正如教授来信中描述的：范廖来到州学后，对所有人成为一种"灾难"，他花光钱后，人已不知去向。后来，翟公去世，有天突然来了一个人，掩面痛哭，翟公子出来一看正是信中，于是留下吃住。第二天一早发现，几案上的白金器皿荡然无存，范廖也不知去向。

信中席卷翟公家的白金器皿，后来成为安葬一贫如洗的我的开支。

宜州是让士人胆战的烟瘴之地。在我眼中，却不失为安放身心的极佳处：拔地而起的丹霞赤壁艳丽鲜红，与炽热骄阳下迸发旺盛生命力的丛林相映成趣。依山而筑的野寺、幽深清凉的溶洞，以及壮苗阿哥阿妹憨厚淳朴的歌声、鲜艳的服饰，河岸的山寨石门木屋，都有一种朴实无华的生趣。

"我虽贫至骨，犹胜杜陵老。"辞别家人，独自来到这被羁管的瘴乡。家人悲泣，痛哭失声，仿佛预见了此番分别后会无期。我本打算将南迁的十六口家眷安顿在桂林，只身去宜州，不料行至零陵已酷热难当，遂将他们留在零陵。在宜州，我起先住在城西江边，后在官府命令下，搬至城南。我将租赁的住处命名为"喧寂斋"——意为在嘈杂纷闹的城内（那是官府便于管制的考虑），依然保持内心的宁静："既设卧榻，焚香而坐，与西邻屠牛之机相直。"

这年五月，我又将住处搬到了正南门的城楼上，一直到我某天伸脚淋雨，溘然而逝。住于南楼，人们或许会说因我贪凉，毕竟岭表天气酷热难耐，我更愿意说出自一种登高望远、思恋故园的心理。曾经，长兄元明从永州来宜看我，短暂的相聚，我们秉烛夜游，登南山探岩洞，甚至破例食肉（我吃素已久），并写诗表达心绪：

> 霜须八十期同老，酌我仙人九酝觞。
> 明月湾头松老大，永思堂下草荒凉。
> 千林风雨莺求友，万里云天雁断行。
> 别夜不眠听鼠啮，非关春茗搅枯肠。

临别之夜，我思绪起伏，久久不能入眠。听着鼠啮食的窸窣声，家山风物入梦来。相术者曾说我兄弟都能活到八十岁——也许元明还在期待那一刻，但生命之门在他走后不久猝然对我关闭。

在宜州最后一年，我曾写下一本日记体小集《宜州家乘》。这本册子对我在宜生活有详细记录。宜州生活虽多无生趣，但一些平凡细节却也动人。如，宜州知州姓党，曾率一帮同僚下属对我这个罪人进行拜访，知我参禅，连续四天让人给我送来含笑花，以示关心。后来这本册子几经辗转，出现在高宗手上，成为他消遣的案头清供：

> 高宗得此书真本，大爱之，日置御案。
>
> ——陆游《老学庵笔记》卷三

去国十年，老尽少年心

元祐八年九月，太皇太后高氏崩，哲宗亲政，第二年四月，将年号改为"绍圣"（意绍述先圣神宗之政）。我以及其他参与编修《神宗实录》的人员均受到降职或贬斥。此后这种政治取向一直延续到徽宗朝，乃至于发生"靖康之乱"的国祸。

那时，我刚除丧服（舅父李常与岳父孙觉相继去世），应诏来到陈留接受审查——与此同时，我的一切官职已被剥夺，只留下一份祠禄。我早已厌倦仕途，将家眷安顿在太平湖边，打算风波过后在此终老。但事与愿违，在经历一番并不鲜见的审查程序之后——章惇就任宰相后提举重修《神宗实录》《国史》，蔡卞、曾布、林希等同修——以"谤史"的罪名，为我罗织了千余条材料，绝大部分查无实据。我因书"用铁龙爪治河，有同儿戏"被责为涪州别驾、黔州安置。诏令下来，左右痛哭失声，我却心情平静，倒头便睡，鼾声如雷。惠洪《石门文字禅》说我不悲反喜："四海皆昆弟，凡有日月星宿处，无不可寄此一梦者。"

初贬黔中三年，是我流放生涯的序曲。此后，因避嫌外兄张向任职该地之故，迁戎州，又流寓江汉。鬼门关外莫言远，四海一家皆弟兄。在黔州时，我开始痛戒酒色，与黄龙僧人及云游衲子多有通信和交往。并从参禅中悟到"草书三昧"：

> 绍圣甲戌，在黄龙山中忽得草书三昧，觉前所作太露芒角。若得明窗净几，笔墨调利，可作数千字不倦，但难得此时会尔！

参禅的喜悦，足以抵抗俗世的纷扰，从而勘破死生之根，摒弃枝叶浮华、忧畏淫怒。我从蜀地江中舟子驾船使橹而悟到笔法，又从禅林悟到书法韵味，至此书风一扫姿媚，独全神骨。行书《砥柱铭》《松风阁》便作于此。脚气、头晕、臂痛常折磨我——书法和参禅，大大缓解了体疾的烦恼。到戎州后，渐开酒戒——"老夫止酒十五年矣，到戎州，恐为瘴疠所侵，故晨举一杯。"

如果说早期书作，如《花气熏人帖》《廉颇蔺相如列传》尚带有入世未深，芒角显露，稍含行书笔意的话，此时写的《寄贺兰铦诗》，则多以"曲折"用笔，矫正了早期直线太多、略显生硬的弊病。一个书法家，突发的灵感其实只是蒙昧、沉淀已久的矿藏被偶然的火花点燃，从此跃上一个层次——我们不要被表面的所谓"灵感"遮蔽。灵感其实是建立在前一阶段的积累之上。

尽管我早露慧根,但也并非一开始就立志禅门。仕途的劳顿,二位夫人先后去世产生的幻灭感,让我中年以后,真正倾心于禅。"诸行无常,一切皆苦;诸法无我,寂灭为乐。"三十六岁时,我经过舒州,拜谒三祖山山谷寺,出于对三祖僧璨的敬仰,因此自号山谷道人。元丰七年,曾作《发愿文》,痛戒酒色,走上苦修之路;后又在戎州破除酒戒,随缘任运,以"平常心是道",直到去世。

贬谪黔州期间,我在彭水乌江东岸一方十余平方米的巨石上建有一轩:绿荫轩。上有参天榕树投下的浓厚绿荫,下有历代文士题咏的摩崖石刻。我亲书匾额一块,常于此眺望乌江远山,流连不去。

虽已戒酒,但养花种竹,与禽鸟为乐,还爱上了弈棋。总而言之,我是个能够苦中为乐的人,不失做人的幽默和生趣。古人称五月十三日为"竹醉日"。当我看到从篱外移到篱内与竹为伴的橙树病恹恹时,便作《竹枝词》笑称——竹醉导致橙也醉了。

绍圣二年我谪黔路过江陵,寄居承天寺,住持智珠想将院中旧塔拆掉重建,便对我说,修成之后请我作记。我说,作记不难,新修宝塔为难。六年之后,再过江陵,重返承天寺,七级浮屠已然巍立。于是挥笔写下《承天院塔记》,记成刻石。知府马瑊在承天寺宴请同僚,饭后率众人绕塔欣赏碑文。转运判官陈举、李植,提举常平林虞等,看到碑尾只落我以及知府马瑊名字,希望他们也能"记名不朽"。我不予置答。不料陈植怀恨在心,伺机报复。后与我有隙的赵挺之高居执政之位,陈植便"以墨本走介献于朝廷,谓幸灾谤国"上书,赵挺之以此发难,对我以幸灾谤国之罪除名,羁管宜州,贬死瘴乡。

我离任太和,移监德州德平镇,与御史赵挺之共事时,曾有过一段过节。苏轼元祐三年十月在文中曾有描述:

> 御史赵挺之在元丰末通判德州，而著作黄庭坚方监本州德安镇。挺之希合提举官杨景棻，意欲于本镇行市易法，而庭坚以谓镇小民贫，不堪诛求，若行市易，必致星散。公文往来，士人传笑。

《宋史》评价赵挺之：

> 为小官，薄有才具。熙宁新法之行，迎合用事；元祐更化，宜为诸贤鄙弃；至于绍圣，首倡绍述之谋，抵排正人，靡所不至……

赵挺之正是金石学家赵明诚父亲，才女李清照公公。

以禅喻书

"见杨少师书，然后知徐、沈有尘埃气。"

书法当以韵胜，有尘埃气，则离世俗太近。这里涉及书法的核心命题，不是技法上的——技法只是通向艺术的手段——而是"韵"本身。后人总结宋代书风，以"尚意"为指称。"韵"和"意"，在我这里，都是一种神秘的内在体验，是理解我书法的两把钥匙。明代祝枝山曾说："双井之学，大抵韵胜，文章诗学书画皆然。"

"气韵生动"，是南朝谢赫的绘画理论，此后成为论画的标的。

魏晋间，"韵"也常用来论人。我曾说："观魏晋间人论事，皆语少而意密……论人物要是韵胜为尤难得。"谢安早年初见少年王献之，后者之所以给谢氏留下深刻印象，大约便是王献之"语少而意密"故。其父王羲之书法之"笔短意长"，与献之"语少意密"是一个意思的两种表达——它们都指向一个美学范畴：含蓄。

含蓄为美。

通达含蓄之门，在我这里是参禅。禅宗最高宗旨是不立文字，即禅家言："才涉唇吻，便落意思，尽是死门，终非活路。"我曾经与惠洪对句，我说"呵镜云遮月"，惠洪对"啼妆露著花"。我指出他的对句虽"深刻见骨"，但"不务含蓄"。惠洪常与人说起。

我悟得"草书三昧"，正是发现以前的书作太露芒角，不够含蓄。正如斐景福对我早期书作委婉的批评："结字使笔非不力求奇纵，而直笔尚多，心手未调。"

要达到"韵"的境界，必须"句中有眼""字中有笔"。

荆公曾曰："江月转空为白昼，岭云分暝与黄昏。"又曰："一水护田将绿绕，两山排闼送青来。"

东坡亦曰："只恐夜深花睡去，故烧高烛照红妆。"又曰："我携此石归，袖中有东海。"

荆公和东坡造语之工，正是句中有眼。学诗者如不知此妙，韵终不胜。

至于"字中有笔"，我曾说："作字须笔中有画，肥不暴肉，瘦不露骨，正如诗中有句，亦犹禅家'句中有眼'，须参透乃悟耳。"

眼是用来观的。观，观照，这个动词抽象出佛家慈悲、智慧的属性。"尽大地一只正眼，遍十方四面无门。"随着参禅的深入，世事的磨难，我开始独具只眼。然而从书法的角度来说，我这个具眼人，离王羲之还有差距——他的书法具"三眼"，是真正圆成有韵、不可逾越的典范。

为更好地说明，我以右军书为参照，举三个书法家——王著、李建中（李西台）、杨凝式（杨少师）来比较：

> 余尝论近世三家书云："王著如'小僧缚律'，李建中如'讲僧参禅'，杨凝式如'散僧入圣'。"当以右军父子书为标准。

小僧、讲僧、散僧，可以说是参禅的三种境界。王著"用笔圆熟，亦不易得，如富贵人家子，非无福气，但病在韵耳"。王著虽笔法圆劲，但缚于法度，不能尽妙，犹如小和尚囿于规矩。"李西台出群拔萃，肥而不剩肉，如世间美女丰肌而神气清秀者。""虽稍病韵，然似高益、高文进画神佛，翰林公至今以为师也。"李建中虽能做到"字中有眼"，如讲僧满腹经纶，依然稍"病韵"，未能做到彻悟。而杨凝式——"予尝论二王以来，书艺超轶绝尘，惟颜鲁公、杨少师，相望数百年。""盖自二王之后，能臻书法之极者，惟张长史与颜鲁公二人。其后，杨少师得其仿佛，但少规矩，复不善楷书，然亦自冠绝天下后世矣。"杨凝式行草书像不守规矩的僧人，"下笔却到乌丝栏"，但因其不善楷书，离王羲之具"三眼"的境界还是有一定差距。

至于我自己，我觉得苏轼说得好："（黄鲁直）以平等观作欹侧字，以真实相出游戏法，以磊落人书细碎事。"

东坡道人已沉泉

眼前浩荡的长江，在夏日的晴空下奔泻千里。碧空如洗，在暮晚时刻又幻化出紫红、赤赭、橙黄、青绿、靛蓝等瑰丽、浓重的色彩——仿佛对平淡、无常一生幻梦般的告慰。然而这一瞬间壮丽也短暂，很快，浓黑的夜色海水般浸没一切，让人陷入无望的窒息和长久的沉默。江上灯火点点，帆影樯迹杂陈，在忽远忽近仿佛来自时间深处的漂浮的声音中，为生计、前途而奔波的人们，蝼蚁一般忙碌不停——哪怕黑夜也不能阻止他们的脚步。

我处在命运的空窗期。刚刚结束在黔州、戎州"万死投荒，一身吊影"的流放生活，于崇宁元年（1102）六月，赴太平州任，但只做官九日便被罢官。我从江西沿江而上，来到武昌，徘徊于武昌与黄州之间——如一条放任自流的野舟，全无依凭和寄托，只把未来交给前途未卜的江流。事实上，命运给予我的比预想的更加糟糕——我被远贬宜州，最后在城楼淋雨而逝。现在，我处在被命运裁决的等待时刻：这时刻赐予我一片暂居之地，携亲友仲达、李文举、何斯举等"二三子"，来到一片被松林掩映的临江之阁。阵阵松涛，与浩浩江流，构成一种色彩和图式上的和谐与美感，中间一点红橙色的楼阁，如诗如画。当此时，应作如东坡 "大江东去，浪淘尽"般沉雄、豪迈的辞章，然而我内心却被阵阵松风吹满，感到无限的悲凉和惆怅。东坡曾在与武昌一江之隔的黄州写道："江山风月，本无常主，闲者便是主人。"我想，我也可以做这一刻自然的主人。但我这个主人身闲却心不闲——松涛如古琴曲，激荡着内心的音符，撩拨着纷乱的思绪——经行东坡眠食地，感慨万千！

不能不说，我们处在一个历史上最好的时代。这样的时代，如范仲淹、欧阳修、富弼、蔡襄、苏轼等诸公，本应大施手脚，充分发挥作用。然而，晦暗的云层遮蔽了他们的光辉，他们绽放的光芒只有十之一二，只在文艺的花园开出璀璨的花朵——因沾染着命运的血泪而尤其惊心动魄——这究竟是幸还是不幸？皇帝、大臣、士人、百姓共同开创了大宋登峰造极的文化和经济盛况，"与君共治"的政治理想，也在我朝得以实现。士大夫"以天下为己任"成为共识。在大宋，实现了士人精英与皇帝共同治理天下的"美政"。然而，在这样一个令人称许的朝代，大批才德兼具的砥柱之材，却又被放逐天地之间，任其浮沉、腐烂，充满悖谬！仿佛命运无情的捉弄。皇帝、大臣，都在这样一种迷局中不能自已。谁能解答这个谜题？

我是中国文学史上第一个有正式名称的诗文派别"江西诗派"的开创者、书法的 "宋四家"之一、临济宗黄龙派居士——嗣法黄龙祖心……这是我生命之歌奏出的乐章，却不能解释我颠沛流离、命途多舛的原因——从屈贾、李杜以降，文人的命运就似乎蒙上悲剧色彩，仿佛上天有意的安排。文曲星的光亮总以不断受挫为燃料，而一个完美的官员却以平庸的文才为附加条件。乃至于帝王，通常，治国的才干与艺术创造之间存在巨大鸿沟。前代李后主和数年后的徽宗皇帝，都是如此。他们泣血的文字，同样无法解答悬在他们头上巨大的疑问。

包括庆历新政弄潮儿的对手——王荆公，晚年骑驴如疯子一般颠沛在钟山小道时，内心的困苦谁又能解答？"依山筑阁见平川，夜阑箕斗插屋椽……"我写下这首《武昌松风阁诗》，当写到"东坡道人已沉泉，张侯何时到眼前"，早已泪流满面，不能自已——我来到东坡曾谪居的黄州对岸，徘徊流连，感时伤事，怀念不已。故人张文潜为东坡举哀行服，被言官弹劾，正贬在黄州。这是命运的巧合还是上天的捉弄？在长江之畔，阴阳两间，我们共同哀悼那无法言说的痛楚的命运，分享那超越于苦难命运之上的人性的光芒与诗歌的力量。

我处在生命悬而未决的时刻，新生婴儿一般清新、纯净。固然为命运的不公感到愤恨，但内心真正的感受却是：平静与喜悦。去国十年，铅华洗尽，心中只有禅花一枝。我已参悟书法的真谛，写下了让自己满意的书作，足以告慰风尘仆仆的光阴，和这多病、佝偻的身躯。我的诗足以表达我的心情：

老松不得千年寿，何况高材傲世人。
唯有草书三昧法，龙蛇夭矫锁黄尘。

选自《雨花》2023年第8期

厚重的坚硬的

朱以撒

书房里有一个大的书案。我不会电脑，案头上的摆设就与旧日文士的差不多——许多纸质的版本堆着。几个大笔筒，上面插满了毛笔，用过的、没用过的，尖锐的、散开的。如果清理一下会精整许多，但是许多文士都是这样的习惯，用秃了也不舍得丢弃，还是插在上边。书案的隔层都是宣纸，四尺的、六尺的，棉料的、净皮的，它们的数量要比毛笔多出无数，如果再加上各式的花笺，那真是一个不小的数目。墨条相对就会少一些，但也堆了不少，等待一条条地被磨去。除了自己买的，就是同道赠送的，说是老墨、古墨，他们习惯用墨汁了，觉得可以节省许多时光，我是一个不想节省时光的人，既然研墨耗费时光，那么研磨出来的墨汁就一定含有一些特别的成分。时光对一名文士来说，不是做这件事，就是做那件事，不能认为缓慢地研墨是浪费。桌上数量最少的就是砚台，只有一方，以一而应对其他的无数。这是一名学生送的，歙砚，说是清时物件。我素无查考癖好，只是觉得石质滋润，又有一些迷蒙的金晕，云霞一般，主要还是发墨好，便一直用到如今。看它那么厚实、坚硬，一副凛然不可犯的镇静，便觉得书房有此，足以安定。

我想起当年谢安与名士们泛海游乐，风浪渐渐大起来的时候，原先的快意转变为不安，神色慌乱下再无名士的风流潇洒状了。唯谢安一人神闲气定，如重器置于平地。这也使人在对比之后感慨之至，觉得谢安之度量气象，足以镇安朝野。

在我看来，谢安就是一方厚重之砚。

和砚台相比，笔墨、纸都是消耗之物，一管用万千禽兽毛羽制成的笔，其中多少细节充满。一管始成，每一支毛羽都固定了自己的位置，有的可成为主毫，有的则只能为副毫了，它们配合好挂在笔架上，真像一朵朵下垂的将要绽放的白玉兰，挺拔而凝聚。尤其是笔锋，通常是文士注视的焦点。"笔锋杀尽中山兔"——这是李太白说的，我的理解是为了有坚韧的笔锋，中山的兔子们奉献了自己的毫毛与生命。可惜的是一管毛笔是用不了多久的——如果是用中锋，一笔一画写楷书，笔的寿命还可以长一些。更多人喜欢以侧锋写草书，取其险峻突兀，一下笔就狂驰横扫，不须多久，笔锋在加速的摩擦中损兵折将。锋芒秃了再用的人当然也有，像朱耷，有时还嫌笔锋太尖，用火焚去一些，这样书写起来笔调会更含蓄内敛。更多的人在笔锋销尽前就及时更换新笔，因为秃了就说明这管笔走到尽头，理应退下来了。宣纸更是日日见出损耗，一幅之所成，总是要有许多宣纸陪练的，废纸三千何曾多。架子上的宣纸看起来堆积成垛，却每天都在消耗着。有时开车上街，经过四宝堂，就要停下来买一些囤着，让它们去去火气和躁气。旧纸用完了，新纸也成旧纸了，轮番更替，置之笔下。一位喜好"八法"的人闲来无事，一天可以耗费多少纸，说起来有人是不信的，没有毛笔书写经历的人，说与他听，则以为是传奇。李太白曾说怀素"须臾扫尽数千张"，鲁收也说怀素的用纸情态是"狂来纸尽势不尽"，可见，没有足够的纸是不能尽书法家狂放之兴的。纸是不嫌多的，有时客人上门，手上会提一刀上好的宣纸，我就觉得这个礼送得太合主人心意了。

墨条在柜子里躺着，松烟的、油烟的，墨条走向了精致，也就雕龙画凤，色调缤纷。喜欢自己研墨书写的人是不会让这些溢金流彩的墨条成为摆设的，每日都会有一些时间慢悠悠地研磨着，看着水纹一圈圈地晃动，清水越发黑亮起来。研墨是个功夫活——这个生活环境里最缺少的就是耐性。能持守研墨的人，都是有耐性的。研墨的过程里想着接下来要书写的事，写什么，怎么写；或者什么都不想，就是寂静无声地研磨着。研墨如病夫——古人下了这么一个定义，那就注定不是恚然游刃那般的放纵，这样的心境、动作也表明了研磨出来的墨汁与机器生产的墨汁的差别，情性和动作都融在里边了。铿锵硬朗的一锭墨，敲击时发出金石一般的声响，而六棱柱形，竖立起来铮铮骨力。它和砚的交往是由水来做媒介的。过了一段时间，六棱柱已由巨人变成了侏儒，再后来，消失于砚上的水里。

有一位女书法家办个人书法展览，别出心裁地把自己用过的毛笔拿出来，成为展览的一部分——此前还没有人如此，她让人看到了消耗，时光的消耗、人生的消耗、精神的消耗，无尽的消耗。每一位爱好者如果有心，把用过的秃笔收集起来，都可以建立一个如智永那般的"笔冢"。没有人像她想得这么远，无声胜有声，这些秃笔无非说明了一个道理：成为书法家，先消耗这么些笔再说吧。可是，她没有把自己用穿的几方砚台拿出来展览——砚台太坚硬了，即便一个人不舍昼夜地磨炼，砚台总是在消磨其他，而自己少有消耗。以至于文士勤勉一生，砚台依旧完好，只能等待下一位研磨者。前人说"古砚微凹聚墨多"，这需要多少时日，我看比滴水穿石更见艰难。这也使文士可以和人说道用了多少笔墨，却无从与人说用透几方砚台。真说了也无人相信有这样的穿透力量。有几次我见到没有耐心的人烦躁地下力研磨，心里便怜悯起来——一个人和砚置什么气呢，置得过砚台吗？在砚台面前，人终究还是要松弛下来，安和一点。

不动声色的砚台，把人的脾性磨洗得和它一般。

世上物象千万，也就有相应的收藏者。为了保证藏品的完好无损，就需要有一套琐细的做法。南方的潮气太重了，春日里空气中含水量大，收藏字画者就得想办法使字画安然度过这个季节。潮气是不可抵御的，其悄然无声地潜入密封的箱子里，落在纸面上，成为或大或小的霉点。抽湿机好像没什么用，终日开着，霉点还是由疏而密，蔓延开来。只能过后拿到装裱店，让师傅将霉点洗去。但师傅说，过几年你还会来。如果一个人收藏砚台，他会一年四季轻松得多，南方再潮湿，又与砚台何干。砚不为人所用了，物用价值消失，但传了下来，审美价值却大大提高了。试想想，如果是一方徐文长用过的砚，它会引起多少联想，想他的狂放涂抹都是从这方砚出发的，也想起他在《四声猿》里酣畅淋漓的骂词，很奇肆，也很野性。砚的主人最希望的就是一方砚的背后有许多的故事，真的幻的都好，想据此来固定一方砚的品位。故事永远都不嫌多，故事越多，事态也就越离开写实，蹈其虚空，让人琢磨其中真实的概率有多少。主人一方方地讲解，还让我读读背面篆书的砚铭，说他判断这方砚或者那方砚是这个文豪或者那个名流使用过的。我只是笑笑，因为铭文或者修辞都有点问题，但我不愿提出来。每一方砚都有自己的精神家园，当年分别在南方和北方文士的家中，有的是钟鸣鼎食，有的是藜藿难继，但他们的砚都浮动墨香，之后为不同的文士所用。柔软的肉体消失后，这些砚台寂寞无主，堆叠着让人贩卖，被运送到大大小小的古玩市场，任人挑选。它们被一些藏家看上了，讨价还价，带回陌生的家园。主人中意的话，会用红木去做一个墨盒，把砚盛在里边，使其高贵。只是我每次欣赏已成藏品的砚，心中大抵不会泛起波澜，因为不知道它发墨如何，是否各墨可以形成默契——当一方砚不置于案头，那么我还能说它什么呢？

在皖南见得最多的就是砚。原本就是从岩壁上采下来的石头，如果没有人指出，那些堆着的石头就是案头砚台的前身，寻常人难以意识到是工于治砚的巧匠通过自己的技能，成就砚的精美。神仙灵异、龙凤祥瑞、山川渔樵、草木花实，凿刻时依石之形而选择，使原石各有附着，各见独异。一个大空间里各式的架子上摆放大小无数的砚台,有巨大沉雄的,几个人方可抬起;有小巧雅致的,置之掌心玩赏。一抚台面,皆一如小儿肌肤,细嫩丝滑。砚台多了,空间就显得硬气,加上时值寒冬,更增添凛冽之意。有几个人进来,显然是想买砚台做礼品送人,他们走走停停,指点议论,选定一方盘龙又有金晕的。当一方砚成摆设,不让墨汁与它相关,它就只是作为欣赏品存在了。原先它的出现是为了使我们生活中的慢不至于失传,主人每日要研磨、濡黑,使书写日常化地进行下去;可砚一旦不实用了,就不再是水汪汪、湿漉漉的了。砚不落墨,洁净无比,每个人都会情不自禁地伸出手来,抚摸一下。如果砚有灵也是会惆怅一番的——一定会用到自己的那个时代过去的,现在的自己真可算得上是无用之物,才会被供起来,让人千看万看。庄子曾经以一棵毫无作用的大树为喻,说明无用可以得长生。现在的砚台也是这样,无用,让墨盒保护起来了,完全可以在黑暗中长睡不醒。

  一个文士和一方砚能厮守多久?恐怕没有一个人和一方砚能有始有终的。如同体验不同的纸笔,有时就更换一下,感受另一方砚在研磨时的微妙差别。文士对砚不会有什么梦想,梦笔生花说起来会有人相信,除了浪漫还有美感,这是由一管笔的形态赋予的。但说梦与砚有什么联系,似无听说。缘于它的厚实沉重难有灵气显现,砚太实在了。砚在案上大抵岿然不动,笔、墨则动个不停。每方砚来自不同的石脉,很苦寒的,很潮湿的,这也构成了每一方砚的脾性,藏在看起来、摸起来都细腻的背后。一方砚更新之后,手上感觉便有不同,也许发墨的疾涩感虚无缥缈,却还是传导到指尖上了。研磨者越放松,心无沧桑,就越能让时日悄然划过,只关注指尖下的这汪水。伊亚·颜贝里说的一句话让人听了轻松许多:"生活在不断变化,疯狂地试图抓住某些东西是无意义的。"研墨就能让人松动,把时间化在单调的动作里。这个过程很长,长得大量的时间都在里边了。最后对于一盅亮泽的手研墨汁,心怀欢喜。试图要抓住时间的人基本倾向于流水线上的瓶装墨汁——科学技术的发展,把耗费时间的一些日常取消了。这里就包括了与砚亲近这一细节，让它消失在日常生活之外。不难看出这是对书写态度的一个重大改变，这个细节很感性，却不需要了。研墨和瓶装墨最大的不同就是私人性，探求研墨时一个人的内心哲理，可归到情性美学上来阐释的——每次研墨都是异样心绪，很蓬勃的、很幽怨的。易安居士写"黄昏疏雨湿秋千"时，砚上不知多少清泪；辛弃疾抒发"我志在寥阔"时，墨汁都溢出砚外。这也是一些文士坚守研墨这个动作的原因，从砚上察觉墨汁的个中滋味——太浓了用水滴子滴几点水，太淡了再在砚上信手三两下。砚台是任人磨的，至于色泽适宜与否，说起来也不必测量，纯乎个人感觉，自适即可。有人以为墨分五色，那是那个人的看法。在和水的交融中，我以为水汪汪的砚上总是会有难以细分的层次。

那么，在砚上试试笔，濡墨吧。

后来，研墨机出现了，它依然需要一方砚仿造人研磨的动作，可快可慢地推动墨条。在研墨机工作的这段时间，主人尽可以离开，做其他的事去，或者就坐下来，等待墨色渐渐深浓。有同道和我说研墨机的种种好处，想赠送一架给我。我还是谢绝了。有些时间就不要那么节省，就算手工研墨浪费时间，那就浪费吧，浪费在砚台上也是一种必然。其实，我们的人生在无聊方面的浪费太多而不自知，而浪费一些在砚台上又太讲究，所以费心设计出研墨机。我对研墨机下的墨汁是有抵触的，如果砚有知，它也会觉察出研磨过程中的毫无情性、教养，又如何比之一个人的手作。一个人在一个行当上周旋久了，敏感的程度逐渐上升，似乎微风花上过他都可以听得到。敏感上升了，要求就苛刻了，似乎每一次在砚上的行程，都要达到那个节点上——我说的不是时钟上的那个节点，而是内心的那个感觉——砚上的感觉。感觉是捉摸不定的，如同古人说的"一切唯心造"。要等——管笔触及砚上墨汁，才可能豁然开朗。

文士雅集，便携了笔与印章前去——没有谁会带上一方砚前往。砚是不动之物，难有走出书斋的机会，除非乔迁，它才可能随着运送的车马，看到外面世界的一角。砚总是一如既往的冰冷，如果是冬日，似乎要在不停地研磨中才能温暖它。在人的眼神里，砚素来就是以不动应万动，不动就引不起注意，没有谁会注意一方卧着的砚——常年的使用，也使它门面毛糙、残渣附着，没有谁会给砚台洗个澡，弄得满手满池都是墨渍。砚具有忍耐的性格和隐藏的特质，最后让人看不到它四围雕着的一条龙，是薄意技能那般的浅雕，因为被墨渣填满了。王羲之的《兰亭集序》肯定和砚是有关系的，没有人留意到那是一方什么砚，而是考究出了王羲之是用鼠须笔和蚕茧纸，二者助力了《兰亭集序》的神奇。彤管清风，玉板雪肌，笔纸都是吸引眼球的，如果是一管笔动起来，速度、激情裹挟，加上吼叫，像张旭、怀素那般，也就成为一种场面流传下来。砚台都在场面效果之外，连同许多的濡墨细节。像文徵明这样的江南书法家，小楷写到如此纤秀，他的毫尖在砚边濡墨时，我想就是一下、两下、三下，决不会蜻蜓点水草草而去。而像陈道复，下笔在砚台上的态度则要急切得多，墨汁濡足，急急赶路——这些当然是我的一些判断，根据他们的笔迹，想到他们对于砚的态度。不同的方式意味着不同的书写者有着更多的自由和随性。有一位老先生长髯飘拂，已经在砚前站了一会儿，许多人以为他要下笔了，可是没有。他拈着笔一直在砚边舔着墨汁，似乎要让笔锋磨成剑锋。他就像一个球员不断地用脚颠球，颠着颠着，就是颠而不发。这时，人们才注意到笔，也注意到砚了。山以不动为法，水以长流为宗，砚的前身就是山，和日益流动的水流、人流、意识流、信息流形成对比。砚是细化的山，内在储存了厚重和硬朗，在黝黑的面相里，持守着静默。

如今还在案头置一方砚的人，还真是持守了一种缓慢的日常。一日里有许多时间是快的，带风一般，不成为快手还真不行，谋生使人感受到快的必须，而不是不合时宜的慢。陶渊明的田园生活让人赞美他的高尚单纯，但理想化的欣赏也真有些不负责任。如果缺乏生活经验，步了陶渊明的后尘，那才是给自己找麻烦了。情调总是建立在生存之后，然后再说砚，说研墨。世上最爱砚台的人是米南宫，他在宋徽宗面前挥毫，见皇上的砚台不同一般，就抱着走了，衣服虽沾满了墨汁，脸上却是喜不自胜。我要说的是一个能和皇帝交流书法的人，喜欢砚也是正常，因为日子一定过得富足，心情也好，才能安和地站在砚台前，自然而然地写出刚柔兼济、飘逸超迈的美感。

很明显的是，厚重的砚台大多从案头上撤下来了，与之搭配的纸、墨、笔、镇纸、印泥也一并不见了，换上来的是合时宜的一套物件，譬如，围绕电脑来展开的一切。时兴的气息起来了，古雅的韵致就流失了。砚台不见了，研磨的动作也就不存在了。

看起来是动作的转换，背后却是天翻地覆的变化，精神的、思想的、情性的、襟怀的……一代人对于砚上研磨的动作，是否可以传递到下一代人的意识和记忆里？现在的人都每每言说承传，是希望不维新，应把故有的坚持下去。没有办法，就像谁也没有力量挽住逐渐西下的夕阳，眼看着暮色合拢。把一方厚重的砚传承下去，似乎没有这个说法。因为传承了砚，也就要传承相应的与之搭档的那些典雅器物。有一户诗书人家，邻居都很看好，父子俩都在不同的高校任教，而且都给文学院的学生讲授六朝文学。小先生帅气，口才也好，史料的运用也胜于过往，所以每堂文学课都受到欢迎。有人发现老先生更有过人之处，他讲授陆机《文赋》，会延伸到陆机的章草《平复帖》，进行文风书风的比较，揭示迥异的成因。欣赏王羲之散文《兰亭集序》，他会和同学们细说书法《兰亭集序》的真伪，他学过《兰亭集序》，至今笔下还是那般清风出袖、明月入怀的韵致；至于真伪的辨析，老先生是从创作链这个角度来说的。在说到东晋文人玄释心态时，他会从这些名士的诗文，和无名氏的写经小楷连缀起来感知，探讨自适和他适心态在文学、书法上的差异。六朝的名家书法和无名氏书法，老先生都写过不少，此时和文学对照评说，那真是感性多了，换句话说，把六朝的文学史和书法史说活了。这些，小先生是无能为力的。有人说起小先生的短板，只是说——他案头少了一方砚。

案头文人气味依旧，只是不再有往日的厚重和坚硬。

选自《百花洲》2023年第6期

立春·梦马

苏沧桑

一

事实上,那时,年幼的我还未真正远离过孤悬于东海一隅的海岛玉环,从未见过马,也从未听见过马蹄声。

"嘚嘚嘚……""嗒嗒嗒……"

被薄雾笼罩的灰白色梦境里,一匹比雪更白、比冰更剔透的白马,扬起比玉石更玲珑的马蹄,奔驰在正在解冻的冰河之上。蹄声过处,白雾升腾,冰花如莲,河面瓷瓶般绽裂,冬的封印被一一解开,水草、水蛇、河蚌、螺蛳、蝌蚪、鱼、虾、蛙、龟一一醒来。一条河身披闪闪发光的流水昂首奔向大海,如一支巨大的画笔在大地上蜿蜒,笔落处,磅礴的春的画卷徐徐展开,海天交接处,霞光打开亿万道金色大门,迎雁阵归来。

醒来,见母亲依然伏在缝纫机前专注地做着一件新衣。三十三岁的母亲,这名玉环岛楚门镇有名的裁缝,要赶在除夕年夜饭前,缝制好所有顾客早在几个月前预订的新衣,然后，赶在大年初一日出之前，赶在立春唤醒玉环岛之前，为她的三个孩子赶制好新衣，让他们能穿着新衣，在鞭炮声里迎接新的一年和又一个春天。她俯冲的姿势、专注的神情、脚踩缝纫机发出的"嗒嗒"声，像我梦中的那匹白马，正独自穿越除夕这最后一个也是最寒冷的冬夜。

我睡下时看到的她的姿势，我睡下时听到的"嗒嗒"声，和我午夜梦醒时看到听到的一模一样，唯一的不同是，她手里的粉红色灯芯绒衣服，换成了咖啡色的灯芯绒衣服。那时我不知道，在我的梦与梦之间，"嗒嗒"声曾几度消失，心力交瘁的母亲曾几度眩晕，趴在缝纫机头昏睡一会儿，又挣扎着坐起。

二

第一次眩晕，母亲听到了来自三个女人的三种声音，她祖母的、母亲的、婆婆的。

喃喃的念经声来自她的祖母，我的外曾祖母。楚门十字街东门，三百六十五日的每一个五更天，外曾祖母挽好一头蚕丝般的白发，穿上一身素净的衣裳，在老屋二楼的佛龛前神情肃穆地点上油灯，燃上香，然后端坐在一张老藤椅上，翻开一本经书，开始漫长的诵念。最后，她跪在佛龛前，双手合十，喃喃祈祷。在她的祈祷词里，母亲听到了每一位家人的名字，唯独没有外曾祖母自己的名字，便问外曾祖母为何不祈祷自己也岁岁平安，外曾祖母微微一笑，说："没有家人的平安何来我自己的平安呢？"外曾祖母说话时，树叶在木窗外沙沙作响，仿佛传递着某种悠远的禅意。

"沙啦沙啦"的声音，来自她年近五十却怀着身孕的母亲，我的外祖母。挺着八个月的大肚子的外祖母正在丫髻山一个山坡上用钉耙耙枯树枝，她笨拙地挪动着身子，头上沾满了棉花絮和枯树叶，远看像一头熊。她的第六个孩子再过两个月就要出生了，她要趁着自己还爬得动山，再去耙一些枯树枝、枯树叶拿回家当柴火；她要趁自己还弯得下腰，再去菜市场捡点人家丢弃的菜帮子拿回来腌咸菜，腌好的咸菜放在饭上蒸蒸，也算得上一个菜；她要趁自己还做得动，再给镇上人多弹几床棉被，贴补点家用。当她身背一捆巨大的枯枝叶像一头熊一样蹒跚着走近家门时，早已倚门而立的公公怒气冲冲地冲着自己的儿子她的丈夫吼："你怎么不管管她，怎么不管管她，要是摔了可怎么好啊？！"

"唉——"长长的叹气声来自母亲的婆婆，我的祖母。午夜，从天南海北躲避武斗动乱回来的一大家子十几口人，终于在老屋逼仄的空间里安顿了下来，沉沉进入梦乡。每天十几口人吃饭，老话说牙齿敲出来都有一畚斗，东家去借过钱了，西家去借过米了，明天，再去哪里问谁借呢？隔着薄薄的板壁，跟着父亲从温州平阳逃回老家的母亲听见婆婆很轻很轻的叹气声响了一夜。可是第二天，第三天，和接下来的每一天，婆婆总会像变戏法一样变出粮食，从没让儿孙们饿过一顿。番薯丝饭里几乎全是番薯丝，只有锅心扣的小碗里是纯米饭，留着给年纪小的孩子们吃。

母亲想，我绝不能让我的孩子饿着冻着，每一个新年，他们都要有新衣服穿，再穷再苦，也要想办法"变"出来。

仿佛所有的母亲都有与生俱来的神一般的能力，那种能力叫"创造"。

三

第二次眩晕时，她听见了自己三个孩子的笑声，伴随着巨大的几乎要吞噬掉他们的水声。

"砰砰砰"，她九岁的大女儿丹娜在楚门南门河边的捣衣声，回响在料峭的春寒里。当时母亲正忙着给一位顾客量尺寸，她不知道大女儿正抱着全家人的脏衣服走向南门河，走向死神。丹娜想在河埠头找个洗衣的好位置，没找到，只好走到远处的一只水泥船上，蹲在船头洗衣服。河水将对面一条水泥船推得离她越来越近，她拿起捣衣槌想把船戳开一点，扑了个空，一跟斗翻进了水里，冰冷的河水瞬间吞没了她，也激醒了蒙掉的她，她异常清楚地记得自己在水里翻了一个跟斗，拼命扑腾了几下，糊里糊涂浮上了水面爬上了岸。四周空无一人，没人看见一个小女孩已经历过生死一瞬。

"砰砰砰"，她一岁半的二女儿沧桑拍着一个五彩皮球，正无知无畏地奔向一个泳池，奔向死神。当时，怀着身孕的母亲正趴在床上学习服装裁剪，极度专注地研究着如何将她刚拆掉的大衣按原样恢复。第三个孩子即将临盆，她得赶紧学一门手艺挣钱养家啊！寒假的教师宿舍冷冷清清，操场上几乎空无一人。突然，正在备课的孩子父亲像是听到什么声音，飞奔向屋外。紧跟他身后飞奔出去的母亲看到，小女儿正仰天漂浮在泳池里，手脚乱划，嘴里"咿咿呀呀"，棉衣的浮力托住了她，身旁还漂浮着那个五彩皮球。父亲衣服都没脱就跳了下去，将孩子捞了上来。

"扑通"声是母亲常常午夜梦回惊出一身冷汗时的幻听。母亲终于成为远近闻名的裁缝师傅，生意越来越好，年关，要没日没夜地为顾客赶制新衣，天蒙蒙亮时，常有摆摊的人在门外叫："先生姆，好歇着了！"除了保证孩子们的一日三餐，她实在无暇照看他们。三岁的小儿子阿海常一个人偷偷拿着简陋的鱼竿，跑到屋后的小溪里钓鱼、摸虾。有一天，浑身湿透、惊恐未定的儿子被一个陌生人送了回来。陌生人说，这么小的孩子，太危险了，差点……她举起尺子狠狠打向儿子的手心，打着打着，自己哭了。后怕，内疚，心疼，无奈，那个年代，谁家孩子不是野大的？

奇怪的是，母亲的记忆里没有孩子们的哭声，只有他们的笑声。那一年大年初一，睡眼惺忪的她看见孩子们穿上了她做的新衣，家里仅有的一包年货——二十几块饼干在三姐弟手里让来让去。

四

海岛第一缕春的气息从木窗缝里漏进来，依旧接近零摄氏度的寒意唤醒了母亲。母亲从缝纫机前抬起头，搓了搓几乎冻僵的双手，脚下的"嗒嗒"声重新响起。孩子们像三只小猫静静窝在灯光的暗影里睡得很香，她想，此刻，他们被停职派到农村工作队的父亲是睡了还是醒着？他饿吗？冷吗？胃还痛吗？

他说，我想找一个地方，建一幢房子和一个院子，让孩子们在一个有花有草有树、很开阔的地方长大。

那个地方，便成了她和他多年来共同的梦想，她踩着缝纫机，像一匹马一样日夜奔赴。

母亲不知道的是，当她像马一样风雨无阻日夜兼程时，她并不孤独，在世界的无数个角落，有无数和她一样的母亲。

新疆人迹罕至的戈壁上，雌性猎隼不断向着翼展高达两米、世界上最凶猛的猛禽金雕俯冲，夺回了巢穴上的制空权，为三只雏鸟辟出了宽阔的童年。

青藏高原上，藏狐第一次做母亲，当它觅食回来，发现一匹狼正在不远处觊觎着两只懵懂无知的几个月大的狐崽。它冲到狼的正前面，拼尽全力引开了狼，并安全返回。

墨西哥森林里，黑脉金斑蝶为了繁育后代，需要迁徙一万公里，经过三四代的飞行，最后一代将准确地回到这片森林，继续繁衍生息。

哥斯达黎加，上万只丽龟在大海中长途跋涉了一千多公里，在下弦月的夜里回到十五年前自己的出生地产卵，和它们的母亲一样，将生命的源头再一次铭刻进种族的基因里。

每年四月，内蒙古高原的达里诺尔湖会上演惊心动魄的"死亡洄游"。亿万条华子鱼逆流而上，前往一百余公里外的出生地产卵繁衍，历尽艰难险阻，九死一生。

在秦岭的森林深处，冰天雪地的早春时节，一只与母亲失散的小川金丝猴，不被别的母亲和家族接受，孤独地蹲在树枝上，蓝色的小脸冻得发青。

终于，在寒夜降临前，它回到了母亲的怀抱——这抵御严寒的铠甲中。

落地生根、繁衍生息，是植物的宿命，也是动物的宿命。天地不仁，以万物为刍狗，最残酷的是大自然，最仁慈的也是大自然，它赐予每一个生命以伟大的母亲。伟大的母亲，用子宫孕育最初的生命，又用自己的双手和怀抱，将自己生命中最本能最天性最真挚的部分，构建起一个体外的子宫，在肉体和精神上给予后代双重的哺育和滋养。是母性赋予每一个独一无二的生命最温暖的底色、最珍贵的爱的能力，才有了蓝色星球上神迹般的磅礴壮丽、生生不息。

五

晨曦从木窗的缝隙间透进来，落在三十三岁的母亲左手的食指上，落在被针尖戳破的指尖渗出的一滴鲜血上，逆光中，一滴血宛如海上初升的一轮红日，宛如时光突然流下的一颗泪滴。

新年零星的鞭炮声尚未惊醒她的孩子们。她缝好最后一粒纽扣，打上最后一个结，用牙轻轻咬断了线。这最后的轻轻一咬，仿佛耗尽了她最后一丝力气。

"笃笃笃"，随着轻轻的敲门声，响起一个陌生男人的声音："老师姆，好歇着啦！苏老师托我给你带过来一枝桃花，放在门口了哦。苏老师说，这是山里开得最早的桃花。"

两个小时后，响彻整个小镇的鞭炮声里，穿着大红色、粉红色、咖啡色灯芯绒衣服的三姐弟蹑手蹑脚走出了屋子，轻轻关上了屋门。没有人知道，是谁的衣角渗着母亲指尖的一滴血。我们偷笑着把耳朵贴到门缝听了听，屋里，传出了母亲很轻很轻的鼾声。

选自《雨花》2023年第7期

林中无恶鸟

李青松

"哇的一声,夜游的恶鸟飞过了。"

多年前,我读鲁迅先生写下的这句话时,就在想——那只恶鸟是什么鸟呢?鲁迅先生接着写道:"我忽而听到夜半的笑声,吃吃地,似乎不愿意惊动睡着的人,然而周围的空气都应和着笑。"

唉,那只恶鸟还经常半夜发出笑声,够吓人的啊!后来,我渐渐知晓,鲁迅先生笔下的恶鸟是什么鸟了——它脑袋硕大,脸庞宽阔。它的名声,如同它的长相一样不怎么样,充满诡秘、悬疑,甚至是恐怖。它的眼神,能穿透黑暗,炯炯放着寒光。白天,它隐在树洞里或者荒草丛中睡觉。睁一只眼闭一只眼,样子似睡似醒。其实,不是醒,是真的在睡。它对事物的感知和判断,与人是颠倒的——傍晚,是它的早晨;笑声,则是它的焦虑,也是它发出的预警。

此鸟,唤作猫头鹰。

它的头像猫,眼睛像狼。如果把它惊醒,它会双眼迷离,颇不情愿地飞起来,颠颠簸簸,晃晃荡荡,犹如被酒灌醉了一般。是边飞边睡吗?还是边睡边飞呢?真担心它忘了扇动翅膀，一头栽下来。

它的脸部永远戴着一个圆盘面具（我相信，它不是那些戴着面具抢劫银行的罪犯同伙），再配上两只大眼睛，整体跟猫脸相似。如此脸盘可不是为了讨猫欢喜，而是另有别用。别用何用？看看它的耳朵吧——两只长耳高耸，时刻保持警惕。当然，放松时，也可以随意扭动。它的耳朵是上下错位的，耳洞则位于脸盘两侧的羽毛下。耳洞开阔且幽深。脸盘的作用，类似于家用电视的卫星信号锅。换句话说，猫头鹰满脸都是耳朵，它可以更多地接收声波，汇总分析，并且通过算法判断声音来源。

由于它两只耳朵错位，导致两个耳洞并不对称，这就造成声源传到两耳的时间会有偏差。怎么办呢？还能怎么办？——它略微动一动脸盘的角度，就解决了偏差问题。何况它的脑袋可以转动两百七十度呢。在完全黑暗的情况下，它闭着眼睛，也能抓捕猎物，凭借的就是超级厉害的听觉，更进一步说，是头部"圆盘"提供的信号，使得它定位准确，毫厘不差。

猫头鹰的嘴并不很长。如钩，也如倒扣着的铜铃，捕之，抓之，啄之，刨之，抛之，拎之，生猛，强悍，有狠劲儿。

猫头鹰的羽毛有特殊的结构——自带消音功能，飞行时简直胜过隐形无人机。当夜幕降临时，它摇身一变，成为悄无声息的暗夜杀手。它每一次捕食都不随意，不出击则已，出击必是"闪电战"，斩首不犹豫。

猫头鹰常捕捉的猎物是田鼠、仓鼠、鼹鼠、野兔、跳兔等，能把整个猎物吞下去，肉消化后，再把不能消化的骨头、毛发等残物渣滓聚成小团，从嘴里一团一团吐出来。也吃蝙蝠、蛇、蜥蜴、金龟子、蝗虫、蝲蛄、甲虫、小鱼、小鸟等。一只猫头鹰每年可以吃掉一千多只老鼠，数不清的害虫，相当于为人类保护了数吨粮食。它不知疲倦，夜晚飞行时幽灵一般，飘忽无常，常常白影一闪，就消失了。

人惧怕黑暗，所以，借助火，发明了灯，为自己照明，为自己壮胆。而猫头鹰却是黑暗的挚友，与黑暗同行。虽说猫头鹰不讨厌阳光，但它更善于利用黑夜做事。

"不怕猫头鹰叫，就怕猫头鹰笑。"通常，猫头鹰的叫声，有点像发情期的猫的叫声："咕咕喵——！咕咕喵——！"只有焦虑或者发出警告时，才发出怪异的笑声："哈呀呀——刺啦！哈呀呀——刺啦！"声如装修工手里号叫的电钻，尾音撕裂，划破宁静的夜空，闻之令人毛骨悚然。

猫头鹰背负着恶名。

从不争辩，从不抱怨，从不解释。

村口，一株老榆树，树龄约有七百多年了。翁翁郁郁，聚气巢云。村主任的桑塔纳常停在老榆树下。不想，有一天村主任从刘寡妇酒馆出来时，却发现桑塔纳的前挡风玻璃上，喷溅了两摊鸟屎。——晦气！狗日的！村主任狠狠骂了一句。抬头看看头顶的树冠，静悄悄的，却什么东西也没有。

看我怎么收拾你！狗日的！村主任差人搬来一把木梯，腾腾腾爬到树上，左寻右找，上探下捅，可还是连根鸟毛也没发现。他刚要退步下来，却发现一块树皮遮挡的树洞里，一双鬼魅的眼睛放射出杀气。啊呀！——村主任吓得大叫一声，腿一软，从树上跌落下来。幸亏树下有一个麦秸垛，否则，村主任也许要一命呜呼了。

突突突，桑塔纳一溜烟开走了，朝着县城的方向。桑塔纳后备厢里装着两块腊肉、两串蘑菇。次日，县林业局来了两位专家，在老榆树下转了几圈，还蹲下来，戴上白手套，抠开树皮，小心翼翼用镊子夹出几个虫虫，放进玻璃罐里。还对着太阳，晃了晃。虫虫在玻璃罐里蠕动。末了，摇摇头。

伐树手续办妥了。村主任找到三德子。三德子开了一家木器行，加工制作旅游工艺品——比如手串啊，笔筒啊，水杯啊，木勺啊，筷子啊什么的。家里有一把"狼牙牌"电锯，是锯大木料时才用的。村主任想好了，伐树的事就得三德子办。村主任说，三德子，你把村口的那株老榆树伐了吧。三德子正在闷头抠手机，给女朋友发微信呢。他抬头看看村主任，说，行啊，给多少工钱？村主任说，没工钱，村委会账上没钱了。上次林业局两位专家来，在刘寡妇酒馆招待的那顿饭，还打着欠条呢。

三德子说，我整天忙着呢，最近正赶制一批手串，人家等着发货呢，你还是去找别人吧。村主任说，找别人你不后悔吗？三德子说，后悔什么？村主任说，我听说老榆树地下的树根，可是制作手串的上等好料！谁伐倒老榆树，地下的老树根就归谁。说完，转身就走。

三德子眼睛一亮，冲着村主任的背影说了一个字，行。收起手机，就去角落里取电锯。

嗡嗡嗡——！嗡嗡嗡——！黄昏时分，村口响起"狼牙牌"电锯的轰鸣声。三德子正在埋头操作时，一个白影罩住了他的脑袋，接着，啪啪！三德子头部被什么东西狠狠抓拍了两下，立马口吐白沫，不省人事了。

电锯还在空转着，嗡嗡嗡！嗡嗡嗡！

正在刘寡妇酒馆喝酒的村主任闻讯后，大惊失色。他稳稳神后，立马招呼几个人，用门板把三德子抬到乡卫生所抢救。折腾半天，算是没白折腾，三德子醒过来了。可是，鼻子却歪向了一边，嘴巴也斜了，说话也呜啦呜啦的了。

村口，老榆树，被三德子锯过的老榆树，锯口流着褐色树液的老榆树仍然矗立在那里。

某日傍晚，老榆树下正在放露天电影。电影名字叫《追捕》，是日本电影，高仓健饰演主角。电影里女主角叫真由美，长得真好看。当时，高仓健演的杜丘正被东京警视厅的警察追捕。"抓住他，别让他跑了！"眼看杜丘就要被警察抓住了，危急时刻，真由美骑着马出现了。真由美拉了杜丘一把，杜丘翻身上马。杜丘抱着真由美骑着马，在东京街头狂奔。电影里的音乐响起，啦呀啦——呀啦呀——啦呀啦——啦呀啦——！

这一段刚刚演完，胳膊上挎着绷带的矢村警长出场了，他刚一张嘴，还未及说话，只听夜的深处，传来猫头鹰的一声狂笑："哈呀呀——刺啦！"

闻者惊悸。

突然，就听有人喊："着火啦！着火啦！三德子家的木器店着火了！"

银幕上满是雪花，纷纷扬扬，电影中断。

村主任高喊一声："赶紧去救火！"

于是，人们呼啦啦迎着火光，就往三德子家木器店方向奔跑。现场人声嘈杂，救火的救火，看热闹的看热闹。村主任现场指挥，在老井旁架上水泵，接上水管子，发动马达，嗒嗒嗒，一通猛滋，终于把火扑灭了。现场泥水横流，一片狼藉，弥漫着焦煳气味。有人拿手电筒晃了晃，只见冒着黑烟的灰烬里，有个东西拱了几下，拱出一个脑袋。村主任上前把那个脑袋拉出来，一看是三德子。眼睛一眨一眨。

看着村主任，三德子笑了，满口白牙白得吓人。

此时，恍若有个白影在头顶一闪，就隐了。

那株老榆树的对面，就是刘寡妇酒馆。

酒馆为木刻楞建筑，一间厨舍，两间餐厅。酒馆的屋檐下，挂着一串一串蘑菇，一串一串红辣椒。风一吹，晃晃悠悠。无风，就蔫蔫的，晒太阳，也不动，也不摇。

刘寡妇很丰满，胸部浪，臀部翘。脸白白的，嘴角有个大酒窝，大眼睛看人忽闪忽闪。说话细声细语，人听了绵绵的。此时，刘寡妇系着碎花围裙，正在厨舍的案板上切腊肉。一块一块的老腊肉挂在灶台上方的横梁上，被熏得乌黑发亮。老腊肉渍出的油，偶尔滴到灶台上。刘寡妇瞥一眼，想去擦，但一转身，总忘了擦。

村主任坐在临窗的桌子旁，守着一盘蒸腊肉、一碟油炸花生米，还有一壶二锅头白酒，透过窗子望着那株老榆树，两眼发呆。天，渐渐黑下来了，那壶酒，凉了，温；再凉了，再温。反反复复，好多次了。村主任不动筷，也不动酒，就那么望着对面的老榆树，一言不发。他好像在等什么，等什么呢？只有村主任自己知道了。

唰！一个白影一闪。立时，酒馆里似有一股风，旋了一下。接着，一只想要舔食腊肉油滴的老鼠,刚刚在灶台上露头,吱的一声就被擒住了。

吱吱吱!唰!白影就幽灵一般飞出去了。

三天后,村主任在老榆树下的麦秸垛旁边,发现了两只刚出蛋壳的小雏鸟,浑身沾满草屑,正在乱爬。一定是从树上掉下来的吧。他抬起右脚准备把这两个孽种踩死,可高高抬起的脚,又轻轻放下了。

看着小雏鸟似乎是哀求的眼神,村主任心软了。

他将那两只小雏鸟抱进刘寡妇酒馆。他嘱托刘寡妇,把两只小雏鸟喂大。买肉钱和工钱由他出。说着掏出三百元,拍到柜台台面上,顺手在刘寡妇的臀部拧了一把。刘寡妇撅着翘翘的臀,忸怩地说了一句,讨厌!

刘寡妇真是细心,用一个竹笼将两只小雏鸟装进去,里面置放了两个小碟子,一个每天定时投放肉粒,一个定时置放清水;还时不时为两只小雏鸟梳理羽毛、洗澡。为了增加腿劲儿,还在竹笼里固定了一根木棍,让它们练习抓杠。几个月后,两只小鸟就渐渐喂养大了。轮廓和面貌也更加鲜明了——原来是两只小猫头鹰呀!

村主任来刘寡妇酒馆喝酒,每次都不经意地瞄几眼。

突然,有一天傍晚,刘寡妇酒馆的窗台上,落下一只猫头鹰,咕咕喵——!咕咕喵——!叫个不停。

正在喝闷酒的村主任明白了——这两只小雏鸟是它的娃娃,它是领娃娃来了。村主任叫刘寡妇拎出装着小雏鸟的竹笼,置于窗台上。村主任打开笼门,转身回到屋里偷偷观察。只见猫头鹰的大脑袋快速转动,见四周没什么危险,就将一只爪子探进竹笼里,抓出一只小雏鸟。四处看了看,接着,又抓出另一只小雏鸟。于是,翅膀一抖,两只爪子各拎一只小雏鸟,消失在了茫茫夜色中。

咕咕喵——!咕咕喵——!

村口的老榆树上,传来几声猫头鹰的叫声。

刘寡妇酒馆后院有一鸡舍,养了一群鸡,都是柴鸡。七只母鸡,五只公鸡。七只母鸡里有三只芦花鸡，两只乌鸡，一只橘黄鸡，一只珍珠鸡。五只公鸡里有三只大骨鸡，两只红冠鹤顶鸡。开酒馆嘛，除了蒸腊肉，小鸡炖蘑菇就是食客们最喜欢吃的硬菜。这天夜里，刘寡妇熟睡之际，后院的土墙上蹿上来一只黄鼠狼，要偷袭鸡舍里的鸡。

鸡舍里一阵躁动。受惊的鸡瑟瑟乱抖，不知所措。说时迟，那时快，一个白影一闪，呼的一下，就摁住了黄鼠狼的脑袋，接着，用力一抛，就把黄鼠狼抛到了后院的院墙外。黄鼠狼哪里还敢打鸡的主意，一骨碌爬起来，惶惶然，遁之。

咕咕喵——！咕咕喵——！

刘寡妇翻个身，全然不知。她正做梦呢，梦里，村主任嘻嘻笑着，在她的臀部拧了一把。她软软地骂了一句，死鬼，滚！

雨季说来就来了。

大雨连下了三天。雨里看不见雨了，全是水。

村主任带领村民昼夜抗汛，还好，村民房屋和农田没有太大损失。傍晚，村主任开桑塔纳去县城开紧急防汛会议，连夜往回赶。车开到村口桥头时，嘭的一声响，一只大鸟撞在了桑塔纳的前挡风玻璃上。他一脚踩下去，车刹住了。他定睛一看，是那只猫头鹰。猫头鹰大笑两声，"哈呀呀——刺啦！""哈呀呀——刺啦！"顷刻间，白影一闪，就隐了。就在他惊魂未定之时，突然，一丈之外的水泥桥，轰隆一声，垮塌下去了。洪水一卷，就无影无踪了。

目睹眼前的一切，村主任眼里，流下了泪水。

尽管遭受了洪灾，冲垮了一座桥，但秋天的时候，村里的庄稼收成还算乐观。黍子，粒粒饱满。稻米，粒粒饱满。谷子，粒粒饱满。玉米，粒粒饱满。大豆，粒粒饱满。

粮仓里五谷丰登。米缸面缸里并不羞涩。村里人没有一个饿肚子的。

是年，洪灾后百公里外的村庄相继发生鼠疫，这个村庄却安然无恙。

时间可以医治一切。三德子用电锯在老榆树身上留下的伤口渐渐愈合了。三德子的鼻子虽然没有正过来，但嘴巴基本复位，说话也清楚一些了。

　　不过，木器店再也没有开起来。真不错，他的女朋友没有嫌弃他。在一个晴朗的日子，女朋友（有点真由美的性格）带着他坐上一辆大客车，去城里打工了，再也没有回来。据说，三德子在城里打工时，发了一笔歪财，一夜间暴富，成了一个大老板。具体是什么歪财，三德子口风很严，没透露半个字。反正，从此三德子的人生改变了。

选自《散文海外版》2023年第1期

樟子松随想

艾 平

它好像是一只小飞蚊，身体有一粒黑芝麻大小，尾部带着一片三四毫米宽的褐黄色薄翅。

那是四十四年前的夏末初秋，海拉尔西山的樟子松林郁郁葱葱，太阳的金箍棒从松针的缝隙捣下来，把满山的白沙打成了一片片银箔。樟子松虬结密布的外生根为我支撑起一个书桌，为了迎接决定命运的高考，我坐在温暖的浓荫里，心无旁骛，埋头复习。松香幽幽，鸟儿啁啾，都被我屏蔽在感觉以外。这小小的古灵精怪的小家伙，接二连三地打在我的书上，我抖落一下书本也就罢了，没工夫认真看它一眼。直到入学前整理物品的时候，我在衣服口袋里又一次见到了它。我将其放在掌心细看，发现它并不是我所想当然的小飞蚊，而是一粒植物的种子，那黑芝麻样的脑袋和薄如蝉翼的尾翅，构成了一个会摇动的整体，一直在轻轻晃动。当然，如果我不好奇，这轻微的摇动是很难察觉到的。我怀疑是自己手心的热度影响了它，随手把它放在了一边，它开始静默。

我年轻的时候多愁善感，常常为一朵花的枯萎流泪，为一次落日发呆，对这粒命运难料的小种子，也痴痴地浮想过。我想象着它生根发芽的样子，想象着它长成一枝黄花的样子，想象着它繁衍成一片紫花海的样子，最终认定它的未来应该是一种构成绿野、喂养牛马羊的平凡牧草，从未把它和某种高大的植物联系在一起。

四十四年苍山如海，时光在遗忘中倏然而去。当我白发丛生时，常常回忆起青春时代的那片樟子松林，种种况味油然而来，而这期间这枚小小的植物种子，已经被我尘封在生命的荒芜之中了。

一

说来有意也无意。

有意的是，自己多年来在呼伦贝尔大地上行走，渐渐地将这种行走演变成了走读。我和二十五万平方公里草原，森林中的植物、动物，产生了同呼吸共命运般的亲近，每一天我都要默默地和它们对话，向它们讨教生存的微言大义。其中那些树，是我尤为重要的教科书。樟子松、落叶松、白桦等等，就像一个个千古之谜，活生生地在我眼前深邃着，让我百读不倦，让我感受到学无止境。哪怕是一片凋零的黄叶，一组残缺的轮枝，一根长满苔藓和蘑菇的外生菌根，一段斑驳曝裂的树皮，都会让我产生种种的好奇。每每穷究，每每口诵心惟，眼睛里就会增加更多的好奇，这好奇便不停地化作力量，驱动我继续远行。

无意的是，今年秋天，我到红花尔基樟子松自然保护区拜访樟子松专家葛玉祥先生，刚刚走进樟子松森林，就踩上了一枚樟子松的球果。那球果已经干裂，裂口里面空空如也，种子显然游离而去了。恰巧，这枚球果长得并不标准，类似我们常说的歪瓜裂枣，身上的一侧凹陷，有两三个鳞片尚未完全打开，一只黑色的小脑袋，在半开的鳞片口中，露出了端倪，我把它取出来一看——竟然是你，久违了的芝麻脑袋薄翅小精灵！

你……你竟然……你原来是一颗樟子松的种子！你在我惊呼的一瞬间不翼而飞，我的眼睛追赶着你的飞翔，你却像一块无色的薄冰那样，瞬间融化在森林里。森林里色彩斑斓，到处都有你，到处都找不到你。

四十四年里，我不是没想过要观察一下樟子松的种子，可是每当我来到树下，仰脸一看，要么树上的球果已经炸裂，空空的松塔像多重的小伞挂在枝头上，你已经四散而去；要么那松塔紧绷着嘴脸，紧紧地包裹着你，不露出半点开口的意思。据说樟子松球果要三年时间成熟，任何时候树上都呈幼果、成果和裂果同在的情形，而成熟球果炸裂只在很短的时间内完成，一旦裂开，种子就会随风而去，开始为寻找新生之地流浪，人类的眼睛要跟上你们的步履实在太难。换句话说，你一旦离开了果壳，就低调地隐身了，若干年以后，当人们在某处看到那些破土而出的小松苗时，才能见证你的存在。在我的概念里，作为一种高大树木的种子，你绝对不应该是我眼前这般轻飘飘的模样，你应该是木质的、结结实实的、沉甸甸的、油汪汪的，像一枚久经鏖战的围棋子那样沉稳，像一位举止练达的智者那样从容，永不沉沦，永不消殒。你陷入潮湿的土壤，壳上会呈现锦缎一般的木纹，木纹开花，你探出新芽；你落在干燥的沙地上，稳稳当当地凿进沙土，耐心等待天地氤氲，而后生机勃发……因为我所知道的樟子松，扎根在贫薄干旱中，萌发在冰雪寒冷里，最高可超过四十米，胸径最粗有两米以上，那强韧的细根，可以入地四米，可以扩散到一个网球场大小的范围。你的未来，生就得苍然遒劲，挺然超拔，在树中超凡脱俗，在林中仪表堂堂。难以置信的是，你生命初始的样子，竟然如此微不足道，你这个芝麻脑袋薄翅小精灵，吓了我一跳。

二

樟子松，我在红花尔基樟子松自然保护区和俄罗斯赤塔的樟子松密林中，端详过你们，看到你们"千人一面"，接踵而立，像彬彬有礼的仪仗队，也像亲如手足的多胞胎兄弟。密密匝匝的林中，你们囿于局促的空间，为保持主躯干内里的湿润鲜活，任由手臂般的轮枝不时干枯残断。你们的根从土壤里一滴滴汲取水分，在体内运化攀缘，送至冠顶，于是你们梢头的松针发力坚挺，就像无数执着的手指，苦苦索求着太阳的给予。太阳温暖地注入你们的针叶，汩汩延伸到你们通身的脉系肌理，致使你们的每一个细胞欢喜地跳动起来，丰沛起来。在拥挤的森林中，你们高挑而并不羸弱，雄劲而不豪横，就像一个个收紧了身子、立于队列中的士兵，每个人平分着阳光的恩赐。面对风霜雪雨，你们众志成城，用彼此相连的树冠，撑起冬季的重负，枝如铁，干如铜，硬是纹丝不动……春风徐来，你们如梦方醒，犹如一组复活的雕塑，约好了似的，猛然抖落树冠上的黑雪残冰。顿时，群山一片鲜明，你们针叶碧透，新枝澄黄，就这样成就了北方的传奇。

  你也曾远离同伴，兀自成长。我穿行于大兴安岭北部的原始森林，在阿巴河北岸一座山的南坡上，远远就看到了你。那山并非一座高耸的山峰，辽阔的大兴安岭由无数鱼脊般起伏的缓坡组成，本不险峻，这些缓坡的北面是茂密的落叶松和白桦混生林，南面则完全不同，是阳光普照的开阔地，到了冬季也不积厚雪，没有高大的林木，只长着零星的灌木、倒伏的偃松和一些多年生草本植物，风景一览无余，唯有你独树一帜，挺立在这空旷的天地之间。这里是食草动物晒太阳的好去处，也是食肉动物的狩猎场。马鹿在你脚边踱步，野猪在你身上蹭皮上的油泥，猞猁常常栖在你的枝丫上，等待猎物出现，抽冷子跳到驼鹿或马鹿的身上，咬断那可怜动物的大动脉，断其首，食其肉。母棕熊会连跑带颠地从你身边经过，下山到阿巴河里捕捉细鳞鱼，捉到了也舍不得吃掉，叼着往坡上跑，因为它嗷嗷待哺的孩儿此时正藏身在灌木丛中，那灵敏的小鼻子已闻到了母体和鱼腥混杂在一起的气味。

  茕茕一棵松，已是数百年。你孤独地生长着，脚下是地球于晚侏罗纪至晚白垩纪造山运动留下的岩石，山地表层的腐殖土，只有四十厘米的厚度。正如水滴石穿，铁杵成针，年年岁岁，你的根茎一微米一微米地钻进了岩石的细缝，给自己开辟了长生的隧道，有岩石加持，你从此不可摇撼。我注意到你身上外溢的松脂，油润、黏稠、剔透、芳香，这种分子式庞大的物质，大约不只是拜腐殖土所赐吧，以我有限的植物地理知识，猜想你在岩缝里并非一无所获。

在山的远景中看你，你孤零零的不显高大，到了你跟前，若看你的冠顶，我则必须躺倒仰视，而拥抱你，两个人的手臂加起来都不够用。我发现，尽管由于风景过于辽阔，无法彰显你的高大，但以你的胸径推算你的树龄，你似乎应该长得更高一些。或许完美就是不完美，不完美就是完美，你分明用自身的魁梧健壮诠释了这个永恒的哲理。离开了拥挤的林间，你的身体率性地逸态横生，你的轮枝疯也似的生发，朝向四面八方，同时一轮一轮地截留了树根向上运化的水分，蓬勃得就像千手观音的手臂，还加上了一重挥斥方遒的苍劲。光合作用在你鳞次栉比的轮枝上开始了，你已经不再需要拔高头颅，一个劲儿地去和谁平分阳光了，你得天独厚、卓然特立。看着你不可撼动的样子，我不由得想起了那些拔山扛鼎的举重运动员，他们的个子往往并不高大，四肢却粗壮超凡，他们四平八稳地立于赛场之上，将人类的梦想举到极限。

你与山同在，面临一条日夜狂奔的大河，还有那河道彼岸望不尽的群山。春日的赤芍，入秋的柳蓝叶甲，把自己埋在雪里过冬的黑嘴松鸡，泅水逃命的驼鹿，拎着狐狸高飞的金雕，皆在你的眼前来了又去，那些比你年轻许多的白桦纷纷倒下，那些比你能屈能伸的偃松，在一道雷电中化作烈焰……斗转星移，白云苍狗，你历经风雪剥蚀，阅尽春秋明灭，形单影只却坚不可摧，就像饱读诗书的学子，十年寒窗，孜孜矻矻，终于走进了云淡风轻、波澜不惊的境界。我站在你的身旁拍照，为了今后能时常以你的宏大反思自己的渺小。然后向你行注目礼，退步离去。

你远了，身影越来越小，直至还原成一粒芝麻脑袋薄翅小精灵。

三

樟子松，你的学名是欧洲赤松，为一度覆盖苏格兰喀里多尼亚森林的主要树种，在其周边地域被俗称为苏格兰松。作为一个物种，人们认为你的祖地在英伦三岛；作为旅游推介品，我们尚可以在大不列颠北部的苏格兰高地依稀看到你古老的模样。一万多年以前，你的种子流落四面八方，向东北，跨过欧亚大陆到达东西伯利亚和中国；向西北，遍布美洲环北极圈及部分以南地域，其中零散的一些竟然跨过赤道，漂泊到了新西兰和非洲。光阴荏苒，凡你所到之处，皆有你衍生出来的生命变种，已有一百多个。因地而异，你获得了许多称谓——欧洲的苏格兰松、美国和加拿大西部的黄松、蒙古高原的蒙古松、德国的德国松、美国的糖松……在中国黑龙江左岸的俄罗斯外兴安岭，在中国北部大兴安岭原始林区、海拉尔西山和红花尔基沙地，在辽宁的章古台，你被称为樟子松，到了长白山西坡你又有了更好听的名字——长白松、美人松。凡此种种，看上去大同小异，有几分似曾相识，或许一时不好准确地分门别类，无疑的是，这些接地气的名字实质上赋予了你一种光荣，说明你因为和人类的关系密切，已然成了人类文明视野中的一个符号。作为世界上分布最广的针叶树木，尽管形态各异，但在它们的基因里，都可以找到你的质感和你的身份记忆，这一切真是妙不可言。有待伟大的植物学家们出版一本权威的松属树木博物志，以免让我等被眼前的零散资料折磨得眼花缭乱，又往往莫衷一是。虽然我不能跟着你的种子回溯来路，但我的好奇无处不在——你是怎样从一百九十公里宽、一千六百公里长的波罗的海沿岸，横跨九千公里长的俄罗斯大地，到达呼伦贝尔，到达鄂霍次克海附近，一路上到处落地生根，瓜瓞绵延；你又是怎样漂流过大西洋，甚至比哥伦布还要早七千多年登上了美洲新大陆？既然你的基因之壳只有芝麻粒大的躯体，以及三四毫米宽的薄翅，那么事到如今，我只能这样猜想——冻土带的微微消融，大西洋的潮起潮落，波罗的海的暖流回环，蒙古高原的白毛风，额尔古纳河深深的潜流，还有那鹰嘴、鱼腹、走兽的毛皮与胃肠，都应该是你的助力媒介，让你走得很远很远，也任意地把你随处抛撒。尽管你的行踪貌似散漫无章，却让我发现了一个规律，那就是你绿树成荫的地方处处干旱贫瘠寒冷，除了沙地，就是山地，即使到了相对温暖的北纬四十度，你也在其最贫瘠的环境中屹立。难道这是你天生的喜好吗？非也，而是你无可奈何的逃避。葛玉祥先生告诉我："但凡土壤和温度适合植物生长的地方，总是有生长迅猛的其他植物落脚，它们的繁衍非常迅速，很快就把生长缓慢的樟子松周边占为己有。"而贫薄之地，没有其他植物争夺阳光和雨露，你听凭天择，慢慢适应，正像一方水土养一方人那样，最终以适者的姿态，把流浪之地变成了生存的家园。

我曾经从菲奥娜·斯塔福德的书中看到一个惊人的信息——1986年切尔诺贝利核电站事故发生以后，乌克兰的一些松树表现出了顽强的生存能力，经检验，它们已经悄然改变了自身的DNA，以适应新出现的毒性环境，从而得以恢复生长。生命被动进化，这个消息解释了流落到四面八方的樟子松为什么会与世长存。

人们还发现，你们宜人的气味会刺激空气中的水微粒扩张，随着水微粒的上升，一片松林可以创造出自己的云层，形成一面巨大的天然镜子，将一部分太阳光反射回平流层。所以，当人们在不同的地方见到形态各异的你们，便不停地利用你们迥异的木质纤维、树皮颜色、鳞状形态、开花季节、花粉的颜色、一束松针的数量、松塔的大小等等，来洞察你们进化的奥秘。然而，四面八方的樟子松啊，我想的是，首先要为你们点一个大大的赞，因为不论你们此刻站在哪里，外在形象有哪些不同，同一个事实是，你们都正以自身的茁壮生长，减弱了地球的温室效应。遥远的祖地已经遗留在血脉深处，你把所有的能量都奉献给了脚下的家乡。万山叠翠，千河安澜，你们是令人敬重的一道道生态长城。

四

2003年,我在芬兰的西贝柳斯音乐公园与你们相遇。那是我的第一次欧洲之行,时时耳目一新。以前,关于西贝柳斯,我的记忆储藏间里只有早年芬兰马克上的那个神情忧愤的头像,一曲在朋友家聆听过的《芬兰颂》。说起来叫我不好意思的是,自己对西贝柳斯的音乐有感无思,听《芬兰颂》时并没有体会到一个民族心灵深处的疼痛,特别的感受就是,当雄浑的咆哮和隐隐的伤感一并袭来,自己的心脏莫名战栗,血管里跳动着写诗的欲望,写什么呢,不清楚。

正值早春三月,伊拉克战争已经爆发,SARS病毒也开始传播,赫尔辛基依然安静祥和,天空剔透纯蓝,地上的白雪一尘不染,街上那些和妻子同样享受产假的爸爸们,在推着婴儿车踏雪遛弯。走进西贝柳斯音乐公园,我站在白雪之中,凝望着那座久负盛名的管风琴雕塑。关于这座由六百根钢管组成的雕塑,在资料上有两种说法,一说这是古老风琴的抽象演绎,表达音乐的永恒和美;一说为森林的象征,意味着西贝柳斯的音乐灵感来自祖国古老的森林。在我看来,它更像是一部音乐家的传记之书,让你走进一位音乐大师的故事。钢管风琴的旁边,是西贝柳斯的金属雕像,生动庄严,深深地打动了我。西贝柳斯的心灵孤独而高贵,激情燃烧却不愿简单一吼,那是艺术家正在把自己的生命情感孕化成昂扬旋律时的神情,作为一个写作者,我有过类似的体验。

正是在仰望之时,我看见了雕塑后面的你们——一株株生机盎然的樟子松。你们伫立在雕塑的周围,云朵般的树冠清新地绿着,顶部的枝丫绽放出明亮的鹅黄,仿佛若有所思,却一动不动,就像在交响乐开始之前,位于指挥家对面的一排排乐手,凝神等待着指挥棒猛然挥起的那一刻。我想,假如西贝柳斯音乐广场没有如此生机盎然的樟子松簇拥,两座雕塑会显得突兀孤单,极有可能失去撼人的魅力。据说创作者女雕塑家艾拉·希尔图宁起初的想法并非如此，只在这片森林安置了钢管雕塑，后来很多拥有古典情怀的芬兰人并不接受，他们认为森林、音乐、西贝柳斯，密不可分，在他们的呼吁下，十年之后，艾拉·希尔图宁又在钢管雕塑的旁边置放了西贝柳斯的金属塑像。

我开始在周边的树下漫步，完全没有人在异乡的感觉。芬兰的樟子松和海拉尔西山公园的樟子松几乎一模一样，唯一不同的是，这里的樟子松已经走出了严寒的冬季，通身洋溢着春的气息，冒出了新轮枝的嫩芽。我感觉到周围萦绕着来自白雪和松脂的芳香，尾调很是清洌沁人。雪很纯，我弯腰去捧雪，竟然捧不起来，原来这里的雪远远看去与隆冬时形状无异，其实底层已经融化透了。北纬六十二度的芬兰湾，由于波罗的海暖流的影响，气温比北纬五十二度的中国大兴安岭北部原始林区要高起码十余摄氏度。故乡的白雪，此时应该像白砂糖一般硬朗。

海风徐来，奇妙的事情发生了。钢管雕塑发出低低的轰鸣，随之非常美妙的音乐突然从林间涌起，继而悬浮回荡。我被推回到遥远的图画中，满眼亦真亦幻的感觉，那一棵棵樟子松仿佛无数个西贝柳斯，演奏着小提琴迎面走来，碧绿的松枝随着乐曲轻轻舞动，风景漫卷，大地、群山、大海、海上一座座覆盖着樟子松的小岛……我倚于高大的树木，驻足聆听。

永恒的艺术总是和大自然一起呼吸。

五

我终于联系上了少年时代的同学大琴，一个越洋微信发到了伦敦，询问她是否去过苏格兰高地，是否亲眼看过苏格兰古森林，那里是不是和《森林的早晨》中描绘的状态差不多，其中还有多少原生态的欧洲赤松古树。伊凡·伊凡诺维奇·希施金是我们当初一起喜欢过的俄罗斯画家，为什么会喜欢他呢，因为我们确信画家的笔下就是自己的家乡呼伦贝尔。你看——一样透进夕阳的樟子松林，一样布满野花的河边草地，一样被绿雾和晨光笼罩的林间小径，并且，我们还第一次看到了长辈们传说的棕熊上树……当然，许多年之后，我才知道了画家叫什么名字，为何方神圣。大琴如今是个孤独而有闲的小富婆，专门给呼伦贝尔人代购各种格子围巾、格子手袋之类的名牌货。我顾不上和她聊往事，就催着她回答我的问题。结果你猜怎么着，没过半个小时，她哐当一下给我发来了一串百度截图，历数英国森林公园的名字和面积。她说你怎么突然冒出来了……我哪里说得清这些事儿啊，看樟子松，你在家门口就可以看啊，海拉尔西山和红花尔基不是有的是吗？苏格兰的樟子松老树好像不多了……随后加上一句彬彬有礼的邀请——要不然，等到疫情过后你来……这是我预想到的，但不想得到的回答。

英伦三岛虽然有十五个之多的森林公园，但是其中最大的加洛韦森林公园也不过七百八十平方公里左右，所有森林面积加起来，不足我们呼伦贝尔大兴安岭北部原始林区的三分之一。现在的苏格兰松森林大小不足鼎盛时期的百分之一。

这一切的始作俑者是人类。

自1066年开始，一场延续了将近千年的猎鹿游戏开始了。那时的苏格兰高地丛林茂密，野生马鹿多得像鱼群一样到处游荡，它们臀部那块黄白色的毛皮，上上下下，左左右右，像无数个小灯笼一样，在幽暗的森林里跳跃闪烁，让林中那些肉食动物感到扑朔迷离，欲罢不能；同时，也让人世间的食肉动物血脉偾张，多巴胺难捺。于是，先有王公，后有贵族，他们把森林分割成八十块，作为私人狩猎领地，毫不节制地猎杀马鹿。一时间，森林里到处是宝马金鞍，猎犬伺候。这种嗜血的娱乐，让整日挥金如土却依然空虚的狩猎者，获得了空前的刺激和足以炫耀的威武。马鹿的智慧当然也不可低估，它们学会了利用林木做盾牌，躲避射杀。于是，颐指气使的狩猎者，开始砍伐大树，一年年过去，森林变成了一块块光秃秃的开阔地，这下子，狩猎者的骏马可以纵情驰骋了，狩猎的游戏增加了竞马的戏份儿，果然愈演愈烈，不可收拾。悲哀的是，这些趾高气扬的狩猎人想都没想过，森林，这人类与万物的家园，将一去不可复得。

十七世纪大不列颠开始了工业革命，在苏格兰高地建起很多炼铁厂，初期炼铁使用木炭火炉，每年要消耗上百公顷的森林。第二次世界大战期间，大量苏格兰松被砍伐，做成弹药箱和战壕的支撑桩。尽管随着时代的进步，反对声此起彼伏，但作为贵族陋习的猎鹿游戏，仍在英国持续到了二十世纪。2005年，英国立法禁止在狩鹿时骑马、使用猎狗。惶惶不可终日的马鹿，终于有了喘息的机会，数量逐年增加。情况又走向了另一个极端——英国的马鹿很快严重超标，曾多达一百五十多万头。它们践踏林地，啃食幼树，森林和原野遭受了又一轮的浩劫。今天苏格兰高地的所谓猎鹿森林其实已经没有什么树木了，多半是沼泽地，或者是光秃秃的石头山地。

那么，为什么苏格兰松能在宏大的地理记忆中脱颖而出，并且久负盛名呢？究其原因，应该很多，一是英国近代以来剩下的小块森林大多属于贵族世家，几百年来人迹罕至，保持着神秘的面纱，因此越发博人眼球；二是得益于文学的记忆，罗宾汉、魔法森林、绿野仙踪的故事被植入了很多地球人的童年记忆，《简·爱》《傲慢与偏见》《皆大欢喜》《麦克白》等诸多英国文学名著里到处可见森林故事、森林背景；当然，还有一个很重要的原因，就是工业文明之后，苏格兰毕竟还剩有少量的老树，使这片土地获得了一种象征意义。以至于我们闭上眼睛，想象森林的样子，跳入眼前的形象，绝不是环绕赤道的热带雨林，或者一亿三千万年前孑遗的大漠胡杨等等，首先是以樟子松为主的松林。在人们的概念里，欧洲赤松和古老的欧洲文化连在一起，悠久而厚重，够得上森林鼻祖的尊贵。

生态与文化的相辅相成，就这样给地理带来了十足的魅力。

六

一块琥珀的出现,引起我对波罗的海的眺望。

改革开放伊始,呼伦贝尔对俄罗斯的自由贸易红红火火。1994年,我在满洲里中俄互市贸易区的一个摊位上,第一次见到了那个手把物件,它看起来澄明凝重,拿起来却轻若云朵,搓一搓,还散发出了淡淡的芳香。把它冲着阳光举起,它顿时变成了一个被无数金箭穿透的蛋黄,又亮丽又剔透。细细观看,这枚蛋黄里,还包含着一些小小的闪光点,深咖色、金箔色、棕红色不一,大概是花叶、虫翅的碎屑。我越端详,越感觉这小小物件神秘而离奇,仿佛是造物者刻意留下的时光纪念。商贩说,你猜得对,它来自海洋,是的,这就是传说中的琥珀。

原来琥珀这么好看啊!我抚摸着漂亮的琥珀,第一联想不是森林,而是《红楼梦》中贾母身边的丫头的名字——珍珠、鸳鸯、琥珀、翡翠……正因为她们都是老祖宗调教出来的人儿,个个出落得聪明伶俐、蕙质兰心,原要尊贵一些,真真不委屈这些珠光宝气的名字。

渐渐地我知道了,这块鸽子蛋大小,水滴状,闪闪发光的琥珀,原也比较常见。那小贩子是看透了我的心思,要价两百元不松口,记得我咬牙买下这块琥珀之后,口袋里只剩下一张十元钞票。后来我成了一个琥珀的低烧友,这第一块藏品,至今一直放在手边,被我一年年手抚,看上去更美了,但失重了一点二克。

偶翻书,得知欧洲一件逸事。普鲁士国王腓特烈一世为了效仿法国国王路易十四的奢华生活,命令普鲁士最有名的建筑师兴建了一座琥珀屋。这琥珀屋面积五十五平方米,共有十二块护壁镶板和十二个柱脚,全都由当时比黄金还贵十二倍的琥珀制成,重量达六吨。1716年,普鲁士国王威廉一世为与俄国结盟,就将这件稀世的琥珀屋赠给了彼得大帝。到了1941年,纳粹德军攻入圣彼得堡,将王宫中的琥珀屋拆卸了下来,用二十七个箱子运回德国柯尼斯堡，从此下落不明。

建造一座五十五平方米的琥珀屋，需要六吨琥珀，那么形成六吨琥珀需要多少松树的树脂呢？提供这么多树脂又需要多大面积的森林呢？作为一个非学者化的写作者，我勇敢地思来想去，觉得人们在回溯苏格兰松母地的时候，集体无意识地忽略了与之毗邻的波罗的海彼岸以及周边地域，没有考虑到这里的森林和苏格兰的森林本同一体。

温室效应的加剧提示我们，地球自诞生之日起，气温的变化从未消停。波罗的海在四千万年之前，曾经是一片辽阔起伏的低山地。那里层峦叠嶂，河湖交错，到处覆盖着苍郁的森林。一万多年前，地球陡然升温，给这里的苏格兰松树带来强烈刺激，它们开始大量分泌树脂，一滴滴、一串串，汇聚成一团团、一块块，顺着苏格兰松独有的树脂道流到草地上、粘挂在树皮上。后来，地球上又出现了严寒，冰盖冻了化，化了冻，经历了陆地和水域的多次相互交替。在最后一次冰期结束时，冰川融化，形成了波罗的海，大片的森林被吞进海底，万年之中，经过地球高压高热的锻造和海水的浸润，松脂变成了化石，被海浪送上了岸，就是人类喜爱的琥珀。

我注意到，盛产琥珀之地，并不在苏格兰，而是在波罗的海东岸的波兰、立陶宛、拉脱维亚、爱沙尼亚以及俄罗斯沿海一带。

有两则消息为我这一联想提供了佐证。

2014年的巨大风暴让英国的海岸面目全非。正如菲奥娜·斯塔福德描述的那样——当巨大的海潮开始退却，一段绵延的海滩从水中露出，布满了奇怪的东西，它们呈现深色且有棱有角，乍看上去像鱼鳍。渐渐地，它们更像是一大批从泥土里慢慢露出来的幽灵般的战马和盔甲，似乎刚刚从千百年的沉睡中苏醒过来。其实，这是史前森林的遗迹。

2019年俄罗斯卫星网报道，波兰和立陶宛的科学家曾经潜入立陶宛境内海域，对水下森林遗迹进行研究，得到了珍贵的影像资料。虽然那些丛林久经腐蚀，已经变得奇形怪状，又被厚厚的寄生物包裹着，但是一棵棵松树仍然以残桩断枝的模样存在着，给人以活生生的感觉。经检测证明，该遗迹已有一万年历史。科学家认为，森林在沉没以前曾十分茂密。报道并没有说明这片海底森林的面积有多大，但是根据海底地形资料来看，这样的海底森林，遍布波罗的海陆地时代的山地和平原。

事实上，从英伦三岛到斯堪的纳维亚半岛和芬兰，再到波兰、乌克兰、立陶宛、拉脱维亚、爱沙尼亚、俄罗斯圣彼得堡出海口，以及环北极圈地带，也包括威尔士所在的大西洋东北沿海地区，都有广袤的森林存在。这些森林呈针叶树种和阔叶树种的混生状态，其中作为原生树种的苏格兰松，占百分之三十到百分之四十，也只有如此庞大的森林体量，才能孕育出波及半个地球的种子阵容，仅仅囿于波罗的海西南岸一隅的苏格兰，哪怕加上英伦三岛的全部森林，也应该是力所不及的。

樟子松啊，在无以计数的春去秋来之间，你们一直在艰难地前行，那些芝麻脑袋薄翅小精灵，多少次起飞又折戟，多少次入土却不能萌芽……你们显然不能像翻越喜马拉雅山的蓑羽鹤那样，成群结队，一时间呼啸而过，也不能像安静的雪花那样徐徐而降，你们的步履应该是像静水涟漪一般，一寸寸从母树的脚下向圈外弥散，像古老的木犁那样步步为营，慢慢拓展。夫天地者，万物之逆旅，然而，时间的长河回报了你们的一意孤行，你们没有成为山间的过客，地球偌大的母体接纳了你们，你们一代又一代，摇动着薄薄的尾翅，亲吻着陌生的土壤和水，到处落地生根，直至成为这个多样性地球不可或缺的物种。

七

2022年的9月，我在十八年之后，重返红花尔基樟子松林区。

在1994年5月16日，这里的樟子松林遭遇了一场大火，过火林地达17006公顷。我目睹了大火刚刚熄灭的现场，那是一个比死亡更可怕更寂静的场景——半空中由松枝针叶织成的绿网被一扫而光,姹紫嫣红、蘑菇野果,通通化为乌有,天是铅灰色的,地是炭黑色的,空空荡荡中,几根被大火烧成了碳质的残断树干,冷冷地伫立着。我拨开地表的灰烬,发现土壤很烫,并且呛人。风畅通无阻地狂奔,掀起一阵阵黑雾。我犹如挨了当头一棒,顿时惊恐万状,好像跌入了智者们预言的末世。

那叽叽喳喳地从巢穴里探出头的乌林鸮幼鸟呢?它们已化作齑粉,连个模糊的轮廓都没有留下;那些整日在林海里滑翔的狍子呢?一具焦油色的残尸,一截没有烧透的犄角,让我看到,它们在逃跑途中倒下去的样子;用褐色的羽毛把自己伪装成树干的细嘴松鸡呢?但愿它们在第一个火苗燃起的时候,丢掉了嘴里的蜗牛,侥幸从浓烟的上面飞走了;驼鹿呢?我看见它们在飘满烟尘的维特根河里,露出两个巨掌般的大角,一动不动。它们找到新的营地了吗?那里有它们喜欢的水草和嫩柳芽吗?……此时正是春天,是万物葳蕤的季节,在过火后的樟子松林里,所有的希望变成了一场灰。我为此失魂落魄,说不出来一句话,从此心里留下一道深深的伤。

我们从路旁进入森林,离当年的过火林越近,我越紧张,腿越发抖,心突突地跳。我明白,这是自己心里的伤痕在害怕和大地的伤痕重逢。我开始驻足不前,为了掩饰自己的情绪,便不断地向葛玉祥先生提出问题,其中有的问题,他明明刚刚给我做了解答,我又重复地问起。

年轻的森林保护区职工和电视台记者走在我们前面,步履轻盈,有说有笑,不一会儿就看不到他们的身影了。我和葛玉祥先生观察着林木,走走停停,突然,年轻人手捧着蘑菇返回来了,他们像捧着鲜花那样庄重,把蘑菇送到了我的眼前。蘑菇的气味醇厚馥郁,令人微醺。这几大捧蘑菇里,有红花尔基最著名的鸡血蘑,有和鸡血蘑伴生的黏团子蘑,有淡黄色的黄花蘑,洁白的扫帚蘑,还有一种没有多少知名度但很好吃的土豆蘑。年轻人说,这是从过火林里采的,要我带回去尝尝。

对于我来说,这些蘑菇并不陌生。海拉尔位于森林草原的交错带,每年晚夏，市场上的蘑菇总是让人目不暇接，其中鸡血蘑是我的最爱。关于鸡血蘑的烹饪法，我的独家发明是——将鸡血蘑洗净，带根水焯至柔软色红，蘑菇根便能很容易从蘑菇伞中间摘除，再将蘑菇伞翻过来，露出百叶一样的褶皱，特像一朵朵盛开的红花，按大小，在洁白的盘中摆出图案，然后，根据口味调汁，斟满鸡血蘑的一个个褶皱，即可入口，鲜软糯滑，不胜美哉。

让我心头一热的是，这些年轻人后面的那句话——从过火的林子里采的。

蘑菇多的森林应该是林草萋萋，完全郁闭的。樟子松茁壮健硕，具有网一样四处外延的浅根，浅根和腐殖层浑然一体，给菌类提供必要的营养，鸡血蘑就是贴着樟子松的外生菌根生长的。如果说樟子松营造了独特的森林生态，给动物和昆虫以庇护，任苔藓、真菌与地衣植物依附着生长，那么森林中多种植物的生态构成，是你中有我、我中有你的，在菌类和草本植物丛生的土壤中，丰富的微量元素和养分，也同样反哺了樟子松。

眼前鲜活的蘑菇告诉我，当年的过火林，生态已经得以恢复。

火灾过后十八年以来，过火林里新生的樟子松，长到了什么程度？葛玉祥先生告诉我，新树的胸径一般达到了八厘米，高度达到了二点五米，一些受伤不重的老树也恢复了雄姿勃勃的状态。这消息对于我来说，又是一个惊喜。

红花尔基森林是国内最大的集中连片的沙地樟子松林带，长一百二十公里，宽四十公里，得天独厚，非常珍稀。我曾经开着车，一路追寻樟子松的足迹，在呼伦贝尔行走八百多公里，尽可能地勘察樟子松演替的秘密。黑龙江南岸的大兴安岭山地，海拔四百至九百米，是樟子松在境内的第一个落脚点。在绿海一样的泰加林里，它们和落叶松、白桦混生，没有落叶松长得快，没有白桦繁殖能力强，生存竞争的优势式微，只好以退为进，借助种子的薄翅，走出泰加林，向外寻觅新的生存之地。走走停停，趋暖向南。途中，偶尔有几粒飘摇中的芝麻脑袋薄翅小精灵，落在某处，长出些松鼠尾巴般的小树苗，许多年之后，这些松鼠尾巴变成了挂满松塔的大树，再次放出一批批芝麻脑袋薄翅小精灵，又过了许多年，新一茬的大树以此类推……就这样留下了一片片苍翠的风景。樟子松，经莫尔道嘎自然保护区—金河—根河—伊图里河—免渡河—滨州铁路沿线的呼和诺尔—嵯岗—海拉尔西山，到了红花尔基沙地。

红花尔基年降雨量二百六十至四百九十毫米，无霜期不足百天，夏季干燥暴晒，冬天酷寒，与樟子松祖地的温带海洋性气候大相径庭，和同在呼伦贝尔境内的大兴安岭原始林区比起来，仅年降雨量就减少了三百一十毫米，樟子松的生存境遇变化很大。后来人们发现，红花尔基沙地樟子松的雌球花、球果种鳞的形状，小枝的色泽以及针叶的质地虽仍然和欧洲赤松基本相似，但是，微妙的变化无处不在：老树树干下部的树皮较厚，深纵裂，呈灰褐色或黑褐色，其上部树皮变成黄色至褐黄色，会裂成薄块脱落；针叶最长可达十二厘米……即使还没有走出呼伦贝尔地域，樟子松的变化也是很明显的，就说树冠吧，大兴安岭山区泰加林里的樟子松树冠是尖塔形的，树干挺直高大；海拉尔西山和红花尔基的樟子松则与其不尽相同，树冠为平顶，树干较短。如此，我们若不假思索地说樟子松在红花尔基找到了生存的风水宝地，不如说樟子松为了在沙地生存繁衍一点点改变了自己。当然这个改变的过程意味着一代又一代树木的更新，时间很长很长，一个十八年，只是其中的瞬间。

如果没有人类施以援手，一味等待周边的森林把种子带过来，再任由鸟食风化，自然萌生，要过火林恢复到葛玉祥先生所说的程度，十八年是不够用的。大火以后的这些年来，红花尔基护林人心里流泪，眼睛紧盯着林间的每一个细节。他们发现，由于这次大火迅猛异常，推进速度很快，在中轻度过火林下，落下不少没有烧透的球果，被包裹的种子得以幸存。由于高温，球果开裂，种子落于地面，赶上夏季雨水，当年便顺利发芽生根。统计下来，这种自然更新的樟子松株，超过森林饱和度的百分之八十。但是，红花尔基护林人仍然要用自己的双手，把那些四处彷徨的芝麻脑袋薄翅小精灵，送进大地的褓褓，弥补大火留下的空场，还给大地一片完全郁闭、生机勃勃的森林。

于是他们焦急地等待秋天的到来，在林中久久地仰着头，盯着那些即将成熟的球果。在获得了种子之后，他们又开始焦急地等待大雪封山。雪来了，他们将种子用雪拌匀，收入容器中，放在雪堆上，再用雪盖严。为防止早春雪融，还要在雪上覆四十至五十厘米的杂草。到播种前三五天时，将种子取出，消毒两小时，开始播种。

红花尔基沙地的人和树一样，不畏严寒。

所有被大火烧过的林地上，长满了翠绿的松苗，红花尔基护林人的目光，仍然没有离开。他们一刻也不能放松，因为他们要做的事情很多，治理森林病虫害，实施森林动物保护，研究林地植物和树的关系，研究森林空间布局对地表火的影响，研究土壤、气温、湿度……他们对林子的一腔真情，日复一日，年复一年，和持续生长的樟子松一样永不懈怠。

此时此刻，地球之北，山河寂静，冰雪透迤，唯有你，樟子松林，黛绿如墨，走在洁白的大地上，绘出了一幅幅壮丽的生态图画，而你们生出的那些芝麻脑袋薄翅小精灵，正沉睡在最寒冷的温暖里，和人类一起等待着播种季节。

选自《草原》2023年第3期

种子秘语

祁云枝

整个秋天，种子们星罗棋布，在不同的高度和维度上梳妆打扮，它们涂脂抹粉、描眉画眼，一切就绪后，开始唤风、唤雨、唤水流、唤身穿皮毛的动物、唤小鸟的肠胃、唤人类的嘴巴……一旦邂逅，便从高空跃下，从地面起飞，在半空里弹射，于水面上漂浮；或者，干脆搭乘动物和人类这一辆辆目标航班，去远方开疆拓土。秋歌，种子唱得最带劲儿。

包裹种子的甜蜜外套，在小鸟的胃里、人类的嘴巴里，兑付成香甜的工资。这甘甜的报酬，让动物愉悦，也完成了种子的心愿：把优秀的孩子送到自己无法抵达的远方。诗与远方，其实也是所有草木的梦想。

种子、风、雨、鸟兽、行人、河流，大地上的一切事物，都在这互惠互利的合作中，生出熠熠的光芒。

日历，一天天撕掉寒冷，又一个春天来临，姹紫嫣红和万千生命的迭代，纷纷从种子里萌动。大地，又一次演绎万种风情。

1

此刻，我正在一棵高大的红枫树下拍摄小视频。

鲜红的枫叶，在秋风里荡秋千，不时亮出泛白的叶背，发出唰啦啦的声响。眼前的枫树，宛若一条流向天际的河流，翻卷出红色的浪花。小鱼儿般欢快的种子，从朵朵浪花里迸溅出来，进入我的镜头。

秋意渐浓。树木多穿起金黄橙红的衣裳，这是成熟的颜色，也是富足的颜色。天空里密布独属秋天的忙碌，看得见看不见的种子，在我的头顶上飞翔，奔赴下一年的生命之约。

一旁的女贞树上，两只灰椋嬉闹着在枝丫间啄食。蓝天、紫果、绿叶，组合成一幅画，鸟儿，是这幅画面上动态的笔触。灰椋吃饱喝足后抹着嘴巴飞远了，在鸟儿新陈代谢时，女贞子穿越鸟儿的肠胃，被播种到远方。鸟儿播种的同时，还顺带施了肥。

我追着一粒种子拍摄。镜头里，红枫种子旋转出令我痴迷的轻盈，它晃晃悠悠，漫无目的而又充满了希望。我知道，种子飞行的方向和距离，取决于那一刻经过它身旁的风，这种不确定的飞行，像极了我们称之为命运的东西。

我用手接住一枚旋转着落下的翅果，一枚翅果含两粒种子，像两条吻在一起的小鱼，身体呈倒八字张开。指肚那么长的翅膀，从种子的果皮处延伸出来，轻薄、剔透，看得见脉络清晰的纹理，和蜻蜓翅膀一样，自带飞翔的奥秘。鱼头（种子）橙黄，鱼尾（翅膀）鲜红透亮，不像是现实的种子，更像是仙境里的精灵。在这架小小"螺旋桨"的带领下，红枫种子轻舞飞扬。

红枫种子成熟后脱离母体，因重力下坠的刹那，这对小鱼翅膀即刻开启了螺旋桨的功能，在空中飞快地旋转起来。一团小小的涡旋气流，出现在种子上空。涡旋气流似一团无形的手，拽拉着种子下落的脚步，为的是给风留出更多的时间，更从容地把种子带到更遥远的地方。头与尾之间，重与轻之间，一对种子的吻鱼组合，让红枫种子除了拥有机械制造、仿生学和生态学上的意义外，还具备了某种哲学意味。

一百多年前，谁会想到螺旋桨的特性？红枫一旦开花结果，就拥有且很好地利用了这个飞翔的装备。突然间想起小时候读过的《种子历险记》，每一粒看似弱小的种子，都是义无反顾的英雄。朝未知地带前行的红枫种子，拥有飞翔的独门绝技，飞行的距离长，发生在它身上的故事也一定多。如果我追踪记录一粒种子长长的一生，会不会也能写出一篇好玩有趣的《种子历险记》呢？

好多次，我走进校园向学生讲述植物生存的智慧时，会提出这样的建议：请同学们描述红枫种子的形状。鲜有答对者，显然，很少有学生去关注。孩子们的时间大都交给了作业与课外辅导，极少有时间和一株植物对话。也或许，他们在难得的外出机会里，遇到红枫时只关注了它的叶色、叶形，却略过了红枫的籽实。

学生们其实也很难理解我公布的答案——红枫种子拥有一对神奇的、可以像螺旋桨般旋转、能制造涡旋气流的翅膀。

这些，都呼召我把红枫种子拍成视频。爱迪生说，惊奇，就是科学的种子。让我惊诧的植物飞翔的智慧与哲理，能否像种子般撒进学生心田？

不远处的草坪上，一位年轻的母亲领着小姑娘在草丛里玩耍。园子里的草坪上，蒲公英像天空里的星星一样繁多。它们在这里出生、展叶、开花、结果。草坪出现多久，它们就生活了多久，东一棵西一棵，此起彼伏。每年的春秋两季，园林工人都要定期去草坪里拔草。作为一种杂草，蒲公英一遍遍被连根拔起，扔掉。然而，它们魔术般变换位置，像个行踪不定的神。我甚至在通往办公楼的台阶石缝里，看到了它金黄的绽放，那一瞬，台阶无比生动。我停下脚步，用手机相机定格了它的努力。对蒲公英而言，一撮土、几滴水，就是它们安身立命的家园。一株石缝里开花的蒲公英，一只忙碌前行的虫蚁，都以自己的方式诉说生活的艰辛，或者从容。

小姑娘三四岁，圆脸、圆眼睛、圆嘴巴，连身体也圆乎乎的，她不时弯腰摘下蒲公英的绒球状果序，举至眼前，嘟起圆圆的小嘴，呼———一群种子各自撑开小伞，向天空的高远处蹁跹，小姑娘手脚挥舞着向前追了两步，又弯下了腰。

像是一口气吹开了时光之门，我的童年透迤而来。多年前，在家乡的田埂地畔边，我也曾像她一样，挑选出色的白团大的蒲公英茸球，高高举起，嘟着嘴唇，把种子吹向天空。蒲公英头戴光圈，慢悠悠地向天空飞去，踏上未知又可预知的旅程。那时候，天离地很近，头顶上，就晃动着棉花般的白云。若是有人站在大树的枝杈间，伸出手，就能触摸到云朵。

即便不被人类助力，蒲公英的种子一样可以从地面上起飞，一阵微风就可以送它们远行。资料上说，晴朗的二级和风里，蒲公英种子可以飞翔两公里左右。"好风凭借力，送我上青云"，说的，该是蒲公英吧。人类模拟蒲公英制造的降落伞，什么时候也能从地面上直接起飞呢？

小姑娘现在还不会知道，总有一天，她也会像蒲公英一样，离开她的母亲，飞到适合自己生根发芽的土地上。

我们，都是蒲公英的播种者。我们，也都是一粒蒲公英种子。

2

院子里，我和麦萍找到一片干净平整的地面，面对面圪蹴下来，掏出兜里的杏核，放在中间，伸手，齐声喊："石头、剪子、布！"获胜一方双手掬起杏核，轻轻抛撒，杏核骨碌碌滚落，定格。取其中的一枚，高高抛起，在它落下来之前，快速抓取地上的三枚，反手向上，接住刚刚抛上去的那枚。咔，杏核与杏核相碰，发出不怎么清脆的声响。

每次抛撒前，麦萍都要双手把杏核举至耳前摇一摇，在杏核咣里咣啷的晃荡声里闭眼祈祷一句：三个。抛撒后最理想的状态是，杏核三枚抱团，距离其他杏核一指宽。因为，抓取地上的三枚时，手指不能触碰周围的杏核，抓取的个数也一定是三枚，多于或少于三枚，都算犯规；当然，也可一次抓取四枚或五枚，数量由我们约定，数量越多难度越大，越往后玩，难度增加，很考验人的反应力与手指的灵敏度。没接住高抛的那枚，碰到旁边的杏核，没有依次抓取完地上的杏核，都算输。我和麦萍玩，输赢从不以杏核做筹码，我知道杏核对她、对她家的意义，我俩玩杏核时约定，赢了的人弹对方脑门一下。

我们玩的杏核是麦萍的，那些杏核来自她家的杏树。她家的杏子好久都没有人吃了，若不是杏核可以拿去收购站换钱，那棵杏树早就没命了。麦萍的姐姐麦芹三四岁时，一个人在树下吃了很多半生不熟的杏子，滋味匮乏的年代，杏子的味道解馋。待麦芹喊叫肚子疼时，麦萍妈才知道发生了什么，没有人知道麦芹到底吃了多少颗酸杏。她抱起孩子奔向医院，尚未出村，麦芹即口吐白沫，眼皮上翻，没有了呼吸。灾难降临得猝不及防，麦萍妈只能用尖锐的、撕心裂肺的哭声，呼出她的心疼和惊惧。

料理完姑娘的后事，麦萍妈提起斧头朝杏树砍去，哐哐哐的声音，再一次剖开乡村的寂静。她一边砍一边哭喊：你赔我女子，杏树战栗着撒下无数叶子。麦萍爸伺机从后面抱住她的腰，带着颤音规劝：别砍啊，我们还指望"亨胡"换钱哩。杏，乡人不读xing，读heng；核也不读he，读hu。听到"亨胡"二字，麦萍妈手抖了一下，斧头掉落在地上。是啊，一年的油盐酱醋还指望这棵树呢。她从麦萍爸的怀里出溜到地上，口中喃喃念叨：麦芹、麦芹……眼泪，杏子般滚落。

酸杏释放的丧子之痛，长久滞留在麦萍爸妈的味蕾上。从此，这棵杏树上结的杏子，他们不再问津，也告诫麦萍不许吃，单等杏子成熟后捏掉杏肉，取出可以换钱的杏核。村子里的大人都告诫孩子，桃可以吃饱，杏子伤人，千万不要贪吃。

从夏到秋，小伙伴口袋里的杏核随步履哐啷作响。我的杏核，大多是和其他伙伴玩时赢的，也有我在村子里的路上捡的，大的大，小的小，色泽不一，我常羞于拿出来示人。

一个蝉鸣婉转的夏日，村子里来了个货郎，货担里又圆又大的黄杏，瞬间拴住了我的目光。母亲看见了我眼里的饥渴，用一碗新麦换回二十多个黄杏。那些杏子是否甘甜我已没了印象，我只记得那杏核是苦的。谢天谢地，苦杏核没人吃，顺理成章，成了我的私人物品。

新杏核个头大，差不多有麦萍家杏核的两倍，黑褐色，拿在手里沉沉的趁手。清洗一番后，我又去门口的石门墩子上打磨了杏核表面。当手感光滑的杏核在我的口袋里叮当作响时，我感觉自己好富有，仿佛怀揣了无数珠宝。

兜里有了杏核，令人愉悦的游戏一夜间就拓展到整个村子。我找麦萍玩，找丫丫、四凤和千喜玩。杏核在我和小伙伴汗津津的手掌心里，慢慢出现了包浆，玉石般油润光亮。整个暑假，我的快乐如泉水般在杏核上叮咚流淌。

十月的一天，我放学回家，母亲告诉我，你有杏树苗了，快去找个地方种下。我一头雾水，母亲说你去窗台上看看，我一下子想起放在那里的杏核。三步并两步赶至窗前，天啊，我的"亨胡"！我放在两张倒扣瓦片里的杏核，一多半竟然出苗了。之前多狂风暴雨，估计被雨水淋到了，它们，已不再是玩具。

娇嫩的白色小芽，从开裂的杏核里伸了出来，竭力将芽尖伸向有光的一方。其中一芽已变身淡绿，胖胖的芽根处伸出几绺须根，芽尖顶出了嫩绿的叶子，活脱脱一株袖珍杏树。覆盖种子的瓦片，因这萌发之力向一旁挪动了小拇指宽。我一下子愣住，心上的某根琴弦被轻轻拨响。在这些杏核身上，我看到了坚韧、执着，以及能屈能伸，还有小小身躯里的神奇力量。世间，死亡与新生，始终在交替，这些杏核，早已洞悉了这残酷又亘古的自然法则，它们神采奕奕地开始了新生。

杏树苗诞生的背后，是一粒杏核真实的死亡事件。种子，只是一个小小的驿站，就泊在死亡与新生的中间。

我早就想拥有一棵自己的杏树，我把它种在南墙边，这是我种下的人生中的第一棵树。在那方土院里，我陪着它长大。可惜，村庄整体改造时，高高大大尚未结出杏子的它，在迁移后死掉了。

3

父亲从工作岗位上病退回家后，专心侍弄起家里的一亩三分地。

二十世纪七十年代，渭北旱塬上每家的自留地少，粮食总捉襟见肘。有限的土地里，乡亲们只愿意种主粮小麦。翻地、施肥、耙平、播种、间苗、除草、浇水，父亲以麦种起笔，用撰写公文的态度，在自留地里写起了麦子的文章。一分耕耘，一分收获。那些年，我家的麦子产量在村子里数一数二，只除过一年，那年，父亲用错了麦种。

往年，父亲都是选自家田里粒大饱满的麦子留种。那年，父亲去县城跟会，回家时背了一袋麦种。跟会，就是赶集，只不过一个在县城，一个在乡村，跟会的人更多、物资更丰富。父亲说当日碰到了以前的同事，同事是"一头沉"，他的老伴务农，农忙时他也在田间地头劳动。他们聊起了麦子，同事给父亲推荐了一个人，说他家去年小麦亩产一千两百斤，就是在这个人家买的麦种。这句话，点燃了父亲眼里的火苗，也促使他买回了高价麦种。好家伙，比自家亩产高出两百多斤，那可是一家人半年的馒头。

父亲用新麦种开启了新一轮的书写，这次，他比往年更用心。整个冬天，空气中飘浮着牲畜粪便的气味。羊粪蛋蛋、牛粪塔塔被父亲宝贝一样从村子里的大路、小路和羊肠小道上捡起，盛入粪笼，倾倒在大门外的粪堆上。攒够两大粪笼后，父亲用一根扁担挑到孕育麦苗的地里，再一锨锨抛撒开来。春节前，下了一场大雪，当地上的积雪没过脚踝时，父亲把雪铲成堆，家里的两个大粪笼又派上了用场。父亲用铁锨拍实雪花，雪糕一样瓷实的雪花被装进粪笼，一担担挑进地里，码放得整整齐齐，就像是地里长出来一层小雪山。父亲说，这层雪是麦苗的被子，麦盖三层被，明年枕着馒头睡。在这层雪被下，麦苗既能睡个温暖的好觉，雪化后还能喝饱，旱塬上最缺少的就是水。

开春，我家的麦苗比谁家的都绿，而且欢实。父亲带我去田间拔草时，远远地就说，看，那个墨绿的坎儿，就是咱家的麦子。父亲说这话时，眼角眉梢都爬满了自豪。同期返青，我家的麦苗比邻居家的整整高出了一拃，绿油油的，远望很醒目，像一道绿坎。

渐渐地，父亲脸上的笑容消失了。我家的麦苗像是吃了分化剂，居然分出了高矮胖瘦，再也不是齐整整的一片。时值初夏，高高低低的麦苗，像是长在心头的野草。父亲着急上了火，嘴唇干裂起皮，不停地叹息。他专门去了一趟县城，找到他的同事，辗转找到那个卖种人。那人听父亲讲完，一口咬定他的麦种没有问题。他说，你家的麦子之所以出现这状况，有可能是你搅进了其他麦种，或者，是上季的落地麦，这一季又长了出来。推卸责任的话语，一块块像石子般投掷到父亲的身上。

回家后，父亲眉头紧锁，吃不下睡不着，他的身形愈发消瘦了。常见他手捂胸口，咳嗽起来没完没了。

临近麦收时，我家的麦田里，没有涌动起风过如舞的麦浪，空气里，也少了令人亢奋的麦香。参差不齐的茎秆上，顶出了四种麦穗：长着麦芒的麦穗，光秃秃全然无芒的麦穗，株高超过一米歪七扭八的麦穗，细长干瘪的野麦子的麦穗。整个田地，像四种麦穗赶集，嘈切、凌乱，这怎么可能是我家田上一茬齐整整的落地麦呢？夏天的阳光，化作细碎的麦芒，入眼如沙。

那些日子，我的心情也和我家的麦子一样纷乱芜杂。我不时想起父亲讲过的一个故事，大意是一位受人爱戴的国王年纪大了却没有孩子。一天，国王宣布谁能用他提供的种子培育出最美的花朵，谁就是他的继承人。所有被选中的孩子都悉心种花。做决定那日，国王面无表情地从无数端着美丽鲜花的孩子面前走过，停在一个手持空盆哭泣的孩子跟前，大声说：你就是我忠实的孩子！国王说，我发给孩子们的花种，都是煮熟了的。

在因为大人杜撰出来教导我们的这个结局完美的故事里，我无法理解发生在父亲身上的现实。欺诈与歉收，像一块块巨石入水，荡出暗黑的涟漪。现实生活中，成人的世界里，谁来鉴定诚实？谁又来惩治虚假？

麦种不对，其他的努力都白费。父亲说这句话时，徘徊在我家麦地边上，脸色灰暗，神情沮丧，像一株在大风里趔趄的麦子。

这年，我家一亩地收了八百斤麦子，减产两百斤。半年里，本该用馒头充填的肠胃，填进了大量的野菜麸皮。作为麦种事件的余波，父亲常兜里揣一把麦子，没事就掏出来端详，像是要看透麦子的灵魂。

父亲用了整整一个月亮的圆缺，才从轻信的悔恨里走了出来。

那阵子，我注视着惶然的父亲，第一次感受到种子与一季收成间的紧密关系。

一粒麦种，被神秘力量聚合成星空下小小的生命单位。农人从外观上根本看不出一粒麦种与另外一粒麦种的区别，它们能否发芽，发芽后能否长出麦芒，能否高产，都无从知晓。农人还有许多无奈，一场疾病，一次措手不及的水灾、旱灾、冰雹，乃至谎言，都足以摧毁他们一季的收成，就像时空里的黑洞，随时会将农人的希望吞没。

我第一次有了探究种子的欲望。

欲望的加速器，来自科学家。袁隆平院士用一株野草（野稗）的种子，培育出杂交水稻，让水稻产量增加了百分之二十，多养活了几亿中国人。小小种子里的基因，决定了它将要绽放的生命。找到种子生存繁衍的密码，就能躲避和填补那些黑洞带来的荒芜。

袁老说：我就是个种了一辈子稻子的农民。他还说：人就像种子，要做一粒好种子。这些话，也是一粒粒种子，埋进了我的心里。

4

秋风里,种子此起彼伏,荡漾着厚重的波浪,摇晃我们的惊喜。这么多年,我和我的同事们,亦如名叫珙桐、银缕梅、秤锤树、紫斑牡丹等珍稀濒危植物的种子,扎根植物园这片土地,和这片土地上的植物一起,生根、发芽、开花、结籽。

一树"白鸽"珙桐即将绽放,它在我同事赵老师的精心照看下有些兴奋,于是提前了花期。这几年,春末途经植物园珍稀濒危植物区的人们,都会惊奇地发现,无数"白鸽"翩然翻飞在一棵树的枝丫间,连空气都是香的。我不清楚鸽子间会聊些什么,但鸽子们的绽放,给予了植物园人莫大的鼓励。真的有鸟鸣,珠玉一般,在绿叶间滚落。

陕西羽叶报春消失百年后,我的同事张老师在秦岭里采集到了十几粒种子。这种籽实在是细小,几十粒紧挨着放在一起,也不过指甲盖大小。经过三个年头的播种试验,陕西羽叶报春的迁地保护终获成功。春种一粒粟,秋收万颗子。从十几粒小种子,到后来收获的两公斤种子,濒危植物陕西羽叶报春,再也不会从这个世界上消失了。梭罗的一句名言,也从羽叶报春的种子里长了出来:只要告诉我你有一粒种子,我就准备期待它创造奇迹。

初春,濒危植物银缕梅的枝条上,长出了密密麻麻的叶子。捧起一片树叶细瞧,叶脉平行,少有分枝,叶缘波浪般起伏,整个叶子,像是工笔画一样美。夏初,银缕梅绽开了缕缕银丝,短穗状花序在绿叶间绽放,长长的花丝拥在一起,月光般恬静。这孑遗植物,美丽娇弱,摇曳在植物园的珍稀濒危植物区,似乎很惬意地活着,事实上,它百般挑剔生存的环境。

秤锤树的枝叶间,开始悬挂起一粒粒"秤锤",赭黄的色泽,秤锤模样的外观,细长的果茎挂绳,像极了它们的名字。秤锤果在枝叶的摇晃中寻找平衡,它们在度量生命吗?如果,眼前的种子秤锤会说话,它会不会告诉我:一棵树与一个人生命的尺寸与向度,大致相同……

这些珍稀濒危植物种子里快要熄灭的火苗，被来自人类的爱重新点燃，被"努斯"点燃。道生一，一生二，二生三，三生万物。园子里的珍稀濒危草木由少及多，由小及大，它们簇拥起舞，环珮叮当，它们愉悦地展叶、开花、结果，也愉悦地示爱，它们要将这份爱，用花朵和种子知会大地，开启下一个轮回。

日子，就这样在种子间流淌，种子无数次记录了我和同事们的劳作，我们也无数次欣赏了它们的努力和蜕变。"草在结它的种子，风在摇它的叶子，我们站着，不说话，就十分美好。"我觉得顾城的这些话，就是说给我们和身边的植物听的。我们，是城市里与种子、与土地打交道的农民。

几十年的光阴呼啦啦滑过，种子长进了一辈辈植物园人的血液里，长成了一种气质，就像珙桐树上的鸽子、银缕梅上的月光、山白树的根、紫斑牡丹的花，这种气质从植物园人的目光里流出，从我们的声音里走出，甚至，从每一个细微的、就连植物园人本身也不曾觉察的动作神态里显现出来。我们与搞动物研究的人有着明显的不同，我们很容易被人从人群里辨认出来。

大半辈子过去了，回想起来，我觉得自己也是一粒种子——听从了某种隐秘的召唤，由命运之手播种，在植物园落地生根，与缤纷的种子毗邻而居，在与种子频繁的互动里一次次萌芽、展叶、开花，成为自己。

种子于我，始终充满了神奇，它的一点点变化，都会掀动我心底的波澜；我人生无数个拐点上，都有种子的身影；它们有缘来到我身边，像我的孩子，它们的表情关乎我的心情。我曾经在泥土里播种，在课堂上播种，在书稿里播种，在画纸上播种……这些物质的、非物质的种子，在大地上萌芽，在许多心田里萌芽，就像当年落进我心里的那粒麦种。

是种子，串起了我在植物园里的日子，让我的人生与草木连接，并渐渐地成为彼此。闲下来，我喜欢站在自己种的树下草旁，看风像翻书一样翻动叶子，看花果凌波微步，鼻翼里的香是绿的，耳畔的和声圆润舒畅。我仿佛站在故乡的麦田里，站在自己种的第一棵杏树身旁。

此刻，望着天空里忙碌飞行的红枫种子，我与漫步瓦尔登湖聆听自然的梭罗，或在自家荒园中凝视昆虫的法布尔，有着相似的快乐。

节选自《散文选刊》2023年第7期

食物变迁记

朱永官

鸡骨头

小时候物资供应基本是按计划的，需要各种购物票。对大部分人家来说，肉是实实在在的紧缺品。为了补充平时肉和蛋的供应，我们家一直养鸡，其中两三只母鸡还可以轮流下蛋。

在那个时代，这样散养的鸡也无须特别的饲料，主要吃家里的剩菜剩饭，还有田野里的青草和稻田里的昆虫，以及掉落在地上的稻谷。所以鸡不仅给家庭提供动物蛋白，还是剩余食物的收集器、转化器和储存器。鸡可以把家里这些零星的食物或废物转化成鸡肉和鸡蛋，可谓一举多得。因此，在二十世纪七八十年代，鸡成了许多人家的"宠物"。

家里来了客人，没有别的高档菜肴招待，鸡是餐桌上的主角。

我从上初中开始，家里来客人，杀鸡的活基本是我包下来了。要在空地里捉住一只走地鸡，还是需要一点技巧和敏锐度的。我首先要用一把米把鸡吸引过来,待鸡们埋头啄食,以迅雷不及掩耳之势拿下一只。不过,鸡一般都不长记性,下一次再来客人,我还是如法炮制。在捉鸡和杀鸡的过程中客人总会说"罪过"——为了表达对主人也是对鸡的感激之情。

菜烧好,客人上桌,席间母亲总是要热情地给客人夹几块鸡肉,边夹边说道:"没有什么菜招待啊,多吃点鸡骨头吧。"以"鸡骨头"替代"鸡肉",表达了主人的谦卑和低调。

如今,鸡成为百姓餐桌上最常见的食材之一,吃鸡肉成了理所当然的事。

鸡是如何从一只普通的鸟变成人类餐桌上的美味的?

家鸡的驯化是人类走出丛林,从狩猎时代向农耕文化迈进的重要一步。家鸡最早驯化的时间大概是公元前7500年。关于如何被驯化的传说很多,其中比较被接受的不是人类去驯化鸡,而是鸡主动向人类靠近。那时我们的祖先已经驯化了牛、猪和羊,开始种植水稻。这些本来以树冠为主要家园的普通的鸟,它们是温顺的,被人类种植的谷物所吸引,不断靠近人类生活的空间。随着水稻与其他谷物栽培的扩散,鸡和人类的关系变得越来越紧密。其实,刚开始鸡和人类的接触也是相互帮助。鸡从人类的生存空间获得它们的食物,而对人类来说,鸡不仅为人类提供优质蛋白,还可以帮助防控稻田里的害虫,以及为庄稼提供有机肥——鸡粪。

如今,人类对鸡的把控能力到了前所未有的水平。

前些日子,由于工作的关系,我走访了一家超大规模的现代化养鸡企业。从屠宰、剃毛、分解、加工到装袋,整个过程是全自动的。这个规模和速度与我小时候捉鸡宰杀的过程相比,可谓是天壤之别。

由于技术的革新,现在的鸡肉来得如此容易,而我们也变得几乎一天也离不开鸡给予我们的馈赠。

可以说,我们当今正处于一个"鸡"的时代。现今这个时代,地球上活着的鸡大约是230亿羽，这是一个何等巨大的数字啊！地球上所有其他的鸟加起来也还不及这个数。根据可以统计到的数据，人类一年消耗的鸡约700亿羽。假定地球人每人每天消耗半个鸡蛋的话，人类每年消耗的鸡蛋量也是一个天文数字。我不敢再计算，人类养那么多鸡需要的饲料以及饲料背后需要多少田地来供养。

人类对地球上其他物质的消耗同样是惊人的，再加上各种各样合成的化学品，正在不断污染我们的环境。人们不禁要问：不堪重负的地球还能承受多久？

倘如我们能够乘坐时光机器，来到一万年后的人类社会，并且有幸参与考古挖掘的话，一定会看到我们现在这个时代在地下残留的大量的鸡骨头。这些鸡骨头被保存在地层里，或许更早的一些鸡骨头已经开始变成化石。

让我们想象一下，一万年后人类吃什么？人类在一万年前开始驯化鸡，把一种普通的鸟变成人类的盘中餐。也许，再过一万年，人类不再需要养殖动物了。科技的进步一定可以实现在细胞工厂里通过试管生产动物蛋白，这样或许有更高的效率，能更好地保护地球。

让时光机器把我们拉回现实，地球上每个人每天都在不知不觉中消费各种食物。当我们围坐在餐桌边享受美食的时候，往往只想到食物来自菜市场，而对背后食物一路走来的艰辛全然不知。食物从生产到消费的全过程都在地球上留下了足迹，影响着地球的健康。为了人类的健康，我们不能光顾自己吃好了，还应关注地球上其他生物的健康。如果地球不健康了，我们吃得再好也无法拥有健康的生活环境。为了人类在这个星球上世代繁衍，我们需要保护地球这个共同的家园。鸡骨头是人类消耗地球资源的见证，保护地球，让我们从关注鸡骨头开始。

桑葚与蚕蛹

我的家乡桐乡是著名的丝绸之府，茅盾先生的《春蚕》就是在这里写成的。

早春的时节，草木苏醒，大地开始披上绿装。这时，桑树经过一个寒冬的沉寂也开始绽放活力，枝条上的嫩芽开始萌发。随着桑叶一天天长大，蚕农们也开始了忙碌的养蚕季。

当鲜嫩的桑叶滋养蚕宝宝的时候，桑葚成了我们儿时的鲜果。

二十世纪七八十年代，养蚕是江南水乡农业中比较挣钱的，各家各户都会精心护养各自的桑园。春蚕时节，绿油油的桑叶覆盖下的枝条上都会挂满桑葚。桑葚刚结果时还是青色的，慢慢由青变红，再变成深紫色。挂在枝条上的桑葚是如此丰富，我们不需要采摘带回家，因为随时可以在桑园里边玩边吃，最为新鲜。我和小伙伴们吃够了桑葚后，满嘴唇都涂上了桑葚的深紫色，还有我们的双手，也变成了紫红色，沾满了香甜的味道。

高中毕业后我离开故乡，一直在外漂泊，再也没有机会吃到如此新鲜的水果。但桑葚一直是我对故乡的牵挂。后来家人知道我对桑葚的喜好，他们帮我采摘桑葚，然后及时烘干，制成桑葚干。桑葚干放在冰箱里可以储存很长时间，想吃时抓上一把，泡上一杯桑葚水，便可以唤起儿时遥远的记忆。

现如今，桑葚这一乡间的食物不断升格，成为人们广为喜爱的水果，进入各大城市的高档超市。

确实，桑葚是极有营养价值的水果。桑葚呈深紫色是因为其富含一种叫花青素的活性物质，而花青素是极好的抗氧化剂，有很好的保健价值。

正因为桑葚的营养价值，现在市场上出现了越来越多的由桑葚延伸出来的食品。昔日江南乡野丝绸产业的副产品成了现代健康食品的新宠。科学家们不仅培育桑葚品种，还研发各种桑葚的加工技术。市面上有桑葚汁饮料、桑葚酒等，桑葚大大地丰富了我们的饮食。

除了桑葚，桑树以营养丰富的桑叶滋养了蚕宝宝。蚕宝宝把桑叶的营养转化成蛋白质，然后神奇般地吐出蚕丝，被制成人类青睐的各种丝制品。唐代诗人李商隐用"春蚕到死丝方尽"来形容春蚕的无私和牺牲精神。其实，蚕宝宝的贡献远不止这些，比如蚕蛹就是以优质蛋白而著称的食物。

蚕蛹有极高的营养价值，通常含有50%左右的粗蛋白质，还有不饱和脂肪酸和饱和脂肪酸。儿时，春蚕收获季节也是我们品味蚕蛹美食的时节。新鲜的蚕蛹用纱布裹着用力挤掉其中的水分，再从自家菜园割一把韭菜，就可以用新鲜的菜籽油烹制一盘美味的韭菜蚕蛹。几十年过去了，炒蚕蛹的鲜香一直留在我的记忆深处。母亲深知我喜欢吃蚕蛹，为了让在远方的我吃上蚕蛹，她在春蚕收获的季节用盐水煮新鲜的蚕蛹，烘干后寄给我。煮好烘干的蚕蛹既可以做零食，也可以加点料酒姜丝清蒸，是极好的下酒菜。如今，家中冰箱里的蚕蛹成了连接家乡春天的纽带。

桑树，一棵原产于我国的普通的树，通过蚕宝宝的奉献，以丝绸为载体，形成了持续数千年、横跨几大洲的丝绸之路。桑树，也通过舌尖上的味蕾传颂着人间美食的故事。

野　菜

伴随着社会变革而变迁的食物还有野菜，很多不起眼的野菜在不断丰富我们餐桌上的食物多样性。

荠菜算是一个代表了。儿时，到了春天，我们可以在田埂边、桑园里随处挖到荠菜。荠菜加些肉末可以成为老家用米面做成的包子的馅。荠菜本身具有独特的香味，当和脂肪混合后可激发出更为深远的鲜味，这种鲜味一直留在我的记忆深处。如今，每次吃到荠菜馄饨的时候，那种悠远的草香味都会勾起我无限的乡愁。听父辈们讲，饥荒年代荠菜是名副其实的"救命草"。

除了荠菜，清明时节，老家有一样依赖于野菜的传统食物——芽麦塌饼。我记得小时候冬天里母亲要浸泡一坛小麦，待小麦发芽后沥水晒干。晒干了的小麦我们叫芽麦。芽麦磨成粉加上一种神秘野菜的配合，就可以制成口感独特的芽麦塌饼。这种野菜的学名是鼠曲草。当春姑娘来到江南，大地复苏，鼠曲草也快速生长。采集新鲜的鼠曲草，在锅里煮熟捣烂和芽麦粉混在一起就可以做成芽麦塌饼。我年轻时离开故乡在外求学，二十多年后再次吃到芽麦塌饼时，一下把我拉回了童年时光。芽麦塌饼的甜味来自小麦发芽产生的糖分，而捣烂了的鼠曲草的草香味和麦芽糖浑然天成。这种香甜味加上融入面粉的鼠曲草纤维，共同造就了芽麦塌饼特殊的口感。尽管清明时节江南各地有吃青团的习惯，但是我吃过的所有的青团都不及家乡的芽麦塌饼。

蒲公英，一种遍布大江南北的野草，具有特别的花序。迎着风吹散蒲公英的花序，成为拉近儿童与自然的距离的象征，成为人与自然和谐共处的象征。

其实，蒲公英还是具有清热解毒功效的中药，在我国古代很多医书中都有记载。由于人们对健康食物的青睐，如今蒲公英已经被广泛栽培而上了餐桌。蒲公英既可以凉拌，也可以和各种肉搭配成为包子馅。另外，蒲公英还被开发成保健茶而广受欢迎。

随着生态环境的改善和农业科技的发展，很多昔日的野菜可以得到规模化的种植。如今，你在超市里可以看到越来越多的野菜。丰富的野菜进入我们的视野显示了人们对多样化食物的渴望，与其说是渴望，倒不如说是返璞归真。人类在漫长的演化历程中，曾经以6000多种植物为食。

人类从丛林中走出来，只有少数动植物得以驯化利用，开启了农业文明。但是如果我们过分依赖相对单一的物种，不仅会带来生态的灾难，也会让我们的食物系统变得脆弱。十九世纪中叶爱尔兰的土豆饥荒就是一个例子。科学研究告诉我们，食物多样性的提高可以更好地保障地球资源的永续利用。所以，为了人类在地球上持续繁衍，我们在吃饱吃好的同时，也要保护好生物的多样性，使地球在良性循环中变得更加健康。

时代在变迁，人类的食物也在不断演变。这种变迁，是为了让人类与自然更好地和平相处，和谐共存。

选自《中国校园文学》2023年6月青春号

茉莉为远客

龙仁青

1

一个印度男人，名叫拉兹或者沙鲁克·汗，但他不是电影明星或是明星扮演的角色，他只是一个普通的农民。他裸露着上身，头发蓬乱，面颊窄长，眼睛大而无神，与面颊一样窄长的鼻子就像是在平缓起伏的山丘正中赫然隆起的一座山峰，带着刀锋一样的气性，把整个面部分切成了两半，而扁平的嘴唇则阻拦了鼻子的这种垂直分切企图，倔强地横在鼻子下方，微微张开着，像是一个固执的山洞。或是因为嘴唇的阻拦，使得上嘴唇上的唇须和下巴上的胡须有了安全感，便有些肆无忌惮，以一种葳蕤之势，如茂密的森林一样围拢住了他的嘴唇。他有些溜肩，两只瘦弱的胳膊慵懒地耷拉在肩膀两边，胳膊下端显得无所事事的两只手却很大，看上去有些不协调。他的胸部干瘦，两边的胳膊夹裹着两排对称排列的肋骨，一如泥石流冲刷出来的沟壑一样凹凸毕现。肋骨所围拢着的，是他微微隆起的肚皮。他刚刚从麦田干完农活回到家里。忙了一天，他十分疲累。这会儿是晚饭时分，他的妻子，名叫丽达或者卡琳娜·卡普尔，当然，她也不是电影明星或明星扮演的角色，她和男子在同一个村里长大，到该结婚的时候就结婚了。他们有一对儿女，都是小学生，这会儿还没放学，所以家里只有他们两个人。妻子正在做饭，简单的咖喱米饭，还有一些青菜，这样的饭食，几乎日复一日，没有什么变化。男人也没有什么食欲，就想着等儿女放学回来了，和他们一起吃完饭，早点上床睡觉。

正是春末夏初的季节，温度很高，太阳即将落山，但依然酷热难耐。男人躲开妻子因为要做饭而生起的火炉，坐在敞开的屋门前的一只木墩上，低着头，他感觉无所不在的热气在他的身边蒸腾，让他心里烦躁不安，他有一种就要发火的冲动。他强忍着内心的焦躁，猛然抬起了头，他的目光扫过他的妻子，又盲目地向前滑去。就在这时，他看到了那一株茉莉。

茉莉开花了，素素白白地缀满了枝头。从那一株茉莉的角度去看，太阳的光线形成了侧逆光，整个儿裹拥住了她，把她身上一朵朵白花和衬托着它们的绿叶打亮，通透的白花和同样通透的绿叶便有着宝石一样的色泽和质地，似是随意堆砌在一起的白水晶和绿翡翠。在那一株茉莉的前方，形成了一片小小的绿荫。

男人的鼻翼忽然动了一下，他深深地吸了一口气，一缕馥郁的花香即刻窜入他的鼻孔，浸入了他的身体。他感到他身上的燥热一下子消减下来，整日劳作的疲累似乎也得到了缓解，那些花费在麦田里的力气正一点点地回到他的身体。他站起身来，走到那一株茉莉的面前，站在那一小片绿荫里，开始凝视那一树的白花，吸吮空气中的花香。白花清净，更加浓烈的花香向他袭来，素洁和芬芳立刻包围了他，好像那一小片树荫就是由颜色和味道构成的。

男人伸手摘了一朵茉莉花，又摘了一朵，接着又摘了几朵。为了不让那素洁的花儿受到哪怕是轻微的伤害，他是有意连带了几片绿叶把花儿摘下的。他把摘在手里的茉莉花凑到他的眼前和鼻子上。顷刻间,一抹白云掠过,更加浓烈的花香直入他的肺腑,他感觉他变成了那片树荫,抑或说,他感觉他变成了洁白和芬芳,变成了白水晶和绿翡翠。

他心中的那一团怒火就这样被这一株茉莉熄灭了。他手捧着摘下来的那几朵茉莉花,回身去看妻子,妻子用有些怯懦的目光回应着——刚才,男人回来的时候,妻子看到他闷闷不乐的样子,便没敢吱声跟男人打招呼。这会儿男人忽然看她,她不知道什么意思。然而,男人忽然笑了,一排白牙忽然从那被黑色胡须围拢着的嘴唇中显露出来,黑白对比,眼睛也因此清亮活泼起来,一脸的灿烂。妻子立刻报以男人一个更加灿烂的微笑。

男人走过来,走到妻子跟前,伸手把胡乱粘连在妻子脸上的一些纷乱的头发整理好了,便把手中的几朵茉莉花小心地插在了妻子的鬓间,然后端详妻子的脸。"真漂亮!"他说。他的话让妻子的心里涌过一股暖流,她含情脉脉地看着男人,说:"孩子们马上回来了,咱们吃饭吧!"

茉莉花在印度栽植的历史悠久,身上佩戴茉莉花,也逐渐成为印度人的一种习惯,他们相信,茉莉花不但有着消暑安神的作用,在炎热的夏天,她浓郁的花香还能遮盖人们身上不太好闻的体味。所以,他们不但自己戴茉莉花,也会赠予别人,甚至会把摘下的茉莉花用丝线串成花环,戴在脖子上。特别是尊贵的客人到来,迎迓之时奉上一只茉莉花的花鬘,就有了隆重的仪式感。慢慢地,这也成了一种习俗或礼仪。后来佛教诞生,供奉在神坛上的诸多神灵受到膜拜,宗教与礼仪结合演变成了佛教的花供仪轨。

对中国来说,茉莉花是一种异域之花,据说她的故乡是古罗马,也曾经在波斯、印度等地遍地开花。大约在汉武帝时期,她通过海上丝绸之路来到了中国,也有人认为,她是伴随着佛教的传入,从佛教的产地印度一并来到了中国。

2

这是北宋年间的中国南部，坐落在南京城郊的一户人家：南方独有的天井庭院，院内栽植着花草，靠窗的花台上摆放着盆景，扶桑花、天竺葵等，花儿灼灼地开着，让略显阴沉的院落有了几分亮色，鲜活了许多。还有几盆多肉植物，肥厚的肉质茎叶紧紧簇拥着，泛着一缕暗绿的光。这是这家女主人的最爱。女主人叫云莉，与丈夫新婚不久。丈夫在草市上做点小本生意，整日忙碌，每天清晨一早就离家，所以在白日里，总是女主人独守空房。这会儿时至晌午，女主人从里屋搬出来一盆花，放在了花台的顶端。这是一盆尚未开花的绿植：微微有些扁平的茎枝上长着稀疏的柔毛，对生的叶片从茎枝两侧伸出来，就像是一双要去捧住太阳的绿色小手。叶片上的叶脉纹路清晰，从中轴的主脉上形成对称的弧度，极力向上伸出来，好像是铆足了劲要帮着叶片去捧住阳光。绿植被打理得很干净，每一片叶子都是仔细清洗过的，看上去绿油油的，让人惬意。

这盆绿植是她的丈夫从草市上带回来的。丈夫偶然认识了一位天竺商人，这位会说汉语的天竺商人便把这样一盆绿植送给了他，并告诉他要好生养护，白天拿出室外让它晒太阳，晚间则要移入屋内，勿要让它受风受冷。待到开出花儿来，花色素白，花香四溢。

丈夫怀着好奇把这盆绿植带回家里，交与了妻子，并把商人对他说的话给妻子说了一遍，妻子听了也好奇，便问丈夫：这是什么花儿呢？丈夫却回答不上来。

其实，这盆绿植是茉莉。她刚刚来到中国，也许因为初来乍到，有些水土不服，所以才显出楚楚可怜的娇嫩来，需要悉心养护。

茉莉到了中国南部，即刻惊艳了原本就爱花养花的南人。那时，漂洋过海来到中国的茉莉极为稀少，见过她的容颜，闻到她的体香的人更是没有几个，但她就像是一位有着绝世容颜的异域女郎，让人们一见倾心，一眼难忘。她不张扬，一袭白色的花衣，有一种不屑以浓艳的装束博人眼球的清高。她香气浓淡相宜，却不是庸俗的脂粉味道，而是自身的天然体香，恰好符合国人内敛克制的审美心理。人们纷纷打问她的名字，那位天竺商人便把她的梵语名字说了出来：Mallikā。

异域女郎，自然有着异域的名字。人们立刻记住了她的名字，抑或说记住了这个名字的发音，并用汉语方块字，写下了她的名字。起初，人们除了记音，并没有在意用字美不美，寓意好不好。于是，初到中国的茉莉，便有了末利、末丽、没利、抹历、抹利等诸多音同字异的名字。因为急于记住她的名字，有点"慌不择字"，这些名字除了读音，从字义上甚至有了一些令人避讳的意味，诸如没利、抹利等。直至后来到了明朝，集录撰书《本草纲目》的李时珍在提及茉莉花时也有些看不过去，他说："盖末利本胡语，无正字，随人会意而已。"

那个时候，伴随着海上丝绸之路的顺畅，茉莉花或是"风韵传天竺，随经入汉京"，与佛教一起传入中国；或是"名字惟因佛书见，根苗应逐贾胡来"，通过商路涌入中国，开始在中国南部的土地上广泛种植。

异域的茉莉，已经逐渐适应了中国的水土，她们野蛮生长，"直把杭州作汴州"，对她们曾经和现今的生境，已经不分彼此了，但她们依然没有一个统一好听的名字，因此她们不论怎样入乡随俗，她们的异域身份依然暴露在她们的名字上，她们因此而感到焦虑。

喜欢她们的人也为她们焦虑。或许，曾有这样一位正在备考乡贡的书生，笃信佛教，家中庭院里也栽植着茉莉。他对民间和佛经之中把这样一种高洁清香的花木的名字写成没利、抹利等心存芥蒂，他觉得这些名字太过随意，只取其音，而不重其意，配不上茉莉花的精神和气韵。他打算从众多的汉字里，找出两个能够与茉莉相匹配的字来，不但取其音，而且赋予它美好的寓意，让茉莉名实相副。揣测这位书生当时的苦苦思索和字字斟酌，想来他最先想到的应该是"莉"字，这个字，常用于人名之中，特别是女子的名字之中，上面的草字头"艹"表示四方，下面的"利"代表顺利，意思便是不论走到哪里皆能顺畅。茉莉来到中国，虽然也逐渐适应，但也跌跌撞撞，最初时，稍有不慎，便会夭折——张邦基在他的《墨庄漫录》里提及茉莉时，就有"经霜雪则多死"之句。所以，书生先把一句祝福给予了茉莉。继而他开始苦思冥想第一个字，他的心思从那些念"mo"音的汉字上掠过，但没有一个字是他中意的，于是他大胆自创了一个字：茉。有关"茉"字，辞书里的解释是，"茉"为后起字，从"艹"，音"末"。继而又解释，"茉"字不单用，只用在联绵词"茉莉"中。所以在辞书的词条里，也就只有"茉莉"一个词条。在这里，后起字的意思，是指一个字的后起写法，以合体字居多，由此可以判断，"茉"是"末"的后起字。

从此，"茉莉"才有了一个无可替代、绝世无双的名字，这也预示着"茉莉"在中国逐渐完成了本土化。

在女主人云莉的悉心照顾下，那一盆茉莉开花了，先是几朵花蕾，接着，是在一个早晨，丈夫起身，没有惊扰女主人的睡眠，匆匆洗漱，简单地吃了一点早点之后就去了草市，就在丈夫轻轻关上房门的那一刻，女主人醒来了。当她就要睁开眼睛时，她的鼻子里立刻充满了馨香的味道。她知道茉莉花开了。她急忙起身，走到那一盆茉莉近旁，几朵素白的花儿，却弥漫出了整个屋子都装不下的馨香。她想喊丈夫回来，即刻打开房门时，丈夫已经走远了。

3

茉莉花依然保持着一种高贵的矜持：佛教的供花仪式伴随着佛教传入中国，她们大多时候的角色，是在供花仪式上成为圣洁的供花，因此她们身份特殊，使命神圣。人们怀着崇敬的心情把她们采摘下来，串连成花鬘，虔诚地摆放在佛前的供台上，这隆重的行为，其实也相当于把她们束之高阁，使其成为"小众"。

然而，中国文化有一种柔韧的宽容度，在注重内在精神提升的同时，也在意世俗生活的丰美，既看重节庆活动的仪式感，也讲究平日衣食住行的烟火气。在这样一种文化态度下，一些原本"养在深闺人不识"的事物，却也"酒香不怕巷子深"，渐次传播开来，普及民间。茉莉从异域进入中国，历经汉唐宋元，到了明朝时，茉莉花也从一种仅供神灵享用的奢侈品，逐渐成为熏制茶叶的"天香"，走入了寻常百姓家。

民间有关茉莉花茶诞生的传说，也意味深长：一位茶商邀请他的茶友品茶，茶商在精致的茶碗里，放了一撮青绿的香茶，冲入了滚烫的沸水。香茶与沸水相遇，即刻升腾起一缕袅袅热气，带着花香的茶香顿时弥漫满屋。茶商和茶友张开鼻翼，深深呼吸，顷刻间沉醉在香气之中。就在此时，热气幻化成一位婀娜的女子，手捧一束茉莉花，向着茶商和茶友轻轻挥舞，瞬间又化为乌有，消失不见了。二人见状，大为惊讶。茶友急忙向茶商问香茶的来处，茶商这才想起这是江南一位女子所送——女子在危难时刻曾经得到茶商的救助，奈何红颜薄命，茶商再下江南之时，女子已经香消玉殒，临走之时留了一包香茶，托人送给茶商，以感谢曾经相助之恩。茶商把香茶带回来，一直没有启封，今日茶友应邀到访，这才特地打开。茶商便把这段经历讲给茶友听，茶友听了感叹说："呜呼，这江南女子或为茶仙转世也，如今她手捧茉莉，借袅袅热气现身，是在暗示茉莉花也可入茶！"此前，以花熏茶的制茶工艺已经在中国南部普及，只是未敢启用佛前供奉的茉莉花，而自此，茶商便用茉莉花制茶，熏制出了茉莉花茶，一时，在中国南部，品饮茉莉花茶渐成风气。

这个故事，似是在为茉莉花从神坛走向民间做铺垫和开脱，其实也应是茉莉花在中国传统文化中的一种必然走向。如此，人间俗世与天上神灵便共享这绝世的素洁与芳香了。

4

一朵花被民间吟唱，足以说明她不但盛开在民间的土地上，也已经盛开在民间的内心深处。而茉莉花作为美好爱情的象征进入一首脍炙人口的民歌，说明这种异域花朵已经完成了本土化，完全被民间"视如己出"，甚至已经不记得她的来路了。

或许，这是茉莉花在中国民间完成的一次"破茧成蝶"，好一朵茉莉花！

《好一朵茉莉花》是一首在吴侬软语中滋长出来的民间歌谣，曲调、旋律、歌词都透着南方的柔婉和温润，有着南方人细腻的情感表达方式，且民族特色鲜明：

> 好一朵茉莉花，
> 好一朵茉莉花，
> 满园花开香也香不过它。
> 我有心采一朵戴，
> 又怕看花的人儿骂
> ……

《好一朵茉莉花》一经诞生便传唱开来，成为中国南部的好声音，甚至借助歌剧《图兰朵》等蜚声中外。这首歌也通过传播登上了高寒的青藏高原。

作家苏南，生活在青海牧区乡镇，高个子、红脸膛、大颧骨，完全北人长相，有着典型的蒙古人或是藏缅人种特征，但他却是汉族，据说祖上来自南京。在他家的家谱上，有着详细记载：先祖世居南京，明洪武年间迁来西域……传说，青海汉族祖籍南京，原本住在南京朱子巷。明太祖朱元璋推翻元朝刚刚登上皇位的某年元宵灯会上,他们的先祖沿着街巷挂出灯笼,庆贺佳节,其中一只灯笼上画了一个女人,女人长了一双大脚。有好事者见此,便说这是喻指马皇后。朱元璋知道后,惩治朱子巷居民,把整条街巷的居民发配到了青海。苏南对此深信不疑,偶尔有人问起故乡,他会学着南京话说:"我四蓝今人(我是南京人)。"或许是因了"寻根问祖"的心理,苏南执着于青海与南京之间文化上蛛丝马迹的关联,从语言、歌谣等方面发现不少可以说道的实据,他甚至在《红楼梦》里找到了大量的"青海方言",并打算据此写一本书。他还发现,民间传唱的青海小调里,居然也有一首《好一朵茉莉花》。苏南说: 先祖被发配,家园财产皆被掠去,两手空空,带不了任何物质的东西,但一首歌谣却可以装在心里,一路带着。如此,这首民歌便从中国南部来到了青海。

然而,当这首歌从"小桥流水"的江南到了"古道西风"的青海,历经强劲西北风的劲吹,原本的温柔细腻渐渐消失,一种与高原狂野的地理风物相契合的粗犷与直接,却出现在了歌曲中:

好一朵茉莉花啊,
好一朵茉莉花,
满园的花儿赛也赛不过它。
我也不采它呀,
我也不摘它,
有朝一日连根挖回家!

歌曲也不再是南方的低吟浅唱,而是一种撕心裂肺的吼叫。苏南还说,据他猜测,这首歌里"有朝一日连根挖回家"的表达,也许是受到北方少数民族抢亲习俗的影响,是对这一习俗的一种反映。

青藏高寒,除了香茶与歌谣中的茉莉花,茉莉花本尊并没有抵达这里。

然而，沿着文化的路标，茉莉花的身影也曾闪现在藏文化里，偶尔查阅藏文典籍，赫然发现茉莉花在藏语中的名字共有两个，一个名字系用梵文直接书写："Mallikā"——藏文是松赞干布时期根据梵文创制，所以在藏文中有许多直接来自梵文的字词；而另一个名字则为"Moli"，显然是汉语"茉莉"的谐音书写。因此也可以判断，茉莉花也曾以文化的方式抵达青藏，而且兵分两路，分别从中原和印度走来，来到了青藏。

其实，高原也不是没有茉莉花，有一种叫喜马拉雅紫茉莉的野生花卉，开放在青藏高原的高处，如果在盛夏季节去可可西里，就能一睹她的芳容。喜马拉雅紫茉莉属于紫茉莉科植物，被毛的茎枝，对生的绿叶，小巧的紫色小花，是一种药用价值极高的本草，被藏医用于阳虚水肿等病症的治疗。紫茉莉绽放高原，或许，也可以把她理解为茉莉的精神触角向高原的一种延伸吧。

如今，茉莉的本土化已经完全获得文化认同，人们不再提及她曾经的异域身份，只有宋代诗人张敏叔依然站在历史的某个路口，以一句"茉莉为远客"提醒着她曲折苍茫的来路。

选自《十月》2023年第2期

法蒂妮娜的家园

贾志红

法蒂妮娜头顶一桶乳油果从我们基地大门口走过的时候，夕阳刚好照在第二根门柱上，绯红的霞光把一根斑斑驳驳的旧木头柱子打扮得很有几分姿色，以至于一只有着漂亮蓝色尾羽的非洲椋鸟毫不嫌弃地站在柱子顶端，正往远处一片灌木林眺望，估计是因为贪玩，这只椋鸟落单了。我的狗二呆也正好在第二根门柱上蹭痒。二呆最近大概是得了什么皮肤病，背痒得厉害，蹭痒的幅度和力度都很大，刺啦刺啦的，像拉锯一样，直到把椋鸟惊飞，二呆才憨头憨脑地朝着鸟飞走的方向轻轻吠叫几声。随后二呆便望着西天发呆，我也望着西天发呆，我们为邦尼布古原野的晚霞而发呆。晚霞总是这么绚丽，也极尽铺张，它不是由一种颜色构成，而是把红色系分解出无数个色相，由浅及深，当西天由绯红转向紫红再渐变成黑红时，太阳已奄奄一息，黄昏因天空君王的垂垂老矣而显得悲壮。年轻的姑娘法蒂妮娜指着落日说，它要死了，明天升起的太阳是它的孩子。这姑娘语气忧伤，像是经历过无数生死的人。

早晨，法蒂妮娜衣着鲜艳地顶着空桶从我们院子大门口经过，我正在院子里吃早餐，法蒂妮娜黑亮亮的眼睛盯着我的嘴巴，我便拿一根油条递过去，姑娘立刻笑得像花一样，她说，Madam贾，若力若力。我知道她是在顺口夸我漂亮，我每次送她东西时她都会夸我漂亮，我每次都相信。全世界的女性都擅于夸赞也喜欢接受夸赞，不分年龄和肤色。这会儿，法蒂妮娜完成了一天的劳动，头上的大桶装满了在原野捡拾的乳油果，她的步态比早晨沉重了许多，夹趾拖鞋在红土路上被她疲惫的脚拖着，噗嗒噗嗒的声音也是有气无力的，不似早晨那么轻快。不过，她的头、脖子和肩膀却是坚挺的，只有这几个部位坚挺，她头顶上的物件才能稳稳当当。那一大桶乳油果怕是有一二十公斤吧？老何目测说有二十公斤，他啧啧啧地咂着嘴，赞扬非洲女性的头坚硬、坚强，当然他也不忘赞扬法蒂妮娜美妙的身材，老何感慨地说，只有劳动才能让姑娘们的体态保持优美。老何就是这么个人，说话文绉绉的，他年轻时写过诗，虽说如今带着一帮搞工程的人在非洲干着修路这样粗糙的活儿，但他言谈间却总是保持着一些诗性。

法蒂妮娜每天袅袅娜娜地从我们院子的大门口经过，直到捡拾乳油果的季节结束，差不多有三四个月的时间吧，女人们花枝招展地在原野捡拾乳油果是整个西非大地最好看的流动风景。她们必须花枝招展，穿上最绚丽的衣裙才能表达对乳油树的敬意，否则按照邦尼布古原野的规矩，她们便不能从乳油树那里获得更多。乳油树是上苍专门赐给非洲大地的，赐给非洲大地上的女人们的。赐给她们果实，赐给她们生计，也赐给她们繁重的劳作。

这个时节，天空碧蓝如洗，云朵轻盈洁白，在这样的天空下，任何大地和草木都显得美丽，包括被太阳晒卷了叶子的玉米，也包括一片一片无人理睬的狗尾草，都被悠悠的云朵强赋了诗性。而阳光又总是多情，纵使在雨季，太阳也一如既往地毫不吝啬，它只在午后打个盹，眯那么一会儿眼，任乌云翻滚，让其有机会向原野施展威风，但太阳绝不会给乌云更多的时间，稍后阳光就补偿似的把光芒和热量加倍倾注给大地。彩衣彩裙彩色头巾包裹着的女人们在这样的背景下、在金色的野燕麦被风吹得一起一伏的波浪中，她们身上的彩色宛如流动的彩虹。

邦尼布古这个地方，属于西非的稀树干草原地域，村庄稀疏、树木稀疏，一年中有大半年时间滴雨不落，但是乳油树偏偏热爱这方大地，也适应这片原野。它们野生，没有人播种，也完全不用培植，靠天生、靠地长，东几棵、西几棵地散落在原野。它们的树形实在是不够美，从十几米高到几十米高，树枝任性伸展；从碗口粗到桶口粗，树干也能恣意扭曲。它们就像原野上的野丫头，站没站相、坐没坐相，不以貌示人，奉献果实才是它们生长在非洲的使命，而非美化风景。

乳油果成熟并从高处落下，大青枣似的果实被摔得伤痕累累，甜腻的汁液和气味从破损处溢出，蚂蚁、苍蝇、蜜蜂以及不知名的小昆虫奔走相告，一拨拨的，盛宴在树下铺开，小东西们都吃醉了，乳油果的甜度简直可以让它们直接在肚子里酿出美酒来。有贪吃的小家伙干脆就醉死在果肉上，不过不用担心，捡拾者不在意果肉是否完整，没有人会吃乳油果的果肉，除非灾年。乳油果那薄薄的一层果肉其实不过是一层略厚的皮，被皮包裹的果核中的果仁才是捡拾者的目标，榨取果仁中的油脂成为一项能为家家户户带来不菲收入的手工劳动。等到这些乳木果油经过精炼成为欧洲大牌化妆品的原料，又以昂贵的价格被全世界的女人们青睐的时候，貌不惊人的乳油树已经在西非原野惊人绚丽的晚霞中开始酝酿下一个花季了。

老何除了热爱诗歌还热爱探究风土风俗，他对非洲的地形地貌和物产都感兴趣。据老何考证，一棵成年的乳油树，每年可以孕育大约二十公斤果实，也就是法蒂妮娜每天捡拾的那个量。二十公斤的果实又可以获得五公斤左右的干燥果仁，这些果仁大约可以被榨取出一公斤左右的乳木果油。老何怎么会知道得这么详尽？那是因为在距离我们驻地一百公里的藏捷布古村，有一位法国女士开办的乳木果油加工厂。老何去那里参观过，他还给我带回一盒精炼的、象牙白色的乳木果油，像凝固的猪油般细腻，有植物的清香，被我当作宝贝收着。每逢需要在烈日下外出时，我就在脸部和颈部涂上一层，果然也就抵御了赤道上炽烈阳光对皮肤的攻击。

走村串户收购粗制乳木果油的小贩熟知每家每户炒炉和炒锅的大小，他隔着矮院墙看堆在院角的果皮碎屑，就知道这户人家的女人是否勤快利索。只有女人才被允许接近乳油树、提炼乳木果油，否则就违背了神的旨意。我一直想不明白这个古老而奇怪的神旨是在奖励女性还是在惩罚女性，剥果皮、砸果核、炒果仁和榨油脂都是重体力活儿，却因为神的旨意而必须由女性承担。走村串户的小贩不管神旨是否公平，他只在意收购初油与销售给法国人开办的精炼油脂厂之间能赚取多少差价。他若是再看看炉子上徐徐上升的轻烟就能大差不差地判断这户人家在炒制果仁时是否把火候控制得恰好，由此也能推断出这家人榨取的初油是否纯正，以便在脑子里快速地把收购价格再掂量掂量。他通常骑一辆叮叮当当到处都响的大自行车，又把车铃铛按得更响，咋咋呼呼的，惹得群狗狂吠，仿佛一支队伍扫过村庄。女人们喜欢他这股咋呼劲儿，给人送钱的好事儿，怎么咋呼都令她们心生欢喜。

我不工作的时候喜欢在原野和村庄转悠，手里拎着照相机，身后跟着我的狗二呆。我遇人拍人，逢树拍树。我甚至学会了一些班巴拉语，我用一点点英语、一点点法语、一点点班巴拉语，加上丰富的手语来构成我与老乡们的交流方式。花一千西朗从集市上买来的班巴拉民族风情的布袍子包裹着我，颜色鲜艳，款式宽松，我也像一条游走在原野的彩虹，尽管脖子和手臂常常被布袍子脱落的颜色染得或紫，或绿，或红，甚至擦一把汗，这些颜色还会趁机爬上我的脸。女人们扑哧扑哧地笑我，她们伸伸手臂，又扭扭脖子，展示她们黑皮肤的优势——那黑色如此强悍，不会被任何颜色浸染。而后她们又在一阵阵更开心的大笑中走远。老乡们路遇我时，会喊我一声"Madam贾"，然后再冲着我的狗喊一声"阿呆"。其实我的狗叫二呆，不过老乡们不会发"二"的读音，无论我怎么教，都无法让他们把自己的舌头卷上去那么一点点，他们把二呆喊成阿呆。阿呆就阿呆吧，只要有"呆"的意思就行。它有时候的确是一条呆狗，时不时地闯一点小祸，追咬乡亲的羊或者让谁家的母狗怀孕，生出一堆小崽而老乡家没有多余的吃食，送子认父的情景剧在基地大门口已经上演三次了。叽叽嗷嗷的小狗崽被某个少年用衣襟兜着送来，少年们大多穿着又长又宽的破旧T恤衫，前襟的下摆兜起来有足够的空间成为几条小狗崽认祖归宗路上的暂居之地。总是半大的孩子来送狗，大人们可能没有工夫或者不屑干这样的事情，而半大的孩子送了狗还能捎带着再要些钱，成年人大概羞于如此吧。最终小狗崽们都被养在碎石场，长大了看家护院。那里的院子比基地更大，停着平地机、压路机、挖掘机等设备，院子没有院墙。老何说，我们需要狗，不嫌多。如此说来，二呆倒是成了功勋卓著的狗。老何不仅留下了那些小狗，还为每一条狗命名。老何的老本行是地质，都说干地质的人浪漫，地质行业出诗人，老何印证了这一传说。他时常诌几句诗，山峦叠嶂常常是他诗的元素，想必他当年在国内的崇山峻岭间勘探的时候，秀美河山总是激发他的诗兴吧，就连他为那些小狗取的名字也充满了诗意：大珠、小珠、玉盘……我承认当"玉盘"这个狗名横空出世时，我才真正明白原来大珠、小珠的"珠"是珍珠的珠，此前我竟然一直认为是那个肥硕憨厚的动物"猪"，看来玉盘拯救了大珠和小珠。老何为狗取诗意名字这件事令我十分自卑，我和我的狗二呆都十分自卑。

更多的时候，二呆其实不呆，我愿意带着二呆出门，原野和村庄的狗一向令我惧怕，虽说非洲土狗个头不大，耳朵也是有气无力地耷拉着，它们看人的时候眼神温和，但是它们会不声不响地下口，它们的牙齿并不温和。二呆也是一条非洲土狗，从小被我认领并养大，它对主人忠心耿耿。见到老乡的狗，二呆为我冲锋陷阵。它一跃而上，先用极大的吠叫声震慑对方，汪汪，汪汪汪，高好几个分贝的叫声彰显着它凭借基地好伙食得来的好体力。通常这几声喊叫就能灭了对方的气焰，若是还不行，二呆就再呜呜地低吼几句，像是解释和谈判，几个回合之后，它们达成了共识，混在一起，不分彼此。可是，也有例外的时候，二呆会跑得没有踪影，那一定是它对路遇的母狗一见钟情了，丢下主人不管，冒着事后被惩罚的风险去追求它的爱情。每逢这样的时刻，我除了担心因没有二呆的保护而遭到老乡们的狗的袭击外，还惦记着老何的词库中是否还有足够多的、富有诗意的名字。

乳油果成熟的芳香撩拨着原野，也撩拨起狗狗们的爱情。二呆最近总是在村庄乱窜。法蒂妮娜家那条叫呜噜的母狗，大概正在和二呆恋爱吧。我看出来了，它们常常眼睛湿润地望着对方，又在法蒂妮娜家的土院墙外亲昵打闹。法蒂妮娜可顾不上去管狗，她弟弟玛玛杜已经令她忙乱无措。玛玛杜滑溜得像一条泥鳅，在姐姐法蒂妮娜揪住他往澡盆子里摁的时候，哧溜一下，他就从法蒂妮娜的胳膊肘下滑了出去，捎带着还踢翻了放在屋门口的一只瓦罐。从村庄的井台上一桶桶顶水回来，法蒂妮娜每天要走四五趟，最后一桶水已经不清亮，透着浑黄。井台上排队的人从早到晚，人们从压水井里压出来的水越来越少。法蒂妮娜把最后打回来的这桶浑黄的水倒进洗澡盆，凉丝丝的水诱惑着她，她把两只小臂埋入沁凉的水，脊背上像蚂蚁般爬行的汗珠瞬间就逃遁了。她想洗个澡，不过她得先给弟弟玛玛杜洗，把玛玛杜摁进澡盆是一件比取水更累人的事情。以前不是这样的。以前玛玛杜像姐姐法蒂妮娜一样喜欢洗澡，喜欢水。玛玛杜被人从河里救上来之后，活过来的小男孩从此恐惧水、躲避水。姐姐法蒂妮娜没有工夫整天看着弟弟，她要干的活儿实在是太多了，种地、打水、洗衣、舂米、做饭、喂鸡、捡拾乳油果……她忙得团团转，好在家里的几只羊交给了邻居家半大的男孩代放，暂时不用法蒂妮娜操心。自从她的父亲三年前得脑疟去世，母亲又在去年被毒蛇咬死，法蒂妮娜就成为家的支撑，成了她自己和玛玛杜的父母，姐弟俩相依为命。一盆水，弟弟洗完后，姐姐接着洗，这是规矩，除非法蒂妮娜愿意再去村中心的井台上排长长的队。井台上嘎吱嘎吱的压水声从清晨一直响到黄昏，与太阳同升同落。

姐姐法蒂妮娜扑向那只被玛玛杜踢翻的瓦罐时，她被长及脚踝的裙子绊了一下脚，一个趔趄险些摔倒。在瓦罐撞向当作灶台用的大石头前，她截住了它，若是晚那么一点点，瓦罐或许就碎了。可是，瓦罐还是在奔向大石头的路上被另一块小石头磕了一下,她跌坐在地,左手揉着左脚踝,右手抓起那块石头扔向墙角,狠狠地,像扔玛玛杜那样解恨——如果她能把玛玛杜抓住,她一定会狠狠地把小顽童扔出去。不过,现在的玛玛杜,法蒂妮娜是抓不住的,更扔不动,小男孩胖了一些,当然也长高了。前两年他的胳膊和腿瘦得像柴火棍,肋巴骨像挂在皮肤外面的一架小手风琴,肚子却胀鼓鼓地挺着,姐姐一只手就能把他牢牢地摁住。自从玛玛杜肚子里的恶魔被中国医疗队的女医生驱逐之后,小男孩就变了,像小鼓一样的肚子慢慢缩了回去,肋巴骨上也总算攒了一层脂肪,胳膊和腿如雨季的小树,吮吸了足够的汁液后,舒展、饱满。过不了多久,玛玛杜就能独自放牛、放羊,他将奔跑在邦尼布古的原野,晨出暮归,走向他的祖辈、父辈走过的路。

那块被法蒂妮娜扔出去的石头在灶台上方划出一条抛物线,与炉子上一锅刚刚炒熟的乳油果仁缓缓上升的淡淡白烟相遇,又分离,一条上升,另一条下坠。白烟带着乳油果的香味继续往上升腾,一头钻进杧果树正开着的花串中就再也无法出来,而后它的气味被杧果花更加强势的香味吞并。石头坠落到墙角,一堆大小相似、模样也相似的石头正在等着它,哐当,它们彼此招呼了一声,便继续兴致勃勃地观看姐弟大战。

珍珠鸡也是这场战斗的观众。破院墙上站着一排整整齐齐的珍珠鸡,黄昏在它们的白色羽毛上镀一层金,它们便显得越发漂亮。珍珠鸡个头不大,飞得不高,院墙或者那些矮树枝是它们能够抵达的最高处。它们介于鸡和鸟之间,翅膀已经退化,再也不能自由地飞向天空,但是它们骨子里似乎还保留着鸟的骄傲。它们从来不愿意飞下墙头,像真正的鸡一样在土堆里刨食,它们站在墙头或是树枝上,像鸟那样梳理并怜爱着自己的羽毛,俯视着那些灰头土脸的鸡,若是有鸟飞过它们的头顶,它们必会仰头观看。在俯仰之间,不知道它们会有怎样的表情和心绪。

呜噜听到院子里的动静,丢下二呆跑回来。在姐弟大战中,呜噜绝对保持中立,它看热闹,看得无聊时就闭起眼睛打瞌睡。作为这个家里的一个成员，它和珍珠鸡是死对头，它看不惯珍珠鸡的骄傲，主人对珍珠鸡的爱惜也让它心生嫉妒，不就是会下蛋吗，不就是那些蛋能去集市上换回钱吗，大花母鸡也会下蛋，大花母鸡不就和它呜噜天天厮混在一起吗。呜噜心里有一万个不服气，主人们不在家的时候，它就往墙头上扑，龇牙咧嘴，眼神也不柔和了。其实它也就是吓唬吓唬珍珠鸡，它不敢胡来，珍珠鸡总是在主人们不在家的时候，扑棱着翅膀从墙头转移到稍高一些的杧果树枝上。不过，在这个家里，呜噜过得还不错，法蒂妮娜聪明勤劳，这几年邦尼布古原野也风调雨顺，主人有饭吃，呜噜就有一口食，最坏的结果不过就是被姐姐或者弟弟当作出气筒踢两脚。

　　石头堆中的每一块石头，都是玛玛杜从外面捡回来的。姐姐法蒂妮娜起初不知道玛玛杜为什么喜欢捡石头，细细地看，石头们不仅模样相似，颜色也差不多，是那种一提起石头就让人想到的颜色，深灰色、灰色、浅灰色，或者是这些颜色的混合体。后来法蒂妮娜在村口的猴面包树的大树洞里看见了许许多多这样的石头。她是偷偷钻进树洞的，按照村规，女人不能进入树洞，因为每个村子的猴面包树的树洞都是供奉祖先灵魂的地方，而那些石头就是邦尼布古村一代代死去的男人们的灵魂。弟弟玛玛杜虽然年幼，却是家里的男人，父亲的灵魂就是被玛玛杜的手放进猴面包树的大树洞里的。从那时起，玛玛杜就从原野捡回一块块相似的石头，仿佛捡回足够多的石头就能唤回他们的父亲似的。老何见过玛玛杜捡回来的石头，曾经的地质工程师老何拿起石头细细地看，眼神自信，神情笃定，他判断石头是花岗岩，由此老何推断邦尼布古原野或许蕴藏着一个花岗岩矿。

　　玛玛杜捡回石头却并不集中摆放，而是东一块西一块地乱放，法蒂妮娜在傍晚追撵珍珠鸡回笼的时候，常常被石头绊住脚，有一次狠狠地摔了一跤，连夹趾拖鞋都飞了出去，大拇脚趾疼了好几天。好在瓦罐完好无损，法蒂妮娜舒了口气。小姑娘很喜欢这只瓦罐，其实它只是一只旧瓦罐而已，但这只赭红色的瓦罐的侧面有好看的图案，画的是牛、羊以及敲鼓的男人、舞蹈的妇人。这幅图画其实画得不怎么像真实的牛、羊、人，可是法蒂妮娜看一眼就觉得那就是牛、羊、人，好像有隐约的暗示在敲击着她的心。法蒂妮娜常常捧着这只瓦罐端详，她抚摸画面上敲鼓的男人、舞蹈的妇人，她觉得这幅图画就像她的家，父亲和母亲活着时的家。当然现在不像了，敲鼓的男人死了，舞蹈的妇人也死了。法蒂妮娜记不清这只瓦罐是什么时候出现在她家里的，好像是父亲从外面带回来的，随手放在家里某个角落，后来父亲去世，瓦罐就被母亲丢在院子里，偶尔当作呜噜的饭盆，但是呜噜并不喜欢它的这个饭盆，瓦罐有些深，呜噜的头总是被罐口卡住，慢慢地，瓦罐作为狗食盆的使命也结束了。若不是瓦罐侧面的图案在一次大雨中被冲洗显现，又被法蒂妮娜看到，或许它早就碎了，并且连碎片也不复存在。在尼埃纳小镇上读过几年学的法蒂妮娜隐约觉得瓦罐不是普通的瓦罐，和她家煮粥的、盛水的、盛鸡蛋的、装玉米的瓦罐都不一样，似乎有一个古老的传说被镌刻在此，牛、羊、人之间有什么故事呢？法蒂妮娜还在镇上上学的时候，向法语老师说起过瓦罐的事情，那位法语老师专门来法蒂妮娜家拍了几张旧瓦罐的照片，说是回去研究研究。法语老师对邦尼布古村古老而神秘的事情充满兴趣，他几次想偷偷进入猴面包树的大树洞里看看，最终还是因为担心惹出麻烦而打消了这个念头，至于法蒂妮娜冒着被族人惩罚的风险偷偷进入树洞，天知道是不是法语老师怂恿的。后来，法语老师回法国了，他作为国际志愿者的任务已经完成，不知道那些瓦罐的照片是否被他带到法国，或许，他早就把这件事情忘记了，但法语老师不知道的是他其实还带走了法蒂妮娜的心。

法蒂妮娜看不懂瓦罐的秘密，就像她看不懂女医生如何驱逐弟弟玛玛杜肚子里的恶魔。瘦瘦弱弱的女医生，没有穿长袍，也没有画脸，更没有用巫师驱魔时惯常使用的长矛，她只用了一些白色的药片，嘱咐分几天给玛玛杜吃下去，玛玛杜就慢慢地不再喊肚子疼，小眼神越来越亮，也越来越有淘气的精力。女医生每隔一两个月来村子里一趟，慢慢地，瘦胳膊、瘦腿、肚子鼓胀的孩子们就都变了模样，这些顽童们淘气起来，能把村子搅得鸡飞狗跳。有时候，法蒂妮娜真希望女医生不要把小顽童肚子里的恶魔全部驱逐，留那么一点点吧，让顽劣的家伙少淘气一些。这个念头一起，法蒂妮娜就被自己吓了一跳，她摸着自己的胸脯，心脏突突地跳，花苞般的乳房被心跳震得麻酥酥，她脸上飞过羞愧也是羞涩的红云。这朵红云被几只站在墙头和树枝上的珍珠鸡看到，叽叽咕咕很是议论了一番。

法蒂妮娜把瓦罐放在土墙边，回身再找玛玛杜，赤条条的小男孩玛玛杜已经飞奔出院子，像一阵小旋风刮向杧果园。半截土院墙上的几根茅草在黄昏的光晕中抖了几下，就见怪不怪地停止了颤动。这场景，它们见得多了，玛玛杜的顽劣，一桩桩、一件件，都被它们看在眼里，有时候，它们真想攥紧拳头揍这个整天不怎么说话、只一门心思淘气的坏小子，如果它们有拳头的话。不过，黄昏时刻，它们可顾不上多看几眼坏小子，哪怕多看一眼也没有工夫，它们忙着和太阳传递秋波呢，也只有在黄昏，它们才敢这么直愣愣又痴迷迷地望向太阳，早一刻它们也不敢。赤道上的太阳，是敢随便望的吗？不把眼睛灼伤，那还是热带的太阳吗？可是这会儿，太阳卸下毒辣的面具，柔和地抚弄着它们，把它们周身抚弄得痒痒的、醉醉的，这是万物之神啊。这个时刻，如此温柔也如此短暂，茅草们急慌慌地接住这束光，在光中舒展正午以及午后几乎被烤干的身体。

玛玛杜一头钻进杧果园，又猴子似的噌噌几下，蹿上了一棵枝叶稠密的大杧果树。姐姐法蒂妮娜追出院子，追进杧果园，站在那棵杧果树下，一手叉腰，一手挥舞着拳头，叽哩哇啦说出一长串愤怒的话，若不是她穿着系腰的长裙，估计她也能噌噌几下蹿到树上去，一把把淘气包玛玛杜扯下来。树下的法蒂妮娜扯着嗓子冲着树上的玛玛杜吼，呜噜也跟着跑了出来，它是来看热闹的，虽说在两个小主人之间，呜噜一直保持着中立的立场，但它难掩兴奋的心情，上蹿下跳，看热闹不嫌事大，摇头摆尾地在树下绕着圈子跑，搅起一股尘土，惹得主人法蒂妮娜心情更糟。她飞起一脚，踢中呜噜的后腿，激动中的狗遭遇当头一棒，它"嗷"地叫了一声，夹紧尾巴，神情恹恹地溜回了家。

法蒂妮娜和玛玛杜的家，那个小小的院子，此刻正在邦尼布古原野壮美的晚霞中，收藏起属于它的秘密：刻有神秘图案的瓦罐、象征灵魂的花岗岩石头以及美丽姑娘法蒂妮娜从没有说出口的隐秘心事。随后黑夜覆盖一切，而明天太阳将新生，乳油果芳香弥漫，原野庇佑一切，也包容秘密。二呆和鸣噜没有秘密，奔跑、撒欢、相爱，没羞没臊地把它们的情事昭示于邦尼布古原野。

选自《黄河》2023年第3期

寒露籽，霜降籽

简　心

1

秋风在山坡田垄间蜷卧下来，孵出大片大片金灿灿的稻黄。没等稻香浓透，群山，已是临盆的产妇，安静，不着一点风色。岭下的人家中，箩筐、扁篓生动起来。平日里这些东西沉默在屋子一角，被偶尔使唤着，终于到了隆重登场的时刻。木梓桃要下山了！之后是连绵的晚稻收割，这些灰头土脸的篾器，不养足精神不行。篾匠被东家或西家请了去，水酒一热，几块棋子肉下肚，小篾便剥得咝咝起飞……筐筐篓篓，簸箕笊篱，篾皮稍微走上几圈，再顶上几根篾骨，便可以再用上一年半载。毛竹好的东家，还可织上几张晒簟。晒簟厅子般大，但凡有几亩稻田和木梓岭，谁不巴望织上几张呢？天晴，烈日下，山坡上，屋坪前，晒簟当阳一摊，谷物啊，木梓桃啊，烫皮啊，还有番薯片，见什么晒什么，一个冬天铺上去，日子便有干酥酥的香味。天上云起堆时，掀起晒簟对角一兜，木梓桃哗哗哗地滚成堆，再一筲箕一筲箕撮进箩筐里，晒簟一卷驮进仓房，雨星子都打不着。木梓桃是一种用来榨油的干果，我们上犹山区盛产。密麻麻的木梓林，配上高天淡云下的山脊线条，没有一点放荡之气。木梓树坚实，叶片透亮，随便往哪道坎哪个坡上一站，哪道坎哪个坡就有精神。榨的油叫木油，进嘴有一种草木的清香，用来煎炒炸都不容易上火。实在没菜下饭，挖一汤匙木油浇在米饭上，再淋圈酱油，撒几粒盐一拌，这种油盐饭也能让人吃得眉头发亮。遇个高烧头痛，脑门上手脚心里抹几滴木油，歇上一晚兴许就不碍事了。奶奶当家的年代，据说山上是照不出人影的，杉树松树长得饭甑般粗，芦草铺天盖地，木梓岭上一溜青。那时一个我叫姑奶的人到外婆家替父亲说媒，底气最足的一句话便是："咱这坑头的后生多好，能打会算，木梓棍一样结实，山是山了点，可你说那木梓多好啊，抵得你家十亩禾田！还有那满山的柴草，啧啧，你三辈子也砍不完！""人世间过日子，油盐柴米，白白先占着三样，你还挑什么？嫌远？也不过爬个坡拐过几个山坑就到了。"这样的话来来回回说个十几遍，外婆家便动了心肠。母亲家在社溪梨子岗，算是江边人家，大畈的坝田不说，光那条清凌凌的寺下河，就可以淹了我们这小山坑子。水塘里的螺啊蚌啊，不是用手捡，而是用畚箕在泥里撮，往往一撮就是一碗荤腥。可惜这么肥美的地方，山上茅草全部剃下来也不够几天烧，全是一岗岗光溜溜的猪肝石。不说木梓，割煮饭时用来引火的芦草都是大工程，得驮着茅镰带上饭菜走十多里路去割，这样来回一天工夫不算，嘴巴还难沾几滴油花子。对比之下，柴火近、油水足自然就成了我们坑头人对外炫耀的资本。

2

浓雾像米浆一般，将山褶子洗得澄明透亮。木梓桃青郁郁地挂在山坡野谷里，经不住阳光一瞥，脸涩涩地泛光，直涨得青一阵红一阵。风追着林梢毕剥毕剥而下，一些向光的木梓桃微微开了口子，露出乌黑的梓仁。阳光稍舔一舔，桃壳噼啪开了，开出桃花般的四瓣，梓仁便落了地。这时再不上山收，便迟了。鹤堂的木梓林大都集中在一个叫湖洋坑的山坳里，一直到坑子底部。雨水一年又一年把岭上的山皮冲刷下来，山坳里的阴泥肥得很，直把木梓林养得油光乌黑。越往山顶走，木梓树越长得硬气，这样出落的木梓桃，虽没有山窝里的硕大，却一个是一个，颗颗结实得很。一片山岭中，只要有一家人开摘，各户会不约而同地跟上来。一来，长山大坑的，搭伴图个热闹；二来，木梓林是以山为界的，邻山摘空了，便陆续有外村人上去捡木梓桃，坑深坳远，山上树嘀嘀的，谁晓得他钻哪去了？借这名头，顺手捞一把的事不是没有，不如一起扫空，任他天南地北捡去。寒露前后开摘的木梓桃叫寒露籽，蔫果小，皮却薄得很，出油率高。半月过去是霜降，那时开摘的就叫霜降籽了。天总是很高，特别干净，偶尔几朵碎云，把天擦得没一点痕迹。我们系紧草鞋，抓一根长长的竹钩，跟着挑箩筐的大人们长驱直入地进山去。山的沉静被搅碎了，大家哗哗钻进木梓林里，枝丫被沉沉钩下去，木梓桃被大把大把地丢进扁篓里，野鸡们惊得扑棱着翅膀从这个山头飞向那个山头。母亲仰起头来，先在手够得着的枝丫上摘，环树摘一圈，然后探身，双手一拉上树，扁篓往树杈上一挂，骑住枝丫，一枝一枝地摘过去……枝尾子够不着，就一手箍树干，一手用竹钩钩住枝条扳过来，一把一把摘木梓桃。突然枝条一弹，哐当一声，钩子掉地下去了，只好屁颠屁颠爬下去捡……有的木梓树高高的，母亲想爬上去，手又抓不上，就吐点口水沫子在掌心搓搓，撸着树干往上蹬。有时树干滑溜，脚底打个滑，背上扁篓一翻，母亲便赶紧死命抱住树干，好不容易才没掉下去，篓里那点木梓桃却早掉进坑里了。有些枝条粗硬，扳不动，母亲就踩紧枝丫站起，在树上使劲用脚晃荡。木梓桃冰雹似的砸下来，我们满地捡，一会儿就有满满一篓子。风吹过来，母亲那朱砂红卫生衣，还有湖蓝色洗得发白的裤子，同木梓树一起哗哗抖动，头上的红黄蓝格子巾芒花般翻卷。妇娘子毕竟力气差点，木梓桃结得严实，往往有好些荡不下来。母亲跳下树，遗憾地拍拍身子："没用，等你爸来摘吧。"稍大些，我们也跟着母亲沿山坡一排排摘过去。梓叶绿得发黑，有些寒露籽孵在叶底很难发现，等你摘到下一棵树去了，才探头探脑地出来。母亲看见了，就会折回去，一边一枝一叶细细扒拉，一边温柔地训斥我们："别贪快，摘干净点，三颗木梓桃一滴油呢！"摘了半篓，怕我们背不动，她会笑盈盈地夸奖："哎呀！蛮崽真能干！摘了这么多！来来！倒我这来！"我们听后脑子上油了似的，本来累得疲软的脊梁骨，立马就挺得笔直了。小惊喜常从木梓林中蹦出来。山稔子、吊茄子、米筛子……这些紫黑的小浆果躲在芦草丛里，哥哥动不动捋上一把，一闪身塞进我们嘴里，我们就迷迷地笑了。还有一种小藤蔓上的果子，一簇一簇地长在叶下，像一朵朵伞状小花。抓一颗放在嘴里，抿一抿，皮褪了，汁跟米浆般，灌着小饭粒似的果肉，我们叫它"饭安团"。"饭安团"攀在蒺藜上，也有爬上木梓树的，母亲一藤一蔓地扯下来，我们缠成藤链挂在脖子上，或者戴在手腕、头顶，不时撮几粒放进嘴里，可以美上好一阵子。分田到户时，太窝里的木梓山被划分成五大块，堂伯、细爷、鬏毛太公，还有老庵口一位我叫爷爷的，他们的木梓山都在那里，界线是从岭顶到山底挖出的一条尺把深的长山沟。新挖的泥沟红鲜鲜的，人们望着隔壁成团的木梓桃，心里再怎么打小鼓，也不越线半步。光天化日的，同宗兄弟子侄，谁敢拿自己名声开玩笑？偶尔有棵压在界线上，往往两家会约到一起，你让我，我让你，最后一家摘一半，谁都不占便宜。这都是明里的，日子久后，芦草半米高，到处打堆，谁还一眼看得出那条界沟？于是每摘到边界了，母亲总忘不了叮嘱："看着点，别摘过了界……别人家东西再好，哪怕会唱歌跳舞，咱手指甲弹都不要弹一下。"山上翻滚着好闻的草木香味，混在土腥气里，让人感到秋风的浩大与深阔。母亲穿梭在木梓林里，这些话轻轻打过来，被芦芒划了一般，说不出是痛还是痒。人与人之间是有疆界的，母亲的声气和表情，让我感到鹤堂人的安分守己。秋风通达四方，那条长满芦草的木梓山沟，是那样深刻地印在我的记忆里。

3

算起来，鹤堂就数细爷和堂伯跟我家最亲了。堂伯在陡水镇帮人剃头，一年到头鲜少在家。细爷和我家共用一个屋子，我家住前厅，他家住后厅。他子女多，加上媳妇孙子，山上坎下，田间地头，一标人马拉出去，没几下就可早早收工。实在忙不过来，唯有细爷家可能上前相帮。他有个儿子叫小钱，排行第三，身体瘦削，眼睛却像寒露籽似的溜溜转。田土之外，小钱叔爱猫在沟渠河汊里抓泥鳅捞虾公。他家木梓桃摘得快，摘得差不多了，就绕到我家山脚："嫂！还剩哪些？可要我帮你摘几棵？""让你受累多不好意思！"母亲自然要客气一下。小钱叔也不多说什么，背起扁篓就上树去。如果日头快下山，小钱叔就驮起扁担帮忙挑木梓桃回家，一担一担的，直到月亮爬上来，夜色裹着雾气将整个山坑填得看不清人影。回屋后，细爷家灶房里往往已经在炒菜了。小钱叔总是舀水洗了澡，然后趿双拖鞋，卷根喇叭烟叼嘴上，一屁股坐到我家饭间里。母亲这会儿才刚刚丢下箩筐，这边寻鸡赶鸭进窝，那边拿柴挑水起伙做饭，总不忘叫弟弟泡茶，又让我到暗间舀壶酒酿出来筛给他喝。酒酿有个把月吧，日子不老不嫩，酒糟迷迷的。喝完一碗，又给他满一碗。如果父亲回屋，灶头恰巧又忙得过来，母亲就会叫我从柜里摸两个鸡蛋出来，或者抓把泥鳅干辣椒干什么的，这就是留小钱叔吃饭的意思了。小钱叔一听起身要走，父亲用手一拦："饭好了！没个像样菜，不过加个碗添双筷子罢了！"红辣椒炒鸡蛋或泥鳅干都是下饭菜，挺耗油的，平日不舍得吃。但关键时候会上前搭把手，除了自己人，谁有那份心？许多东西不是钱买得来的。小钱叔也不再客气，喝酒吃菜不多说话，一副淡定享受的样子。

4

十天半月下来，木梓林渐渐摘空了。山上的芦草和茅草，像被野猪刨过一般，倒伏得七零八落。木梓树们直起汗涔涔的身子，长长地舒着气。这时的木梓山，有点像刚生过崽的月婆子，衣服松松垮垮，歪系着扣子，一头蓬松的头发，脸上却挂着瀑布般的微笑。阳光透明，将村子漆成金色。家家门口坪上铺着巨大的晒簟，上面趴满了新摘的木梓桃。最大的快乐还在深山里，有人拾得几枚野鸡蛋，有人在老坟里掏出了一窝小崖婆，有人捉到了一对斑鸠……这些人一定为村里做了许多好事，木梓山在无声地奖励着他们。"今年收成怎样？"路上见着，顺嘴问问是少不了的。妒忌和遗憾都是一眨眼的事。当家佬心里自有一杆秤：你不知人家耘田铲岭下了多大气力？铲过的岭上的木梓树，一棵棵血气方刚的，寒露籽也好，霜降籽也好，没有哪棵不结个子孙满堂。山田地也是讲实诚的，和人一样，你下了很大气力花了很多心血，终归就和自己粘肉亲。大半秋累脱一层皮，终于可歇口气了。难为亲戚子叔帮忙，总该斫几斤猪肉热两壶水酒安抚一下肚囊吧——伙食是淡薄不得的。最好，杀条狗崽补一补。"狗肉滚三滚，神仙站不稳。"到了秋尾子，就得靠这东西壮骨提膘了，几钵头红烧狗肉下去，一个冬天脚下像长了个火炉子。红芽芋在秋风里一煮，粉粉的，勾点肥亮的饭汤，总有一种寒暑相浸的泥香味。时鲜的番薯是少不了的，刨了皮，用擦子擦成薯浆，和上米粉，炸一团箕薯包，大快朵颐不算，临走还裹上一包，让舅爷表嫂捎回家给老小尝尝鲜。鹤堂人永远用吃来放松自己紧张的情绪和绷紧的神经。为了吃得理所当然，就取个好听的名目吧，比如"洗扁篓"啦，"洗禾镰"啦，"洗扁担"啦，等等。一年盼到了头，不管心愿了了，还是未了，时间都过去了，大有洗手不干好自珍惜的满足与快乐。所有这一切都煞尾，日子也就短了，这才发现，那些摘下的寒露籽和霜降籽早已晒得干老，就像老人脱落的牙齿，一颗一颗炸裂开来，梓仁掉了一地。

5

日头一天天凉薄下去，人们陆续转移到晒场，等最后一粒稻谷进了仓，霜风下来，地里的红薯叶子开始发紫打蔫，一天天乌黑下去，鹤堂人又扛着镢头泥耙，挑着箩筐开始挖红薯了。母亲趁着日头好，把大个的红薯一部分洗净打浆晒成粉，一部分擦成片、丝或者番薯粒子摊晒做干粮，剩下的那些小个的放板上让北风吹一阵，直到吹得皮起皱，糖分沉淀下来，挑到河里洗净，上甑用大火蒸透，然后码在晒笪上翻晒。这样蒸了晒，晒了蒸，反反复复，等到甑脚下泅出一片稠糖卤子，日子就一身乌黑透亮了。冬夜，人们终于闲了下来。一家老小围坐在大畚篮边，一边剥着木梓桃，一边悠悠地说些家史和村里村外的奇闻逸事——谁家崽赚大钱盖大屋了，谁家崽出国留学了，谁家妹子开发廊按摩店去了，谁家男子佬半夜将自己妇娘劈死了，谁家祖坟里爬出了一条大蟒蛇……于是有人满面红光地放鞭炮摆酒，有人把说不出的酸咸苦辣掖在肚里，也有人吃饭睡觉时抓抓挠挠的——是不是老祖宗没衣穿没钱花了？或者是哪里没服侍好得罪了哪方鬼怪？社官老爷也好，打石鬼也好，老树精也好，还是备份纸钱烧香燃烛祭拜吧，还愿祈福，避邪消灾，总得求他老人家保佑开道让后人安康吧。父亲说："打个屁，自己唬自己！山坨里住的都是咱的老祖宗，保佑还怕来不及，怎会变着法子戕害自己的骨血呢？要提防的往往是大活人。你看这田地里高高吊在竹竿上的假崖婆，不过是人扎的一把棕丝稻草，风一吹，晃晃悠悠的，那些鸡鸭就被唬得躲得远远的。什么山上长什么树，什么树上结什么籽，天道无所不在，这后代怎样，看看家道门风就明白了。"母亲拨拉着箩筐，感叹木梓桃收得越来越少。十几年过去，也不知奶奶在那边过得怎样。家里窘困，加之时风不许，以致当年奶奶匆匆下葬入土，坟地就在爷爷的右上方，连块碑石都没有。算起来，鹤堂的木梓林也种下几百年了。从中华人民共和国成立到现在，多少人事轮回，多少兴衰翻转。日子就像榨油坊那架水车，当年行时的如今走下坡路了，当年背时的又缓过来了。你看这山场，一会儿搞生产队，一会儿分产到户，从公到私也转了几下手，二十世纪八十年代到处乱砍滥伐，许多山上的老杉老松都倒光了，唯有这吊着油盏子的木梓山场，却贴了符似的保存了下来。寒露籽，霜降籽，也在用自己的惨烈方式，默默繁衍生息吧。想想奶奶临终时交代的话，是不是这样呢？我们之所以争，其实是为了不争；我们之所以死，其实是为了不死……或许这就是支撑鹤堂人子孙绵延的终极意义？某种程度上，我们鹤堂的祖先都是死而不亡的，就像木梓林，一口气一口气地活在后人的血脉里。脱去壳的梓仁，像上了漆般油亮。或许，这就是鹤堂人的眼睛？这些眼睛被扫拢成堆，装进箩筐里，一担一担挑到榨油坊，最后，变成了青菜汤里的小油花。山上的木梓林又开出了大片大片雪白的花朵。木梓山，一年又一年，隐瞒了鹤堂人所有的秘密。

选自《散文海外版》2023年第4期

想念之河

习　习

一

小时候，梦见母亲死了，我抱着母亲哭得喘不过气来。第二天，眼睛一刻不离追着母亲，眼泪终于蓄不住了，号啕大哭，母亲问我怎么了，我给她讲梦里的事。母亲说，梦是反的，你的梦是在给梦里的人添寿。

现在我很想做这样的梦，但很难做到。不过有一天我确实梦见她了，梦里，母亲要我在一本印满字的书上写下身高、体重、喜欢吃的东西……她要做什么？我诧异地回忆起写下的是我孩提时的身高、体重，我孩提时最想吃的油条。我顺着逼仄的空白写了一溜儿，像在书本里挤进了一条歪歪扭扭的长队。母亲拿过去，像老师检查作业一样，拿起一支笔要批阅。但她握不住笔，只是不受控制地在我的字迹上画了个符号，一个很奇怪的符号，我最终没能在梦里记住它。

二

我现在的年龄是母亲离开家时的年龄。现在，母亲病了，他们还回一个生了重病的母亲。

母亲一生有两个阶段、两个家。对我来说，母亲一直是我小时候的母亲。母亲自己记得最清的是她的第二个家，她和他们说、笑、哭。我倒像个老人，想到的、能说的全是过去的事情。我藏匿在往昔不能自拔，像个隐形人，心里默念的都是渊源。我想告诉他们一切都有来路，哪怕再弯弯曲曲，但没人关心来路。我看到的是母亲的根，他们看到的包括母亲现在看到的都是新生的枝叶，以及新生的衰朽的枝叶。根在地里沉默，我黯然不语。

对我来说，母亲也是两个阶段的母亲，一个是我年少时的母亲，另一个是现在被病魔缠住的母亲。我总是力图在二者之间画出来龙去脉，但画到中间常常虚茫到没有着落，于是又赶忙回到现在。现在，母亲甚至记不清我的名字，她呆呆地看着我，很努力很辛苦地寻找记忆。现在，她马上把自己也要忘了。我还深记离开家几十年后母亲第一次看到我们时一脸狐疑说的一句话，我的娃们怎么都这么老了啊！这是和我们每个人命运相关的事件，板结得十分厉害，渗透各种悲苦，母亲无力看穿它。她让我们流浪了那么久，她记得的当然是我们年轻时的样子。

三

母亲的红高跟皮鞋藏在我家放杂物的柴房子里。那是个象征，象征母亲蛰伏起来的理想。杂乱的柴房子是藩篱，红高跟皮鞋和柴房子是反义词，是对抗，它们在我家小院暗暗绞杀了那么多年。那是母亲少女时跳交谊舞穿的鞋，母亲偶尔拿出来，擦干净再小心翼翼地放进柴房子里。母亲拿出那双红高跟皮鞋的样子我深深记得，我甚至还能描摹出她脸上的神情。那是我少女一样的母亲，是生过三个孩子后藏起来的另一个母亲。高跟鞋流光溢彩，高跟鞋跟着节奏旋转、起舞，三步、四步、快三步、慢三步。母亲最爱跳快节奏的三步舞，嘣嚓嚓，嘣嚓嚓，鸟儿一样飞啊飞，忘了地面。"蓝色的天空像大海一样，宽阔的大路上尘土飞扬……"后来，那个藏起来的母亲穿着她的红高跟皮鞋义无反顾地离开我们了。

四

甚至都来不及把时间延伸过来，把这根硌人的粗麻绳捋直，看看它在哪里打结，在哪里藏进了时间，何时开始明修栈道、暗度陈仓。比如，母亲都未曾问到我的弟弟后来怎么样了，作为家的屋子怎么样了，屋里那个装满她衣服的大衣柜怎么样了，窗户上她设计的窗帘怎么样了，厨房里的大水缸怎么样了，我父亲亲手做的高低床怎么样了，镶了一圈亮闪闪的泡泡钉子的格子沙发怎么样了，那根长长的擀面杖怎么样了，那个可以烧得通红的铁疙瘩烙铁怎么样了……

他们吵吵嚷嚷，讲现在的母亲，我突然对着一脸茫然的母亲插进一句莫名其妙的话，妈，那个铁皮的小针线盒我还存着。

那是个用马口铁做成的小盒子，盘花铁扣，外表的漆快磨光了，里面还放着很多母亲用过的针线、零零散散的各色扣子。那个时候的缝衣针很刚硬，再细都不弯折。那个时候流行子母扣，子母扣扣起来很亲，名字也很甜蜜。

五

母亲现在是我的孩子了。

背母亲去厕所，背母亲到床边，背母亲到椅子上。母亲说不出话了，她的眼睛也空洞得说不出话了。起初她听别人说话时，总是不断点头，不管别人是不是对她说的。后来我看出她点头时有些懊恼，因为她实在不知道别人说的啥。现在她不懊恼，格外安静。我说，听话哦。我把母亲脸颊上的头发捋到耳朵后面。我不停地看她的脸，我想把多年没看到的母亲都看回来。我坐在她的腿旁，摸她的手，搓她手指上弯曲的骨节。这手受了多少苦啊，但她后来的苦我已经无法知道。我不注意时，母亲歪在凳子上睡着了。

从此以后，我将是我自己的母亲。

六

我有个名字，这个世界上只适合母亲呼唤。"蛋娃""蛋娃""我的蛋娃"，母亲用我们的方言这样呼唤。母亲上午班、下午班的时候，我赖在炕上不去幼儿园。快到中午了，母亲围着围裙要和面时，才喊："蛋娃，蛋娃，我的蛋娃起床了。"母亲把我抱到窗台的小凳子上晒太阳。

母亲上午班、下午班的时候，我家小院的天总是晴的，太阳特别好。

我的小名叫"尕蛋"，"尕蛋"是男娃娃的名字，父亲做梦都想让母亲给我们生个弟弟。父亲叫我"尕蛋"时，像在叫男娃，叫得很硬很响，叫得急的时候，就叫成了"gǎn"。父亲叫我"gǎn"时，说明不知啥事儿又叫他生气了，紧接着，他又会朝我喊，我看你的皮又痒了。

七

母亲那时黑瘦黑瘦的，总是很困倦。工厂三班倒，上完早班回家的路上，她得在半途坐坐才有气力走回家。做晚饭前母亲总要先和衣睡一觉，我们谁都不能吵，连翻书的声音都不能有。有一次，我和姐在炕沿下抓杏核，吵醒了母亲。母亲一伸手，扔下扫炕的笤帚，芒刺扎到我脚面上。我哭了，哭得上气不接下气。哭一定不是脚疼，是觉得母亲心狠。晚饭后，母亲冲了两碗白糖水，悄悄给我一碗糖多的，我和母亲会心一笑。父亲打我，我的反抗是饮泣，忍着不哭出声。母亲不小心打着了我，我哭得惊天动地，就是要母亲听见，她打了她的蛋娃，她把她的蛋娃打哭了。

那天，我看见母亲哭了，是身体条件反射出来的哭。她起身那一刹那，弯腰那一刹那，身体折住的时候，像婴儿一样皱眉、哭，眼角渗出泪来。是疼吗？她现在疼也说不出来。她现在的哭和她的心也没多大关系。一棵老树，病了，疼了，流出了汁液。

八

母亲的工作是织袜子。那正是尼龙袜子流行的时代，尼龙多么好啊，它几乎成就了母亲所在的袜子工厂。尼龙袜子有弹性，花色丰富，颜色不掉还不容易破。抹了香喷喷的雪花膏和头油的女工们进出工厂，她们在我心里就和母亲一样，真的像花儿。女工们站在一排机车前面，围着白围裙，戴着白帽子，一针一针把袜筒戳进镞子上细密的牙齿里，头顶各色尼龙线飞舞，机器下面，吐出一截一截渐渐成形的袜子，袜子下面坠着一个大铁疙瘩。假如谁要站着打瞌睡，铁疙瘩就会跟着织出的袜子刚好重重砸到脚面。母亲说起那个秤砣一样的铁疙瘩时，常常如释重负，因为她的脚始终没被铁疙瘩砸中。白围裙上，"为人民服务"五个字弯成一个红色的半弧，刚好在胸前。女工们的白帽子边上露出的刘海落着一层毛絮，那层轻轻的毛絮我觉得也很好看。尼龙袜子结实，但最怕火，冬天，即使第二天着急穿，也不敢把它放在炉子上烤。每年快过年，女工们会分到一打袜子。一打是12双的意思，我从小就知道。12双袜子对应12个亲人，数量刚刚好。随机抽的一打袜子，男女老幼都有。运气好的，抽到的都是大人的袜子。我们一家，还有姥姥、舅舅、舅母和姨娘，少一双都不够。袜子大了，把尖儿折过来缝上，等脚长大了再拆开。我最喜欢鲜艳夺目的尼龙袜子，但多半都不能如意。母亲老是说，我的蛋娃其实穿素色最好看。穿衣服也是，即便到了过年，母亲还说，蛋娃还是穿素色吧，穿素色的衣服好看。母亲总说这话，这话就成了一个暗示，暗暗形成一股力量。母亲离开家的这几十年，我很少穿艳丽的衣服，包括对很多事物，都有了这种倾向。素色不喧哗，和大部分时候的我一样。但母亲不是这样啊，爱穿红高跟皮鞋的母亲，一直穿各色鲜艳的衣服。几十年来没看见的母亲，我们在她的新相册里看到了。五彩缤纷的母亲，欢乐着，笑着，艳丽的母亲依偎着别人，像小鸟一样。

这朵用白尼龙编织的精致的小花和母亲喜欢的鲜艳形成反差。一朵在1976年反复用过的小白花。那一年人们不断悲痛、流泪。只有织袜厂的家属们拥有这样一朵别致的小白花。用别针把小白花别在胸前，在针织厂隔壁的大礼堂里，在耳郭里终日回响的哀乐中，跟着缓缓前进的队伍，缓缓地进入礼堂参加祭奠，再缓缓地走出，缓缓地走在大街上。人们表情凝重。那一年，哀乐不断响起，以至于我们玩耍时，嘴里哼哼的都是这乐曲。这朵尼龙小白花勾起的回忆里，除了反复悲伤的人们，里面最鲜明的还是母亲的影子。母亲所在的织袜厂，机器轰鸣，漂染车间上空，终日蒸腾着白色的云朵。女工们整齐地站在一排机床前，母亲就在她们中间。机器有节奏地轰响，女工们喊着说话。母亲说机器的声响很容易叫人打瞌睡，所以铁疙瘩才不断砸到女工的脚上。夏天酷热时，我们能喝到工厂发给工人们的彩色汽水，满满一大搪瓷缸子，鲜艳的汽水非常甜。

母亲的白围裙和这朵尼龙小花我都存着，白色的尼龙小花还雪白如初。

九

我能忆起的生命里和母亲相关的最早的情景是，躺在母亲的肚子上玩。

母亲那么瘦，我那时该多小？我上中学时，和母亲睡一个炕。临睡前，关了灯，和母亲在被子里说话，基本都是我讲母亲听，一个白天的事，拉拉杂杂，一口气讲不完，讲学校、讲老师、讲班上的男同学，我可能害羞了，在被子里扭捏，母亲总说："你的样子，怎么跟个蛇虫子一样。"

母亲有海绵般温柔的天性，她可以一直耐心地听我说呀说，从不批评我。她总是很困倦，我知道有时候她只是做出听的样子，其实已经睡着了，但这有什么关系呢？

十

大白天，在炕上做梦，梦里的东西在长，越长越大，大到天上，这样的梦一来，母亲就说我又发高烧了。小东西们长啊长，长啊长，大得吓人，被它们挤着，迷迷糊糊总睡不醒。我成家之后，有一回，又被梦里长大的小东西们挤住了，醒不来，但清晰地听见母亲坐在床边拿篦子篦头发，唰——唰——唰，一下又一下，我都能想到母亲篦头发的样子，然后又听见地里的小虫子在叫。最先，在大院的土坯房里，我能听见屋里泥地下的虫子叫，母亲不信。我家楼房的水泥地里，也有小虫子叫。这是很难形容的叫声，又遥远又清晰，又微茫又明确，但确乎是小虫子的叫声。挣扎着醒来，就我一人病在床上，环堵萧然，母亲早几年就离开家了。

我还想起小时候，半夜总听到碗柜子里碗碟的声响，母亲说先人们来找吃的了。那时候先人们也总挨饿吗？母亲说娃娃里就我眼睛亮，所以身体最弱。我的尕爹，一见我就说，这个娃能长大吗？他抓着我的胳膊比画着说，和柴棍棍一样细，一撅就折了。我高烧不止时，母亲倒碗清水拿把筷子到屋门口，嘴里念念叨叨，那把筷子就端端地站到了碗里，这时，母亲很生气地拿刀背把筷子一下砍出去，大声说："哪里来的到哪里去！再不要靠近我的蛋娃了！"

十一

母亲的单位三班倒，母亲下夜班回家，天还没亮。我在被子里偷偷听她是否掏出了铝饭盒，是否把饭盒放在了桌子上。母亲去睡觉了，我们起床的第一件事是打开饭盒，看里面是否有好吃得要命的油条。油条太香了，可以和肉媲美。一根油条切成三截，我们姐弟一人一截。油条真是与众不同，每一截脸对脸还可以分成两块。我舍不得一下子吃掉好吃的东西，两块油条可以吃许久，像吃水果糖，把它放在玻璃糖纸里咬成很多碎块儿，这样就能在嘴里断断续续含一天。

母亲上早班后，我能继续睡个长觉，起床后，时常看到母亲给我的零花钱压在透明玻璃杯下面。

母亲的温暖是持久的，线形的柔缓的温暖，从来没有中断过，即便她离开了我们的家。那温暖一直长进了我的时间，延伸到了现在。那温暖里不仅有单纯的母爱，还有来自四面八方的内容，如同切面的宝石，每个棱面都折射着光亮。

十二

一条老旧的不长的街道，就在我们一直生活的城市里。它像一个破折号，连着两个时空，一头是过去，另一头是现在；一边是多少年未见的母亲，另一边是我们。我们曾在大街小巷，嗅着蛛丝马迹无望地找寻她。很难想象，几十年里，就在同一个城市，我们如同近邻。我们被同一天的雨打湿过，同一天的太阳和月亮照过我们。我们或许还有过小小的失之交臂。但无论如何，几十年后，我们才看出这个破折号的存在。几乎和成千上万条破旧的老街一模一样，我第一次去母亲现在这个家的时候，竭力用眼睛默记着街上的一切，唯恐把这个地方再弄丢。母亲第一次出院时，还有模糊的意识，

在靠近这个破折号的时候，看着车窗外一掠而过的街景说，这家的面好吃，那家的点心好吃。

多么残酷，这家的面我们吃过，那家的点心我们也吃过。

十三

我和母亲住在郊区的表姐家。花花表姐，大舅的女儿。表姐家靠近黄河，地里种茄子、辣椒、西红柿、黄瓜。我跟着母亲，在菜蔬快长起来的时候，帮表姐在架子上扎西红柿和黄瓜的藤蔓，用的就是母亲所在的织袜厂废弃的线团。那个晚上，睡在表姐家的大炕上，关了灯，我第一次感知到伸手不见五指的黑暗。在我们生活的大院，晚上关了灯，也有工厂的灯光映入窗帘。像被巨大的黑色翅膀罩住了，我无法呼吸。幸好又断断续续响起母亲和表姐拉家常的声音，然后，又听到远处地里的青蛙在叫，心绪立刻平缓了。傍晚下了阵急雨，青蛙的叫声一下子把雨淋过的黑夜拉到很远。黑暗和寂静有着类似的品质，它们一旦结盟，叫人孤单到不知所措，幸好有母亲在身边。

花花表姐活着时，总说我不好好吃饭。我抗拒那时的汤面，很不喜欢碗里漂着的油炝过的葱花。表姐见我不好好吃饭，会和母亲说，你看尕蛋，又用舌头数着面条子呢。

母亲已无法知道，她疼爱过的那个侄女很多年前就去了另一个世界，她也不知道，我在这个世上点点滴滴认知的长河，很生动的一部分源自她那里。

十四

上小学时，我个子小，排队总在第一排。课间操结束后，班主任给同学们训话，习惯把交叠的双手放在我头上，我几乎紧贴着她微微隆起的腹部，我喜欢这样，一动不动，用头认真地支撑着她的手。她问，你头发上抹的啥？我说，发蜡。她接着问，谁给你抹的？我说，我妈。母亲那时很喜欢在头发上抹香香的东西，先是玻璃小瓶里的头油，后来是发蜡，软软的发蜡装在铁皮圆盒里。母亲那时很瘦小，开家长会时，班主任总以为她是我姐。我告诉母亲，老师说她是我姐，母亲很高兴。我的短发是母亲剪的，一直到上中学。我的头发又硬又糙，稍微长一些，脖子后面就撅起一条尾巴，大家都叫我公鸡头。母亲给我抹发蜡，多半是为了制服那条乱糟糟的公鸡尾巴。我告诉她，人家叫我公鸡头，不知为何。母亲听后，总要笑啊笑，前仰后合，笑出眼泪。

十五

　　大雨如注，冲刷着窗玻璃。我说，妈，下大雨了啊。母亲定定地看着窗户，仿佛世界的变化和她无关了。

　　这样大的雨几十年前的一个夏天也下过一次，晚饭后，我去同学家玩，一直等到突如其来的大雨停歇。回到家，我看见穿着短裤和二指背心的父亲满脸怒气地坐在楼道台阶上。他倒垃圾时，风把门锁上了。我也没带钥匙，我们在台阶上坐到很晚，一直没等到下班的母亲。我跟着父亲在大街上漫无目的地游走，父亲一刻不歇地在斥骂我。后半夜真冷，我们躲进医院急诊室，像病人一样，我虚弱不堪地在长条椅上半躺着，继续听父亲的斥骂。天快亮时，我去母亲单位门口等她，远远看见母亲和几个女工走来，我顾不得害羞，跑过去放声痛哭，攒了整整一夜的眼泪啊。雨水淹坏了马路，没有公交车，母亲没办法托人带话，她当时住到了一位女同事家。我拿到钥匙回家，父亲还那样坐在楼道台阶上，一夜没合眼的他，目光依旧咄咄逼人。我身心俱疲，躲进小屋里饮泣。父亲所有的斥骂，都不像在骂自己的女儿。整个夜晚，我跟着他孤苦游荡，几乎听完了他搜刮尽的人世上所有可以骂人的话。

现在我知道了，一切都有渊源，那个大雨之夜，是个迹象。父亲不是在骂他的女儿，他把所有对母亲对女人的怨恨全都像暴雨一样泼到了我身上。

其实那天夜里，孤苦无依的不单是我，还有狮子一样强悍的父亲。

十六

"一天，娟娟正在吃西红柿，西红柿的汁不小心掉在了白衬衣上……"这是我小学时站在讲台上给同学们讲的一个小故事，老师布置的作业。母亲从报纸上找到这段文字，抄到笔记本上叫我背熟。我还记得母亲教我的动作，伸出食指，歪着头，开始讲："一天，娟娟正在吃西红柿，西红柿的汁不小心掉在了白衬衣上……"这个故事其实是普及一个小常识，怎么洗掉掉在衣服上的西红柿汁。那时水果少，西红柿既可以当菜又可以当水果，我想，这个小故事对当时的同学们很有用。母亲的字迹，纤巧又倔强，里面夹杂着好几个繁体字。在红色塑料封皮笔记本的最后几页，母亲把这篇题为《醋能去掉果汁的污染吗？》的短文抄了三遍，后面打了个括号，括号里是我的名字。是的，藏在本子里的我的名字，和母亲在笔记本的那一角的字迹相会。

十七

还是这个红色塑料封皮笔记本，扉页上，母亲写了这样几行：日记我来记/里面有秘密/谁要看日记/必须我同意/我要不同意/那你别生气。

塑料封皮已经破损，无须打开，远远看着它，往昔就从那里扑面而来。本子里夹着很多发黄的零散纸片，有一张发票，我反复看过多次。

一副茶晶眼镜，四十元整，开票时间是1983年6月21日。这是我们全家熟知的一小截历史的开头——父亲在一家眼镜店买回这副茶色镜片的茶晶眼镜，结局是这个眼镜在不多年后以谁也预料不到的方式遗失了。那时，父亲常说，茶晶眼镜的镜片是水晶磨成的，水晶里有活水，女人们万万摸不得。他对这副昂贵的眼镜倍加爱惜。那天，酷爱看电影的父亲戴着这副心爱的茶晶眼镜去看一部外国电影，不知是哪部片子，父亲说电影故事情节很紧张，所有人从头到尾眼睛都顾不上眨巴。回到家，父亲才想起看电影时把茶晶眼镜放在了腿上，父亲一直在电影情节里没回过神来，等他发现眼镜丢失再跑回电影院时，下一场电影已经开演。丢了心爱的茶晶眼镜，父亲多年不能释怀，他总说那副茶色的水晶眼镜，好到世上无双，即便攒足了钱，也再遇不到那样的好镜片。父亲就是这样啊，一辈子喜欢反反复复说那些叫他愁闷又无法更改的事实，而且，他愁闷的时候，也要别人跟着他一起愁闷。

笔记本里还有保健站给母亲开具的一张请假条。母亲生弟弟时难产，失血过多，身体虚弱，保健站建议母亲多休息三周。弟弟生于那天的上午八点，母亲那年二十七岁。

旧物藏在本子里连点成线，叫人遐想，又叫人心碎。我再次拿出那张黑白照片的底片。

那天的情景历历在目，父亲背着好几个白兰瓜，我们一家人过了黄河铁桥，到北山上的公园游玩。那是记忆中唯一一次我们的全家游，我借了同学的相机，那天我们拍完了一卷胶卷。

时间停在胶片上，带着没有被它改变的宁静和单纯。

没有人能预知后来的生活。那天我们畅快游玩后，半夜下起了大雨。我们干燥的城市，在盛夏过于燠热的一天，总会酝酿暴雨，那天半夜，屋顶漏起了雨，父亲和母亲拿来盆盆罐罐放在炕上，雨水滴滴答答响成一片，我们全家只能横七竖八地躺在炕上干燥的地方。

那是一张合影，父亲和弟弟。那时的白兰瓜能甜到蜇疼舌头。父亲和弟弟，都端着一牙瓜，望着镜头，笑得那么开心。我拿着这张底片在灯光下反反复复看呀看，父亲和弟弟的眼睛笑成了一模一样的白月牙。底片里的世界，白的是黑的，黑的是白的，那真的就是另一个世界呀，他们在里面那么真实地望着我，他们吃着能甜疼舌头的白兰瓜，笑得好生欢快啊。

十八

他们说，你妈爱吃虾。这些我不知道。那时候我们没吃过虾，我们最常吃的是汤面。

我第一次见别人吃虾，是跟着母亲在买带鱼的长长的队伍里。有一刻，透过人缝，我看见那个穿黑胶皮围裙的售货员，从泥灰色的带鱼堆里抓出一只虾，是一只和泥灰色带鱼颜色一样的虾，他迅速脱下手套，剥了虾壳，把雪白的生虾一口塞进嘴里。这个迅雷不及掩耳之势的动作叫我很吃惊，我悄悄对母亲说，那人把一只生虾剥壳吃了，都来不及嚼。母亲说，他大概饿了。我坚持说，不像饿，像馋死了的样子。

母亲总说我说话像大人，我不明白。我奶奶也这样说。有一回，奶奶让我唱《红灯记》里的"我家的表叔……"，我学着铁梅的样子，用手摸着胸前毛线编的假辫子，转过身，一边唱一边做出眺望的样子，奶奶乐不可支地用她状似粽子的小裹脚在我屁股上踢了一脚，说："你们看这个尕大人！"屋里的人哄堂大笑，我跑出屋，难过了许久，我觉得奶奶和屋里的人，包括母亲，都伤了我的心。

他们说，你妈爱吃辣。是的，那时候母亲就爱吃辣味的食物。我们小时候吃的最辣的是酿皮。母亲在低矮的厨房里蒸酿皮，我们在厨房外的灯影下眼巴巴守着。做酿皮比平时的汤面工序复杂得多。辣子、蒜、醋、芥末都已备好，酿皮好不容易凉了，丁零零，自行车铃声响了，又是小舅来了。小舅吃了一大碗酿皮，我们不敢当着他的面说我们才吃了那么一点儿。母亲说，你们小舅有口福，做了好吃的，他能闻到。小舅吃完酿皮还惬意地咿咿呀呀拉了一阵子我的小提琴。我那时好不容易恳求老师让我进了学校的乐队，每天可以神气地背着小提琴回家。其实到最后我都没学会拉小提琴。小舅也没拉出哆来咪发唆拉西，母亲说，来，蛋娃，你给我们拉个《我爱北京天安门》，我转身跑出去玩了，直到天很黑，小舅的自行车铃声远到听不见才回家。其实，母亲早看出我不会拉琴，但她还是给我买了一张画贴在炕边的墙上，画中是个拉小提琴的女孩。

母亲能看穿很多事情，甚至能看到事物的背面。她用天性里的柔韧温柔以待尖锐的事物，她的安静流淌着涓涓小溪般的小欢乐，让我们的家常常东边日出西边雨。后来，乐队老师坚决收回了我的小提琴，母亲问我缘由，我打开成语词典，翻出"滥竽充数"给她看，她又差点笑出眼泪。

十九

母亲说，生我的前一夜，她梦见了一只青蛙，一只绿身子红嘴唇的小青蛙。母亲说，生我弟弟的前一夜，梦见的是一条蛇。

我不厌其烦地叫母亲和我讲，我还没到这个人世时，和我相关的事情。但我想起母亲梦里的那条蛇，心就生生地疼。

二十

小学运动会，我跳远第一名，奖品是一个铁皮铅笔盒，到主席台领奖，校长很惊讶。母亲想不明白又瘦又小的我怎么能跳得最远，我说，我是青蛙呀。晚上睡了，母亲在蜡烛下给我缝裤子，缝完裤子，我听见她说，给我蛋娃的裤子兜兜里装颗糖。母亲一定知道我没睡着，如果她知道我真睡了，就会一声不响地把糖装进我的口袋。

我想到烛花，蜡烛的捻子突然迸出的小花，奇异地悬在火焰边，一朵明亮的摇曳的小花，让屋里奇异得熠熠生辉。我想到一些类似的细小的事情，母亲说，蜡烛结出花朵，家里会有好事。母亲说，做了不好的梦，早晨一睁眼，别说话，先把坏梦变成唾沫吐三下。过年炸油果子，母亲一再叮嘱我们不能把锅里的清油叫油，一定要叫水，叫它水，锅里的油用起来才不费。眼角长了小疙瘩，母亲让我们在门框上蹭。脖子落了枕，要叫院里怀了娃的婆娘拿擀毡擀。

母亲的左脚费袜子费鞋，我也是。母亲腿上有块胎记，我也有。我现在炸油果子，把锅里的油也叫水。我缝衣服也像母亲那样不知所以地把针先在头发缝里刮一下。我身上流淌着母亲的习性。

他们说我和母亲很像，样子还有性情。我想起母亲离开家后，我有一次去多年未去的舅舅家，走进小巷，远远见舅舅一家面露惊讶，他们说，仿佛看见了我的母亲。

二十一

那一年，我第一次知道地震。电影院正片放映前的假演（那时，我们把电影院放映的故事片叫真演，把真演前播映的纪录片、宣传片叫假演）里宣传各种地震知识，地震前的预兆、如何自救等等。对周围的一切仔细"望闻问切"，似乎到处都有异兆。深夜里如果有疯狗吠叫，会叫我心惊胆战，大鸡小鸡们追逐乱窜也叫人瞎想，更别说刺眼的电闪和刺耳的雷鸣。母亲做了炒面，包在包袱里，放在最顺手拿到的地方。我问母亲，家里什么最贵重？母亲说，就闹钟吧。我无数次在脑海里想象地震时的场景：飞快抱起闹钟，穿过大院，奔跑到马路边，抱紧一棵道旁树。

那个闹钟的玻璃罩下面是蔚蓝色的底子，金色的夜光针一长一短，钟里有两只小黄鸡长年累月一刻不停地低头啄米。父亲给闹钟做了一个木屋子，前面刚好露出闹钟的脸盘，后面有个小门，门上有个金属小门闩。对于一辈子分秒不歇地赶路，又一辈子不会走远一步的闹钟来说，这个上了门闩的小木屋再合适不过了。

二十二

绿色的绸缎窗帘，崭新时，翠色欲滴。对开的两条窗帘，白天挽在窗户两边，夜晚把它放下。其实，窗户已被父亲用塑料封死，再炎热的夏天也打不开。翠绿色的窗帘挂在窗户上，叫人觉得窗户不再是个布景。很多年后，那个老旧的家已空无一人，路过时，我仰头看着窗户，仿佛还能看见翠绿色的窗帘。我和母亲临睡时把窗帘放下，第二天再挽起。我们好像在日复一日地为我们家徒有其表的窗户完成一个仪式。

那时很甜的葡萄酒，过节时，母亲喜欢用透明玻璃杯给每人倒一点儿。

母亲用海娜花给我和姐姐染红指甲。晚上临睡前，把海娜花放在蒜钵里捣成泥，加点儿明矾，把花泥裹到指甲上，再用向日葵叶子把手包严扎紧。一夜不敢乱动，第二天一早拆向日葵叶子时，我非常紧张，因为有时候染出的指甲是红的，有时候是发黄的。母亲说，指甲染黄是夜里给屁熏的。

只染八个指甲，两根小拇指的指甲不染，母亲说，染红了会遇到狼。

多亏母亲给我们染的指甲都是红红的，红艳艳的指甲一直不掉色，除非它长啊长啊，不能再长的时候，只好把红指甲剪掉。

母亲教我们用钩针钩织一片片太阳花苫帘、苫被子、枕头、茶盘和箱子，还有花瓶里常年不败的鲜艳的塑料花、炕边墙上围的一圈母亲精心挑选的花布墙围子。

那些看上去仿佛无用、多余的事物和事情，多么可爱。

二十三

后来，我们搬进了楼房。母亲爱跳交谊舞，街坊近邻都知道。我家买了唱机，有些陌生人到我们家局促的客厅里跳舞。

我深爱那个奶油色的唱机，一曲完了，赶快提起唱针，轻轻地把针脚放入另一张唱片的滑槽里。那是我长久不能解释的原理，声音如何藏进那些滑槽，唱针怎样唤醒它们？唱针有时会崴了脚，唱机的声音歪歪扭扭像要被风吹走。"天涯呀海角，觅呀觅知音，小妹妹唱歌郎奏琴，郎呀咱们俩是一条心……"周璇的歌声最适合唱机，声音抖抖的像是要飘远。有各样颜色的塑料唱片，贵一些的是厚硬的黑胶唱片。那时，看大人们跳交谊舞，我知道了不少世界名曲，《蓝色多瑙河》《春之声》《溜冰圆舞曲》《培尔·金特》……还有不少外国电影的主题歌，《孤独的牧羊人》《雪绒花》《友谊地久天长》……我满脑子旋律，有时心里想着某个曲子，用手指敲着节奏给母亲看，让她猜我心里想的是啥曲子，母亲笑我，心里的事，别人怎么知道？是的，母亲藏在心里的事，我们没人知道。

我跟着母亲去过几次街面上的舞厅，新曲子一响，人们纷纷搜猎舞伴，母亲一曲不落。奇怪的荧光灯跟着新曲子亮起，牙齿和白衬衣像被X光探照一样，变得莹白，女人们白衬衣下面胸罩的轮廓一清二楚。

父亲那时最厌烦母亲和别人跳《莫斯科郊外的晚上》，慢四步，动作缓慢，缓慢里似乎会生出很多不一样的东西来，那些东西又不属于他。那时，我也恨这个曲子，我恶狠狠地唱到半音阶的那句"我想对他讲……"，就觉得声音失重得像要从高空跌落下来一样。放学后看到跳舞的男人和母亲在屋里聊天，那人给我掏出一把亮晶晶的水果糖，我像厌烦那个半音阶一样厌烦那些糖。

二十四

　　母亲用普通话和我们说话,她后来到了一个说普通话的家里。她和他们不一样的是,她的普通话里夹杂着方言。

　　后来,她用普通话说出的话是反的。她不想在床上躺,想坐起来,一个劲儿扶着床边用普通话说要躺要躺。在医院,姐姐要送饭过来,她一直把姐姐的名字叫成我的名字。那天出院,外面下着雨,我用轮椅把她推到露台上,她说,天怎么又晒了啊?母亲用普通话说的那个"晒"字,特别叫我心疼。

　　出院前一天,她在病床上躺着,一天都不说话,他们来了,她突然痛哭起来,我退到门外,看着他们哭,母亲突然清醒了似的,说,我们的家以后怎么办啊?

　　是啊,他们的家。

　　他们说,几十年了,第一次见你母亲哭。

二十五

　　河边,雪白的月季长得都高过我了,这条母亲也曾熟悉的大河,流得多像时间呀,它又快又慢,分秒不歇,老天也留它不住。

二十六

　　那么,我们有过多少个家呢?

　　我们一直在流徙。

　　我们第一个家在大雨里破了,电闪雷鸣中,我们家的后墙坍塌。那天晚上,家里只有我们三个孩子,我们逃出屋子,一院子的邻居在大雨中排队传递我们的家什。那晚，我住在大院里的兰兰家，第二天，我看见我们家变成了油毛毡苫着的一小堆家具。

很多年，我反复梦见工厂大院角落里那个被雨水泡塌的家。一棵臭椿，显示着我们家可爱的独立，如果立一面墙，我们的小院便可自成一体。但院里的众人不允许我们独立，父亲做了一道木栅栏，因为拦住了隔壁家随意走动的小鸡，便有了唯一一次邻里之间的吵架，众人围观，木栅栏被拆了。就在那个小院，母亲把偷懒不上幼儿园的我抱到窗台上晒太阳。母亲在低矮的厨房里蒸酿皮，母亲叫我蛋娃。母亲在小院里踢毽子，能连着踢十几个。母亲双腿腾空，辫子扬得好高，我和姐姐谁都踢不过母亲。我和姐姐跳皮筋，缺一个人，臭椿在一边替我们撑皮筋。木匠父亲给弟弟做了一个木头推车，推车外面挂着父亲给弟弟做的木头刀。

后来我们借住在一个亲戚家，一个四合小院里的一间小屋。四合院里，北屋人家喇叭花盛开。菊花夜夜尿床，她家早晨开门第一件事是到花架下晒洗过的尿褥子，菊花能在她家屋墙上倒立很久，还能腾出一只手挖鼻孔。对面一家的三个儿子做贼，警察到他家搜出很多赃物摆在院里，我缩在姥姥身边，从姥姥小心翼翼拉开的细细的窗帘缝往外张望，很长一段时间，我像做了贼一样，见到警察就会瑟瑟发抖。那个小院离学校很近，小院所在的巷道对面是长途汽车站，楼顶是城市里唯一一个会报时响音乐的大钟。中午十二点，《东方红》的音乐和钟声还没响完，我已经从学校飞跑进了家门。有一天，久久不回家的四五岁的弟弟被父亲在长途汽车站找到，不善言谈的父亲那几天逢人就说，找到弟弟时，弟弟手里捏着几块奶油糖。现在，我宁愿我的弟弟那时被骗走，这样的话，他或许还活在这个世上。茅厕在四合小院的院角，每次上厕所，北屋菊花家的小公狗就尾随而来，我便早早解下皮带，上厕所时，把对折的皮带抽得啪啪响。

后来，我们搬进织袜厂的会议室，大约七八家挤在一起。用装袜子的大纸箱板子隔开的家，十分奇特。家家难藏秘密，主席台上住的是一家上海人，趁他家没人，我们偷偷进去研究人们常说的上海人用的马桶。家家用军绿色的煤油炉子做饭，谁家的好吃的都躲不过每个人的鼻子。我的床由两条长椅对拼而成，床头放一个两头拆开的大箱子，睡觉时，把上半身钻进去，那里成了我的私人领地。

后来我们和几家人从会议室搬进一片废墟上孤立的几间旧屋。屋子对面，机器轰鸣，工人们夜以继日地破旧立新；屋子这边，是被我们利用的一大片废墟。我时常到废墟里搜寻，曾经找到一个写了几页字的日记本。扉页上抄有一段文字："真的猛士，敢于直面惨淡的人生，敢于正视淋漓的鲜血……"我在那个本子上做作业，班主任问我，这段话是谁抄的？我言之凿凿地说："我。"老师没有戳穿我。后来我才知道陌生人在本子上抄的是鲁迅先生的文章，我也常常想到这个人何以爱上鲁迅的这段文字，而且那笔触，像是用锋利的蘸笔刻到纸上的。

晚上，我和姥姥早早睡了，没有窗帘，可以看到废墟对面崭新的楼上无数个灯光明亮的窗户，像一块在夜色里打开的巨大的屏幕，里面人影幢幢，光怪陆离。弟弟非常漂亮，人见人爱，姐姐和他追着玩，他的额头撞在工地的轧机上，流了很多血，额头上从此留下一个永久性疤痕。姥姥养的下蛋鸡不见了，我们寻遍工地，在一幢新楼的楼道前发现了一堆鸡毛。后来，巨大的废墟场中间渐渐拱起一个巨大的废墟堆，像在我家门前耸立了一个巨大的坟茔，里面埋着很多人林林总总的时间和记忆，也有我的。

后来呢，我们搬进楼房，有了光滑的水泥地面。阳台上的花盆里，母亲种了牵牛花、喇叭花、吊金钟、金钱树、臭绣球，它们都是些穷人家的花儿。父亲种了满刺的仙人掌、仙人球、剑兰，它们都是些能忍饥挨饿的花儿。一年四季，如果没有父亲沤的肥料作怪，我们的阳台可以说花香四溢。屋里有了唱机，陌生人到我家跳交谊舞，我家也可谓歌舞升平。我和母亲的小屋，徒有其表的窗户挂上了翠绿色的绸缎窗帘。我上中学时，一溜烟跑下小山坡，和同学像鸭子一样，张开膀子，一人一根铁轨，比赛谁走的时间长。再后来，家里没母亲了，也没父亲了，只留下我们陪着重病孤苦的弟弟，我们做他的姐姐，也做他的妈妈和爸爸。

流徙一再加重着生命的无力感，也显现着一个家叫人难以置信的生命力，只是有些过往怎么都难以掌控，我们只能坚韧地跟着时间前行。

这就是我们史诗一样的家。只是，母亲同史诗一样的人生，有一半流徙到了我们的家外面。

二十七

现在，母亲已走完这个世上的路。我们的生命交叠了半个多世纪。深夜，我眼前总是出现她最后一刻的样子，时间在那一刻滞留、徘徊。那一刻，记忆和想念循环往复，时间如大海般幽暗深邃。

选自《天涯》2023年第4期

故乡是藏在肺叶的声音

蒋 蓝

牛滚凼

我经常听到体内的声音。它们叽叽咕咕，窃窃私语……准确点说，它们藏在我的肺叶里，或布道，或哭泣，推卤牛那样在泥凼里打滚，故乡人称之为"牛滚凼"。它们把我残留在肺叶里的卷烟味儿与阅读的余音，抓取揉捏为竹绳，最后凝聚为铜，拉成黄铜的薄片，但突然有东西在上面跑过，发出了长号的高傲音色。

一把长号在肺叶间演奏，声音打开了天顶，无边的薄雾借助蝴蝶的翅膀冉冉降落下来。我无法分辨吹奏者的性别，声音嘹亮而富有威力，弱奏之时，又温柔委婉。我估计，这就像埋在成都武担山的那位武都美女，由于过于艳丽，睨视人间，她的一半就被读书人指认为是比女人更俊美的男人。双性的审美，逐渐汇聚为一股从交流、交接到交媾的声音。有时，长号发出了一串地泉涌出的咕咚之声，一朵莲花从另一朵莲花深处破刺而来，渐次升跃，渐次摇曳，然后，不翼而飞。像一只逃跑的眼球。

一支疾驰的箭，突然被身后追踪而至的另外一支箭，像《檀香刑》描写的那样，被贯穿。箭头上吐出了另外一个箭头，就像双头蛇，在朝拜虚无。

我刚才说出的花——那朵花，突然不开了。那里出现了一个空洞，声音的空洞。这是任何具体物质无法填补的伤口，一个拒绝愈合的伤口，声音嘶哑，四方跑气，直至哑灭。这些空洞总是在我睡眠不深的时候来到我的床下，开始釜底抽薪，接着，断然打破了锅底，我本是釜底游鱼，因为获得解放而趋于堕落……我呢，其实才是堵住这一空洞的最好材料，可以严丝合缝地吻合空洞，不漏出任何秘密。

其实，对于两个虚无的概念来说，既不知道问题，也不知道答案。但两个虚无者一碰面，问题就像一个在山坡上被风吹动的飞篷，雪球似的越来越大……

盐井中的青蛙

自开明王朝以来，蜀中历来是偏安一隅如桶，进而吐纳浮云、尽情膨胀的根据地。西汉末年公孙述据蜀，他是形而上与形而下结合的典范，励精图治，幻觉上蹿，进而神灵附体。他在一座山上筑城，因城中一井常冒白气，宛如白龙，他便借此自号"白帝"，并名此城为白帝城。公孙述打理四川绰绰有余，但喜欢显摆，出入仪仗豪华奢侈，因此他的同乡好友马援称他为"井底之蛙"。公孙述抗击汉军重伤毙命后，家人在成都投降，依然全部被杀。公孙述之所以看重四川，一是便于防卫自雄；二是物产丰富，更在于盐井与铜铁，他还视察过临邛等地的盐井。揽水自照，他不但是白帝城中的井底之蛙，更是直接泡在盐井的卤水里。对此，智者早有认识，清代"联圣"钟云舫在成都望江楼写的崇丽阁长联里，恰列举了"岗上龙、坡前凤、关下虎、井底蛙"四种向度的蜀国风流人物。井底之蛙这一前辈形象，值得包括我在内的自贡乡亲，以及包括我在内的蜀中文人引以为戒。

反向观察——当一个人懵头懵脑向深井打探张望，他其实在深渊里什么也看不到。但是，他为生活在深渊当中的动物提供了一个天外来客形象：哇，怎有如此大头的青蛙？！也就是说，井是一个观察通道。而有些打望，是反向的。

陌生化

在自贡盐场，如诗人巴勃罗·聂鲁达所言，总能见到"怒气冲天的盐"。

盐场人民与妇女多为正直善良之辈，但为数不少者反其道而行之，干扰了"薄白学"的伦理气场，一如黑乌鸦扰乱了白乌鸦阵营，五官挪位，温柔敦厚之气就破了。

如果人们不把百年盐场视作李宗吾先生创立的充满历史哀痛的"厚黑学"的现实空间，那就不明白"厚黑"的历史渊源。作为现代中国资本主义生产力与生产关系聚生之地的盐场，固然可以落成文学诗化的"银城故事"，盐场也拥有林立的制造菌子的朽木，盐场更是迫使人性与伦理在滚滚卤气中得以彰显的一地碎裂之镜。

怀念一个人，我一直是把他当作逝者来怀念的。唯其逝去了，怀念的纯度就会进一步纯化我以及我的灵魂。如果怀念中的人突然出现在我眼前，我会进一步感恩怀念；如果他们永不出现，我也会进一步尝到怀念的蜜，远非胭脂与泪水所能酿成。

因此，回望多年前的故乡与故人，一个再熟悉不过的地方，一个再熟悉不过的人，突然变得不认识了。他们就像沐猴而冠的石膏被水浸泡过一样，在一种走形异位的过程中让我暗自惊诧。我的经验就是，一个地方、一个人能够让我产生如此突兀的陌生感，他们一定藏有什么与我有关的秘密。这就如同一个词可以让一个句式突变一般。而木桶可以让平庸者成为飞翔的骑士，打穿生活事物的卤水也可以让低微者浑身褴褛，进而肋生双翼……

底层智慧的药酒

人们以为，哀其不幸怒其不争的乡贤李宗吾先生创立"厚黑学"，只是以其分析历史、权力的宏大叙事，至多是一种解析中国黑暗历史成与败的学术方法论，这种看法纯属无知，但更多的是出于习惯性的误会。在学问家眼里，李宗吾那种野狐禅学说并不具备历史学家治学的扎实根基与严谨条理，学者们遵循的规律是由大历史到力所能及的小历史、由很多书归纳为自己著作的集萃法。"厚黑学"是反习惯性学问的，是反历史研究法的，它的价值向度就是由盐场生活放大的民国世风，锋芒直指腐烂人性。因此，《厚黑学》首先是一本反讽底层生存的技术手册。在我看来，李宗吾先生具有学问家们一般都不具备的持续多年的底层经历，以及他对盐场空间予以"纯化"之后的底层智慧。

就是说，《厚黑学》乃是他以个人的底层阅历炮制出来的一壶可以上得了大方之家学术宴席的药酒。

五代宰相冯道有"长乐老"之誉，他的《荣枯鉴》指出："君子仁交，惟忧仁不尽善。小人阴结，惟患阴不制的。君子弗胜小人，殆于此也。"意思就是：道德高尚的人用仁义去交往，只是忧虑自己的仁义达不到尽善尽美。小人喜欢耍阴谋诡计去交往，只是担心阴谋诡计达不到自己的目的。君子没办法胜过小人，吃亏的原因就在于此。

"厚黑"之徒没有创造力。对他们而言，破坏就是创造，这也是"厚黑"之徒的剩余价值学。以己之恶施之于人，造就了一己之善的收获。根据西方的"破窗经济"理论，我们放眼四顾，那些用砖头随意砸毁商场橱窗的人，他们哪个口袋里有钱？他们是一帮渴望天下人与自己一样，成为"饿嗉子"的人。这其实是"穷光荣"理论的往昔实践。

这里，应该讲一个盐场故事。

二十世纪九十年代，我在自贡老家有一个老熟人，不断跳槽，十分忙碌。五十几岁的人了，脸上仍是一副战斗的神情，而且荤素都来，应了电视上播出的一句宣扬返老还童"仙丹"的广告词：六十岁的人，有三十岁的心脏！在我看来，他主要是有一颗年轻的心，不一定是心脏。有时面对生意场上的懵懂美眉，尽管心有余而力不足，但过往送迎还是比较绅士的，往往博得小女子的好感，认为天下乌鸦并不全黑的，也有白乌鸦嘛。

说来好笑，认识他十几年了，我一直不清楚他到底是干什么的，就是做生意的吧。商场上的事也许就是这样，什么行当出现了较大的管理漏洞或政策倾斜，生意人就蜂拥而至。我估计这个熟人就是苍蝇阵中的一只。

有一段时间，他突然对写作出版产生了难以割舍的感情，三天两头往我家跑，我自然只有接待他。我估计他是误信了逸言，把写作出版的利润弄错了小数点，就像以前科学家搞错了菠菜的维生素含量一般，使得人们唯菠菜是瞻。我就直接告诉他，隔行如隔山，比出版利润丰厚的行道多的是啊，比如开茶坊，比如开卡拉OK厅……他老练地微笑着，老练地颔首，手指在沙发扶手上有节奏地敲击，像是聆听工作汇报，并不多言。闲聊几句，就礼貌地告辞了。

没过两天，他又来了，甚至拿出几包好烟，说是参加会议发的，好让我在烟雾中进一步文采飞扬。下次又摸出一包茶叶，他显得很随意，送礼送得极其艺术，就像一个铁哥们。是啊，我们本就是老熟人嘛。闲谈中，我少不了吹吹自己目前的写作计划。他颇有兴味地倾听，也不多言，一会儿就告辞了。

人并不讨厌，这一来二去，大家就更熟悉了。我权当这是一种休息，也没往深处想。我正在赶写一本书，估计再过几天就可以完成了。我甚至想，等交稿了，还是请他喝次酒。

那天下午，他推门而入，很亲热地给我来了个半拥抱状的姿势。坐定，一派祥和。我的思维仍卡在停笔时的情节里，就用嘴演绎给他听。他老练地微笑、颔首，风度翩翩，手指在沙发扶手上敲击，间或还在扶手上击节叫好。演说完毕，我估计他该走了，他眼睛一直盯住窗户外的绿叶，缓缓地说，需要我帮忙吗？比如复印稿件什么的。我正愁要抄一份书稿留底呢，就把书稿给了他。

几天后，他来了，神色凝重："对不起，你的稿件连同我的皮包被抢了……"我差点晕了过去，闷了半晌，才想起草稿还在，可是怎么整理呢？这跟定稿有很大的差距呀。他显得羞愧而坦诚："我请个人来帮助你整理……"好啦，也只好这样了，转念一想，这事也不全怪他，这主要是自己贪图便利所致。

他请来个文学青年，用手提电脑打字，倒是很利索，十几天就把稿件整理出来了。我修改了一遍，算是了却了一桩心病。我付了那个文学青年一千元，还为他推荐了一些作品给书商，少不了还请他们喝了几次酒……

自此以后，文学青年隔三岔五地往我家里跑，仍是那么利索。有一天，文学青年被我灌醉了，就酒后吐真言：我的那部书稿其实一直在老熟人抽屉里。文学青年偶然认识了他，希望他推荐几个发表渠道，为此，青年还给了他一笔钱，而我给他的一千元劳务费老熟人竟然分走了一半！老熟人现在又在帮别人办理驾驶执照和房贷了……

我听得冷汗与热汗交替而下，猛觉得我的所谓文学所谓阅世比起老熟人的技巧来，差得真是不可以道里计。这种给别人制造困难并从中获得利益的技术，我估计在盐场的人际交往中是广泛存在的，失财免灾的信念就是它存在的土壤。但其经济模式和效应，我一直没有找到一个合适的词语予以命名。

不久前我从国外经济动态里找到了理论根据，这就是"破窗理论"，也称"破窗谬论"。就是说，一个流浪汉随意用石块砸破了一家商店的窗户，这个"破坏"带动一连串新需求——玻璃生产厂家为此要多生产一块玻璃；安装工人为此要多花一个小时的劳动去安装；商店为此要偿付一切本可以无须支付的费用……于是，经济活动出现了一片繁荣昌盛之象。这样看来，"破窗理论"就是典型的"破坏创造财富"。把这样的"妙论"放之于洪灾，放之于地震，放之于战争，好像都很合适。

如此看来，如果不以个人得失而是以全局来考虑问题，我们似乎就应该给这些破坏者颁发奖章，他们似乎就是推动经济发展的一只手（另一只手是经济规律，却是"看不见的手"）。在这一张一隐的对比中，倒是这些"伐木者的手臂"让人们更直观地受到教益。

抬头看看破窗外的风景，那些为利益而忧心忡忡的掮客、出版人、信息员以及内裤的兜售者、皮包经理、售楼小姐正在宽阔的通道里狼奔豕突。一旦他们在市场中屡攻不克，破坏的天性必然会膨大，而破坏所带来的效应，他们未必是第一个受益者。令人遗憾的是，这种可以归结为"劫富济贫"的民间运动，正在某些领域有条不紊地进行。

再对比一下我的老熟人，就进一步发现，老熟人实际上比这些不满者还要棋高一着。但我的那位老熟人却是没有条件破坏、创造条件也要破坏一把！这类似于在马路上撒铁钉的自行车修理匠。

我想，利润就好比是一个巨大的啤酒桶，它必须被砸得千疮百孔，合理分流，才能符合游戏规则。不然，它如果仅仅是大安扇子坝李姓家族或者比尔·盖茨个人的饮品，那真不知世界会变成什么样子。在这个时候，我不能不怀念这个老熟人。

唯一可怕的是，有些人已经毁坏上瘾了。

节选自《广西文学》2023年第1期

溺水的人

昂　桦

我爱用坐标来形容少年时的处境，左边是湖，右边是江，江湖之间，心灵如坐标里的抛物线，早已向江湖之外；日复一日的憧憬与羁绊串联成珠，就像江湖的本意一样，架构了少年的心。

我始终以码头为原点，它就处在插湖锁江的上下石钟山之间。初中毕业时，码头载走了我的伙伴，一位情窦初开的漂亮少女。她去南昌后，不断写信诉说她家庭的不幸：她的父母离婚了，她的情绪极度低落。我写信劝导她，发誓要保护她，改变她的状况。我过早陷入困顿，有时愣在课堂上，像个满腹心思的人，心里藏着不快，整日郁郁寡欢，把自己的学习弄得一片狼藉。写信耗费了我的课余时间。石钟山上有晚清名将彭玉麟的浣香别墅，我在书上看到他的古老爱情，又在石钟山上看到他画的梅花碑刻，落款处有"一生知己是梅花"，不禁心头一紧，竟然落下泪来。

我高中就读的县城中学离码头不远，去湖口轮渡码头看人、看车、看热闹，是经常的事。贩夫走卒在等渡的车边停停走走，提篮携桶，叫卖食品。其中有一个叫卖鸡腿的，白色纱布下，盖着一只只摆放整齐的洋鸡腿，让人垂涎欲滴。拿渔叉的，身穿防水服，叫卖土鳖，像一个刚从水里上岸的人。游手好闲的青年，专门在货车边找好欺负的软柿子捏，司机大多忍气吞声。雨雪天气，长长的等候车队，从东岭排到西门，各色人物像是从地下冒出来，聚集在庞大的车队旁，犹如庞德诗歌的意象，湿漉漉的黑色枝条上面孔忽隐忽现。卖艺人大声吆喝着套红绳的把戏，明明套住铅笔杆，一得劲，转眼从笔杆里出来，丝毫无损。在围拢的一群人中，一名坐庄的男子在地上放了三个圆形橡胶片，双手快速地移动着橡胶片。"中了，中了，我赢钱了！"一名男子兴奋地喊着。好奇心驱使下的看客，便从凑热闹者，变成参与者。走近点看，其中一个橡胶片的正面中间有一个红点。坐庄的人称，只要下注十元到二十元，就可以猜红点，猜中了翻倍赢钱，猜不中下注钱归庄家所有。不时有路人下注，并猜中赢钱。不明就里的看客觉得赢钱非常容易，心痒痒的，在几名赢钱者的怂恿下跟着押上几把。然而，不到十分钟，就输了近百元，众人也随之一哄而散。看客这才意识到情况不妙，但也无奈。好心者说赢钱者是"托"，看客才恍然大悟。码头每天都在上演类似的鬼把戏。我后来在异乡的街头也遇见过，心头闪过输钱者的窘相，暗暗发笑，从不驻足。

　　码头开渡时，人流涌向渡轮。此时的西门码头，船只来来往往，湖上的驳船拖着砂石穿插在渡船行驶的空当间往江心驶去，高大的江上客轮笛声长鸣。我喜欢这种繁忙景象，只是过早切入到这种宏大的场景让人多了痴心妄想，仿佛这种气氛正好可以消弭往日的落魄，又把心头的目标抬高了几寸。摆渡船一次可以装载十几辆汽车，只收汽车摆渡费，不收散客费用，对面的码头上有去九江的公交车，乘船过渡的人摩肩接踵，塞满了渡船的角角落落。

　　也有汽车开到水里去，不知是不是刹车失灵，还没等到渡轮靠岸，汽车直奔江面，扑腾一下跌入水中，前一秒还露个头，后一秒就无影无踪。我看见吊车从码头吊起落水的车辆，潜水人把钢绳在水下穿好，吊车的长臂吊起水中的汽车，刚露出水面，吊车的车身却像中风一样倒在水中；接着又来了一辆大吊车，大吊车吊出小吊车，小吊车像个溺水的人被吊上来，湿淋淋的，口中直吐水。往日这些庞杂的人和事，已经从码头消失，或者说，它们转移了地方，在别处重复码头的故事。

从码头往回走，拐到县城的街道，好像回归了井然的秩序。茶叶蛋五毛钱两个，码头却翻倍在卖。街道的商铺都在做着细水长流的生意，不紧不慢，小商贩们在码头做一锤子买卖，也能如鱼得水；急急忙忙的赶路人只在稳定的频率里提着劲，不像码头船开前的脚步慌乱；街边吃早点的胖子就着饺子喝酒，吃得满头大汗；菜场吆喝和其他嘈杂声，不绝于耳，但在午后也冷清下来，好像菜场大棚顶上的阳光抖落了包袱，显出热闹之后的空寂。

县城里也闹过离婚的大动静。我记得是个中年男人，身材微胖，面目和善，在外找了新欢，媳妇想不开，投水自尽。男人漂亮的居室，被喷了红漆，家具东倒西歪，油缸的油横流一地，门口里三层外三层地围拢了看客。好歹有警察过来劝说，随着夜色降临，一切都在夜色里得到休息。

轮渡上人来车往，往往忽略了江面的游泳者，与波浪里破浪前进的渡轮比，他们像个蚍蜉一样。岸边的孩子被大湖大江吸引后，缠住大人要学游泳。水边上的人家总在吓唬孩子们，但拗不过苦苦哀求，就带了孩子下水，岸边的浅水里人声鼎沸，水花飞溅。也有一些执拗的父母，不让孩子下水，任凭小孩哭闹，毫不动摇。小孩只有偷了空隙，趁大人不注意跑出来下水。

于是在码头的水边，总能看到一些匆匆的行人在岸边大声呼唤某个名字，水里的赖着不上岸，岸上的急得亲自下水去揪。"旱鸭子下水，飞不能飞，游不能游，只有上岸打酱油。"打趣的话让被揪上岸的孩子丢尽颜面。

我是看着别人学会游泳的，没有人教，无师自通。水喜欢爱水的人，它教你反作用力，用手划水，身体就可向前，仰面浮水也需要手往下按，保证身体不沉下去。水欺生，一个完全不近水的人，碰到水就吃亏。一个学会泅水的人，在水上轻盈的身姿，压得水也喘不过气，只得服服帖帖驮着一个戏水的人。也有不幸者,太过自信,还没横渡到对面的梅家洲,在一个浪头里说没就没了,在呼天抢地的救人声里,人很快就被浪花覆盖,微微挣扎几下,消失得像江湖里的泡沫一样无影无踪。

每年的夏天,总有不少人被江湖之口吞噬。

父亲年年叮嘱我不要游泳。我哪里是个听话的少年,学了几年游泳,横渡码头的愿望非常强烈。有一年,我跟着一个叫王立国的同学横渡码头,身后系了一条小汽车内胎,从码头下水,顶着湖里的流水斜着逆行。湖水的推力,很快就把我推正了方向,向渡口中心游了将近一千米,身后的尼龙绳松了绑,轮胎向下游漂去。我心慌意乱,赶紧转身去追,真正感到害怕的是,身体不听使唤,脚下好像有东西在拉。追赶中已经有下沉的迹象,腿部完全僵直,不得动弹,手上虽然能够划动,但乱了方寸。不知道是不是因为口鼻开始进水了,我惊慌失措,开始剧烈挣扎。我张开嘴想呼吸,喉咙肌肉却开始收缩。我的身体以一种尴尬的姿势弯曲着,身体向前弯成弓形,四肢向后,睁大眼睛却看不到任何东西。三秒后,我开始拼命挥舞手臂和腿,头脑中唯一的想法是:憋住气,往上游。我张开嘴,呼出尽可能少的空气,尽可能多地争取时间。我能感觉自己的身体慢慢向上移动。我必须活下来,我不想死。又过了几秒,我快没气了。我试着抬头看阳光,但什么也看不见。我突然意识到我可能上不去了。我呼出了最后一口气,身体开始瘫软无力,头脑一片空白,我放弃了所有挣扎。又过了几秒钟,我的体内莫名其妙有了一股巨大的能量爆发,求生的意志再次出现,和之前绝望的挣扎不一样,可以明显感觉到自己上升得更快,力量更大。也许我能做到,也许我能成功。浮出水面后我才意识到,这股能量的爆发是因为同学终于找到了我,缺氧的大脑却以为是自己做到的。

之后我什么也感觉不到了,记不起来了,好像我从来不存在一样。几秒钟后(其实我也不知道多长时间),所有东西都变成刺眼的白色,这是我无法想象的最纯洁的颜色。我看到一个身影靠近我,慈爱地说了些什么。在这个特殊的时刻，我感到非常愉快，就像一切都很美好。我被拖出水面。所有人都对我说话，拍我的背，推我的肚子和胸部，把肺和肚子里的水挤出来。

原来，我的同学看我往下漂游，赶紧把他的轮胎推过来，让我抱住，我已经没有一点力气，连抓住的可能都没有，他在水底托了我一下，使我有了呼吸的机会，求生的本能让我勉强把头钻进车胎，好不容易露出头来。靠着立国的不断鼓励，我抓住轮胎，被他推上岸，逃离死亡之地。我们瘫在岸边，时间像凝住，待了漫长的一个下午，直到身上的元气慢慢恢复才离开。

我不知大湖入江口到底有多深，这是太平军曾用锁链锁过的咽喉，在如今看来依然宽阔而深邃。那些英魂似乎依然游荡在一条看不见的锁链边，昔日的惨烈厮杀，都被掩盖在波涛之下。我是无事生非的落水者，因为轻狂和无知差点送了小命。不敢想象战争背景下的体验，江湖快把你吞噬时，茫然失措的惊恐中，好像有满腹的话要说，但一句话也说不出口，只有任江湖之水灌进嘴里、肺里；你要挣脱，它置之不理，其实只要奋力划水，就能摆脱水做的绳套，可惜我做不到，如果没有救助，或许我已是江湖消失的一串泡沫。曹植诗写得悲伤，"之子在万里，江湖迥且深"，恐怕只有当事者才有共鸣。

命运似乎也垂青我的救命恩人。立国去舟山群岛海军服役，退伍后到码头做了一名水手。从宁波带来漂亮的妻子，走在街上，一个英姿飒爽，一个小鸟依人。宁波人天生的生意基因，也给立国的小家带来无穷的活力，他们在街上开了服装店，店里服装款式新颖，价格合理，生意做得如鱼得水。后来他在轮渡上当了大副，驾驶摆渡船。我在他高大的驾驶窗里，眺望鄱阳湖口，心旷神怡，看他轻松驾驶轮渡船，鸣响长笛，羡慕不已。

另一位同学比立国晚一年入伍，是海军陆战队队员，泅渡训练游个三千米是家常便饭，有着超过常人的体质，在部队立了三等功。不幸的是退伍不久，下水冬泳，溺水身亡。谁也没料到这样的结局。他也许死于古训：淹死的都是会游泳的。

前不久，与一位长者陈石俊交谈，他告诉我他曾是冬泳爱好者，冬天里每天早晨七点在刺骨的江里游半个钟头，雷打不动。下水不到十五分钟，身体就开始发热，像打了鸡血，精神抖擞；九点上班后，却开始犯困打盹，他一直想弄清楚这是怎么回事。后来经人指点，知道是剧烈活动后心脏受刺激，会自觉进入休眠状态，人的海马体感到疲惫就会自我调整，长期这样会让心脏受到损害。我把他与那位海军陆战队队员联系到一起，可惜这些我认为有用的警告于他无用，他们互不相识。

立国在两岸来来回回，过的渡比走的路多，他会在下班后在码头做义务救生员，他知道水的触须有如张狂的八爪鱼，他在喇叭里警告那些不谙水性的戏水者回到浅水区。事实上还是有人从码头游向对岸，消失在他的眼皮底下。

每逢忌日，码头边总有人来点香烧纸，我只浅浅地看见烧到根部的一茬茬香立在石头缝里，火点已被某种仪式割了去，被人收了回家。一堆灰烬在岸边被吹得四散，不仔细看不知道是有人祭奠过的现场，忙碌的江湖边，没有人在意这些飘散的灵魂。捞尸的人只在惊心动魄之后登场，他们都是渔民出身，平时撒网捕鱼，应急时被招来捞人。沉入水底的人，一般都被水流带离一二公里，水底是平坦的，捞人用的是两寸长的排钩，在水底铺排开来，尸首被锋利的排钩挂上，不会轻易脱掉。偶尔还挂到鱼儿，长江里的鱼成群到鄱阳湖觅食，犹如手无寸铁的百姓，遇到中世纪瑞士长戟，束手待擒。冷兵器的冷血。尤其是身上披挂漂亮暗纹的大鲇鱼，让我时常泛起恻隐之心。那些被打捞上来的溺水者，完全没有鲇鱼的傲气，只是一具剔除灵魂的尸体。我高二的一个同学，从水底被打捞上来，身体僵直，面皮肿胀，已认不出原来脸相。挂钩之处，没有一丝血迹。伤心的家人往往没有心情讨价还价，都会依了捕捞者报出的数字。靠着溺水者的不断出现，排钩坐地起价，乘人之危，竟然也成了一门生意。

我高中复读时，为了省钱和清静，和同桌租住到一个因溺水而丧子的家庭。房子离学校不远，依山而建，有个独立的院子。刚开始我们并不知道他们家的事，整天忙于复习，晚上很晚回来。后来才注意到屋里老式八仙桌的案头上摆着一个男孩的相框，每月固定的日子他们会在屋前的空地插香烧纸，我这才真正走入这个因溺水而丧子的家庭，把岸边微细的香火与之联系起来。我发现苦苦寻觅的江边点香人，就在我的身边。我在学校经常听到昨天某某溺水，今天某某溺水，都像与自己无关，直到不经意遇到这个家庭，我突然有一种不祥之感，没想到溺水的人在县城有这么多，似乎每个家庭都在防着厄运降临。

我要是在那年的夏天沉入江底，我的母亲应该也会天天以泪洗面。可怜的房东，与我的父母年龄相仿，走起路来耸着肩膀，整个头缩在衣领里，从不与我们说起半点他们儿子的过去。他们只收我们很少的房租，提供的早餐我们不忍享用，用餐的气氛非常压抑，我不得不快速扒完饭离开，走上很远，心情才有点舒畅。他们的孩子睡在我们的床上，这场景在我的睡梦中时常出现。我与他一起在水中挣扎，有时醒来，身上吓出汗来。半夜的老鼠在梁上跑来跑去的声音，伴着隔壁女人呜呜的哭声，让一个熟悉《聊斋》里鬼哭的人多了许多联想，更让我晚上自习完回家不敢一个人独行。这个女人的脸相因悲伤而过度拉长，上唇很厚，人中深长，算命先生说人中长是吉相，我没有读出半点吉来，夜半窸窸窣窣的声音，与那张脸叠在一起，让人无法入睡。

女主人经常家暴男人，抓得男人遍体鳞伤，男人只有出去躲，夜晚睡觉时才回来。女人满世界游荡，开始成为流浪人，穿捡来的衣服，头发一绺一绺散在脸上，明眼人一看就知道她精神失常。她曾在夜深人静的时候贴在房门上听我们的鼾声；她曾因思念过度，把碰面的人假想成她的儿子，伸手去摸，遭到人的唾弃和拳脚相加；她还时常蜷缩在臭烘烘的垃圾桶边乱翻，对飞舞的苍蝇熟视无睹。我在回家的路上猛然看到她却不敢打招呼。她站在原地，我也停下来，一会儿看她，一会儿又不敢看她。她似乎认出我，丢下手中的洋娃娃，向我迈动脚步。我只有后退，我不知道她是把我看成她的儿子，还是想拉我回家。四周无人，我的心一阵紧缩，怦怦直跳。黄昏里我看不清她手里的东西，她急急忙忙要塞给我。

也不知她真正的目的是什么，口里叫着她儿子的名字，还没到我身边，一股与腐烂、汗渍和鱼臭相似的味道先她而来。我刚想避让，她的手已准确无误地把东西塞到我手上。一辆大货车呼啸而过，我受了惊吓，鬼使神差地接下她的物品，转身跑进夜色中。我跑了好远才发现是两只发黑的香蕉，赶紧扔到路边的沟里，身后是她喊儿的兴奋的声音。我替她悲伤起来：你要是悲哀于这一生没有了孩子，你要是不能自拔于无尽的寂静，不妨想想，这世上曾经本就没有你儿子，他只是在你的肚子里偶然而来，那只是一具偶然的肉体，且放过他吧。在那样的思索里，我与远在省城的女孩断了联系，考上大学是当务之急。

我只在她家住了一个学期就搬走了。

溺水的人带走了他自己的全部人生，而留在世间的家人大气难喘。

我七岁时，我的叔叔在湖边的湾流里溺亡，当时他的大儿子四岁，小儿子才两岁，留下孤儿寡母，生活艰难；婶婶改嫁后，两个孩子过早地承担起生活的重担，大的只读完小学，小的也只勉强读完初中。现在他们已过中年，父亲溺亡的气息却仿佛还罩在他们头上，结婚，生子，建房屋，为儿子讨亲，为儿子带孩子。种田养不活一家人，又不想背井离乡，我为大堂兄在县化工厂谋了一份烧煤的工作，美其名曰司炉工。刚开始他受不了这刻板的工作，闹死闹活要换，烧锅炉耗费体力，使力气不说，红红的炉膛闷热难耐；大堂兄没有多少文化，换了一圈工作，换来换去还只有司炉工合适，慢慢也适应下来。小堂兄种田之余，常年在县城打零工，他发现了一个秘密，一头栽进他发现的良机里——县城的人不干粗活，需要他这样卖力气的人。县城汽车站的门口，聚集了上街谋生的脚夫，找零工的主顾都来这里喊人干活，挑砂石、水泥、瓷砖，送电视、冰箱、家具，帮人去太平间抬尸，在送葬队伍里充数，卖力气不卖力气的都干。他们要价低廉，很容易满足，反正不要本钱，出点汗，干完活就拿现钱，这钱来得多么容易。中午在小店炒一份菜，一大碗米饭下肚，又不亏待肚皮。靠着一双粗大的手，每天清晨从乡下推个板车上街找活干，傍晚摸黑回家，在家里的饭桌上把一天赚来的钞票的卷角理平，然后数一遍、两遍，甚至三遍。我记得在县城偶遇小堂兄在街头拉板车时他低头向前的样子，侧影非常熟悉，喊他时，他抬头微笑露出雪白的牙齿看我。前些天，大堂兄打电话告诉我，自己刚从化工厂退休，高血压，糖尿病，不能再找活干；小堂兄胃息肉囊肿破裂，口腔吐血，差点送了命。我从电话里头的只言片语中听出他的无奈，他已到了听天由命的地步。我在键盘上打着这些文字时，像夹着尾巴的狗，思绪飞到了家乡的上空，与那里星星点点的渔歌汇合，成为茫茫水上的失魄者。县城被水漫灌的场景历历在目：杂货店的货品被浸湿，生意人茫然无措，深一脚浅一脚行走在水中；大人愁容满面，孩子却满心欢喜；屋里家具快浮起来，水漫到了学校，在夜晚接通了月光，空旷的校园瞬间通灵似的明亮起来。

我在月亮下四顾张望，不知谁喊了一声，水鬼来了。安静的水面仿佛随时可以升起白浪席卷一切，吓得我与伙伴一哄而散。

幸好第二年我捧着录取通知书逃离了县城。

我很多年来走南闯北，走得越来越远，渐行渐远中码头却越发清晰，成为我出发的原点。江湖两色始终没有融为一体，像两个倔强的人，互不相让，我也只是在复盘人间两个角色的存在。在成长的过程里，我越来越感受到溺水的经历对我人生的重要，我在细密的阅读里记下那些溺水的人。屈原、李白、王勃、陆秀夫、聂耳、陈天华、老舍、王国维等，这些溺亡者中，聂耳的死，是个意外。有时听完《义勇军进行曲》之后，会想到一个英年早逝的人，他把生命的庄严融进了曲中。王国维自沉昆明湖，留下《人间词话》，境界一说，别开生面。端午那天，不能不想起屈原之死。我替有关单位装修审讯室的软墙时，想到有些撞墙求死的人，情不自禁用头在上面试了两下，没有疼痛，还是溺水的感受最接近死亡。溺亡的只是肉体，殉于道德的勇气，是需要一个洁净的身体的。这些年，经历一个书生向生意人的过渡，又从生意的蝇营狗苟里倒向做一个埋首书堆的人，与其说是对残酷现实的抗争，不如说是对自身的重新建构。我的母亲，曾在早秋的落叶中吐出最后一口气，她问我她的病有没有治的时候，多像一个溺在水中的人向我伸出手，我却无能为力。而此时我也在水中，不知向谁求救。

当一个人溺水时，据说他的一生历历在目。我现在写下这些文字，仿佛是在打捞自己沉到江底的支离破碎的生活。海明威说，一个人并不是生来就要被打败的。熟悉水性，与水过招，驾驭水，才能胜似闲庭漫步。

我若干年前在回乡的高速收费窗口见过立国，简单的交流中，他羡慕我是个溺过水的人，我知道他的一语双关，语气中含着关切。我在十年前遭受了生意的重大失败，财富一夜归零，我的助理甚至替我挨过一刀，至今脸上还留有疤痕，妻子儿女与我一起受罪，我甚至在夜深人静时走到赣江边，想一头扎进水里。与他此后再无会面，一闪而过的影像更让我对他难以忘怀。码头停用后，作为轮渡的职工，转岗到高速管理局做收费员，他曾天真地以为是一件大好事，敲锣打鼓与同事庆祝过。在收费站工作后，他才感到有些单调和乏味。后来收费站招了一批年轻人，他提前下岗。我回乡过收费站时习惯性往收费窗里看，没再看到他。大概率是很难见到了，我懊悔当时没有互留电话号码。后来我的车辆安装了ETC，收费窗口变成了无人值守窗口，我就再也没在过闸的车流里停留过。

选自《星火》2023年第5期

愿托乔木

绿　窗

一

弟没二话，一个人去南山湾放树了。左手长锯，右手斧头，二弟凛然的背影也像一棵坚毅的树，与一棵老而生机勃勃的野梨树，开始了对峙。

奉母亲指令，也是锯的旨意。锯在磨刀石上，前夜星空下，每一个牙齿都咬住了星星的寒光。锯枕戈待旦，无所畏惧，哪怕豁牙子漏齿。而老梨树并不知晓，才卸下累累的果，在暮色里打个滚儿做春秋梦。但也许它是知晓的，经风经雨百年，早嗅出曛曛逼近的刀味。晨光擦去最后的微尘与霜花，它枝叶纷披，熠熠生辉。

砍树会上瘾，是说我母亲。那些年她眼光如锯四处寻瞄，不断发现树有问题，霸地、遮阳、无用、招虫等等，房前屋后菜园子都是她个人的领地，不砍憋气窝火。一年深秋我回家，发现怎的这般空旷？哪儿都没挡头。原来除了一棵枣树外，还有杏树李树樱桃树，连后梁根处的灌木丛都砍了，剩下树橛、树墩子，或一段带杈的粗树干，玉米棒子由苞衣系着挂出黄金塔。豆角丝穿长串钩在东西窗框上，窗台滚满南瓜丑瓜，沉甸甸的丰收的注脚。不知者看不出这里发生过一场对树的"围歼"，断枝残干向我大声疾呼，我略带埋怨但平和地、拣最轻的问："怎么都砍了，墙角一大墩刺玫花碍着啥了？"母亲辩解道："都老枝了，花少还挑尖上，隔几年就得砍一茬重新长。"真打脸，冤枉她了。

是大弟回家帮她收秋，起早贪黑上山放倒玉米，掰棒子赶驴车扛大麻袋，松林里解个手的工夫扒拉半筐肉蘑菇算是歇着。"都收到家去。"我妈来劲了，"那些问题树全给我砍了。"果然行事风格改不了，逮到劳动力一定"剥削到底"，"榨干"其剩余时间。过去推碾子，大碾盘特沉，我们姐仨扛了一蛇皮袋玉米推猪食，两小时后才鸣锣收兵。她又端来一簸箕，咕噜噜又推一小时，推完了，我们如卸磨的驴一样痛饮半桶水，打滚嘶鸣一番正高兴，母亲又拽着一大桶玉米从墙角闪现出来。

那些树遇到她没好果子吃。大弟听命，拉锯抢斧子登高爬坎都给收拾得干净，挨后梁根砍了一排大树杈，西房檐下堆一垛粗树干。母亲背手巡视："嗯，一冬烧不了的。"

柴火，这才是目的。

嗜酒嗜物嗜垃圾者都有道行，母亲缘何嗜柴？管它属阴属阳、年老年少，能砍尽砍，能烧尽囤。先时确是缺柴，后来大垛小垛的棒秸、棒瓤、干刺槐、杨树杈，还有煤、煤气灶，可我爱的果树们仍被挑出了种种问题，变成灶下鬼了。

西园李树，春天小白花香气四溢，蜂蝶扰扰树冠都大了。我挖地热了脱外衫挂枝上，衣褶子也沁香了，果子未成熟时正圆满绿，小盈掌心，成堆成串挤在枝叶间，紧绷绷的青春之态。母亲说："院内不栽李，纳阴招灵异，关键霸地，跟前儿的菜和玉米都长不大。"好，割爱。挨后梁处生有文冠果树，二十年才长一杯粗，霸了葱地，砍。文冠果寓意好，我正得意其开花结果，砍。房后土坎上一丛明开夜合树，冬天也挂着粉红蒴果，粗犷野性，母亲说树大招风吹塌了土坎砸人，砍。杏树一半枝头探到柴门石墙外去，现成的《寻隐者不遇》里所展现的画面，又如宋徽宗《宴山亭·北行见杏花》所写："裁剪冰绡，轻叠数重，淡着燕脂匀注。"过年青枝上系了红布条也是簇簇小火苗，并未霸地，仍和出墙的樱桃树一起被砍了。

"路过的想吃就捋一把呗，你一人也吃不了。"我说。

"吃点倒不怕，问题是祸害，撅树杈子，跳墙进院，摔着吓着算谁的。"母亲说。

加罪于树，何患无柴。一年回家见自留地老杏树也没了，我爷爷栽的，百二十年了。侄子结婚，亲戚们返乡摘杏，念起中医老太爷、爷爷奶奶们的大院，丫丫杈杈都是念想。"能吃多点菜，烧多少柴，大家再回来看啥，一拍两散了。"

我想说砍老树怕对身体有损，改变了环境气场，终究不忍，她心重心眼小。母亲知我能忍耐，一旦我抗议，就知做过了，念叨着："亲戚里头老一辈难得回来一趟，老房老场院都在，够了。也不都砍树，也栽树，房后一棵枣，当街一排榆，都蹿房越脊了。"

其实是她走不动路、翻不过墙、捡不动杏核、做不成杏瓣菜，树无用了。"白长着还霸地，砍了烧火。"她声音低沉但有一种狠劲，仿佛用力扳倒了什么。活生生一棵树不如干柴好，简单粗暴，不知老树的存在大于果实。

我生气但也不惊诧，之前更老的树也在她挥手之间就一命呜呼了。那是20世纪90年代末，我生女儿两年多才回家，也是秋天，我说上南山湾捡山梨蛋儿去，那也是自留山。母亲淡定地说："树早没了。山梨蛋蛋又酸又涩没人吃，砍了。"

锅上热气腾腾的烟雾掩没她灰白的发，我的火苗蹿起来又自动掐灭了，树倒时，我在哪里？

仍是大弟回家收秋，母亲踅摸一圈，说："把老梨树放了。"大弟也发怵，老树有灵性，怎么掂量也下不去手。

母亲坚决："要不割一车柴火来。"父亲是中风后体质，大弟没有割柴背柴的时间，也买不起一车柴。要交公粮、"三提五统"等，家要压塌了。哥说："那些年太难了，拼死干也没钱，还欠外面一屁股的账，我都想着还能不能过得下去。"

一堆飘蓬与丝萝，唯乔木可打主意。老梨树是穿透乌云的光，母亲要定了。

大弟就把长锯对准了树底。老树快两搂粗，木质极硬，一个人拉锯，是心灵和体力的较量。多年后提到老梨树，大弟还在心里忏悔，哥也说："那是咱村最后剩下的老树了，开拓村庄的祖爷爷留下的，快三百年了。"

仅仅为了柴，愿望多小啊，就像一分钱难倒英雄汉。但砍伐一棵经年老树就像为了一杯酒砸了酒缸，怕会吃亏的。老梨树算家族的根，也是村庄的厚度，村庄的时间之书，没有这面老铜镜映出额上的皱纹，村庄便一片混沌失去了年纪。要我会想，拥有一棵老树已是祖先恩德，每日看见它就会汲取力量，何敢放倒使之灰飞烟灭？我愈加怀想生嗔，不只母亲，那时人都缺乏对树的敬畏，抑或被生活逼迫到那儿了。

幼时，西梁有棵老橡树，在坟地边，秋天我们去捡橡果，胆战心惊拾半兜，风一样下山，把橡果埋火盆烧着吃，谜一样香。后梁根一棵文冠果树，一搂粗了，春天一树婆娑花朵；都两三百年了，有人家说媳妇要盖房，伐了。母亲的小胸怀受到鼓舞，家树就是她的兵马，可任意调遣。况且她手里就只有一点点钱，放着"无用"树不砍而去花钱买柴？决不，总要留一点以防大事做瘪子。她说我父亲生前想吃一块糖一包饼干都没钱买，说得我们哭泣懊悔自责，后来她冒出话来，卖牛的一千多块钱还存在信贷社里。一湖忧戚的水，荡碎天空，荡不出草岸。

若晚几年，封山育林退耕还林，标语和喇叭天天传，树也许就保住了，老梨树和父亲都卡在最困苦的年代，也卡于我们的疏忽，母亲的一意孤行。人们抢着秋收，没精神理会一棵老树倒下的时间和方向。南山下，树是渺小的，好像顶着一座大山；大树下，人是渺小的，好像举着一棵繁茂的树；生存面前，母亲是渺小的，确实撑着一个家的重量。

硬碰硬开始是艰难的，好像两个比武的人先虚走几步试探对方的软肋。木头干不过铁，也就干不过人，树不是向人低头，而是面对刀锋，沉默无效。大弟汗水湿透不停歇，既然必断就快刀斩乱麻，减少痛楚。低啸的长锯一点点蹭进去，锯末一点点飞出来。

只是一捧碎末从树干里拿出来，树就倒了，就像一句话能冤死人，冷漠能杀死人，摔得胸膛疼。它们重新排回去，树却再也站不起来。失去怀抱合力的碎末惊恐而愧疚，一阵风似的逃进草丛，仿佛隐藏了伤口与罪恶。

总想往那儿看，似乎它还枝繁叶茂优雅着，我在树下捡果子，枝条坠向大地，树冠巨大，含着轮螺伞盖、花罐鱼长，是我心中的坛城。突然想老树为什么会被穿红挂绿神话起来？是人在寻求保护？它若能护佑人们安居乐业，谁还动邪念？

珍贵的还在于它是野生梨树，也叫杜梨，春天花朵万千，秋后果子盅盅大小沉沉压下枝头，变作古铜色就噼啪落下来。也不能立吃，果涩肉粗。但一物降一物，树旁就生着"捂梨蒿"。我有次被野蒿绊倒，嗅到成熟水果的酸香气，就知是它，蒿叶细小多裂，头状花序，小黄花碎碎挠挠，也叫黄花蒿，就是屠呦呦提取青蒿素的植物。薅一把塞在纸箱，口袋装满杜梨儿，捂上十天半月，黄果变成黑橘色，软糯多汁，冬天冻一冻别具风味。孩子们乱跑灌一肚子风，晚上热炕热被窝一捂，咳嗽不止，母亲早把一瓣萝卜或酸菜白，或几个黑冻梨放在枕边，嚼几口咽下，真就压住咳嗽小兽了。

铺铺展展好大一棵树，但我去看时竟无一点痕迹，树墩早当疙瘩根刨了，荆芥、山槐、黄芩、桔梗、香薷、益母草蜂拥蔓延。

一树倒，万草生。树不会无缘无故来，无缘无故去。

春暮向晚，和姑娘们在南山湾散步，除见山樱、欧李花外，还有一树白花粉蕊的，竟是野梨树！我欣喜地爬上小坡仔细参详，回头人群远去，湾上静默，花枝无风自动。

转头再看那株梨树，白生生耀眼，如一篇桀骜不驯的悼词。

二

夜下看树真觉枝条会压低，会往前探伸，要薅头发抽肩膀，有影影绰绰的寒气。

院里曾有过两株梨树，我父亲当年盖新房种的，又亲自嫁接成苹果梨。梨子金黄皮薄甜脆，我们以为吃光了，除夕夜逛够了回家，母亲打开西屋小木箱，拣出一兜焦黄的苹果梨倒在炕上，冰甜的鲜香与惊喜立刻窜满屋子。父亲也不知晓母亲会留这一手，围炉吃梨，父亲兴致勃勃地讲打猎故事。除夕就是梨子与腊肉的味道。

"墙东大梨树，惟此为旧物。火烧枝叶尽，老本更奇崛。"梨花是醒着的梦。梨花开时百簇千朵，徐渭形容为"打百球"，"打"字用得好，很民间，如立春叫打春，长花苞叫打骨朵，秋收轧出一块硬地碾谷豆叫打场，睡觉四处伸胳膊拉腿也叫打场，烟筒截柴了打烟筒，枣熟了打枣，耳朵聋叫打岔，疟疾叫打摆子，还有打酒打酱油，简直什么都可以用"打"字。再如狩猎民族是打猎起家的，像动物一样不打不来食，叫打食；契丹族行军不带粮草，靠抢，叫打谷草。打字连贯而舒畅，梨花团团簇簇缠住枝头就是打出连环枪。

院小，两棵梨树支得满满登登，出门都得撩一下枝子，父亲舍不得锯下来。有花有果有大月时，父亲醉酒归来，扶着横斜的花枝笑个不停。平时他表情多沉郁，心事重重，一旦醉酒，却像开心的孩子一样大笑，敞开了笑，肆无忌惮地笑，全世界的荣耀与胜利都簇拥着他，他在神殿之上，满身光芒，有大月白梅的精魂与香气。是故，我热爱梨花，热爱"燕子来时新社，梨花落后清明"，里面有朝气有果香，有父亲的春天和梦想。梨花味淡也招毛虫，扰扰攘攘，父亲要用长棍子团一火球顶上去，烧焦了，毕毕剥剥掉个满地。过年糊窗时撕掉窗棂纸，立刻有层层叠叠的灰枝冲在眼前，十个小方块拼成一幅冬日锁寒图，千里江山也隐约其中了。

院里果树的好，是与人有烟火之亲。唐山大地震时父亲在梨树下搭棚子，白天我们躺进去纳凉，嗅着青苹果味，念父亲的繁体《千家诗》。

"冷艳全欺雪，馀香乍入衣。春风且莫定，吹向玉阶飞。"这是盛唐丘为的《左掖梨花》，我只恨开花时怎么不搭棚。晚上树间筛下月亮星星，如在野外，而屋里透出灯光来，迷茫如雪花梨花魂魄难辨，才生魅惑。半夜暴雨，父亲急急冲出来把我背回屋去。我一直以为父亲没抱过我，这一段是啥？小没良心的。

暑假回家院子空了一半，靠西厢那棵梨树不见了。西墙盖有茅屋，支一口大锅，高三的春天周末，我烧火煮饭，风烟穿枝入隙，添一灶柴就挂着烧火棍看一眼书，花枝刮头打耳朵，花瓣落发上、书上，掀开锅盖就同米菜一起煮了。透过花枝见后梁头上，邻家小二哥也倚在榆树杈上背书，像只大鸟。这个情景他亦记得牢。茅屋炊烟，梨花树下，挂棍捧书的红衣姑娘，时光瑟瑟。大概烟熏火燎耐受不住，这树枯死了。再一个假期回家，墙东大梨树也不见了，整成小菜园了。

我以为两株梨树如一对天鹅同行同止，心有灵犀，不忍独活，却是母亲听说"院内不栽梨"，砍了。父亲从不信邪，从城里下放乡村做赤脚医生，年年考第一想冲出去而受到种种阻遏，终不改秉性，尚有一腔豪气。过去他是王，脾气有点坏，后来他是一棵渐渐朽去的病树，听任母亲刀子嘴杀伐决断。

昔年徐渭过柳桥，见一园，"旧有梨树六株，花甚盛"。月夜观花移影，动情动性，他想着买下来，匾额就题"香雪园"，待再去时梨树悉数斫尽,怅作《六树梨花》以怀:"六树梨花打百球,昔年曾记柳桥头。娇来靥靥西施粉,冷伴年年燕子楼。"没树,窗外大月再无枝影横窗,一枝跳不上另一枝,月亮就远至南山了,风声也没助威的,寥寥不成梦了。

父亲却是有心,早在玉米地里植了一株。说来奇怪,梨树长了十年也修剪打杈浇灌,就是不开花,哥说就是一直不开花不结果也养着。若花是树的魂,这些年魂哪儿野去了?父亲去世二十年后,梨树破天荒开花了,不是几枝几朵,是打了百球千球这等疯狂,惊了众人。定是父亲说话了,他在花间微醉着笑,这一树梨花就是了。清少纳言却说梨花的白了无趣味,"梨花是很扫兴的东西……人家看见有些没有一点妩媚的颜面,便拿这花相比"。心知"梨花一枝春带雨"形容大唐贵妃之美,不是随便说的,就努力爱这花。我们也都心怀对父亲早逝的疼痛努力疼这棵梨树,聚在开花的树下留影,说它终于长心了。但它未结几个果,也并不好吃。一回生二回熟嘛,明年再来。

深秋微雨,树下叠满梨叶,艳如十三彩织锦,甚喜,书里夹几叶做书签。回城车上看书,捉了叶子闻,一夜间五彩褪尽,漆黑了但并不发霉,纹路细腻。到家找书才想起撂车座上了,是《兰波诗集》。第二年那梨树并未返青,没打招呼没任何迹象,春风也喊不回,小雨也淋不醒,枯死了。隔年母亲重病辞世,那花或是父亲有所托,他在暗示一场离别,一开愁煞人,一开即永恒。"我的生命不过是温柔的疯狂",兰波一身反骨,不停地否认现实与长久。这棵叛逆的梨树也是。它一直不想开花就是否认花的意义,否认春天,二十年攒一季花开证明它可以,开过了就谢幕,这树天才通透,决不取悦于人,不行宁可拿命来抵。也像早逝的父亲,风雪里不得不低头,心上永是傲慢,宁折决不委顿。

三

哪儿的树又没逃过母亲法眼？西窗下闯着几段老树干，断茬处旋着多维稠密的白蚁之穴，前出沿后出厦的，像显微镜下郁郁磊磊的细胞壁。我用手机拍了细部欲显摆，树心爬满了虫洞，残酷却又窒息的美。

母亲说，老坟地的柳树，枯死一年多，树边有地，怕风大吹倒砸着人才伐了。

墓树的遗骸！我先删除了照片，怕有什么东西在偷偷凝视。百年荒坟，每个孔洞都浸透了山鬼魂魄，窝藏过朔风冷雪狼嚎狐叫，穴花雕得愈精致愈显阴森狰狞，有嗜血的痛。母亲特胆小，墓树也敢往家搬，不怕招灵异？

母亲对柴木更执着了："这一冬可得点子柴火，没有，烧大腿呀。"家有余柴心中不慌，孩子们有时靠不住的，旧时怕无米之炊，现在怕无炊之米。她嘲笑老李家的，现做饭现上山弄湿蒿子秆，四处酿烟；絮叨南沟孙老蔫一生劳苦，腰背弯成九十度没直起来过，最后动不了。三九天邻居发现他家一直没冒烟，扛了两捆棒秸过去，他人已僵了，褥子底下还压着千百块毛票。这事儿对独居老人的刺激可不小。

好，英雄不问出处。墓树墩在屋檐下横着，去了粗皮，晒得瓷白细腻，样貌慈祥。我们渐渐接受，种菜种热了把外衣扔上面，洗了床单摊开晾，或晒一浅子豆腐干。夜晚解小手，就在木墩前小菜园，哪怕有一个闪念那是墓树也会惊慌，但星空月下竟从未深想过。是老木头体恤。

给祖辈上坟时先路过那棵老柳，庇护先辈一支，其后代亲属一直未现身，几座坟扁若草墩，野百合丛生。树早枯了半扇，像中风后的肢体一侧耷拉着，仍趔趄在春风里。蚁群就是树的癌，脊柱、肋骨一寸寸旋下去，直到将根也吞没了。根是命脉也是锁链。树掏光了，杀手四散而去。

父亲坟前生出一棵桑树，枝叶油绿，有说地盛人盛，有说阴盛则阳弱，也就年年清明割一茬。人左右为难，就为难着树，终是心有所托。而枯树下那一支先辈经年不见烟火，蚁群以为无主便疯狂入侵了，烟火是一种警示，哪怕燃一根香烛。

母亲去世三周年，说魂灵真正西行要别过故园一切，那段老木头混沌中突然澄清了。像房子一样没有人气撑着，就会荒芜，老树墩也旋涡四裂，我心一惊。墓树墩早该烧得毛都不剩才好，或压根儿不该弄回家。

那年冬母亲得了鸡鸣泻，凌晨三五点睡得正香，不得不跑出去。在小菜园刨了土坑，顶着满天星辰急急蹲下来，正对老木头深陷的眼睛，母亲打个冷战。同仁堂人参归脾丸、六味地黄丸一盒盒顶着吃，说脾胃舒适些，鸡鸣泻还是不知不觉变了肿瘤，扩散至脊柱和肺。

母亲整八十岁，牙齿没掉一个，嗑榛子嚼硬菜都轻松，可上天不让她吃饭了。她早走了几年，是否与砍伐老树有关？她的痛楚从脊柱向两肋横冲直撞，有如疯蚁的钳状牙四处钻探，一嘴一嘴撕咬吞噬。听到她喊疼，我好像看到一棵疯狂摇曳的树，不断被刀削斧凿，被刀刀蚀空了。

母亲忽略暗处的眼睛，我们忽略了鸡鸣泻，它们悄悄试探，像一场雨后柔软的茬草芽，饮风怒长，几天不踢已然劫道嗜血了，腥味阑珊，肉体趋向荒芜。

被白蚁旋空的墓树，是一个可怕的影像。它佝偻的姿势更像一个破钵，等着火光之刃舔舐寂灭，但时间打住了。它沤着，邻家的梨花隔墙吹下来，拟步甲虫驻进去，一把榆钱儿自个儿滚进去，已然麻麻纱纱长出了茎叶。腐朽也是修行，能给小动物一个繁衍之地，圆满了。

四

只有砍刺槐时无比祥和。腊月二十九，女人备饭，男人上梁，母亲快活指挥。

后梁是刺槐林地，是在轰轰烈烈植树造林的那些年村里种的，家家顺着房院分得一条自留山。夏天轻易不敢进去，有蛇藏匿，野鸡脖子或黑乌梢，说无毒，可咬一口也危险。还怕掉进防空洞，父辈在"深挖洞，广积粮，不称霸"的年代留下的，十分隐蔽。冬日男孩子玩藏猫猫钻树林，冷了跳进防空洞，点火取暖互讲鬼故事。青烟悄悄飘，也不得了。晚上全村开批斗会，几个男孩被麻绳勒着聚在油灯下，脸像红萝卜。槐林一直茂盛，多年来却也没有一棵长成大树，因过度扩生会与坡顶良田争肥，两年一修整，六年一全砍，再长树就"糠"了。槐树直而坚韧，撅断也不是齐茬，参差的利刺醒目地表达着惊骇与怒气。盖房修厦，瓜架豆棚，烧火做饭都有了，深山老林就养下了。

后梁立陡，号"八间楼"，半大男生拽住横生竖长的卫矛、榆毛子，三蹬两踹攀上梁头，挥着一棵荆梢放浪长啸，底下一堆小崇拜欢呼，大人担心的叫骂声也尖厉地传上去。他们立刻钻进防空洞遁迹了。他们摸行于隧道，从东沟裂坎处洞口钻出来，跑前街大粪堆上哇呀呀占山为王了。那些男孩就是村庄野生的小树林，"吵儿八嗓"地长成七侠五义闯荡江湖去，躁动的村庄沉寂了。

我顺着东沟拐上梁去，两个月牙洞口一个立起壮阔的榆树，另一个被结满角籽的老槐树遮没。一次二姐做错事挨了两笤帚，跑出去了，直到掌灯了也没回，大家满村满山找全无动静，父亲又掐着手电筒出去，带着心有怨隙的二姐回来了，她就藏在防空洞深处。母亲说她愚傻，"洞要塌了呢，来野兽呢，不怕有鬼怪？"二姐晚上一人走过坟边小道也浑然无觉，愚者沉默少言，像不谙世事的植物，手里攥着一把星辰的。经此父母再不修理她，家人也不惹，愚鲁成了她出嫁前的护身符。"惟愿孩儿愚且鲁，无灾无难到公卿。"一棵愚鲁的树也像人的命运，就是我家房后崖边那两棵榆树，非站在坎子沿，歪歪愣愣与怒云拉扯、与大鸟招呼，你直呼它傻、危险，但就它俩躲过一轮轮被砍伐的命运笑傲崖畔，房顶就长出了两个摇曳的犄角！

阳坡草根要冒芽了，两只灰喜鹊稳稳当当停在大驴的肥臀上对视，驴摆过玲珑大眼盯住我叫一声,一堆驴粪蛋儿热腾腾散入干枯的羊粪蛋儿里,宣告主权。羊群正从东坡碾压过来,噪声如瀑,没有一棵草与石子不被临幸。一瓣地瓜瓤儿却能静窝草丛,存一点雨水雪水可令一只鸟或昆虫解渴。无处不养生物,无处不在探索。数棵山杏树嶙峋瘦骨不见粗壮,但春风一吹花朵也当得起怒放二字,是村庄倔强生存的标志。遗憾的是,老杏树后来都旱死了,那一坡的杏花秃了,枝枝杈杈挂着的旧时光自此断片儿。但也不必过分叹息,很快这一片就由槐树接管。有裂开的刺槐豆荚,排出六枚黑种粒,滚地生根,又是数株小刺槐。沙石坡贫瘠,但种子总是要试试的,一棵站住脚蘖根分生,铺出一座丛林容易。

"伐木丁丁,鸟鸣嘤嘤。出自幽谷,迁于乔木。"槐树粗不过胳膊,两个弟弟端坐槐树两侧拉大锯,吭哧吭哧你送我拽;哥与姐夫各自对着一棵槐树挥斧砍斫;侄子外甥拖拉树枝,顺着坎沿投到房后空地了。我沉迷这劳动场面,爱那出着汗的欣欣向荣。"伐木于阪,酾酒有衍。笾豆有践,兄弟无远。"《小雅·伐木》真和这景。当斧头一下下锛进树干,锯一寸寸挺进木质深处,藏起的槐香汩汩袒露了,深吸一口,一年的苦涩愉悦也随着斧头的舞蹈散发空中。

"他要把苦水灌到树干中去。"惠彻莱尔的《伐木工人》写道,"孩子简直把半个林子都捡回来了。"令人吃惊的叙述,忧郁之味散到纸外。而母亲审视着槐树绿白的新茬口,比多收了三五斗还满足。"刺槐需要砍了。"是她叫孩子回家过年最好的借口,参与了这场砍柴劳动,一年没回家的羞愧感也荡跑了。通红的灶膛炖肉,通红的火盆大茶壶烫酒,男人地上划拳行令,孩子们炕上玩"老虎杠子鸡",是伐木快乐的延续。

"妈让都砍了,那坎边这两棵榆树呢?"哥几个临崖而立,像一排树指点村庄,哥问。我们齐声说"留着",有树可依,大树底下好乘凉,霸着土下雨不致塌下。有年暑假连降暴雨,侄女给奶奶做伴,半夜传来剧烈崩塌之声,以为房子塌了,结果是后梁土坎塌方,撞击了后墙。盖房不能离土坎太近，也不能太高。父亲有气管炎，去一趟房后瞭一眼高坎，愈觉憋闷："这梁头，压得人抬不起头。"我学了《愚公移山》跃跃欲试，有一天刻意比父母早起，拿上小镐头爬上墙头哐哐刨，父亲赶来厉斥，母亲嚷着"小祖宗"，刨塌了怎么办？下有鸡窝。后来挑土垫圈，拆炕搭炕一直用土，土坎慢慢后移，又年年种向日葵，坎上生了卫矛、黄榆，盘根错节霸住了土。

崖畔那两棵二愣子树就留下了。春天榆钱满枝，朵朵肥嫩如微型绿牡丹，一把一把捋，一会儿就一筐，煮粥烙饼蛋炒饭加一些，有剔透的肉香。但此时槐树还一身枯骨垂着褐色荚果，待五六月杏子泛黄、枣树冒芽时才开枝散叶，颇沉得住气。风微尘软，槐花雪尚飘，落成童话城堡，要躺在槐花坡上，花簌簌落于身上脸上，落到嘴边就一口嚼下。槐香下山追着人撞，一对对长尾巴帘儿也冲下来，往南山飞去，是一条看不见的香线。

才黄昏，夜猫子（红角鸮）就在树上叫起来，像撒娇像哀怨。小侄想听奶奶讲故事，奶奶有条件："你要拿弹弓把王刚哥撵走，我就讲。"母亲捡了一堆小石子，小侄拉开弹弓嗖嗖打出去，夜猫子飞走了。奶奶坐炕头欣欣然讲起武侠小说，村里传烂的《玉娇龙》《七剑下天山》《连城诀》，没头没尾，边角层层卷着，她捋平展压在扁匣底下，晚上抽一本翻到哪页就讲起来。夜猫子晚上总是叫，小侄就再打跑了，奶奶再讲故事，连文言本的《聊斋志异》也挑来发挥，猫头鹰深情表白的日子就过去了。

房后有槐，财源滚来，没有人家刨了槐树改种果树，清清爽爽，墨绿跌宕。忽一年山驴驹子少下山了，清明乱成一锅粥的鸟鸣也稀薄些。原是梁顶大田不再锄草，一春天三遍药，虫鸟遇到危机了。一村后山果园生了大虫子，从没见过，换了几种农药仍猖獗，它们吃干净绿叶就闯荡村庄，村民不敢开窗入睡，后来飞机喷洒剧毒农药才清了。虫儿们会不会卷土重来？过度挖掘果实必打压树的内在野性，果树像厂里的动物畸形喂养，失去警觉，果色也让人不安，如白脸上敷的一层粉。

不是结满果实就让人敬畏，一棵精神颓废的树只会让人产生怜悯，那怜悯亦是对人的。不贪不坏，山水足以养人，村庄都守好自己的山水，就是好河山。

五

父母都离世后，村庄生生给断了奶，从前仿佛成了前世，万物不再是乳汁，是不断咳出的血。而我就是丝萝了，于故乡唯托乔木，甚或变成炊烟的柴木也一一站起，照见我们当年郁郁葱葱的样子。

那些年烧了多少柴啊！大家庭大锅灶饭，一天三四捆，都是上好的榛柴，一米多高，粗细合适，好上手，经烧火硬。过年淘米压面一锅锅蒸大饽饽年糕，一灶一灶锅都烧红了，炕"刺刺"发烫，门板柜盖都摘下来铺炕隔热。那热气腾腾的冬月，母亲眼里放光。

榛柴主要来自大东坡，这名颇为豪气。苏轼没来过燕山，但名声如雷贯耳，苏辙使辽时骄傲写道："谁将家集过幽都，逢见胡人问大苏。"过幽州到辽上都，上都在我丰宁坝上大滩草原，文人墨客四处采风见我村东山坡大高阔，巨毯一般撑住北面天空，牛羊马群各自圈片不过几朵云，"大东坡"就叫响了。秋后家家劳力集体上山，一铺铺撂倒榛柴，晒干，榆树毛子要捆上，扦杆子左右搭着插上七八捆，大东坡到村庄路上，男人们背上一大背柴缓缓走着，简直把一座山的宝藏都背回家了。

村里人敬畏榛树、依赖榛树，吃榛柴饭香，身体结实，子孙繁盛。母亲提到一妇："特能生，后来家里有一屋子五大三粗的棒小伙子。她上山摘榛子筐大口袋深，双手拽过枝条连捋带拽，搂着碗里盯着锅沿。咱回家时，她家榛子已摊房顶晒上了。老也爽利，死前一天还嘎嘎嗑榛子吃。"

虎虎生风的榛树。多年没人割榛柴，都老成榛树林了。我们去登大东坡，丛林蒿草都极为茂密，榆、松间杂乌桕、鼠李、枫树、椴树、山核桃、柠檬树，罕见的栓翅卫矛，树枝扁扁四棱像蟹莲一段段长，还有粉枝柳、白桦树、白蜡树。这么多野生宝贝让人惊喜。转弯一大面坡榛树林更为兴奋，从前再多不过一墩墩一片片，现在浩浩荡荡从山顶支到山底，密密匝匝粗壮且高。

给我一把镰刀、一个扦杆子，我要把这一山的秋声秋色背回家。

野性最善于抓住机会。母亲砍过的灌木早长出来了，文冠果的黑种粒落下又是一丛油绿新枝，明开夜合也枝枝挑出嫣红，门前榆树们水桶粗了，树干贴着"出门见喜"，绿冉冉看不出去。母亲有心栽下，也是自然的恩典。

村庄会不会变成无烟村？不清楚，但生活无法回避"柴"。蒿子到秋天壮实了，说柴；山树五彩斑斓，看晚了，成柴；豆角老了净皮少肉，说柴；蒜薹纤维化了，说柴；肉片干硬说柴；人长得干巴巴说柴；俗语离不开"柴米油盐酱醋茶"，背诗离不开"柴门闻犬吠"。

柴拔不出烟火人生，在水泥森林喘息的社会更离不开阴阴乔木！

弟指着尖山顶说："那两行松林也是咱家自留山，爸和我去栽的，松树有碗口粗了。"峡谷劈开的两座山，北大东坡、南尖山，青松匍匐，抛线优美，一人一牛正缓缓下山，融入夜。

托大家庭的福，青山妩媚，树木良善。良善有宏大的气场，那咳着的血仍是乳香。

选自《朔方》2023年第1期

柜　子

林　混

　　我家现在还保存着一个老式柜子，经过几十年的岁月磨砺，早已伤痕累累，令人不忍直视。这个柜子置放在一间偏房里，一年当中，很少有人去这间偏房的。由于年深日久，柜子上面落了一层厚厚的尘土，也没有人去擦一擦。

　　这个柜子是我父亲做的。父亲还给我姥爷家做过一个同样的柜子。这个柜子左边是半块盖子，把盖子拿开，下面就是一片比较大的空间，用来放被子、衣服等东西。柜子右边是榫卯结合的一个盖子，只有取出左边的盖子，把右边的盖子向左推过去，榫卯分离，才能揭开右边的盖子。右边的盖子下面空间小一点儿，用来放置一些比较贵重的物品。这个右边的盖子下面还有一个抽屉，抽屉下面又是一个门箱，在抽屉和门箱的横梁中间，安装着一个有孔的铁片，放上挡板，扣上锁子，同时就关住了抽屉和门箱。这种柜子现在已经很少见了。事物是不断发展变化的，这种柜子早已被款式新颖的柜子代替了。

　　念初三的时候，我是和姥爷住在一起的。我常趴在姥爷家的那个柜子上写作业。姥爷家的柜子，盖子边经常挂着一把锁，抽屉下面也挂着一把。姥爷把这个柜子锁得很紧，很少打开，好像里面有非常贵重的东西，害怕被人发现或拿走似的。姥爷有几个外甥，家在山西临汾，外甥家里条件比姥爷家要好，听说家里都是高门楼子大上房。但条件好归好，好了如果没有心，山高路远，天南海北，与姥爷是没有关系的。

姥爷有一个外甥，很是孝顺他的舅舅，一年之中，总会寄来一个包裹，包裹里面装着一件衣服，衣服里面有时夹二十块钱，有时夹三十块钱。只要有包裹寄来，从不落空，里面都装有钱。

我听母亲说，姥爷常常念叨他的这个外甥。有一年姥爷还去了一回临汾。临汾的外甥好吃好喝伺候着，姥爷从头到脚换了新衣服，配了一副眼镜，拄着一根银灰发亮的拐棍，走在人群中，给人感觉好像一个绅士。每当姥爷的外甥寄来包裹，姥爷从不当着别人的面打开，只有大家都出去后，姥爷一个人，才会打开包裹。姥爷打开包裹时，脸上的神情，是欣喜还是严肃，我没有见过，这些只能靠想象了。

姥爷毕业于柳湖师范，这所学校距离姥爷家有二百公里。中华人民共和国成立前，柳湖师范在我们周边是很有名气的，能在柳湖师范读书，那是要有一定家底的孩子才可以，穷人家的孩子是上不起这所学校的。姥爷去柳湖师范读书，步行二百公里。在飞机、高铁走进日常生活的今天，步行去二百公里的地方去读书，真是无法想象的。姥爷毕业后，教了两年书，迎来了中华人民共和国的成立。社会发生大变革的时候，一些人就像飘零的落叶，是无从把握自己命运的。姥爷就是这样一个人，担惊受怕，夜不能寐，他在彷徨中辞去了自己的教师职业。有和姥爷在同一所学校教书的老师，没有放弃，依然从事教学。有的后来下放回乡务农，在20世纪80年代落实政策的时候，也拿上了退休金。姥爷在中华人民共和国成立后，一天工作也没有干，这当然就不会有退休金。没有退休金，对于一个六十多岁的老人来说，身边就会缺少人气。我这不是责难谁，这是很现实的问题。而有退休金的老人，身边就会围绕着后辈，其乐融融。两者的生活水准、家庭氛围是有着天壤之别的。

  这真是应验了我奶奶常说的一句话：别人有，不如自己有；自己有，不如怀里揣着有。这是古训，有着极其深刻的道理。

  姥爷看到他曾经的同事拿上了退休金，内心充满了酸楚、挣扎、冲突，这些不用说，那一定是万马奔腾的。

  我和姥爷在一起生活了一年时间，姥爷对我是很好的。他有一沓稿纸，是他外甥给的。我在乡下读初中，方格稿纸对我来说是个稀罕之物，我从没有见过。有一天，姥爷打开柜子，把一沓稿纸拿了出来，让我看了看，一时间，我有些傻眼了。这世上还有这么好看的纸，红色方格，鲜艳醒目。我有些心动了，就对姥爷说："给我扯上两张吧，我有用处。"姥爷笑眯眯地说："那就给你扯吧。"姥爷没有给我扯两张，而是给我扯了三张。超乎我的期待，多给了一张。

  这稿纸拿在手里，我觉得自己太富有、太激动了。我要把这富有和激动分享出去，这样才有意义和价值。我先是在白纸上打了个底稿，然后，一个字一个字，工工整整，放进了这一个又一个方框里。这是一封信，有我青春年少的期盼，有我的激情和梦想，我把这封信寄给了我的一个女同学。

  这以后，每隔两个星期，姥爷就会打开柜子，不用我央求，就会拿出稿纸，主动给我扯上三张。我就给我的女同学写上一封信，信心百倍地寄了出去，期待着她的回信。每每把信寄出去，我是很高兴的，我觉得姥爷对我真是太好了。我在内心想着，以后挣上钱了，一定要给姥爷买上几吨炭，再也不用把火炉填筑成一个小孔，炉孔放得大大的，让熊熊火焰燃烧起来，让房子温暖如春，姥爷就不用冻得瑟瑟发抖了。

  初三一年下来，我把姥爷的一沓稿纸用得所剩无几了。当时，我没有细想其中的缘由，怎么隔三岔五，姥爷就会给我扯上几张稿纸。后来，我猜测，可能是姥爷看了我的日记。姥爷是柳湖师范毕业的，他的文化层次比起一个初三学生来说，不知要高出多少倍，他焉能不知我日记中记录的点点滴滴，那是一个少年的情怀。姥爷这是为了成全我，他的良苦用心，多年以后我才体会到。当然，这个时候，稿纸对我来说早已不是稀罕之物了，我随便就能买上几沓，但这已经没有用处了。

参加工作不久，有一天去看望姥爷，给了姥爷三十块钱。那是1994年，我那时的月工资是一百二十块，三十块钱是我工资的四分之一，这在当时来说是比较多的。姥爷接过钱，有些喜出望外。他可能没有想到外孙一下能给他这么多钱。我曾听母亲和亲戚说，每当有人去姥爷家时，姥爷就会乐呵呵说着我的小名，还说这娃娃把书念成了，有心地给了他三十块钱。姥爷逢人就说这件事，好像这是多么了不得的大事，让人不能忘怀。每当想起，一种酸楚便涌上心头。

两年后，姥爷去世了。我在外地，没能回去参加姥爷的葬礼。听说在给姥爷换衣服的时候，翻开口袋，仅有他的一串钥匙。大家面面相觑。这个时候，这串钥匙就是见证，它要打开姥爷锁了几十年的柜子。这个柜子不知存放着多少姥爷的心事。

据说姥爷是有银圆的，就锁在这个柜子里。我没有在现场，只能听别人的描述，把这个场面还原一下。

大舅拿着钥匙，在大家的注视下，打开了柜盖，里面放着一些衣物，有衬衣，有中山装，有一个二毛皮大衣，叠放得整整齐齐。掀开右边的盖子，大舅往里面看了看，是几本书，书的下面压着纸。大舅说："这纸的边上是连在一起的。"

众人愕然，有些不相信。这怎么可能呢？都说姥爷是有宝的，以后会给后辈子孙的。这隐藏最深的地方，怎么只有几本书几张纸呢？母亲跟我说："把纸拿出来，线是红色的，有方框框。"母亲这么一说，我心跳加速，这是姥爷给我扯过的稿纸剩余的部分，姥爷还保存着。我急切地问母亲："这纸哪里去了？"母亲说："过事呢，人多，乱哄哄的，不知谁拿走了，也可能被扔掉了。"

多年以后，我在疫情点值班，想起这件事情。如果那时把姥爷剩余的稿纸保存下来，放到现在，对我来说，睹物思人，也是对姥爷的一份念想啊。想起这稿纸是从临汾寄来的，我用了临汾的稿纸，似乎也对临汾充满了感情，不走一回临汾，竟然觉得有点对不住临汾了。

只剩下抽屉上面的锁子，大舅再次打开锁子，拉开抽屉，里面放有一个改锥、几段细小的铁丝、几个螺丝帽，根本没有什么值钱的东西。打开下面的门箱，里面是两包糖，一包红的，一包白的。

这就是姥爷柜子里的全部东西。我从小就听说，姥爷是有银圆和葫芦宝的。这种结果，连我都有些大失所望。我想啊想，姥爷是一个老人，很少有来钱的地方，肯定有自己的难言之隐，只不过我不知道罢了。我想啊想，想起一次姥爷给我说他是个"臭知识分子"，脖子上挂了个牌子和几十斤的土袋子，这太重了，姥爷得弯着腰，被人用改锥捅着走。我那时是一个初三学生，对世事所知甚少，姥爷给我说这些，我是体察不到他内心世界的。现在回想，改锥是用来捅他的，铁丝是用来挂牌子的，这些东西对姥爷来说，都是生命中无法抹去的伤痕，保存下来，是记忆，是泪水。还有柜子里的两包糖，只能说明姥爷的生活太清贫了。记得我工作后，有一次去相亲，女朋友的父亲打开家里的柜子，取出了几个苹果，小心翼翼拆开一个纸袋子，里面是散装的黑糖，他取了一小份，用来给我泡水喝。

这一幕我至今记忆犹新，挥之不去。这么想着想着，我就释然了，我就想通了。其实，每个人在这世上，谁不需要一个锁着的柜子，用来保护自己那仅有的一点儿甜蜜呢。

选自《散文海外版》2023年第2期

江南的冬天

庞 培

江南的冬天，太阳特别白，特别亮。天空结着一层薄冰，农田亮晃晃的，收割后的稻茬茬望出去没有边际。平原恍如一块浮动在汪洋深处的浮冰。人在幼年时候能够感受到这块浮冰黝黑的重心。田野好似钢蓝雪白的冰河表面纵横捭阖的道道裂纹，向四面八方驰骋而去。上午，风把太阳光的热气吹散；到了下午，太阳更白、更亮。天地万物没有什么能够阻挡住太阳的折射光。这阳光直射向一个人内心深处的童年，一直射到儿时旧居烂旧的门槛——黑夜的门槛上方。人就是从那道门槛上爬出去的，慢慢爬向世界的寒夜深处。从门槛到坟墓，太阳光无处不在，昼夜普照——就连隆冬的冰封的深夜，也受到地球的另一半的太阳的秘密拥抱。水乡的冬天，有桥，有船，有深井、大河湾。幽深的桥洞时常从望乡者的睡梦中升起。阳光如此亮白、娇嫩，仿佛春夏秋冬的一年的时序又重新从姑娘、中年妇女、身子佝偻的老太婆渐次回归到了窈窕秀气的少女时代。在乡下，农闲时节腊月天气女人们开始从稻田里抄近路走亲戚。晒在人脸上的太阳光也开始有了久已失去音讯的旧亲戚的感觉（或者温度）。

吸一口户外寒冽的空气，你就知道什么叫"江南"，什么叫"江声浩荡，自屋后升起"（罗曼·罗兰小说《约翰·克里斯多夫》开篇，傅雷译），什么叫真正的江南了——被贮存在这天寒地冻数千公里范围内长江下游的这片土地，也就是传统意义上的"江浙沪"长三角地区。看一眼长江边的这块亮晃晃的三角地域，空间充满了各种波光、水色，各种波光粼粼大地冰寒的折射，而这波光中的宁静的涟漪，由于严寒，在冬天全部冻结、冰封住，暂时消失了。水乡的涟漪，要足足消失上一整个冬季，一直要到来年开春的某一天，大地回暖，这江南大地上层叠的波光，才重新荡漾、晃动，慢慢像一个濒死的人一样深吸一口气（冰雪之气），回过神来。这时候县城里所有的井都在欢呼。店铺里所有"稻香村"的甜点：桃酥，马蹄酥，脚踏糕，袜底酥，麦饼，草鞋饼……也全部苏醒过来，含一口腮红，咧嘴笑起来。糕饼上的几粒核桃块，有时自行松脱下来，滚落到食客枕头边。水芹菜长满蓬勃的水田。油菜田看上去灰茫茫一片，完全成了野外荒无人烟的无名冻土带。大片大片的风，吹过一览无余的苏南农村，好像太平洋上的波涛一般层层叠叠，一浪高过一浪。风把人的性命之外的一切都吹成彻骨的风寒，好像在大白天砌房造屋一样加快了寒流的进程。风也把上一周的一场小雪遗存下来的雪抹在行人脸上凝结成一层干土，有时会吹迷了人的眼睛，怎么擦抹也抹不掉。人会在露天县城的街头伫立半晌，呆呆地对着这种隆冬的天气发愣：究竟怎么啦？老天爷这是究竟怎么啦？一种寒流的声音劈头盖脑、铺天盖地，席卷而来。童年、青年、中年、老年，统统被裹挟其中，仿佛浊流翻滚的长江的江中心，吹出江风中的雾霭。那雾霭看起来像锅炉房的热气，那热气一望而知又像是医院停尸房内的冷气流。整个辽阔的长江段波谲云诡，云蒸霞绕。冬天来的时候，起先是一种声音，之后形成某种特殊光亮，而后慢慢变成令街头行人的鼻翼微微发酸、胀疼的空气中的零度冰点，一种令人的身体急骤下坠的冰点，天气冻到人忍不住在风里大喊大叫，弯下腰身来示意：哎哟，受不住了！围墙冻折了。弄堂灌满了"呼呼"耀眼的寒风，好像一长截败落在屋脊顶头的烟囱管。街道被自身覆上的一层薄冰晃晕了头脑。角落里水泥砌的茅坑板厕所，所有粪便的臭熏气道完全冻没了，人的垃圾、排泄物全没了气味。相反，煤灰、稻草、木柴块烟的气道浓郁起来，变成空气中无处不在的人烟气道。饭店门前、屋后煤灰的烟气飘过运河上空，一直和附近工厂的油污、铁锈气相掺杂混淆，形成一种古怪的使人一吸之下大惊失色的臭氧层味道，使人如坠地狱阴间。整个县城断续被包裹在这种肉眼看不见的淡淡的烟雾深处，以至于居民难以分辨出周围令人窒息的腊月年关氛围里，究竟是寒冷还是人们用于御寒取暖的火炉本身更加令人气闷。白天，太阳光仍旧亮得耀眼。街巷里一片弄堂人家晒出床单被子后，此起彼伏的拍打声响起。由于光线格外鼓舞人心，刚刚从冰寒清冽的井台上归来的主妇们的手心底都要拍红了。每条弄堂、街巷都有一处户外公用的大水井。井水在风声音"喀喇喇……"的大冬天也格外嘹亮，人们临近过年之际，在井上用水洗菜剖鱼，交流着邻里之间的各种揶揄戏谑。大声取笑的世俗人情，仿佛在一年的末尾，陡然之间来到了世界尽头。井台的面积是一大块空地中心水泥砌平的微微上拱的圆球形。井口，位于圆球滑溜溜的正中心，冬天的水泥颜色介于钢蓝、蛋青色之间，一天到晚湿淋淋的，去井上用水的人家从来就没断过，桶里、盆里泼溅出的水，早上的，到了下午就结成了冰；而下午用掉的，过了傍晚，来不及在太阳落山之前完全流入下水道的，又覆盖到上午存贮下的冰层之上，冻结成新的冰层，于是，左邻右舍们上井台，都要小心绕开大小不一的冰洼水潭，慢慢施展出各种形态的溜冰绝技，才能一步一个脚印把手头的洗濯工作完成。到了次日早晨，最初上井台用水的几户人家，还不得不事先烧好一锅子开水，端到井上去浇融隔夜地面层的冰，以免脚底亮晃晃地打滑走路不安全。井的面积是一般人家天井里普通水井的数倍。人们根本无法准确说出井的开凿年代，一般都用古时候的朝代来说事，例如"宋朝""明代"之类，模糊笼统到死。况且这跟距离眼下要洗干净掰开的十斤萝卜、大青菜也没有几毛钱关系。有些露天的公用井台，由合并在一起左东右西直南直北的四口水井拼凑而成；另一些大井台，就黑咕隆咚一个超大青石井栏的井口，石头的井沿上绳凹累累，经年累月的上下井绳在青石上留下了两指宽、一指深的凹痕，无论冬夏，看上去滑溜溜，润如脂玉。人的视觉上，竟有一种万人面前小家碧玉的印象。好像石头也可能知书达理，通晓世故人情似的；而孤零零的井口，则凭空诵读了一首宋词。此时此刻，有着一股江南特有的砖土、青石气的弄堂人家从晾晒着的被面上拍打下来阵阵新棉花的香味，一阵阵随风吹来、凭空落下。晾晒过的棉花和新被絮，就是寻常百姓幸福生活的希冀和征兆，跟现如今人心向背的时代正好相反，物质世界，似乎比人更具古典的人性。那么，想知道古老的江南吗？在夕阳西下之际，去看一看井栏边沿的绳沟吧！无数世代的井绳，在青石的井沿结出岁月的果实。此时，那果实绽放出了青衣、老生或者花旦的唱腔。那唱腔在深夜里吞下一小块烟土，亮一亮嗓子，兀自哼唱起来一阕喜庆的曲调。

在大冬天的户外晾晒过的床单枕被，同样在仿佛一汪清水的寒天头远远闻见，有一股极温馨的扑面而来的古老的家的气息，让人猛一下子定一定心神，仿佛白天太阳光的尽头就是人生的喜极而泣。你感到幸福，然而，你却在哭，在悲泣，至少，在过路的行人眼里，你在流眼泪。你无法一边哭泣一边告诉人家，你很开心知足。这是你特别幸福、温暖的时刻。没人会相信一个甜蜜中人眼泪汪汪。是的，一名当街哇哇大哭的人，他痛哭的动因竟然是爱，是快乐或难以抑制的幸福神圣感。与人这种动物相仿，大自然在冬天这个季节关口，也同样容易伤感、动情，一天到晚哭鼻子摇头哽咽，走到哪儿都失魂落魄，见人就泪汪汪，克制不了。冬天实在是个外向狂野的季节，尤其在中国的江南，尤其在古老、群山环绕的徽州府，在镇江，在常熟，在吴江，在南太湖，在湖和江河——太湖、长江、大运河之间。而就地球人类的水系而言，这一个狭窄的三角洲地带，光湖泊、大江、长河三大样式，就在此处天然地达到了自身一定的极致模块。在与这三大水系相毗连的最狭窄区块，在无锡、江阴、常州乡里的某一地点上（例如，武进；例如，三河口），江湖河三者相距，彼此不超过三十公里。空间距离如此狭窄，以至于长江每天两次的涨潮落潮，差不多就要和湖水接近、完全吻合了。湖面上的风浪，运河、长江上的波浪，彼此可以相互拍打，勾肩搭背了。然而，奇妙的是，但还没有——只差一点，一点点，约略十公里——陆地上有那么十公里的区域，长江和太湖遥遥相望，彼此登岸，堪堪看见对方，点一点头，打揖作别，如同雪夜访戴。而事实上，这一狭长的十公里区域，在古代其实是实现了的。古代，清晚期以前，江阴和无锡之间，还有一个芙蓉湖——长江和太湖之间，基本上是相连接的，水天一色，蒹葭苍苍，可惜历年战乱，再加上沧海桑田，1949年之后，大面积的围湖造田，一个偌大的湖泊，竟活生生地光天化日之下凭空消失了，岂非咄咄怪事！事实如此。从此，水和水，空气和空气，地区和人，就有了细微的差异。中国文化，有特有的"风水"科学。在湖边的城，和在江边的市镇，亦跟一条大河贯穿的城乡不大一样。只有久居的人才能体会出来，其间微妙的层层递进。有一样的地方，也有不一样的地方。北京和天津，重庆和成都，汉口和武昌，西安和咸阳，看起来相似，又不同，其间的异同，相当复杂多变。久居一城，或又有不同的反应。人和人不一样，地和地更相迥异。

　　大海历历在目。大海就在不远处的苏北和上海、宁波。大海就是古老的泗州、泰州、江阴军、海虞、福山、金山卫。海水中的盐粒、盐水成分完全从这大块的淤泥滩涂褪去，始于一个冬季，一个昼夜24小时的日月变迁，一个隆冬的深夜。就像白天飞机隆隆地从天空飞过，留下来一道令人眩晕的轰鸣声，从人的体内慢慢到达机舱隆起的金属肚腹，闪闪发光而又肉眼不可见。看不见的大海比看得见的更加汹涌，更辽阔，激流、暗流和旋涡更多。有市井的旋涡，小巷深深的旋涡，街巷人家的旋涡，邻里市井的旋涡。有小学堂的旋涡，戴红袖套的军管会的旋涡。政治标语不动声色的旋涡，也有大海向西的光辉。古老江南的最明显的一个标识就是，在江苏、安徽、浙江农村，在所有黄海或南太平洋沿线的农田和农村耕地，在山峦起伏的旷野，或完全一马平川的平原四处，有心的游人用眼睛稍加留意，就能够在田岸村镇，在高速公路两侧的开阔地带，观察到一丛又一丛大小不一的芦苇秆丛，恍若远古的陆地上的盐分般尚未完成褪尽，盐粒还凝结在先民的脸上，闪闪发亮。冬天的海平面仍依稀可见。往昔溯源而上，仍在以各种隐晦的方式回来，看见冬日里枯黄的一丛丛芦苇，就看见了江南。看见寒风中芦穗瑟瑟，听一听干枯芦苇叶的喧哗声响，就仿佛听见了远古大海的涨潮落潮。夕阳仿佛是落潮海沙中殷红的一道，被世代的变迁层层包裹着。这时候人如果到农村田埂上去站上一站，似乎可以一直站立到地老天荒。他似乎一直站立在了宇宙的边沿上。那么，吹过他脸面上的风，铁定是那地心深处的风，铁定是那天边无沿的洪荒之风。而人若想要听见或看见江南，就要伫立在这一洪荒之风中。我想，江南曾经是中国的尽头、洪荒的尽头吧，曾经是华夏大地最荒凉的地平线尽头吧。人们，远古的汉人如果跋山涉水，想要看一看传说中的大海，他就必定要到江南，要来江南。孔子望海，不就是从他的故乡鲁国，向南行走，来到了今天江苏的东海县城的岸边吗？那里今天不还有一个"望海台"（孔望台）吗？而在孔子望海的年代，蓬莱仙境距离他还太过于遥远。道家学说大多还没成型吧。虽然，对于南北以淮河划线分界的江苏省而言，东海县已地处北方，但也距离江南很近了，距离大海就更近了。那里的人们迄今还在因为孔子当年看海，选择了他们的家乡而自豪骄傲，兴奋不已。孔子往大海边轻轻一站，就站到了中国的地平线尽头，站到了地老天荒。孔子从未游历到江南，从未渡过辽阔的长江，然而，他一定看见过无尽的、数不清的芦苇。江南江北的芦苇，是同一种芦苇，夕阳下燃烧出同一种水乡泽国的不灭的余晖。芦荻萧萧，雁鸣声声，催动着旅人的乡愁。这时候，《论语》中有多少天涯浪迹者的精神格言，在我的耳畔回响？我是否该引用一句孔老夫子的谆谆教诲？江南有《水浒》《孙子兵法》《红楼梦》，更有《浮生六记》《文心雕龙》《梦溪笔谈》；江南有《三国演义》《诗经》《古诗十九首》《活着》《今生今世》，却没有《论语》。孔子本人没有渡江，但他的著述文字，却传遍了大江南北每一个国人的心魄。何处是江南？繁华和荒凉系于一身的《论语》可以告诉你。我的朋友，诗人、画家杨键跟我说："今天的国人已经不读圣贤书了。这是一切痛苦里最令人痛心之处。人们已经不再关心圣贤之学，中国，又何以可能仍旧是中国啊！"而我从他这一席话中望出去，大自然的圣贤之学，就是日月山川，就是平原村野之间一丛又一丛的芦苇。金色芦苇在寒风瑟瑟中的金色声响，就是人们传说中霜天极地的水乡江南。芦苇秆茎中空，就是水乡河道上一处又一处霜迹斑斑的拱形桥洞——如果一生之中，你未曾在那桥洞之侧，伫立眺望过隆冬深夜的长满青苔的水乡的月亮，那么，你就没见过江南。换句话说，你到了意大利，没见过威尼斯，未曾亲自聆听过寒风瑟瑟之下的多情贡戈拉。

江南冬天一望无际的乡村耕地，其景象震撼我心灵的程度，任什么样华美圣洁的语言也难以描摹。在灰蒙蒙、极寒的白天，我本以为我已穷尽了我对故乡大地的体验，想不到有一次深夜，在临近半夜但还不到深夜的时辰，在距离常州奔牛机场不远的偏僻乡间土路上，一辆载人去机场夜航的中巴车，临时停车，让乘客们下车解手。我走到一处更远的田野上，抬头看天，繁星满布，寒流呼啸。那正是临近年关的一个夜晚，到处都是新旧稻柴草干湿不一的熏香，"嚯溜嚯溜"直往人的鼻孔里钻，一直钻进你的五脏六腑，钻得人人透心凉啊，真是又冷，又清爽，又香，又寒，夜空深处仿佛横亘着一首民歌的零星歌词。歌词大意类似于："家山哟北望/觅啊觅知音"，"几家欢乐几家愁"。类似于：怎能忘记旧日朋友，心中能不怀想？

我感觉，我能为那一夜的旷野和风，足足写一本书。此时此刻，眼前所见一切，皆为奇迹。首先，零度以下的风寒是奇迹。从我身体里排泄出的热热的小便水是奇迹。机场名字"奔牛"是奇迹。周围直达穹隆的辽阔农田是奇迹。眼前呼呼叫的寒风是奇迹。人身处江南这件事本身就是奇迹。空气中不远处冻土带结冻的声音嘎嘎作响是奇迹。人呼吸一口然后想起曾经爱过是奇迹。星星的味道，白天焚烧过的土块的味道，人往前一步宛若墓穴深处的味道，稻草湿漉漉的来年开春的味道（几近于欢快）。我一时之间又激动，又绝望，心知肚明，明白自己永远说不出、道不尽那一晚的幸福际遇——我称之为"和江南猝然相遇，撞了个满怀"的那种电光石火，比恋爱更强似恋爱的体验，仿佛你最终痴爱上的恋人并非真实的世人，而仅仅是类似于一个不知名的夜晚（且还是冬天的寒夜）这样的肉身，血肉之躯。或许，人世上有比人的样貌心神更清新，更加令人销魂的血肉之躯。也就是说，我除了爱上了江南的冬夜，再也没有爱过比冬夜街头的寒风更娇柔明媚的女子的了。

人家说：灵魂出窍。我不仅是灵魂出窍，且寒风瑟瑟，幕天席地了。

那一刻，生而为人的过去和将来全部重叠了。

隆冬天气的寒冷里，有人的开始和结束。

荒草，乃人世之终局。

就这样，无尽的乡村，成为献给人世的成长、挫折、热恋、失意、不甘、痛苦、梦想、嫉妒、平凡和宁静的一生之书。

伸出手掌，把我的眼帘合上的，是宇宙洪荒的水乡江南。

围墙冻折了。墙体挑高的一部分是用县城酱油厂废弃的酱缸，水桶腰形状的空缸坛排列砌筑而垒高。在县城其他地方，东南西北，大小不同的巷弄两侧，也多能见到这种节省工料的砌墙材料。风因此在这一些空间地带徘徊低绕，发出别处没有的异样声音。从破损的孔洞，从缸体空洞的端口，寒风似乎找到并瞄准了更加复杂风趣的游戏，以及停留在人间的借口；风声时而尖啸不止，时而发出老人哮喘般"空通、空通！"的咳嗽声。那里的结冰层也形状各异，透明晶莹，在露天的院落墙角生根发芽，江南人家常见的日用器皿，就此成为建筑物的一种抽象符号。有时候土砖结合的围墙会散发浓郁的酒糟味，盖因墙头的一排缸坛是曾经的酒坛头。有时闻起来，又有糟香浓郁的华士酱油味，各种味道，深浅不一。在厕所、粪坑、农田周边，这一类露天的瓮缸更加常见。缸爿破裂，缸体洞开，多见于1949年之后建成的县城住宅和建筑群体。

呜呜的风声，折向而变成西南方向的黑乎乎一团，黑夜的风声，仿佛小孩的舌尖在舐舔一层长竹笛上的薄膜，接着演变成黑夜空旷的体育场煤渣地上的尖哨声。风继续吹，把足球裁判员嘴里的哨子声变成暮晚乡村的牛哞，变成长江滚滚东流的江面水花。江南最冷的冬天，必定出现在长江南北两岸，出现在数千上百公里的沿江一带。江风浩荡，十月的风，吹起来像十一月般的阴寒；十一月的风，吹起来像十二月般的结骨头。十二月的风，更加挟带大地边沿的洪荒之气，仿佛有一个看不见的深渊，出现在南太平洋和中国海的中心位置。北方、南方，都有不同的深渊，但是濒临黄海和东海交界、交汇处的这一片地理位置，分别表明了是由远古废弃了的黄河入海口（简称废黄河）和始终稳定的长江入海口，两个相距不远的大江大河入海口组合而成（濒海大陆架）的漫长滩涂。这两条大河，两大入海口，数亿万年间的一动一静，表现各不相同，黄河动荡不宁，长江坚如磐石，带给华夏民族两种或阴阳变幻，或井然有序的不同情性，两种鼻梁眉骨，两种颜色，两种眼神，两样倨傲。当你有时间，有幸在隆冬的深夜进入江南农村的宇宙洪荒，你大致就明白了神农尝百草的滋味种种，《史记》的体裁和页码。施耐庵作为诗人的作品无存。曹雪芹的《红楼梦》未完成之冲天遗恨。你大致也体会到了夏完淳式的年轻，倪瓒的洁癖和《容膝斋图轴》，湖北天门人陆鸿渐如何在江浙交界处的丘陵地带完成《茶经》的撰写。你已深入体悟了锡剧的发源地何以在无锡羊尖乡的严家桥，何以钱穆的七房桥可萌发《八十忆双亲师友杂记》这本书的种子，何以古时江南农村，有那么多不识字的乡民会唱嘹亮的田山歌，东林书院的门联又为什么要那样写。风声雨声，在山里或深山里听，在平原或丘陵带听，在江边、河畔、湖岸上听，多不相同，都不一样；而在既有山又有水的地方听，跟土壤贫瘠的村落听，又不一样。风声雨声，在无锡惠山脚下听，跟在偏远的鸿山、斗山、胶山脚下听，似又各不相同。一名读书人耳朵里听到的风声雨声，跟一名种田汉耳朵里的风声雨声，又不一样。大热天听，和冬天里听，更有很大的差异。那么家事国事天下事，就更加各各不同了。

只有恋爱中，莫名激动到簌簌发抖的程度，才可能有我当晚去奔牛机场那样的体验。似乎，人的身体，不过是大哭一场过后的清醒浑噩。人就是一场爱的献祭。没有对象，对象是谁不重要，重要的是献祭本身的孤勇，献祭本身的猝然在场和临近，是某种程度的准献祭、发烧和昏迷，夹杂着更多崇拜和敬服，还有痛苦无望的陶醉。因为这是绝望的陶醉。你明白，你一无所知，一无所望，你根本做不了什么，狂风中只有被严寒撕扯的稻柴草丝、枯枝败叶和各种飞扬的土屑，土屑那么重地扑打在人脸上，让人误以为是旧时戏剧里的锣声，误以为马上就要开始飘雪啦。下雪，江南吴方言叫作落雪。雪落无声，不仅无声，空气仿佛平地分派出来一辆巨型的扫雪车，在雪飘落的地方，在落雪处，瞬间扫空，清除出一条肉眼几乎看不见的冰寒雪道来。这辆天地的扫雪车行驶到哪里，哪里的空气和地面就为之一变，水分变得更容易凝结，娇嫩成型的雪花也更容易扇动开六角形的梦幻羽翼。大雪像天地之间有一个巨人向底下呵了一口气，类似于列车上无聊的小女孩在寒天的车窗玻璃上呵一口气，以便更好地观察周围的环境、投影、人形一样，瞬息间，世界分出了小人国和大人国。这纷纷大雪，跟随在这辆空间扫雪车后面，以至于骤转的天气仿佛是人类发明出来的又一样机械隐秘造成的。事实上"人工降雪"也早已经实现，或许，遵循的也就是上述一类的原理吧。江南的冬天，隆冬深夜的洪荒景致，那种寂静和星空，雨雪霏霏和冻土带之间的关联，甚至机场的地方名，一一成为我内心的难忘的体验和经历。

稻田恍若星空的祭坛，白天有成千上万的人从这里踩踏过，仿佛追逐空中飞舞的暴风雪中狂乱雪花的神秘仪式。大地像不知名的激流向着远处，四面八方地奔流，发出一种天地洪荒被神秘定格的声音。这镜头定格声在我耳畔"咔嚓"保存下来。我一时迷惑惶恐，只联想起电影剧本创作手册上的一个词语，通常只出现在剧本结尾的阶段：封镜。似乎，作为好莱坞大片中无数跌宕起伏的情节设置和人物故事演绎，一年四季，这看似荒凉平淡的乡村世界正以倒计时读秒的方式进入了它的杀青程序：时近春节，一年中的一月之初，眼前竟然还有一大片完整的稻田尚未被收割。所有稻穗都沉甸甸地半弯下腰杆，早过了稻米成熟的阶段。一枝枝穗谷长得就像芦苇穗须一样苍老饱满，或者说，长得跟芦苇一样高。香稻长成了芦苇，跟四周疯长的芦苇混杂一体。只不过因为天性使然，全部在寒流肆虐中倒伏下来——稻秆本身缺乏芦苇秆子的坚韧和挺拔，不得不在一阵混乱边界和自我辨认之后重新做回自己。在江南，雪飘落进毛竹林和飘落在空旷的稻田里是两种不同的声音；而飘落在沿河停靠的穷人家的船篷顶和飘落在弄堂里人家的天井庭院角落，声音又不一样。吴方言称唤寒冬腊月，跟中国其他的方言区，也各各不同。吴方言没有"冬天"一说，同样的意思，只表述成冷天头。或者加个"大"字，"大冷天头"。我的这篇文字，题目实则应写为"江南的冷天头"，或者"大冷天头的江南"，这样才符合行文的基本要义：情景交融。江浙沪，包括安徽省、江西省的读者诸君看来，方有可能大呼过瘾。普通话的规范，实在损失匪浅。苏州人，无锡、安庆、芜湖、上海、杭州人，发"冬天"这个音，都好像在和各自的上司和领导讲闲话。南方人一说"冷天头"三个字，就"哐当"一声，浑身上劲；一说"冬天"，立马泄了口气。

我站在那里小便，解手，（那稻田仿佛是人们尚存于世的最后一丝羁绊）吹着风，我还将继续站在那里，仿佛一时之间，被江南农村神秘的寒夜景象定格住了——剧本"永远封了镜"。我从一个大冷天白天晒着太阳的懒洋洋（百无聊赖）的小孩子，长成了一名无聊"社会闲杂人员"的青年，其间真实经历了何样的社会人生。那经历如同一场子夜歌舞厅式的群魔乱舞，似乎由一本30页的《陀思妥耶夫斯基》、20页的《追忆逝水年华》、50页的《巴马修道院》和半页《西厢记》、小半张的《论语》杂糅而成。是小半部的《荷马史诗》或者《农事诗集》，外加一部分译文暧昧的马拉美的散文诗，还有一大章回的《水浒传》……以此类推而成某种县城生活千年不变的大杂烩，外加马大哈（茶馆、庙宇、屠宰场、操场、建筑工地、看守所、私人红酒会所、园林和码头）；一生中同时和法语、英语、德语开战；同时向各个不同的方向：荒野、风车、美女、山水、道德、未来、互联网时代兀自出发。没有任何准备地上路，始终精神抖擞地落败，以失败人生的狼狈程度为伟大和声和基准——而唯有一场江南农村田野上的寒风扑面，唯有乡野寒风的浩荡程度，给予我时间和空间上并非足够的清醒际遇——我从一场孤零零的宇宙之梦中醒来，一眼望见：江南，是生命中一部不断发展生长着的作品，是我童年人生的永无完结之日。

选自《红岩》2023年第1期

杂草丛生

田　鑫

1

在城市宏大的叙事面前，杂草似乎毫无意义，即便是它们很努力地顶破了水泥而坚强地活着，却从来不会接受到任何的关注，甚至还要担心随时被连根拔起。这是一株杂草作为流寇的命运。

以上内容是我开车经过这座城市的地标性建筑凤凰碑时，看到几株长在台阶上的杂草脑子里突然冒出来的。我不知道这些文字是否有意义，也不知道杂草被我遇到是否具有某种暗示性，但是接下来的日子，这句话却不断地提醒我，指引我，让我对杂草产生了兴趣。

我开始有意识地寻找这座城市里的杂草。在不同的区域，我分别遇到了蓟、荨麻、狗尾巴草和看麦娘等常见于乡下的植物。它们以单株的形式，生长在犄角旮旯，或者背街小巷，甚至残破的墙体之上。

蓟是在工业区的一条老旧巷子里遇到的，巷子两边是低矮的平房，部分空置，有人的几间被用作简易超市和彩票屋，许久都没有人走进去，不被打扰的巷子，刚好持久地保持了寂静和破败。蓟就在巷子的一处漏着水的管道下方躲着，我经过的时候，跨步走过一汪水，踮脚绕到相对干燥的地方时看到了它。我停下来回头看我走过的这段巷子，尘土裸露在破碎的沥青之中，斑驳的墙面上，到处是白色的砖的老年斑。这里本来毫无生机，一株蓟，一株独独地生长在一汪水旁边的蓟，像旱海里的鱼一样，它粉色的花朵，点亮了土黄色的巷子，而那些带刺的叶片，不断地划破风，让巷子有了季节的纹路。

荨麻是在一座新建的停车场里偶遇的。我当时穿着短裤，因为着急赶路，就没留意脚下，踩过一片杂草的时候，有那么一瞬间，腿部就像中箭一般疼，随后便是一阵难忍的痒。我低头看时，才发现是再熟悉不过的荨麻。疼痛的缘故，我已经来不及细想，荨麻是用这样的方式和我打招呼，还是将我当成要采摘它的敌人？唯一确定的，是左腿外侧的一片红肿，以及疼痛和瘙痒。荨麻的厉害我在乡下的时候领教过，也知道疼痛和瘙痒只是暂时的，于是忍痛赶自己要赶的路。走着走着就觉得奇怪，同样是来自乡下，荨麻为何要给我以疼痛和瘙痒，它不光让我重温了童年的某一段短暂经历，还用茎叶上细小的尖刺告诉我，整个城市并不像看上去那么温和。我是个心眼比较小的人，在这件事过去一段时间之后的一次饭局上，我再一次遇到了荨麻，它被作为一道绿菜，等着被滚烫的水煮成口感适中的食物。这一次，我终于报了仇。

是在一片被废弃的工厂里，看到那片狗尾巴草的，它们无辜地站在一起，像极了当年犯错误被老师罚站的少年，工厂空旷的院落里，没有风，它们纹丝不动，四面的围墙知道它们内心的落寞。我远远地看着它们，像父母看着孩子，或者说老乡看着老乡，这些原本生活在乡下的植物，唐突地出现在工厂里，跟出现在山坡或者湿地上的表情完全不一样，此刻，在腐朽的铁器和从内部开始溃退的工厂里，它们的植物属性弱得微乎其微，而象征意则随着我的注视逐渐加强。这些跋山涉水从乡下赶来的孩子，跟曾经水一样在工厂里流动的人群一样，暗自成长过，暗自繁盛过，最后暗自凋谢，完成简单的一生。现在，工厂空空荡荡，狗尾巴草，用孱弱的身体试图填满它。它们还怀揣着当时的野心，你看，有风吹过来，它们就使劲摇摆着身体，让整个场院变得丰满起来，或者说微风吹拂下，它们整齐地飘动着，让废弃工厂的颓废看上去并没那么沉重。

看麦娘一直生活在我的眼皮子底下，我所在的单位办公楼，有一个长长的斜梯，我们叫它大踏步。大踏步中间是一个花坛，两侧是楼梯，花坛里经常换一些时兴的植物。有一次，我蹲在阶梯上接电话，一低头就发现了熟悉的身影——一株看麦娘正在阳光下看着我。这是我熟悉的植物，在乡下，它有美好的名字，有修长的身姿，只要它不长在麦田里，从来没人去惊动它。看麦娘看着麦子生长，看着村庄经历着日升日落，可不知什么时候它也进城了，还悄悄地出现在我身边。挂了电话，我仔细地观察它，并郑重其事地给它拍了一张照片，发了微信朋友圈，文案是这样的：看麦娘是这世上最像娘的植物，它一直偷偷看着你，不管你开心还是悲伤，忙碌还是闲适，都默不作声。其实，乡下的很多母亲就是这样，从来都不说爱，不说想念，但心里装着所有的孩子。

2

如果说单株的杂草以流浪者的身份出现的话，那么在河流和废弃的铁轨周围，杂草们则像住在城中村的农民工一样活着。

一条典农河，从南到北贯穿了这座城市，因此留下大面积的野地。

是不是所有的河流都一个德行，在垂青过河床两边的所有植物之后，扔下它们，像个多情又无情的浪子头也不回地奔流而去？反正典农河是这样的，在它流经的区域，我观察过被它遗弃的杂草们。

我常去的河段，园丁们种植了以观赏为主的植物。马鞭草细长结实的茎上，淡紫色的花朵火焰一样燃烧着，它们和三红紫薇、粉萼鼠尾草一起，让一条河的两岸有了现代化的样子。

很明显，园丁们按照自己的想法排列的绿色植物们，和这野性与柔软兼备的河流并不匹配，甚至还缺少了美感。而河两岸的车前草、毛茛、三色堇和虞美人们，小心谨慎地享受着这里的开阔与生机的同时，无形中又重新定义了河岸，让你觉得，它们才是河岸的主角。

在整齐的植物面前，杂草们显得来历不明，它们的种子，可能是从附近的农田里被裤管、鞋底带来的，也可能是被不断移动的泥土挟卷而来，还有可能是顺着河流而下被细小的浪花拍打到岸边的。也可能有一些叛逆的种子在成熟之前离家出走，然后就唐突地在此处落地生根。不过，它们的来历并不重要，重要的是，它们让典农河有了野性的美学意义。

在秋天的时候，经常能遇到一些单株的野菊花。不过我看到的时候，它们已经从内部开始衰老，花瓣的边缘有些枯萎、卷曲，纯白的花瓣已经带上棕锈色的斑点。也有彻底枯死的，褐色叶子贴在地面上。在无人瞩目的地方，杂草们暗自荒芜，完成了一次又一次的轮回。

在离典农河不远的街区，有一条废弃的铁路，它曾经是农田和城市的分界线，北侧是高楼林立的城市，南侧是庄稼站立的乡村，更多的时候，杂草们住在乡村里，从不越过铁路。城市扩张的外延越来越大，这条铁路逐渐失去了作用，以至于废弃。很长的一段铁轨，因为长期的闲置而生锈，杂草和碎石也趁机靠近，并且越过界限，让这一片区域变成荒芜杂乱之地，经常有流浪狗在铁轨上练习排队和前进，它们是让这匍匐于大地的铁的巨兽显得生动的唯一生物。

等不来火车，铁轨萎靡不振，苍耳和苔藓就开始暗中较劲，一个不时朝地上发射刺球，一个默不作声扩张着地盘。两种分别具有攻击性和扩张力的杂草，让静寂的铁道有了故事——正如曾经驶过铁轨的火车一样，可是，我的想象力太弱了，没办法替它们杜撰，只觉得是杂草掩盖了铁轨的寂寞和绝望，掩盖了城市被轨道划分出来的界限，掩盖了沥青、碎石、水泥路，让城市的部分区域回到最初的样子。

城市的管理者对此不闻不问，他们既没有拆掉铁轨的打算，也没有清除杂草的计划。杂草和城市管理者达成了和解。其实，废弃的铁轨，闲置的工厂和被遗弃的住宅，被杂草占领，完全可以看作是一种隐喻，或者是一个教训，人们对新事物或者说事物的新状态的追求，让杂草有机会重新出现的旧的区域，人们随意丢掉的城市区域，重新回到了草的手里。

我和这城市里越来越多的杂草相遇，从个体到群体，持久地观察它们之后，就觉得它们身上流寇的形象竟然是如此明显。它们和山坡、绿化带、公园里的草形成鲜明对比，同样是植物，甚至来自同一个区域，现在，有用的草在明处，杂草在暗处。它们小心地躲避着城市管理者的目光，小心地打量着高楼大厦的变化。它们窥探着，等待着，战战兢兢地过完一生。

小时候看《水浒传》，我一直觉得，被认定为匪的群体，一定是有故事的，所以，面对杂草们，我蹲在路边拍过挤出砖缝的独株马齿苋，感受过紫花苜蓿在街边的落寞和谨慎，也对小径上被踩成泥浆的蒲公英表示过哀悼。而见到的杂草越多，就越觉得杂草和人一样，也要忍受压力，也要经历衰亡。当然，更多的时候，它们身上所发生的这一切，都不曾被人目睹，因此不管是压力还是衰亡，抑或是诗意浪漫，都只有杂草自己知道。其实，杂草也可以表现出一种特别的优雅——这种品质，文学艺术作品将其称之为高贵。

是的，杂草也有高贵之处，并且远比修剪一致的景观植物要更具野性和气质。

3

对杂草的容忍，有时候能看出一个人对于自然的理解和接纳。

不过，杂草的位置会影响理解的效果：出现在街边、公园，你会觉得它带着美感，毕竟和整齐的街边植物相比，它更具有自然的属性，而出现在路中间或者小区里，可能会招致不满，甚至可能被视为对规则存在冒犯。

人们习惯性地将杂草称之为入侵者，但准确地来说，很大一部分杂草原本就是坚硬的城市之下那片土地上的原住民。它们一开始就住在这里，田野消失，泥土隐匿，钢筋和砖块的建筑拔地而起，沥青和水泥彻底封印大地，但将种子留在原地的它们，依然按照节令钻出了土地，只不过，原住地已经不再是田野，因此，它们的出现多少显得有些唐突。

在植物学家眼里，大自然并没有杂草，每一株草都有研究价值和审美意义。而在城市管理者的清单中，草却被分为三六九等，被种植的、被围起来的、被修剪的、被特殊照顾的，是有用的草，不在此列的，理所当然被划定为杂草。如此一来，杂草就成为异类，似乎它们一出生就进入错误的地点。并不是因为它们有毒或长得丑陋，而是它们在错误的地方还拼命生长，试图让此地成为自己的地盘。

原住民杂草横冲直撞要证明自己的出身，它们从不选择生存的区域，也忽略了城市内部严格的界限，哪怕是台阶的缝隙，或者有裂缝的柏油马路中间，都能看到它们作为本地人的蛮横。

从乡下进入城市的杂草，跟进了城的乡下人很像，敏感，且具有攻击性。闯入城市的杂草，大多独居，不会贸然在墙体和公路上生根，它们领教过车轮和割草机的威力，只能出现在一些不起眼的地方，然后苟且偷生，而一旦被清理，就一副落草为寇的样子，开始发起抵抗。

而群居的杂草们，似乎已经熟悉了城市管理者的脾气，并接受了被嫌弃的现状，因此大部分只待在城市的边缘地带——河岸边或者草地的边缘，也有混进草坪里去的，每次割草机都会削去它们突出的部分，这样它们就以草坪的样子存在着，或匍匐，或小心翼翼，一旦超过草坪的高度，就到了被连根拔起的时候。

在城市里，作为侵入者和流寇，杂草表现得更多的是敌意，从外观上看，它们长相独特，不是周身长满刺或钉，就是用缺口、缝隙、斑点、瑕疵来标明身份，有一些甚至用到毒液。这个群体里，荨麻草它看上去人畜无害，但是一旦靠近，就会被蜇得鼻青脸肿，它在杂草界坐稳了不好惹的位置，即便是一株也能活出一支队伍的感觉。

突然冒出来的草类，在常年被树荫遮蔽的区域里，几乎没有竞争者，要不然能有出生的机会？与本地草类相比，杂草们有一个优势，就是它们已经适应了野外的生存环境，不管环境如何恶劣，已经有了一套属于自己的生存机制，它们能适应食草动物带来的压力，牛羊啃得越多它们就越旺盛，也能适应干旱或者过度湿润的新环境：它们一旦落地生根，就会不断伸展、扩张，表面上看只有单株在艰难成长，实际上土地内部已经茂密异常。

我曾经思考过这座城市杂草的来历问题，还偏执地认为，记录在当地志书上的草可以被认定为原住民，其他的可能是跨地域和省区的，索性叫它们草的移民。而这些草，在别人眼里就成了杂草，因为它们根不正苗不红，甚至长相可疑。是的，有些杂草，是跟着进城的农民落地生根的，他们喜欢大包小包地将乡下的物品搬进城里，杂草种子就藏在他们的衣袖里、包裹里以及布鞋鞋底乘虚而入，反正落户城市是不需要被准许的。

杂草迁徙竟然是一个世界性的话题。19世纪的美国植物学家阿萨·格雷就把美国杂草认定为"谦逊的、喜居山林的隐居者，跟那些具有侵略性的、自命不凡的、专横的外来者可没法比"。她对美国人的性格和美国杂草的性格做出的对比，有趣而深刻，这给了我很多启发，但是因为观察力和分析力的薄弱，我始终没能从我身边的杂草身上提取到本地人的性格信息。

杂草们最羡慕草坪，而草坪对杂草却保持着警惕。草坪，作为城市里专门空出来的以供人们接近自然的一小片旷野，它绿意盎然，接近自然，它被定期修剪、维护，以保持得体的外形从而吸引人们的关注。虽然草坪没有围栏，却挂着"禁止入内"的警示牌，因此，草坪和杂草之间，有一道鸿沟。正是如此，杂草也想成为草坪的一分子，这样就可以不用担惊受怕，可草坪寸土不让。

其实，和人工草坪相比，杂草更适合成为这座城市的一部分。它们耐旱，不需要持久的浇灌，能有效减少城市绿地用水；它们坚强，杂草的根粗而长，在土壤中分布得又深又广，杂草生长的土壤承接雨水的能力远胜于人工草坪。城市的管理者们似乎已经发现了这一点，所以，杂草草坪也开始慢慢出现并可能成为一种潮流。

最近一段时间，我所在的城市开始建设各种小微公园，意图让人们走出小区就能跟自然接近。面积不大的公园里，草坪是必不可少的，于是杂草作为园艺植物被引入，城市管理者们想推崇自然风格的种植方式以保障杂草的传播，这时候，杂草有机会名正言顺地成为城市景观之一，供人参观。

杂草与栽培植物之间的界限，开始变得模糊，这也无限接近自然规律——世上本没有杂草——植物被允许在不同的区域来回穿梭，身体可以，身份一样可以。其实，草在草的世界里，只有不同形态的身体，并没有身份差别。这一点，和人一模一样。

4

18世纪的"自然神学"派，将杂草的用处分为两种：第一种是展现自然作为植物设计师的智慧与审慎；第二种则是对人类的傲慢自大施以有益的惩戒。三个世纪之后，这个说法依然能代表很多人的观点，而我更加倾向于第一种，但整座城市似乎选择了第二种，并以此作为对杂草的处理依据。

对于像我一样在城市里不曾拥有小花园和农田的人来说，街边的所有植物都是有意义的，它们都能让我心情愉悦，而我也更愿意将杂草视作城市难得的景致，它们的存在，让城市保持了土地的野性，让城市变得柔软，让人经由一片野草的叶子或者一朵野花的花瓣而感受到诗意。如果你有充足的时间和精力，在清晨或者傍晚，借助阳光观察一株杂草，就能有意外收获，而这一切是建筑无法带来的，虽然你根本不在乎。

在少数人眼里，杂草是一种麻烦，这个群体就是园丁。在他们看来，有杂草约等于工作没有做到位，而在拥有花园的人眼里啊，杂草让自己精心设计、栽培的花园变得不伦不类，必须除之而后快。于是，各种除草的方法就随之而出。

城市里的人们对于清除杂草，可谓花样百出。我试着总结了一下，大致可分为两种：一种是官方有计划有目地的大而化之，一种是民间斩草除根。

官方和民间都在使用的除草剂，从20世纪40年代就开始对杂草斩草除根，化学性除草剂的成功，让杂草在一段时间内变得稀少，但是人们也发现了除草剂对土地的污染，在除草和收获放心蔬菜之间，人们还是选择了后者。另一个比较棘手的问题是，当人们对杂草使用了除草剂之后，杂草竟然变得更加强大，它们的身体像注射了疫苗一样，因此，除草剂开始销声匿迹，取而代之的是割草机。

很多个早晨，睡梦都会被割草机的轰鸣打扰，对于贪恋周末片刻酣睡的人来说，割草机作业简直是一场灾难；而对于杂草来说，每一次轰鸣相当于一次大型的围剿。在草坪这个战场上，武器所发出来的，是那种不连贯的轰鸣，发动机隔几秒停顿一次，似乎在积蓄力量，然后一头扎进杂乱无章的草丛。不一会儿，空气中弥漫起青草的味道，被塑料齿轮划过之后，草们变得平整均匀，被切断的草们，尸横遍野，听不到一声尖叫。而躲在其中的杂草，更是不敢吱声，生怕被发现之后，被连根拔起。

当然，割草机也经常误伤，不是把幼小的树苗切断，就是让准备绽放的玫瑰早夭。英国诗人菲利普·拉金，就记录过一次误伤：

割草机熄火了，两次；跪下来，我发现

一只刺猬被卡在了刀刃上，

死了。它待在长长的草里。

从前我见过它，甚至还给它喂过食，

一次。

现在我却伤害了它悄无声息的世界，

无法弥补。埋葬也无济于事：

第二天早上我起床，而它却不会了。

死后的第一天，新的缺席

变成永远的事实；我们早该彼此

当心，早该心怀仁慈

当一切还来得及。

  这首名为《割草机》的诗歌中，诗人用一只刺猬的死提醒人们"新的缺席/变成永远的事实；我们早该彼此/当心，早该心怀仁慈/当一切还来得及"。可是，没有一台割草机会有仁慈之心，它们只有"杀生的念头"，因此，人们对清晨的割草机心怀不满，而杂草们，则对它充满恐惧和绝望。

  和园丁们有目的、有节奏地清理相比，民间的清理就显得不那么"血腥"，但是却残忍了很多。此处收录一则来自网络的除杂草的方法：

  当杂草湿的时候，雨后除草或在花园浇水之前除草，这时土壤湿润，你将能够轻松地拉动这些讨厌的植物的根。永远不要让杂草成熟，除非它会修复它的根并溢出它的种子，用根球拉起植物。简单省力的除草技巧是用塑料、地毯或垫子覆盖杂草两到四周，如果是黑色则要好得多，这将会让植物死于黑暗（没有太阳）或热量。很难掐出在路面和人行道的裂缝生长的杂草时可以用沸水。由于杂草的种子在花园土壤下仍然处于休眠状态，所以当你挖掘一个斑点时要小心，不要过度翻动你的土壤。

总结出这些方法的人，一定是对杂草恨之入骨的，其找到了杂草的弱点和优点，在经过多少次实验之后，才得出了能斩草除根的方法，足以见得杂草给他的生活带来了多少麻烦。

我还搜索到一种"煮豆燃萁"式的除草方法。在乡下，鸭子吃杂草，土豆和杂草一起走过春天，但是进了城，腌制鸭蛋的盐水，在杂草繁盛的季节，就成了除杂草的妙方，浇上三四次即可遏制杂草的生长。煮土豆的水，也可除去杂草。腌咸鸭蛋和煮土豆的水都用在了除杂草上，人们对除草的决心，可见一斑。

不管是被放弃的化学物质，还是常用的机械除草，抑或是流传于网络的民间方式，对于杂草的认知，人们所表现出来的，更多的是粗暴的攻击，而很少有人停下来思考它们的意义。因此，杂草被理所当然地视为入侵者，不管它是否具有什么意义，它的存在是无法被接受的，它的生长对于城市来说是粗鲁。其实，和仇视杂草的人相比，漠视杂草的人，更让人失望，他们的漠不关心，也是造成野草被误会的原因。

这都是我臆想出来的，其实，对于这一切，杂草早已经习惯，并默默接受。但是它们知道一切，却并不打算有所悔改，因为它们觉得自己没错，它们总会在铁轨生锈的荒野行使自己的修复能力，让我们的城市不至于破败，但是当它们形成规模，人们能想到的词语，往往是荒芜、杂乱，似乎只有经过整顿的画面，才是合理的。

我对草是有感情的，不管是别人眼里有用的草，还是被嫌弃的杂草，只要在不匆忙的时间遇到，总会引起我的好奇心。这或许源自我在乡下的生活经验，因此，我总希望能找到与杂草相处的方法。

转换角度，对杂草的作用和意义进行"重构"，或许是一个机会。

在乡下的时候，我们家的土豆地里经常会有冰草之类的杂草长出来，有一些甚至还穿过了土豆，导致其从内部开始坏死。对杂草恨之入骨的祖父却并不着急去处理它们，而是任其生长。等土豆成熟，我们拔掉的土豆蔓堆了一地时，冰草就派上了用场，它们被祖父一把揪出地面，然后打成结，我一直记得，被冰草紧紧捆扎的土豆蔓非常便于运输。

典农河的园丁对杂草的包容，跟祖父如出一辙，在马鞭草、三红紫薇和粉萼鼠尾草的边缘，车前草、毛茛、三色堇、虞美人的生长，提升了河岸的美感，这是城市规划者未曾想到的效果，河岸在杂草和良草的双重点缀之下，无限接近了自然。

人们对杂草的偏见仍在继续着，而和汹涌的斩草除根同步的，是新晋的杂草不断出现，城市在变老的过程中，居住过的地方不断被人们嫌弃，大家一股脑儿朝着新城搬迁，老旧小区日益增多，那些曾被视为珍宝的花园开始荒芜，留在花园里的良草，变成了无人料理的杂草。它们凶猛地扩张着，仿佛在报复主人之前的养护。

新旧杂草开始攀上墙壁，钻进墙中，让原本整洁利落的四方形菜畦变成了立体派画作般的五颜六色、七零八落。疏于管理的草坪，也变成了可怕的杂草聚居地，大群杂草试探性地向周边的土地和道路入侵。

不过，一切都是短暂的，在经过抛弃和重新设计之后，变老的城区成为建筑工地，巨大的轰鸣声中，一座新的城市正脱胎而出。而此时，杂草们的种子已经悄然混迹于湿润的泥土里，它们寂静无声，等待着新的机会，以此来证明自己顽强的生命力。

选自《草原》2023年第2期

穿黑丝绒晚礼服的女人

段若兮

　　那只是夜的深渊，得以在你的身体上现形，让人坠落。

　　当你走动时黑色的湖水变得不安、汹涌、激荡，把你围拢在水的内部，于是，你有了水的质地和习性；而当你静立，那是饱蘸云墨的垂露之笔，落墨于灯影流离的盛筵背景上。

　　裸露于裙身之外的肩膀，黑水之上的一道雪堤，似有来自内部的力冲撞她让她崩溃，而骨头又暗暗用力锁紧身体，让她安静。

　　婉转眉骨聚拢乌云的灰色阴影，你的眼瞳如一尾银鱼，困顿其中。神情慷慨、无畏而不屑，如你的内心仍充溢着坚固的柔情，只是，对这人世早已厌倦，而没有了觊觎之心。

　　你沉目，睫毛在眼帘下投射扇形阴影，让你的面孔在混乱的灯光中变得凄迷、恍惚，如故事有了冲突和转折……你的眸光，内部的潮汐和月食同频。

　　面孔过于苍白让红唇显得突兀、矛盾而危险，一种刻意的冶艳。冷峻线条赋予你雕塑之美，庄严、遥远、不可接近。但当你笑，使劲咬着牙齿带着凶狠之气的笑，让你发散出一种近乎淫荡的下流之美！

而当有人以为可以靠近你，你瞬息收敛笑容，受到侮辱般退回自己的壳中。

壳中装满了冰屑。

我能设想到的是：你被严实包裹的乳房是一种蛰伏的神秘生物，它们充满血性和蛮力，蠢蠢欲动。因为遮蔽而催生强化的反抗的力，伺机冲出你！站在你的面前赤裸裸地对抗你，而你和它们对抗，让欲望在压抑和克制中不断涨潮、湮灭。

水晶灯随着钢琴声晃荡。灯光碎成了光粒、水珠、金粉和浮尘，四散飘移，倾落，最终汇聚于你锁骨的凹陷处，又随着你的走动漫溢出来，纷扬于空气中。水晶灯晃荡，光瀑之下你的肌肤薄至透明，好像那就是你全部的脆弱之所在。这中和了你的尖锐和傲慢。

深隐于皮肉之下的青色静脉是另一副灰玻璃的骨架，支撑皮肉并建构身体的秩序：让胸浮凸高踞于欲望的巅峰，乳头浸透血液和痛苦的是枯玫瑰的红；让腰线下陷，缓行于沉默之谷，又忽地突起以花萼的形状包裹圆满臀部并在其内部设置百合滴露的幽暗迷径。

你完全懂：人们对你崇拜里的仇恨，带着光环、鲜花和锯齿的赞美，于是，你的美强硬、嚣张、放肆，毫不遮掩和退让，周身蔓延着毁灭的气息——你确信自己能够征服他人，却又对这征服毫无兴致，只是自顾自地拖拽着裙摆，走下舞池。

舞池沉陷。

旋转。绕着体内的无形之轴你把自己旋转成黑雾的旋涡。这旋涡一层层扩大曳动地毯上的花纹、水晶吊灯的炫光、桃木家具的木质气味、天花板的圆弧穹顶、纱幔的肌理、双簧管小提琴的乐音、银质餐具的反光、花朵的迷醉芬芳、高脚杯里的浓魅酒色……它们统统汇入你。

和你一起旋转。

拖拽着追随的目光，织成电网。可是你并不在意他人的炙热，不以他人的追随作为加冕自己的荣光，不以他人的爱慕助长自恋的气焰。

你从不践踏别人。从不。

你只是无尽深爱、苛责并折磨着自己，于是你的美充满了自虐、忠诚和坦荡。

音乐停止。你提着裙摆从舞池走上来，如一团黑雾般袅袅浮起，没有重量的身形化为一滴云墨在宣纸上洇染、游弋，墨色浓淡变幻。

你在接近消失和永恒存在之间，印证了你。

以决绝的力量，奔涌、冲突、盘旋、撞击、坠落，黑色瀑布从你身体的雪崖上一泻而下，你的身体显得高拔、陡峭。裙身在腰线处收紧，又借助臀部的雄阔撑开，垂落于膝盖的白崖石，淹没过琴弓一样的脚踝。

……喧腾的浪花坠入寂静的深潭将你完整包裹！

你囚身于自己？

似乎你的身体就是一个秘密：不同于其他所有女人。所有人。所有物种。

露出黑裙高开衩处的一截白腿：高险峡谷之隙投射过来的一束强烈白光。

白得刺痛。

又像是夜在无尽黑暗中艰难地推开一丝门缝，白昼乘机出逃；抑或是漫长苦思中一闪而过的灵感，闪电的目光捕获了它。

……一截露出裙身高开衩处的白腿。

深藏于黑丝袜中的脚趾是潮湿之地生长的蕨类：暗默、阴郁、湿凉，隐隐用力，在每一次走动和旋转时带动你，而当你静止，它又变成白亮的珠片缩身于幽暗的贝壳。

酒杯彼此碰响，你像一条细韧的黑线穿过人群，把人群割开。你走过后人群在你的身后合拢，宛如是你，又把他们缝合在一起。而当你独自伫立，那是烟蒂在华丽夜宴背景上烫出的黑洞。

边缘绕着一圈发着白光的灰烬。

绸子般的夜色，艳丽而沉重。

独自踱步到阳台，你的身形是一枚尺寸完美的黑钻，镶入夜空，仿佛你就是为夜和孤独量身打造。

浅饮后的微醺让你面颊潮红，如一场性事的余韵：红唇变暖，饱满而焦灼，加之酒后的迷离，似乎此刻你不能去吻任何人——你吻他只会把他的唇角和肩胛烫出伤印。

血液的热度唤醒了衣服内层沉睡的藤蔓：黑色的藤蔓复活了，攀缘你，缠绕你……被捆缚的是什么？

你瓷瓶一样的纤细玲珑的肉身？

不切实际的幻梦？易碎的情感？遗忘之后仅存的记忆？

备受唾弃的欲望？

……你在藤蔓的笼子里呼救过吗？

没有人读懂你的脆弱。只看见你立于阳台，发丝随着风，引渡星流和渐熄的灯火。而夜幕在你的身后似锦缎一样馥丽、艳魅，接近燃烧。

黑色礼服是乌金铸造的剑鞘，你的身体剑锋般镶插于内。

白深陷于黑中？

——如此坚固的黑，如此柔软的白。你的身体是刀锋，尖锐，锋利，寂静，冰冷，神经质。一种近乎绝望和偏执的深情以及清醒的自毁，摇摇欲坠的脆弱感……白深陷于黑中？

可是，打动我的从来都不是你的美丽！

黑夜的暗泉与白昼的白光交融，无可挑剔的比例和姿态，以及彼此之间独立而又相互对抗和扶助的平衡之美：稳妥，坚固，毫无破绽……接近工业的精密和科学的终极正确。

你已脱离了现世的评判机制。

打动我的也不是你的灵魂。——我不要你的灵魂！只要这一具虚妄华丽的躯壳，就足够了……已经足够了！我收集你的疲惫和仓皇：你眼下的青晕；璀璨珠宝辉映之中的你眼白里的血丝；颤抖瑟缩的指尖；神情里一闪而过的踌躇和胆怯，以及为了掩饰这胆怯，而故作的世故和刚强，这让你笨拙……

——正是这些世人眼里所谓的瑕疵让我得以窥探到你的内心，于是，你还原为血肉之躯。终于，你外部的伪饰如蛋壳从你的肉体上剥离。

此刻，请允许我看见你。

灯晕恍惚。睫毛再一次在眼睑下投射扇形的阴影，甜蜜之外似有一种凄楚，让我苦涩。

你对世界的热爱和厌弃同样深厚，而最后都被表达为厌弃，可是深度的智性和接近无知的天真，让你的复杂和深邃里又饱含单纯：未经雕刻和教化，未被命名。

眼波内部的迷径通向哪里？

你眸光的深度超出了身体的范围。光之黑是黑色钻石淬炼之后的结晶之黑，粗粝的黑矿，火焰和冰雪的化合物，蓝色的湖水冰凝其中，如深藏的痛觉。

不敢望向你的眸子！犹如望向过去、未来和生死，唯独没有此刻。你肃然一身，豹子般冷静、机警，铸就你危险而顽固的美丽。征服和提防，野心和对野心的驯养及克制，于是你的冷酷成为你的柔情的一部分。

不可或缺的构成部分。

成熟之外，另有一种直白和孩童的任性，以及盲目的勇敢。于是你毫不怜惜自己，如生命仅有一次的燃烧。你就燃烧。

燃烧之后你有悲伤和痛苦，但唯独，没有怨恨。

你，并不软弱，甚至不够仁慈，在你深潭般的安静里潜藏着一触即发的火药般的愤怒，以及挑衅和充满戒备与拒斥的敌意，似乎，你的光芒来源于你和自己漫长的对抗，以及短暂的和解。

夜色蛊惑。黑裙的黑细腻柔滑得要化作液体流入夜的脉管了，而你的疏离孤傲让你具有了与黑夜对峙的力量。

你拒绝融入。

——立于白玉栏杆之下，明月照耀你，你光华披覆，而明月变得苍白、空洞、干枯、仓皇不安。

为什么你会在这里？

你是你自身，也是你的灵魂和意志的外化。同时，星河、云片和烟火般的梦幻充填其中。于是你站立于此，灵与肉、情与思都达到了最佳配比，并具有了衍生性。

你不会比此刻更为年轻或者更为苍老。

——你早已用自身消解了时间。为了匹配和抵抗你的痛苦，你的力量倍增，而这又助长了你的美丽和危险。

鱼骨一样细白的手指握着酒杯。你的身影和黑夜彼此加深：夜色变得更为浓稠，玛瑙色的酒液转为猩红蛇信子般艳丽，而毒性的香水味在空气里流窜并嘶嘶燃烧，充斥着火星的味道。

时间被一枚椭圆形的水珠拉成了细线，随即断裂。

空气被抽干了。似有无形之手，攥紧了我的喉咙，我……触摸不到你。酒杯印上你火焰般炙灼和灰烬般冰凉的唇红。

此夜永不落幕。

选自公众号"段家故园"（2023年12月22日）

羽　毛

向　迅

　　祖母站在坑坑洼洼的走廊上，身披黄昏的羽毛，一边冲着鸡群藏匿的方向"格鲁格鲁"地叫唤，一边朝着颜色变幻无穷的天空撒着玉米籽。她头上缠着一条蓝色头帕，你看不到她的头发是乌黑的，还是花白的。她手中葫芦瓢里的玉米籽，好像永远也撒不完。她藏着许多我们无从知晓的秘密。藏着许多秘密的祖母，像一个巫师。暮色将至之时，"格鲁格鲁"的叫唤声，来自巫师爬满皱纹的喉咙和味觉退化的舌头，而不是干枯的嘴唇。她这么叫唤的时候，整个人充满了慵懒的活力，像是一只朝着玉米籽奔去的老母鸡在哼鸣。

　　"格鲁——格鲁——"四散各处的鸡群闻声而来。祖母的叫唤，具有蜂蜜吸引蚂蚁那样的魔力。它们从木槿花茂密的枝叶后面现身，从苹果树的阴影里跳出，从可恶的荨麻丛中钻出，或在一蓬鹅儿肠米白色的花朵里露出月季色鸡冠或绛紫色尾羽……它们扑扇着白色翅膀、褐色翅膀、黄色翅膀、黑色翅膀、金红色翅膀，迈动双脚，扭动着屁股，争先恐后地朝祖母奔来，朝祖母的嘴唇奔来，朝祖母高高扬起的手臂奔来。一阵阵色彩绚丽的旋风在祖母面前酝酿，随即刮起。

祖母就要飞起来了，整个村子也要飞起来了。

黄昏的羽毛间闪烁着梦幻般的光斑。鸡群像一群叽叽喳喳的孩子围拢在祖母周围，左冲右突，抢啄着掉落在地的玉米籽。一片缤纷色彩围拢在祖母周围，一片月季色鸡冠围拢在祖母周围，一片"格鲁格鲁"之声围拢在祖母周围。我们的祖母，在这样的时刻，也是色彩的祖母、声音的祖母。她系着一条没有任何图案装饰的围裙，上面布满陈年的油烟味和可疑的污渍。但在这样的时刻，那条已经看不出是什么质地的围裙，依然光彩照人，晚霞像金鱼一样在上面游走。

祖母停止朝天空撒玉米籽的时候，黄昏的羽毛开始旋转着上升，你握不住它们，祖母也握不住。它们从祖母磨刀石般粗糙的手心逃离，从她好像从未解下的那条围裙上逃离，从她深陷于皱纹之中的脸庞上逃离，从她卷成帽子形状的头帕上逃离。它们逃离之时，暮色从黑色的屋檐和黑色的树冠上落下来。像布帘子一样落下来，像梦一样落下来，像往事一样落下来，像云一样落下来，像雾一样落下来，也像雨水一样落下来。鸡群抬起月季色鸡冠，"格鲁格鲁"地哼鸣着，紧盯着祖母刚刚高高扬起的那条手臂。可那条手臂没有再次高高扬起。那条手臂，带着它沉重的历史，深深地垂进暮色之中。

暮色的雨水，淹没了祖母。

我们看不见祖母，鸡群也看不见。"格鲁——格鲁——"，鸡群哼鸣着离开祖母。它们在长有车前草和鹅儿肠的鸡舍前，像餐后消食一样，漫不经心地啄食草籽、沙粒和一天之中最后的光。待最后一只母鸡钻进鸡舍收拢翅膀，被暮色的雨水淹没的祖母，像一道剪影，悄无声息地来到它们面前，弯腰侧脸，伸出被草汁染绿的食指，逐一清点。祖母认识每一只鸡。她知道哪一只今天生蛋了，哪一只隔一天才生一只蛋，还知道哪一只压根儿就忘记生蛋这件事了。祖母小心翼翼地关上鸡舍门，并用一根棍子顶住。

"黄鼠狼鬼精得很，得时刻提防着。"面对我们的疑问，祖母总是这样说。可我们一次也没有见到黄鼠狼。它们长什么样子？我们只见过顶着一条蓬松尾巴的松鼠。我们只是听说，遥远的森林里住着一群大灰狼。祖父这个时候从暮色中现身，说："它们只在有月亮的夜晚才溜进村子。"他咬着一根自己卷的旱烟。隔上一小会儿，烟头就冒出一团火焰。他的鼻子，随之闪烁一下。他的鼻子是红色的。

祖母再次被暮色的雨水淹没。村子里的祖母们总是这样。她们擅长隐身术，把自己隐匿在厨房，周身浸满油烟味，连头帕上都是；把自己隐匿在玉米地里，汗水打湿她们的每一寸皮肤，脚下的每一寸土地；把自己隐匿在苹果园里，苹果花在她们头顶一朵一朵盛开，而她们乳房下垂，衬衫越穿越宽；把自己隐匿在池塘边，毒蛇刚刚游过的水爬上她们粗壮的手臂，土豆在她们手中露出鼻子和眼睛；把自己隐匿在巨大的鼾声里，劳动让她们的身体变得沉重，即便是在梦里，她们也很难飞起来；把自己隐匿在无望的哭泣里，男人们随时随地都可能燃烧起来的愤怒之火像匕首一样把她们扎得遍体鳞伤……但另外一些时候，她们的影子又无处不在。村子里到处都是祖母。每一个祖母，都拥有一根被草汁染绿的食指，一颗比石头还要坚硬的心。

祖母不知道，我们有多羡慕她的那根食指。天气回暖了，如果哪只母鸡还没有生蛋，祖母就会把那根被草汁染绿的食指探进它毛茸茸的屁股。因为恐惧，它的翅膀在祖母手中胡乱扑腾，羽毛一根根掉落。但很少有人捡起它们，因为它们不是孔雀的羽毛，也不是公鸡的羽毛。只有孔雀和公鸡脖子上五彩缤纷的羽毛，才会被孩子们觊觎。有那么一段时间，在孩子们中间流行玩踢毽子的游戏，而公鸡的羽毛是做毽子的必需品。"这几天就要生了。"祖母喜上眉梢，高兴地预告。果不其然，两天之后，那只母鸡就在鸡舍前昂首阔步地向祖母邀功请赏："咯咯嗒——咯咯嗒——"祖母拥有一根多么神奇的手指。它不仅能预告母鸡生蛋的日期，还能预报天气。当它和其他手指被难以忍受的疼痛包裹时，祖母就会像母鸡那样哼鸣："明天就要下雨了。"

雨水并不可怕，可怕的是祖母那颗比石头还要坚硬的心狠下来的时候，跟冬天的冰块一样冷。如果哪只母鸡偷懒，成天坐在鸡舍里，沉迷于孵小鸡这件事，不吃不喝，更不生蛋，祖母就会亲自动手，或者命令祖父，或者命令她最小的儿子，把这只母鸡捉起来，用一根绳索把它的脚和一只废弃的筐子绑在一起，然后把这个罩着母鸡的筐子扔进池塘，再在筐子上压上一块石头——我们把这种惩罚方式叫作"坐水牢"。"格鲁——格鲁——"母鸡绝望的哼鸣，像从水底冒出的水泡，但祖母不会心软。只要母鸡不悔过自新，就要把"牢底"坐穿。没有人敢把母鸡救出来，村子里的人都知道祖母的厉害。

祖母的嘴巴，跟乌鸦嘴一样不受欢迎。她曾在苹果园里用最恶毒的语言，诅咒她的儿子，我们的父亲。她还在冬天裸露的土豆地里，咒骂我们，她的孙子们。我们家的鸡群溜进她家的玉米地，啄食了几株玉米苗，祖母的嘴巴，便一连好几天都"格鲁格鲁"叫个不停。各种诅咒，在她的唇齿间酝酿成可怕的风暴。风暴袭击了我们每一个人，我们便在暗地里把祖母叫作"抱鸡母"。只有像瘾君子一样沉迷于孵小鸡的母鸡，才会整天"格鲁格鲁"叫个不停。

祖父只要瞧见我们家的鸡群钻进玉米地，就会怒气冲冲地捡起石块掷向它们。羽毛散落在玉米地里，"格鲁格鲁"的尖叫声散落在玉米地里。它们带着巨大的恐惧，惊慌失措地飞奔回院子。恐惧，让它们目光呆滞，愣在那儿，半天回不过神来。不仅如此，祖父还悄悄在玉米地里投放了许多毒玉米。我们家的一只母鸡误吃了，鸡冠发紫，走路时像村子里喝多了玉米烧酒的醉汉，东倒西歪。哥哥用铁丝制作了一把手术刀，给这只可怜的母鸡做了活体解剖手术。他小心翼翼地掏出它高高隆起的嗉囊，清洗干净里面的玉米籽，然后用母亲缝补衣裳的针线，替它缝合伤口。这只母鸡，奇迹般地活了下来。

我们在院子前方那块被称为"花园"的地方，用竹篱围成一个简易鸡圈。鸡群被关进去，不再像从前那样自由。它们烦躁不安，从竹篱缝隙里眺望着夏日茂密的玉米地，"格鲁格鲁"地哼鸣着。它们扑扇着白色翅膀、褐色翅膀、黄色翅膀、黑色翅膀、金红色翅膀，试图飞越牢笼般的鸡圈，但没有一只成功。它们不再是飞鸟。它们的翅膀，托不起它们的体重。日复一日，花园里潮湿的土地，变得更加潮湿。车前子、鹅儿肠、蒲公英、灰灰菜、金丝草和花朵的幼苗，都消失得无影无踪。花园越来越空。花园不再是花园。鸡粪的臭味，深入我们的每一口呼吸。可只要母鸡生蛋，这一切都是能容忍的。

和村子里所有的祖母、所有的母亲一样，母亲把鸡蛋藏在卧室的一格抽屉里。每次打开抽屉时，她都显得格外小心。好像存放在里面的，不是鸡蛋，而是易碎的珍珠。可她对待我们却是那样粗鲁。但凡我们做错了什么，来自她语言的暴力，就会像夏日的冰雹，猝不及防地砸到我们头上。她讨厌祖母，却在无形之中继承了祖母身上被她讨厌的部分。每隔一段时间，她就把那些漂亮鸡蛋用一只篮子装起来，带到集市兜售。我们吃的盐，甚至穿的衣服，都是鸡蛋变的。我们感谢鸡蛋，更感谢生蛋的母鸡。正因为如此，在过去许多年里，我们从来没有杀过鸡，也很少出售它们。谁会这么对待自己的衣食父母呢？

然而有一年，一只周身像雪一样白的母鸡，居然在凌晨高昂着脖子，学公鸡那样打起鸣来。母亲在噩梦中惊醒，她认为这是不祥之兆。那是一只上了年纪的母鸡，它已经很久没有生过蛋。我们效法祖母，强制它在池塘坐了好一阵水牢也无济于事。它依然在凌晨打鸣。时间似乎改变了它的性别。就像村子里那些不再年轻的女人，说话和做事，都跟男人一样粗鲁，一样野蛮。她们抽烟，酗酒，打牌，说荤段子。只有少数人还记得，她们刚嫁到村子里的时候，是有多害羞。

犹豫再三，母亲最终把这只母鸡卖了。一连好几个夜晚，她都被同一个噩梦纠缠。充满警告意味的梦境，像一条无限长的绳索，牢牢地捆绑着她，让她即使在白天也无法正常生活和思考——她每晚都要与噩梦搏斗，就像与一头饿虎搏斗，以致精疲力竭，终日无精打采，但又让她的联想能力忽然间变得无比发达，层出不穷的幻想簇拥在她嗡嗡直响的脑袋里。她把这一异常，归咎于母鸡打鸣。那么，一劳永逸的办法，就是把母鸡卖了。我对这只无辜的母鸡充满了同情，认为母亲的说法纯属迷信，结果被骂了个狗血淋头。

在村子里，母亲们有权决定一只鸡的去留。

她们的权威不容置疑。

但祖母的权威，并没有随着年龄的增长而变大。相反，这种像羽毛一样让人迷恋的东西，正从她磨刀石般粗糙的手心逃离，从她好像从未解下的那条围裙上逃离，从她深陷于皱纹之中的脸庞上逃离，从她卷成帽子形状的头帕上逃离。这是村子里所有的祖母们都不得不面对的现实。当她们再也提不起一桶水的时候，再也背不动一筐土豆的时候，再也不能像往日那样在玉米地里挥汗如雨的时候，当她们被一番番好意和善意保护起来的时候，羽毛就已远离她们。

她们唯一能做的，就是喂养一群鸡，在暮色将至之时，身披黄昏的羽毛，一边冲着鸡群藏匿的方向"格鲁格鲁"地叫唤，一边朝着颜色变幻无穷的天空撒着玉米籽。还可以喂养一只猫，在无人问津之时，猫会伏在你的脚边，或蜷缩在你的怀里，任你布满褶皱的手抚过它柔软的脑袋、雪白的脊背。你的手是多么孤独，你坐过的椅子是多么孤独，你不再使用的锄头和镰刀是多么孤独，你结婚时穿过的漂亮衣裳是多么孤独，你记忆中的少女时代是多么孤独。

祖母们都是孤独的。她们需要一群鸡，需要它们"格鲁格鲁"地哼鸣起来，需要它们不管不顾地奔跑起来。

她们失去的羽毛，在长长的梦境里，重新生长出来。

选自《青春》2023年第8期

水边的反常

葛小明

当路过一条河，你便拥有了它。你无须知道它的名字，不用过问它经过了哪些村庄，也无须去考究河里有多少种类的鱼虾或者水草。只要发现了它，你便与之发生了紧密的关系。无须任何理由，当你安静地站在一条河的岸边，你便介入了它，占有了它，肢解了它。

你情不自禁地把最近半个月的心事告诉了它，毫无保留。你首先倾倒的是今天所发生的事情，在你看来，这是最近一段时间内最大的事情。这件事可能是令你极其难过的，工作陷入僵局，亲人重疾，朋友失和，随便一件都足以让原本光彩熠熠的脸蒙上一层厚重的铁青色。你看着水一波波地流淌，毫无表情地倒映着高高的天空，你的影子被清洗了一遍又一遍。你听到的水声是忧郁的，它们细细地席卷悲伤，这个过程隐蔽而寂静，几乎不能被除你以外的任何人所察觉。你并不希望有人能够了解你的悲伤，因为你知道这种情绪没有人能感同身受，那些浅薄的安慰毫无用处。与其让众人反复惦记，不如去寻一条陌生的河流，面对面地撕开已经结痂的伤疤。

水有时候是逆向流动的，这并不是时间的回逝，这是生动的反击。你能够在某个恰到好处的时机里，看到一枚沉底的沙子漂到水面，看到河边赤裸的柳树或者杨树的根，它们白白净净，完全没有往日的高大魁梧，水再涨一分便会被冲断。它们那些脆弱的细枝末节呀，总是藏在不为人知的水中，那是悲伤，是痛苦，是孤独，是死灰。你能够看到薄荷把香气一股脑地抛掷出去，周围三米内的水中见不到鱼虾的影子，这是一种自我保护，更是一场阴谋。当一株水边的草不再安于现状，它便要做出一些异于寻常的事情。不止是三米之内，再远一些，你仍旧能够闻到薄荷的野心，它势必要搞一出事来。这时候，你看到薄荷的倒影不再是之前的清丽端庄，而是增加了极厚的阴鸷与深沉。那些影子是深渊，一步步吸引着你。薄荷从来不是安于现状的沉默者，无人干预的时候，它要像野兽一样捕食、吃肉，吃活生生的蜉蝣，吃洪涝与干涸，吃摇摇晃晃的水面上天空的倒影。周边的植物像是着了魔，昏昏沉沉的，它们疯狂地长，一枝一叶地侵占着他人的领地，毫无畏惧。

　　你能看到水中鸭子，不再成群结队，而是变成独立的个体。尽管它们跟往常一样紧紧挨着，像一支规整的队伍，但是此时的鸭子充满了野心。它们不甘于之前的循规蹈矩，不甘于早晨离开主人后蹒跚到水边，捉虾啃鱼，天黑了便老老实实地走回去。它们要创造一个自己的世界，在这个世界里只有自己制定的规则与章程，不用为了一口吃的而劳于奔波，不必直面屠刀和杀戮。除了鱼啊虾啊，它们也想尝一尝回锅肉和酸辣白菜，也想干净地坐在一张实木的餐桌旁，讨论一下今年的雨水和收成。它们是一只只鸭子，但不是一群鸭子。它们在水中，是因为它们拥有了这片水，创造了这片水。它们可以接受是一个个个体，但绝不能是一个群体。

　　你有时候惊叹，张老三家的鸭子与邻居家的一模一样，白天混迹在一起，天黑下来却能各自回到自己的院子里。你都分不清，鸭子们是如何分得清的？当你有了这个疑问，你便已经掉进了深渊里。有头脑的鸭子从不因为这些问题而产生困惑，它们在乎的是进与退、取与舍的大事。水逆向流动的时候，鸭子便躁动起来了，它们还要吃往日不敢尝试的野菜，比如高高的千屈菜，艳丽而直挺，凭什么这些草芥要被保护起来供他人观赏，它们明明也可以成为自己的盘中餐嘛。它们要等到天完全黑下来的时候再考虑回家，它们要在水中感受月光的冷静与残忍，要让那个早早赶自己出门的人焦急万分，让他拿着手电筒满世界地找，直到走到河流的上游才让他发现自己。鸭子们还要跟水面上的小䴘䴘打上一架，看看到底谁才是这道河面的主人。平日耀武扬威惯了，总不能让它们一直神气下去。

水逆向流动的时候，你能看到千屈菜在梳洗自己的辫子，一次又一次地擦拭着已经蒙尘的脸蛋，这次绝不是顾影自怜，它只是在用一种常规的方式感受空间。这空间是多维度的，有四季，有枯荣，有生死，有虚无。红蜘蛛回到卵中，做回了乖宝宝，不做任何啃食状，此时此刻的它，只有两个字：顺从。风有时候从头顶吹过，有时候从心底里产生，有时候随着水面的波纹陷溺在自己的倒影里，有时候摇一摇自己的身子，调皮地在头发丝里转来转去。千屈菜还没有开出粉红色的花，但是它早已决定今年不在9月开花，它要晚一些，要么深秋，要么初冬。总之不能跟以前一样，做一棵规规矩矩的水边草。它看到往日成群的鸭子也产生了一些异样，不再戏水，不再捕捉小鱼小虾，不再乖顺地做看客或心如死灰者。它们可以，凭什么它们可以？我也可以。

你回了一下神，继续倾倒未竟的事情。面对一条河，你知道你所拥有过的一切，就是已经失去的一切。刚刚你还在抱怨，为什么世界对你如此不公，让你经受这样的欺骗与折磨。抱怨身边的人总是喜欢给你设陷阱，阴阳怪气的话语你却听不出弦外之音，憎恶自己没有能力及时躲避坑洼与伤害。你看到河水静静地从身旁流过，不做任何回应，好像完全不在意它所关照的一切。该怎么流，该养育多少水草与鱼虾，该杀死多少飞虫，该沉溺多少沙砾，一如既往。

看到一株堇菜属的植物，你无法确定它的名字，只看到它有粉红色的小花和绿绿的枝叶。为了进一步得到答案，你打开了手机，试图用一个叫作"形色"的软件去扫描识别。但是你失败了。软件告诉你，这个也难倒它了。无奈你只能给它命名为紫堇。它大概率是有毒的，这并不能让你产生恐惧，因为你和它的交集仅限于此。你不会去采摘它，更不会试图把它做成盘中之物，你只是经过了它，欣赏了它，并给它拍了一张不歪不斜的照片。然而你不会拥有它，这是不被允许的一件事。在这条河边，众生按照既定的、潜移默化的规则存在着，很难因为一个人、一辆车、一次事故而发生改变。

　　不幸的是，水在大多数时候，都是正向流动的，规规矩矩。这是一条城市与乡村分界的河流，西侧是县城，车水马龙；东侧是前旋子村，鲜有人迹。因为流经的村庄曾经大多属于山阳乡（后撤并），故名山阳河。能来到山阳河的人通常有几种。首先是城中闲游的，他们或散步，或垂钓，或绘画摄影，或带着一家老小慢悠悠地路过，车子在水边缓缓地行进着，车内的人并不会下车，他们把车窗玻璃降到最低，头向河边一侧倾斜，试图能从水中找出点什么异样的东西。他们累了倦了，随便找个理由就离开了，仿佛不曾来过。另一种人是周边村子的居住者，他们并不一定是为了看风景或者出于什么特殊的目的才会出现在河边，他们可能是郑家庄子的、前旋子村的、后旋子村的、大尧村的，也可能是世上任何村庄的。他们的出现存在某种必然，生在大地、长在大地上的这群人，几天不见河便觉得难过。他们也不是为了治愈某种特定的悲伤而出现在水边，有时候仅仅是出于习惯，或者血缘里不可舍弃的部分。

　　还有一种人，像我，是极少数分子，出于对某种植物或者生物的热爱，长时间站在一个位置出神。在山阳河畔，我结识了紫花地丁、白花地丁、早开堇菜、少花米口袋、棣棠、诸葛菜、针叶天蓝绣球、无患子、美丽月见草、连翘、老鸦瓣、薤白、薄荷、黄水仙、山茱萸、地黄、泽漆、黄芪、大滨菊、点地梅、打碗花、假龙头草、野豌豆、蛇床、萝藦、榆叶梅……能叫出名字的就不下百种。它们大多不为人类绽放，它们的字典里没有风雨，没有四季，没有病虫害，没有"请勿攀折"，没有河长制，没有人。

我对照着某些辨识植物的软件加上网页搜索，一遍又一遍地加深对它们的认知，从科属到功效，从生长环境到常见病虫害，从繁殖方式到相似植物的区分，不可谓不用心。我觉得只有足够多地了解一种植物，才勉强可以称之为"认识"，而从认识到熟识，这中间还隔着很远的距离。

后来我还是没有忍住，把它们一一做成了标本，晾干、封膜后分置在了一本特制的收集册中。我曾试图让它们不变形不变色，能够在岁月的长河中永垂不朽，一句话：我想留住它们。据淘宝客服说，这个标本收集册，至少能够让里面的植物保存十五年，想想都很激动。当花儿们被一页页地放置到册子里，我甚至在幻想这是冰封了一条河，十几年后我的儿女看到它们，甚至会惊讶地叫出声。这里面有流淌的水、浮动的鱼、沉底的虾、泅渡的柳叶，一群人漫不经心的青春。我一定要给这些花儿做上标签和说明，采集时间、地点、人物、所属的科目、药用功效等，一定要用不易褪色的墨水。没想到的是，做完后，还没来得及标注，我便倦于这些，将其束之高阁了。约一年半后，收拾屋子的时候，偶然翻到了那本册子，只见里面的部分花儿已经发霉，完全没有了当初鲜亮平整的样子。它们僵直地躺在塑料封膜中，就像躺在一具具透明的棺材里，受尽了人世的折磨。

占有可耻。这个过程往往是短暂的，但它十分可耻。当一条河以及它周遭的一切被你占有的时候，你便彻底失去了它们。比如，你曾在水边试图采几株枯萎的莲蓬，带回家中插在瓶子里让其永垂不朽。你努力伸长了手臂和脖子，还是无法触摸到其皮毛。经过几秒钟的思索，你决定下水。那一刻，你已经失去了它。一两分钟以后，你似乎成功占有了它。一路上小心翼翼，生怕风吹折了，怕你摇晃的电动车伤害了它。就这样，它直挺挺地立在了你预先设定的瓶中，扬着头颅不发一言，随后，它坚强地死了。如果你想杀死一株荷花，或者你想毁灭一样东西，那么你就去占有它，把它放在瓶子里。没过几天，莲蓬便软塌塌垂下了头，茎叶开始中空，十几个小时便失去活力。它死了,带着遗憾和恨意。它本欲在水中等待着新一轮的荷花的出生,想看一看来年的春暖花开,让路过的小鹂鹃发现自己,瞻仰自己,嫉妒自己。然而这些都已成为不可能。

最后一部分出现在河边的人,也有必要做一下说明,确切地说,这是一群人与一辆辆车。在后旋子村与大尧村,各有一处漫水桥,这是村里的人越过河流的必经之地。因为近水且平坦,这里成了附近的人洗车的理想之地。各式各样的小汽车从不同的地方驶来,只需要一块抹布、一个小水桶,十几分钟就能让蒙尘的车子焕然一新。尤其夏天的时候,洗完车还能在河边转上一圈。人们热爱一条河,便会把自己的影子投射进水中,以自己的方式去诠释它,去肢解它。那些一蹲一立的身影,那些打满水又倾倒而出的塑料桶,那些反复擦拭、脏了自己干净别人的抹布,那些岸边流失的岁月和往事,就这么自然地融入一条河中。

你不得不承认,洗车人蹲下时看到的河与岸上之人所看到的,有很大的不同。前者看到的河更加生动、细腻,能生一生二生三,生万物;后者看到的河,广袤、寂静、死灰,埋葬并吞噬一切。

无法避免的是,洗车的同时,有一些污渍混入了河中,它们蹦啊跳啊,好像获得了前所未有的解放。由于人的介入,山阳河被有意地划分成了多段,上游的部分经过了几个村子,没有明显的变化,跟从山上刚下来时无异。经过城乡边界的地方后,河水明显混浊了起来,尽管当地职能部门长期养护,还是能够在一些细微之处发现异样。比如,在高高的芦苇秆的底部,会发现有塑料袋子缠绕,再大的水流也无法冲走。比如,中下游的绿植长得比上游稀疏一些,除了天然条件影响外,还有一个重要的原因是,被观花者采折了,打残了,杀死了。比如在中下游,你很容易听到各式各样的轰鸣声,而在上游你只能听到流水与鸟鸣之音。比如在上游的时候,你就是你,随意敞开自己,不做任何遮掩状。而在下游,你要规规矩矩的,按照某些既定的规则洗车、观赏、散步、拍照,或者消,或者亡。

大尧村则分布于山阳河西岸，位于后旋子村北，属于城市与乡村的交界之地。这里的房屋符合了城乡边界的特点，全部为两层或者三层的建筑。住在里面的人，多工作于西侧的城中，他们跟水中的鸭子一样，频繁往返于固定的几个场所，路线几乎不会发生多少变化。这些人的生活是安逸的，闲适的，墨守成规的，几近死灰的。他们走在路上，就像日常的鸭子浮在水面，不关心风，不关心雨，专注地向着某个既定的位置走去。

　　早晨的时候，阳光从正东方洒下来，经过那条生生不息的河流后再落到大尧村子里。此时被淋到阳光的人，浑身充满了生机，他们追逐着渐行渐远的阳光西去，每个步子里都带着一丝河流的潮湿。这些气息氤氲着困顿的头颅，让他们习惯眼下的生活，是习惯，是顺从，是抹杀个性，是安于宿命。阳光淋到每个人的身上，与雨水淋到每个人的身上，没有什么区别；阳光淋到每个人的身上，与淋到河边的每棵草上，本没有什么区别。人们顶着阳光赶路，尽管有些慵散，但总能有效地躲过一场又一场人间凉薄。傍晚时分，西边的人，陆陆续续往东走来，这个过程是背光的，你无法感知到太阳的衰弱与无力，无法产生一定的同情与怜悯，自然也无法准确地热爱这个世界。

　　桥的存在，让村子的人与城中的人有了交互的可能。每月的逢二、七，是大尧集盛开的日子，就像一朵巨大的花，人们从四面八方聚集到这里，成为花瓣的一部分。毫无疑问，这个离县城最近的农村大集，成为城里与周边村子的热爱之地。人们尽情地挑选着喜欢的事物，不用像往日那样需要穿一件像样点的衣服，在大集市场，人们可以卸下很多包袱，甚至都不用化妆。这一刻，人们单纯地只为买东西而来。不怕偶遇，不怕重逢，不怕被小贩取笑，不怕因为挑挑拣拣便会遭受摊主异样的眼光。你完全可以以低于日常的价格、多于日常的时间买到平时买不到的东西，这也成了人们聚集于此的原因。人们要感谢集市的存在。

　　在大尧集市上，东南和西南的角落里，分布着几家盆栽花卉售卖者。有一家最大的，来自山阳河东岸的挪庄花圃。在百度地图上，这家花圃有两个名字，一个是挪庄花圃，另一个是水润花卉。不知道第二个名字是不是因为邻河的缘故，总之我是喜欢第二个名字的。在集市上的时候，水润花卉的老板完全没有了往日的高傲，价格低了不少，也比在花圃里时有耐心和热情。他深知这是一群比较"挑剔"又难以应付的买家，需要放低姿态，才能竞争过其他小贩。在花圃售卖的时候，买花者多是慕名而来，基本上是城里人，不差钱。他们把车大大方方地停在院子里，径直走进花棚，经过老板一番介绍和"夸赞"后，兴致很高地把花搬进了后备厢。每每问及价格，老板总是一副不容置疑的语气，我们不讲价的。越是如此，前来买花的人越多，他们觉得这样的店更有保障，更加高贵。当水润花卉的花远离河流，走进人烟极密的农村大集，它们便失去了自我。它们被不同年龄段的手翻来翻去，辗转多次可能还是没有被领走。花儿跟不远处躺在桌子上的青椒、茄子、菜花、胡萝卜、韭菜、血淋淋的猪肉，本没什么区别。它们孤零零地站在集市最偏远的角落，而集市也孤零零地站在世界上最偏僻的地方，只能被很少的人，几百人、几千人所熟知。但是，人们要感谢那条河。

　　一条河在养育一部分生命的同时，也在抹杀一些生命，人们不去关注这些，只在既定的空间里悄然生活着。那无穷无尽的水啊，死中有生，生中有死，循环往复，不因为任何一篇散文而发生变化。而你，在一条河对面，倾倒完所有悲伤，你便失去了它。离开的时候，你觉得浑身很轻，如释重负，像水中的柳叶，轻易地就能游过一道又一道波澜。

选自《广西文学》2023年第8期

颐和园

杜 梨

1

我在颐和园工作了快一年，因着工作岗位的不同，见识了湖光山色，也遇到了形形色色的人。我和我的密云同事戏称要开一档节目，叫《颐和园的故事之你是保安，我是保洁》，以赞美这皇家园林赐予我们的广阔视野和强健体魄。

去年冬天，我和两位同事一起扫过转轮藏边的万寿山，因山石上落了一个秋天的叶子，我们要将它全部打扫干净。那天，我们穿着蓝色工服，整整扫了5个小时，用3把破笤帚把山扫得一尘不染，每个人都像在黄土里打了一遍安塞腰鼓。而今年春天，我们将落在台阶缝隙里的落叶碎渣沿着坡扫进山里，这些劳动令我十分快乐。

我也曾在佛香阁看护铜鹤、铜瓶和观世音菩萨，在山门进行疏导和巡视全院。

通往佛香阁的台阶为100级，较为陡峭。有大爷痴迷于悬崖边的"探戈"，踩在台阶边拍照。我小碎步前去提醒，他又悬空半步，仿佛他玩的就是我的心跳。

一般游客爬上来，会气喘吁吁地坐在石台上休息，游客一多，容易发生拥挤踩踏。这时我就像火车站外任何一个给大巴车拉活儿的捎客："您好游客，请往里走，里面都可以坐啊，里面都可以坐。"

在经历了互联网和新媒体工作的压榨后，没有比做万寿山保洁和佛香阁保安更陶冶情操的了。现在的我来到了门区，穿上了"御赐"的保安黄马甲，愈加体会到了为人民服务的愉快。

前不久，因接到热心群众要求公园延长开放时间的投诉，北京市决定将市属11家公园提早开放和延时关门。"596"，没有节假日和双休，也成了公园职工的工作常态。每晚10点多，天坛公园的员工刚刚下班，而颐和园的警犬早已上山。

于是，住在城区的有孩同事早上4点多起来给孩子做饭，无孩同事早上5点起床洗漱。

怀柔的同事早上4点50起床，从怀柔上大广高速，开车将近80公里，如遇堵车，一个半小时后光荣上岗；来自密云的同事凌晨3点半起床，拼车到西直门或西坝河，之后换乘公交车，和敬老卡用户一起上车。

老人们上车后，车上瞬间汇聚成一片欢乐的海洋。敬老卡用户们互相问候："您今天去哪儿啊？""今儿就去圆明园吧！"

没有人知道车上的年轻人来自密云，正要去往圆明园的邻居——颐和园。

密云人睁大眼睛望着窗外，伊想：我真想留在北京啊，住在市里，成为城里人。但伊的工资并不允许伊租房，伊便每天像赶羊一样赶着自己。

有时，伊会怀念在密云检察院的工作，离家走路10分钟就到，可惜没有编制。

终于，早上5点50分，密云同事准时抵达门区。

2

当我开车去上班时，道路的右边站着穿着各色泳裤的大爷们，一位大妈穿着连体的玫红色泳衣，站在大爷们中间显得卓尔不群。他们的皮肤一律都是浅橘色的，略略发着粉红——那是无论春夏秋冬，都泡在京密引水渠里游泳，太阳和北风所赋予的柔润光泽。

引水渠的西面拉着一条横幅："发展体育运动，增强人民体质。"引水渠的东面则挂着一块告示牌："汛情无常，水位多变，文明亲水，注意安全。"

到了冬天，他们在岸上的热身是一定要做够半小时的。抻腰、压筋、旋转、跳跃，他们一层层地剥去衣服，彼此寒暄着，感官却要敏锐地捕捉周围的声态，眼看围着的游客越来越多，听见几句"这大冷天的，真行，嘿"的赞美，身体便不由自主地发起热来。准备工作就绪，他们在水里游一圈，两分钟就回来了。

老年女子游泳队则会打出健身横幅，穿着泳衣站在冰面上，摆出活力万千的姿势，拍出连丝巾舞者都望尘莫及的绝代芳华。

哪怕对面就是柳浪游泳场，老年人也要享受在这条引水渠中露天游泳的快乐，这似乎让他们发福的肉体焕发出不老的青春活力。可就算南如意门码头的铁栅栏能阻拦游船直接开进昆明湖，抑或起了大风，昆明湖翻起了波浪，游船接到指示不再起航，也没有什么能够阻挡大爷大妈。

每天早晨不到6点，公园的门前就排了一长串来晨练的大爷大妈，他们有老年卡，一律免票。如果6点门没有开，他们一准儿打电话投诉。晨练、唱歌过后，他们便回家睡觉，美滋滋地泡上一壶茶，颐养天年。

本地的北京大爷大多目不斜视，从裤腰里掏出拴绳的老年卡，往机器上一碰，不管刷没刷上，一定要意气风发地冲进公园，似乎公园里有特价菜大甩卖。他们大多是附近的拆迁户或退休老干部，溜达着就过来了。颐和园这道门一定要过得痛快，如果因为各种问题让他们的冲刺延宕了一两秒，他们就会开始挑理。"怎么我天天从这儿过都没事，就你拦我？"

曾有新来的同事比较认真，检查了大爷的年票照片，大爷便站在北宫门门口，骂了他10分钟。也有大爷在经过票亭的时候，突然探身进来，笑眯眯地送我一把野杏。

为此，检票员有时会刷多点儿票杆，让大爷们得以鱼贯而入。而有人偏爱让检票员为自己单独刷卡，只为享受那一刹那的人工服务，听那一声电子音的问候："请进。"这时，我们一定要予以满足，让他们获得百分百的满足体验。

有时，大妈立于杆前不走，责备同事不给她单刷。同事给她刷卡后，她才满意："这还差不多！不然你们都不干活儿！"而另一位大爷在同事为他刷过"请进"后仍然愤怒，穿着单薄的运动裤站在北风里骂骂咧咧的，恨恨地盯了同事40多分钟，任凭同事怎么劝都不离开。

6点15分，昆明湖南岸晨跑的老年人会冲着水里嗷嗷吆喝，大喊加油。此时，引水渠里的老年人也不甘示弱，大声喊着嘿嘿，一起加油，让路过的游客无比艳羡。

从东宫门进的老年人会去万寿山上唱歌，而从南门进来的老年人会去绣漪桥旁的小亭子里唱歌。他们敲起三角铁，拉起手风琴，吹起萨克斯，翻开自制的歌谱，站在公园里拿着话筒，激情澎湃地唱上一个半小时，追忆自己逝去的青春，与昆明湖水形成美妙的共振。

南堤的围城下，游泳的老年人越过游船，沿着京密引水渠一路向西游去，在深绿色的、富含水藻的河面上翻腾着，偶尔在水里吐几口水。还没睡的夜鹭站在引水渠顶上，认真地看着他们游泳，想看看能不能捞点儿小虾米。

最近，一位个子稍矮，穿着豆绿Polo衫，戴着黑框眼镜，肤色黝黑的北京男子，带着他的妻子和三个孩子从门口过。其中两个孩子因身高超高和年龄超龄被我拦了下来，我要求家长去买票。他立即在他的孩子们面前对我破口大骂："就你他×的事多，怎么别人都不拦？""我们就进去走一走，怎么还要收钱？""公园就应该是免费的，本来就是老祖宗留下来的，不过就是给你们一口饭吃，凭什么收钱？"

我做完解释工作后，他的妻子去买票，而他开始了叫骂，我对此保持沉默，而摄像头在记录。我背对他，控制好情绪，微笑着对其他游客进行服务。而他的女儿在问："爸爸，我们真的要买票吗？"

老同事会豁达地告诉我："知道了吧，咱们挣的就是这份受气的钱。"

是的，你要为人民服务。在检票岗，你并不会被大众看作一个活生生的人，而只是一个堵住大门的门闩罢了，人的异化应运而生。

去年寒冬，有位大爷举起拐杖，杖击年轻女售票员的头。有20多岁的青年游客指着售票员骂，甚至还有殴打员工的情况出现。被殴打的员工可以报警，而难听的话则无法衡量，只能自我消化这种伤害。

公园门区就像一面照妖镜，它能照到一切中产阶级和知识分子所忽略的热搜处，和抖音的社会风情处处相连。没有针对游客不文明行为的反制，工人和干部头顶是单向的投诉热线，似乎没有舆论和热搜，只有一种正确。那么逃票的人能想到，逃票是对买票游客的不公吗？也许他的思维还停留在20世纪的"大串联"。

延时后，经常会有老年人来问开关门时间，得知早6点开，晚上8点关后激动不已。"延时真是伟大的发明呀！我过去就老骂你们颐和园关得早！延时真伟大！"

也有老太太拿出主人翁的气势："终于延时了！早晨4点半开才合适，就这样你们一天也开不够15个小时！"

我笑了笑，觉得公园不如24小时通宵开放。在伸手不见五指的黑暗中，人们在颐和园奇妙夜里偶遇前清往事。而我，也渴望牵着颐和园的黑背警犬，在深夜的昆明湖边走一走。

来来往往如此多的人，我只在临近下班时，碰到过对我们延时表示关心的一对夫妇。"唉！这一延时，我都特别心疼您，多辛苦啊！"

3

我是如何来到了颐和园的呢？那是一个蝉鸣的夏季，我早已从新媒体领域辞职，第一次考博失利，我无法从繁重的复习和写作中缓过来。我妈正抱怨她买了公园年票，因为疫情一扇公园的大门都没摸过，感到十分亏。

一打开颐和园公众号，北京市公园管理中心的招聘信息就推到了她的眼前。于是，她提议我去报考颐和园，说离家又近，环境又好，还是事业编，何乐而不为？

我还想在考博的路上猛冲一把，怎奈爸妈把我赶出家门的愿望与日俱增。我提着花生、毛豆和汽水赶回家，赶在最后一分钟交了报名表。经过4个月的笔试、面试的拉锯战后，我接到了颐和园的电话："喂，×××吗？这里是乂（颐）和园……"

"乂（颐）和园"这地道的老北京发音让我陷入祥云中，我感觉我与这座皇家园林的距离更近了。

在一个工作日的下午，我和一帮"95后"的孩子一起走进清颐和园外务部公所，领了一身我们当时梦寐以求的蓝色冲锋衣，胸前有着颐和园的标志——佛香阁的刺绣，那感觉比第一次戴红领巾还快乐。直到我们发现衣服偏小，塞不进厚衣服。

我们之中有在法院待了4年的刑事书记员，有在检察院待了2年的干事，有各个高校学园林和考古专业的应届硕士生，还有因旅行社倒闭来报考颐和园、高考数学只扣了7分的天才少女。随后我们和天坛、景山、北海、动物园、玉渊潭等公园的新人们一起参加了入职培训，从在陶然亭跳广场舞的老人到动物遗传和饲养技术的展示，我们获益良多。

在提到动物园拿碎石子堵住了游客喂猕猴挂面的路径后，游客又开始给狼喂挂面造成的舆论热搜时，领导不由得感叹："我就想知道，那狼它吃挂面吗？"

最重要的是我们被告知：进入了公园系统就意味着我们再也没有周六日和节假日了。

我们那时尚年轻，还不理解一切美丽的东西都需要付出代价。穿上那件蓝色冲锋衣（我们称之为"蓝精灵"）开启这轮岗的一年，看似通往幸福工人生活的一小步，却是我们投入为广大人民服务中的一大步。

4

初冬，在第一轮轮岗中，我们被分配到了各个宫殿里值守巡视，看护室内文物。为了保护古建和文物，各个宫殿里都没有现代的供暖和照明设备，一切以防火安全为原则。在数九寒冬，值守的人们只能裹紧单位发的羽绒大衣，这大衣量身定做，须加肥加大，里面还要穿上两层羽绒、毛衣和保暖内衣，腿上穿三条裤子，穿上厚底登山鞋，浑身上下贴满暖宝宝，手里再揣上单位发的热水袋，方能挺过西郊全方位的冷辐射。

分配前，领导贴心地对我们说："一定要注意保暖，所有的宫殿都非常冷。如果你被分去仁寿殿，一定要多穿衣服，仁寿殿的地面都是用石头铺的，冷气渗入骨髓，根本受不了。"

仁寿殿是慈禧和光绪住园期间临朝理政，接受恭贺和接见外国使臣的地方，为颐和园的主要建筑，一进东宫门就是它。1898年光绪在这里接见了康有为，拉开了百日维新的序幕。

有一年六月，一位著名的国际政要驾到，工作人员想尽办法让仁寿殿里升温，精心准备了两小时，殿里气温只上升了一二摄氏度。那位外国政要进殿两分钟就出去了，估计心里在想，真不愧是Summer Palace（颐和园）!

入冬后，我从佛香阁下班，经过排云殿，穿过长廊，去找仁寿殿的同事。那个精瘦的男孩从宫殿中出来，俨然变成了一座魔山。他穿着大氅般的黑色羽绒大衣，里面鼓鼓囊囊地塞了好几层，他像是衣服成了精，长出了头，又像是被五行山压住的孙悟空。

我震惊地问："我的天，你这衣服多大号的？"

他说："你猜。"

我说："3XL。"

他说："翻倍！6XL！"

这就是我眼中的"夏宫"，一个在冬日滴水成冰的地方。打100摄氏度的开水，往万寿山一送，几分钟就能嗦了。

5

前六个月，我被分到了佛香阁守阁。佛香阁始建于1758年，最初是乾隆皇帝为母祝寿所建。到了1860年，英法联军入侵颐和园和圆明园，佛香阁被毁于一旦。到了1891年，慈禧挪用了北洋水师78万两白银在原址上进行重建，历经战乱和敌占，新中国成立后经历多次修缮，才有了今天的佛香阁。

那天，班长给我们从上到下培训了一遍在殿里如何保暖，并着重强调了岗上服务和面对游客的突发情况。

我问老同事："平时游客找咱们找得多吗？"

他说："放心吧，一定会找你的，而且他们会叫你服务员。"

果不其然，在接下来的六个月里，我听到了无数遍服务员，并回答了无数个同样的问题。比如：

"服务员，我问一下，哪儿是万寿山？"

"您好，正在您的脚下。"

"哎，你好，佛香阁在哪儿？"

"您好，就在您的眼前。"

"这后面是什么字，泉香界？"

"繁体字，众香界。"

"这就到顶了是吧？"

"是的。出于疫情防控考虑，智慧海目前不开放。"

"那我为什么听到山上有人声？"几个游客振振有词，坚称明明在这里听到了人的欢笑声，大有群起而攻之之势。

我望了望身后那严丝合缝的大红山门，不由得起了鸡皮疙瘩。"后山有条路的确穿过智慧海后门，那里确实有游客，不过您要先下山。"

每天，我们开阁签表，消毒拍照，拖一遍佛香阁，守着千手观音。阁里很黑，只有早晨和傍晚时，才能微微照进太阳光。那时，身上斑驳的菩萨方能泛出温柔的金色光芒，稍纵即逝。大部分时间，阁里幽暗阴冷，没有任何现代供暖设备。休息室里的饮用水有100摄氏度，而洗手的水冰得冻手，简直冰火两重天。

我们穿得像一座座红塔山，拖着沉重的肉身，在窗边踱步几小时，头被风吹成岩块，手冻得像冰雕。山上常起大风，把五环的尾气吹过来，将佛香阁逼成冬宫①的修炼地。在寒潮过境时，我站在窗边，北风每天第一个对我说话："给你头拧掉。"

一次在阁里，我和同事正站在窗边。突然走过来一位大妈，她卷发蓬松，眼神闪烁，脸色微微起波澜，说："你们在这儿站着，害怕不害怕？这里面黑漆漆的，都见不着光。"

"还行吧，我们都习惯了。"

"我一街坊就是'文革'的时候从佛香阁这儿跳下去的。他被批斗以后

---

① 此处的冬宫，以及后文出现的冬瓜门、仁政殿、乐乐堂、香香阁、知春湖等均为化名，后文不再单独加注。

想不开，回到家里，家里人也不理他。他想不开，就从这儿跳下去了，当场就死了。那时候我还小，上午胡同里来人通知去认人了，我们才知道。你说那人得有多绝望啊。"

我们面面相觑："是吗？"

有天，一行八个中老年游客非要进入未开放的区域，他们嚷道："我们是老北京。""我们××协会的。""耽误我们时间了知道吗？""给我们赔门票，赔精神损失费！"将我和同事拦在岗下，骂了半个多小时，直到领导出面协调解决。

其实，这个世界上的大部分人都是服务员，只不过服务的对象和阶层不一样罢了。为人民服务挺好，只是它需要无尽的耐心和空旷的精神。秘诀就是，想象自己是一堵墙或者一扇门。

6

佛香阁里乾隆皇帝最初供奉的佛像在英法联军入侵时被烧毁了，慈禧供奉的三尊泥像也在"文革"时被砸坏了。现在阁里供奉的是一尊千手千眼、铜胎鎏金的观世音菩萨，建造于万历二年，高5米，重万斤，脚踏盛开999朵莲花的宝座，是1989年从鼓楼的万寿弥陀寺运来的。

据老同事说，这是拆万寿弥陀寺时，从寺庙的墙里挖出来的菩萨，大概是有人怕"文革"时菩萨遭到破坏，便将菩萨封在了墙里。

多年前佛香阁开放时，游客会疯狂往菩萨身边投钱，硬币砸在菩萨身上，甚至淹没了整张案几，菩萨脚下的地毯里还有硬币，经历了岁月的镶嵌，再也拽不出来。即使现在，也有游客往阁里投币，在阁前摆放大量瓜果蔬菜和各种零食。

我有时会纳闷，菩萨他吃糖吗？不过雍和宫也有供奉好丽友派的，看着挺可爱。

如果游客不收走，瓜果就会被保洁师傅拿走扔掉。有的糖果被装进了佛香阁的抽屉，怕有人到佛香阁后因低血糖晕倒，福泽遍施游客。有个年轻的姑娘问我，可不可以把水果都分给周围的游客。我说："您可以问问。"于是我手里多了三根香蕉。

正在此时，两位银发老太太问我苏州街怎么走，并盯上了我手里的香蕉。她们说："她刚才给了我们橘子，我们还没这香蕉呢！"

我立刻顺水推舟："您快拿着吧！"

她们道了谢，高兴地下山了。

有些异常执着的游客，非要我们把钱递到菩萨手里，被我们劝导后，仍然红着眼睛往阁里冲。这时，无论给对方提雍和宫还是八大处，都不好用。那是些被生活折磨的、布满皱纹的脸。他们把一卷卷有零有整的钱扔在阁门口，围着佛香阁开始转，直到心满意足才离去。

我们也会遇见表现异常的游客，他站在阁门口浑身剧烈震颤，在夕阳下发出奇怪的叫声，而他的监护人跪在门前，流着泪向菩萨叩拜。

好奇的北京大爷会问我："这是怎么啦？是练功呢吧？"

我们询问对方是否需要帮助，监护人说不用。两人转了几圈后，离开了。

一位来自日本的老年人对我说："你天天守在菩萨身边，生活一定会很幸福。"我看向闭目的菩萨，想起每次对他的祈祷，都会让我的生活沉重半分。我问男朋友："为何我每次祈祷过后，菩萨好像都不太高兴？"

他答："大概菩萨也不想上班，每天这么多人求他，他估计也很累。"

7

最令人头疼的，大概是夜晚的清人工作了。佛香阁在万寿山顶，有热爱摄影的老年人不停地追逐变幻的光影，想在千篇一律的皇城摄影中杀出重围。他们会专门守着夕阳西下的圣光，在佛香阁的大回廊里徘徊。他们对着同一扇门拍上二十几张，互相琢磨怎样调光圈，怎样调快门，品味这夕阳四散的余味。

如果你这时在佛香阁区域内喊："佛香阁6点钟就要静园了，请游客抓紧时间参观游览。"

就算你喊破了喉咙，拜菩萨的游客仍在拜菩萨，转圈的游客仍在转圈，自拍的游客仍在陶醉，吃东西的游客正在吃最后一口，精心打扮的汉服美人感觉出片率不高，而老法师们会继续在佛香阁和山门平台上扫射："哎，这个角度不错！""再给我来一张这边的！""你看这儿景致多好！""那边的人不是还没走吗？他们走了我们再走。"

而山下的游客还在从排云殿往上爬，刚到德晖殿的游客不紧不慢，我们得哄着游客，提醒大家注意安全，慢慢往下走。

等到终于将游客送下排云殿，佛香阁的员工经历了10个小时的巡院，终于可以下班，排云殿的员工还需要等待游客空山。静悄悄的万寿山北面，空无一人，只有斑鸠的咕咕声，还有松涛在涌动。

那么一定有什么东西是弥足珍贵的，可以让我忽视这些喧嚣的法器。

也许是打开佛香阁门的清晨，看晨雾把昆明湖装点成不同的模样，有时雾大，看不见十七孔桥，我甚至忘记了它的存在。也许是走到景明楼的码头，看见大爷在团城湖上拍小䴙䴘，游船队的员工问我要不要乘船去南湖岛。也许是游客都散去后的夜晚，鸳鸯飞上岸，在草丛里认真地寻找食物，而它的妻子站在京密引水渠边，看见我们眼神闪躲，默默躲到小柏树下。

但更多的，是关于人的光点。那天，北京的沙尘暴吹飞了佛香阁的两个大垃圾桶，我巡视发现后，迅速跑过去抢救。我刚把一个垃圾桶扶到回廊墙边，转头就看见，一个3岁的小男孩，抱着那个比他矮一点儿的垃圾桶，在大风中，摇摇晃晃地走向我。

选自散文集《春祺夏安》（2023年湖南文艺出版社）

前往梦幻山林

安 宁

一

在长白山，我想去看望一片森林，代替童年的自己。

当我还是一个孩子的时候，我将大地上翻滚的麦浪、玉米、高粱，想象成原始的森林。大风吹过古老的村庄，无数的庄稼发出亲密的碰撞、私语。我穿过金黄的麦浪，去寻找劳作中的母亲。热浪将我重重裹挟，变成一株饱满的麦子，跟随暑气不停地向上升腾，最终消失在辽阔的大地之上。

夜晚来临，我便去梦里寻找苍茫的森林。梦中的森林是一片神秘的大海，闪烁着幽蓝的光，引诱我不停地靠近。当我好奇走近，便会与它一起消失。

在我走出村庄之前，我从未真正抵达过森林，但我却相信在那片人迹罕至的密林深处，藏着坚不可摧的梦幻城堡，无数的飞禽走兽在其中出没，花草铺满了每一寸泥土，处处散发着浓郁的芳香。

我问母亲，森林里都有什么？那时母亲去过最远的地方是小镇的集市，她一字不识，也很少翻阅画书，她只在鞋垫上绣出过绚烂的花朵和云霞。于是她漫不经心地回复我说，森林里除了花草树木，还能有什么呢？

我又去问父亲，父亲一边用斧子将粗壮的蜡条砸进驼筐，一边敷衍地丢给我一句，森林里不是活着的树，就是死了的树。

那时我还不懂得死亡，我连生是什么，都没有明晰的概念。我只是混沌地向前，走出无边的麦田，走上萧瑟的大道，而后离开贫瘠的村庄，并在懂得生死是人类漫长一生的起点和终点的年龄，走进长白山这片消泯了生死边界的森林。

还在前往长白山的路上，隔着车窗，我就嗅到了森林的气息。这气息如此动人，仿佛无数生命正自由地站立在大地上，对着天空发出热烈的呼唤。风吹过宁静的白桦林，将一株树一生的秘密，捎给另外一株。这优美的白色精灵，追寻着云朵的足迹，向着深蓝的天空无限地抵达，仿佛它们要从根植的大地上一跃而起，拥抱深邃的苍穹。

沿着鸭绿江、图们江和松花江，还有云杉、蒙古栎、水曲柳、紫椴、红松、美人松、沙冷杉、大青杨、岳桦等五十多种树木。有时，它们保持美好的距离，终生不产生关联，只在风里听到过对方的歌唱，或在皎洁的月光下，仰头看到过彼此美丽的剪影。有时，它们遒劲的根基在泥土里穿行，悄无声息地将对方缠绕，或在高高的云端，枝叶相触，恋人一样深情地依偎。没有什么能将它们分开，风霜雨雪、疾病衰老，甚至死亡，也不能将它们分离。

人类从不曾真正了解过这片森林，就像人类永远无法记住每一株树木的名字，以及它们漫长一生中所历经的磨难。它们是大地上的星辰，以微弱的光，汇聚成波澜壮阔的森林。

你如果不曾抵达森林的深处，了解那里的草木如何度过它们的一生，又如何在死后以另外的形式继续活着，就永远无法真正地理解生与死。你会以为，生死是两个互不相干的点，它们站在生命的两端遥遥相望，永不相接。你的一生，不过是从生的起点，奔赴死亡终点的艰辛旅程。当你从这个世界上消失，也便踪迹全无，仿佛辽阔的大地上，从未有过你的足迹。

前往长白山之前，我在一片人工培育的丛林里，捡拾了一袋松果，打算将它们带走，摆在我的书房。护林员严厉地制止了我，让我除了记忆，不要带走这里的任何东西，甚至一片落叶、一片柳絮。我想不明白，试图与他争辩：这些松果落满了丛林，都已经死亡，它们再也回不到枝头，那么带走一些作为纪念，又有什么不可？护林员并没有给我解释，他只是将墙上挂着的规章制度指给我看，那些禁止条款，并没有给我想要的答案。

直到我走进长白山，在一片因火山活动而沉入谷底的地下森林里，我第一次意识到，生死并无边界，就在人类无法踏足的地方，生死消泯了差异，生即死，死亦是生，生死完美交融，犹如混沌的宇宙。

在一株曾经直插云霄的美人松倒下的地方，无数的苔藓、蕨菜、蘑菇、野草、花朵、树木，又在这残酷的死亡之上诞生，并以野性苍莽的力量，让生命之美肆意地流淌、蔓延。生存与死亡，诗意与粗暴，温柔与狂野，柔软与坚硬，仁慈与狰狞，萧瑟与壮美，和谐地交织在一起。万物在被雷电击倒的树木上，以纤细柔弱的美，继续辽阔无边的生。每一片落叶，每一截枯木，每一个松球，每一朵花瓣，每一棵被连根拔起的参天古木，都以死亡唤醒并滋养着新鲜的生。千万年以来，这片森林就这样沉寂在山谷之中，以荒蛮的力，阻挡着人类的入侵，并在万物的此消彼长中，消泯着生死的边界，成为让人类震撼的独特存在。

我走在幽静的山谷森林里，重新成为童年时好奇地聆听大地声响的孩子。我努力去辨识紫箕、猴腿菜、山尖子、刺嫩芽、刺五加、猪嘴蘑、榛蘑、榆黄蘑、猴头菇，它们安静地生长在高大松树的周围，不争不抢。阳光透过茂密的枝叶，照在密林的深处，也将这些卑微却又同样蓬勃的弱小植物照亮。我还试图找寻金盏花、风铃草、山荆子、鸢尾花、仙鹤草、款冬花、牡丹草、银莲花、龙头草。除了名字，我对它们一无所知，它们也从不关心我的到来。它们一直都在这里，隐匿在长白山中，接纳四季的冰霜雨雪，安静从容地生长。它们是这片古老大地的真正主人，亿万年前人类尚未出现的时候，它们就在这里繁衍生息，将迷人的花朵铺满巍峨的群山。我又屏气凝神，去聆听飞禽走兽的隐秘声响。就在丛林深处，行走着东北虎、乌苏里棕熊、野猪、驯鹿、猞猁、野狼、黑豹、水獭、斑羚。如果与它们猝然相逢，我会因为惊惧而迅速地逃离。这片疆域归属于它们，我路过这里，却也必将被这片神秘莫测的森林拒之门外。

二

前往天池的盘山路上，高山杜鹃正迎风绽放。

这小小的花朵，金子一样撒满积雪尚未完全消融的山坡，在寒风中傲然仰望着天空。人们在颠簸中隔窗看到这一片鹅黄色的花朵，忍不住发出惊喜的喊叫，仿佛荒原中发现了生命的奇迹。它们以纤弱的身姿对抗着此刻的凄风苦雨，娇嫩的花朵为冷硬奇崛的群山，增添了一抹明艳妩媚的色彩。

这风雨中怒放的花儿，散发无限生机，让人动容。在这两千多米的长白山上，还有什么能像高山杜鹃一样，以柔韧的生命之力，刺透冰冷的积雪，让晶莹剔透的花朵，自由地绽放在高山之巅？每一个途经的人，看到这片飘摇的花朵，都会被它们孤傲决绝又奔放不羁的力量击中。仿佛这股不息涌动的力，是为了这一场千里迢迢的相遇。

但与一朵花的浪漫相遇，只是人一厢情愿的想象。这雪山上的精灵，从不会为谁停留，它们只是用敏锐的触角，感知着春天。当温暖的阳光洒满积雪皑皑的长白山脉，一株高山杜鹃便在冰冷的雪中舒展了一下身体，用积蓄了整个冬天的力，打开生命的种子。它的根基向下碰触完全没有养料的火山岩，向左碰触黑色的火山石，向右则是白色的火山灰。就在这样恶劣的寸草不生的碎岩上，高山杜鹃弯下身去，将柔韧的根茎横卧在地面上，努力地倾斜着枝干，以几厘米的矮小的身躯顶风斗雪，与银色的群山融为一体，在壮丽的山岩上，释放出让人类叹服的生命之光。

还有更多的花朵，鸢尾、梅花、百合、龙胆、金莲、藜芦花、唐松草、越橘……它们用明亮绚烂的色彩，肆意涂抹着群山。风雪阻挡着人类的脚步，这些柔弱的花朵，却从岩石缝隙间探出身来，点亮这片大风呼啸的山峦。你若恰好路过，与一朵高山上的花儿对视一眼，就会在它湖水一样清澈的眼睛里，寻找到生命全部的意义；即便在最荒凉的大地上，也要为了这短暂而又宝贵的生命，纵情地绽放。这冰雪中超凡脱俗的姿态本身，就是生命行经尘世的所有意义。

而人们忍受风雨酷寒去奔赴的天池，也以高山杜鹃一样的孤傲，隐匿在缭绕的云雾之中。瞬息万变的天气，成为天池最完美的隐身衣。于是它时而风情万种，现出让人惊艳的斑斓之姿；时而完全隐匿，消失在重重迷雾之中；时而着一袭朦胧面纱，若隐若现，引人遐想。只有愿意经受漫长等待的人，才能在耀眼的阳光洒满蓝色湖面的某个瞬间，有幸目睹它勾魂摄魄的姿容。那纯净仿佛初恋一样的蓝，被群山温柔地包裹，犹如一滴天空滑落的眼泪，闪烁着动人心弦的光泽。

站在大风中目睹了这转瞬即逝的绝世之美的人们，内心震动，许久都不能言语，仿佛怕惊动了这天上的湖泊。没有人知道在湖水的最深处，373米的火山口，究竟隐藏着怎样的秘密。又似乎那里什么也没有，它一览无余，心胸坦荡地向整个世界呈现着它全部的美。成千上万的人因为它的美，顶风冒雪前来朝拜，但天池依然只是它自己。就像通往它的道路上，那些恣意绽放的花朵，也从未等待过某个人。这世间真正的美，不被任何人私有，它们只是美本身，因为这份孤绝的美，它们有了永恒不灭的生。

当我穿越大雾，在怒吼的大风中眺望天池，它并未因为我的长途跋涉，而温柔地向我展示它全部的美。我只在惊鸿一瞥中，窥到它绰约的身姿，这美妙奇异的瞬间，让我沉醉。我想张开双臂，仿佛一只大鸟，纵身跃入这沉淀了千万年光阴的湖泊。那一刻，所有的人间爱恨，都化为一滴水，这来自浩渺宇宙的深沉的眼泪。

三

　　就在这座被《山海经》称之为神仙山的长白山上，亿万年以来，两千多种植物和一千多种动物在这里繁衍生息，以比人类更为长久的生命，让这条因火山喷发而形成的地球的褶皱，鲜花怒放，丛林茂密，虎豹奔跑，苍鹰翱翔。每一种带有深海般柔软呼吸的生命，都在群山中留下它的气息。

　　博物馆里陈列着一截红松的横切面，它细致密实的年轮告诉我，这是一株沐浴了二百多年风雨的红松。当我俯身靠近，我嗅到一股清新的松木香味，这香味如此持久，轻柔，让人动容。几百年的历史风云从未影响过它，它只安静地站立在群山之中，注视着四十米高空上流动的雾霭、云朵、朝霞、夕阳、风雨，也默默吸纳着它们的精华。我从它幽静的香味里，嗅到一只黑熊威风凛凛地走过，一头栗色毛发的小鹿欢快地奔跑，一只双脚强健的花尾榛鸡在落叶中找寻着浆果，一只松鼠爬上高高的树干悠闲地剥食着松子，一群苍鹭拍打着翼翅飞向遥远的南方。这所有湿润的干燥的柔软的粗粝的气息，都被苍郁的红松——吸纳，而后成为它红褐色身体的一个部分。

　　如果人类不曾砍伐，一株红松可以在这个星球上，历经上千年的光阴。不管是王朝更替还是山崩海啸，都不能阻止它向着天空挺进的步伐，不能改变它以沉默对抗时代更迭的强大定力。即便它被雷电摧毁，倒下，就在它散发弥久芬芳的身体上，无数的草木昆虫又生生不息地繁衍。甚至当它被砍伐切割，运出丛林，摆上博物馆透明的展台，它依然安静地吐露芳香。这永不消失的香气，是它在世间不灭的灵魂。

　　我还在森林的小木屋里，嗅到一个和我一样的写作者的气息。他已经离开这个世界多年，当他活着的时候，他为那些长白山的鹰隼、青羊、野猪、黑熊、狐狸、小鹿、昆虫、蘑菇、草木，写下一本又一本书。即便他去世之前的几日，他还在为森林里那些可爱的生命疾呼，希望急功近利的人类，能够看到它们存活于世的价值。他以一颗孩子般天真纯净的心，向世人发出焦灼的呼唤，甚至因此招来威胁与恐吓。即便他去世以后，依然有人因为他生前的困顿、落魄、爱情婚姻的失意，而对他嘲笑和诋毁。这个时候，他已不能言说，他在天上静静地注视着人间的喧哗，看着那些他曾与之战斗过的同类，如何喋喋不休地对他指点，仿佛他们是他命运的主宰，仿佛他颠沛孤独的一生，全归他们掌管。只有他为之终生捍卫并将他埋葬的这片山林，千万年以来，栉风沐雨，孕育万物，却不发一言。

死去的人早已化为星辰，与日月一起，高悬在苍穹，注视着活着的人蚂蚁一样奔走。在历经长久的砍伐之后，人们终于意识到，我们并非长白山的主人。一头猛虎，一只秋沙鸭，一株长白松，一朵野菊花，一棵人参，它们才真正地拥有这片弥漫着热烈气息的群山。于是人们为每一株树标上名字、年龄，即便它被雷电击中，倒在丛林之中，它依然会被人类记住，它的残骸也依然会在曾经生长的地方，继续滋养新的生命。而那些在两千米的海拔上，顽强扎下根基的低矮的岳桦林，则以遒劲坚硬的枝干，被风雪雕塑而出的不羁身姿，以及在短暂的两个月的生长期里，顶着八级大风缓慢生长的沉静品格，震撼着人类。正是这些看似矮小卑微的岳桦林，用强大的根基牢牢地锁住大地，守护着水源，庇护着幼小的动物，让群山下世代栖息的人们，从容地度过浩瀚的岁月。

当人们终结自己的一生，将衰朽的肉体葬入森林，群山却让轻盈的骨灰化为另一种形式的生。这生遍山漫野，是汇入浩荡汪洋的河流，是白桦树上睿智的天眼，是剑戟一样插入云霄的枯木，是一株小巧的东方草莓，是河流上漂过的浮石，是濒临灭绝的蝲蛄虾，是一枚酸甜的蓝靛果，是所有光辉绚烂生命的总和。

这生在长白山中光芒闪烁，延绵不息。

选自《北京文学》2023年第6期

江南以南

刘 琼

开始开凿敦煌石窟的东晋十六国时期，正是中国山水画蓬勃兴起的年代。我们今天能看到的敦煌壁画是不同历史时期的作品。汉唐以降的世俗生活基本面貌，从这些宗教描绘中可略知一二。总体看来，中原以及西北地区生活素材占比较大，南方包括江南的风俗风貌也有一些反映。这说明，当时参与敦煌壁画绘制工作的工匠和艺人来源较广。

中国山水画兴起的年代，也是山水诗派产生的时期。山水诗派的产生，与江南以南的临海、永嘉直接相关。

最早知道临海，还真是因为谢灵运。

姨夫姓谢，说自个儿是山水诗派创立者谢灵运的后代。我那时候虽小，可已有怀疑精神，于是查了很多资料，努力寻找谢灵运的生活轨迹，以求证姨夫到底是不是"王谢子孙"。结果，就看到了"临海"一词。谢灵运也与临海有关联。《登临海峤初发疆中作与从弟惠连见羊何共和之》一诗，是堂弟谢惠连北上京都时，谢灵运不忍分手所作。长诗叙述别离情绪，兴发感慨，动人肺腑。临海这个地名——虽然有人提出此临海非今日之临海，从此，也与这首长诗长存在中国文学的长河里。

虽知道临海较早，但很长一段时间以来，我都以为临海隶属宁波。这是题外话了。"临海是国家历史文化名城，已有2100多年的历史，汉昭帝始元二年，置回浦县；三国吴会稽王太平二年，设临海郡。1949年5月29日，建立临海县。1986年3月1日，撤销临海县设临海市。"这是"百度百科"给的解释。临海在今天是小地名，但在之前是台州府府城所在，比现在级别高，再往前，曾设临海郡。谢灵运时期的临海，便是临海郡时期。谢灵运从家乡会稽即今天的绍兴出发，一路向南，途经临海郡，然后到达永嘉郡。永嘉郡是东晋新设，此前，永嘉是临海郡的属地。后把临海、永嘉并称，渐渐成了习惯。临海和永嘉都在今天的东部沿海地区。

王谢子弟，衔玉而生，抓得一手好牌，却往往因贵致祸。说到因贵致祸，曹植是典型一例。曹植没办法，才华太出众，又深得父亲宠爱，即便自觉退让，也为同侪同胞所忌。《七步诗》之所以生动形象，实乃泣血心声。谢灵运也是一例。谢灵运是东晋车骑将军谢玄的孙子，谢玄是江左风流宰相谢安的侄子。谢家簪缨世族，人才辈出，在战火纷飞的魏晋南北朝，不仅战功显赫，文化文艺领域也建树丰赡。即便如此，整个谢家，若论成就和影响，大约也只有谢灵运的文名，可与其先人谢安的功名并立称峰。谢灵运年少成名，文章和书法皆为一时之颂，只可惜他文人气、才子气包括世家子弟气都太盛，在魏晋南北朝改朝换代的复杂的政治旋涡中，不懂得避让、收敛和忍耐，很快便被闲置驱逐。其间，几度起用，又几度贬黜，最终因被构陷谋反而入狱。宋文帝元嘉十年（433），宋前秘书监谢灵运以谋反罪被杀。被杀这一年，谢灵运48岁。在当时，这个年纪离世不算小，但以谋反罪被杀，实属有些不堪。

秘书监是多大的官？秘书监属于从三品上，始置于汉末，主要职责是掌管典籍图书，有点类似于今天的中央文史研究馆馆长和中国国家图书馆馆长结合在一起的职责，虽有"参与朝政"之衔，但实际上并无多少实权，是典型的待遇不错、权力不大的差使。秘书监之下，通常会设秘书丞、秘书郎、秘书省校书郎等职务。北宋大文豪苏东坡的父亲苏洵，就曾做过秘书省校书郎。这个职位是从九品，比"七品芝麻官"还小。秘书监的职能在不同朝代也有弹性。魏晋南北朝时期，由于整个社会从上至下对文化比较重视，秘书监的地位和功能也被放大，成为当时社会的学术文化主官。特别是曹操称王时，为了弱化中书省，还曾将秘书监与中书省结合，让秘书监分担部分中书省的职能。这个时期是秘书监的高光时期。但好景不长，待到曹丕称帝上位、江山开始坐稳之时，就把秘书监和中书省区隔开，恢复和加强中书省；同时，强化秘书监掌管典籍图书这一职能，其实也是限制其权力过界。

谢灵运担任秘书监时，秘书监的权力已被弱化。有祖辈亲友们的丰功伟绩在前，有政治抱负的谢灵运，显然不满足于当"闲差"、混日子，也试图在政治上有所作为，但他确实缺乏政治历练。永初三年，谢灵运被权臣排挤出京，外放永嘉，任永嘉郡太守。

今天，浙江东部沿海一带，经济发展水平极高，人均土地虽然少、本土资源不足，但财富依然积累很快，这是市场经济和自由贸易的成果。距今1000多年前的南朝，也就是谢灵运担任永嘉郡太守时，不要说永嘉，整个社会都尚未出现现如今的自由的经济活动，自产自销、自给自足的小农经济是主要的生产方式。市场不流通，资源不流动，所谓"封建"由"封"和"建"组成，"封"是"建"的前置条件。封建时期，在资源不流动的前提下，对于一个地方的生存发展来说，自然条件特别重要。"靠山吃山，靠水吃水。"临海、永嘉一带，属于三面环山、一面朝海，"七山二水一分田"，山多、水多、耕地少，平常年份是产多少就吃多少、用多少，储备粮少；一旦遇到饥荒，缺乏应急机制，"三吴大饥，户口减半，会稽减什三四，临海、永嘉殆尽"。《资治通鉴》的这段记录，也说明谢灵运的老家会稽在生存资料积累方面要比临海、永嘉富足。临海和永嘉当时千真万确是穷地儿。会稽即绍兴，位于钱塘江入海口南岸，还算江南，绍兴以南的台州、宁波、温州则属于江南以南了。

谢灵运的时代，相比会稽，临海、永嘉一带不仅生产生活条件不好，交通也极其不便。实际上，临海、永嘉一带因为山多，出行困难，交通状况真正得到改善还是近二十年的事。温州与杭州通高铁后，从温州到杭州大约两个小时。记得二十多年前在杭州读书时，同门有个小师妹来自温州乐清，每年开学季，搭汽车、坐火车，要整整折腾一天，才能从家赶到学校。因此，温州虽然也属于浙江，但交通很不方便。由此，完全可以想见，在1000多年前，富贵温柔乡里长大的贵公子来到"穷乡僻壤"永嘉，往来不易，音信杳无，孤单寂寞之余，排遣的方式只有游山玩水、吟诗弄月了。

"凡永嘉山水，游历殆尽。"谢灵运以游山玩水之名行消极反抗之实，但谢灵运毕竟是谢灵运，谢灵运的游历山水，不是一般的浅尝辄止，而是富有探险家和旅行家的精神，是逢山开道、伐木为径，不仅开凿谢公道、发明谢公屐、遍寻风景名胜，还能形成生动传世的诗文。谢灵运在永嘉的13个月，是其被誉为山水诗派代表的重要创作时期。13个月后，谢灵运终是难耐永嘉之孤清，称病返回会稽。

作为个体的人，谢灵运这一生，由于自身性格以及独特经历，命运遭际跌宕起伏，基本算是个悲剧性人物。但作为一个诗人，谢灵运显然又是幸运的。"文章千古事"，谢灵运在诗文方面取得的成就，归功于其勤奋好学、天赋才情，以及个人经历。勤奋好学是硬道理，天赋才情就是运气了。谢灵运曾自夸："魏晋以来，天下的文学之才共有一石，其中曹子建独占八斗，我得一斗，天下其他的人共分一斗。"曹子建就是曹植。唐宋八大家这时还没出现，谢灵运这么说，虽有狂妄之嫌，也并非毫无道理。勤奋加才华，是创作的重要因素。出身名门却遭际坎坷，客观上为创作积累了"不平"之气。气不平则鸣，诗人心中"不平"，寄情山水和诗文，以言志，以抒情，这成为创作的动力。当然，从"道法自然""我手写我心"的角度，临海、永嘉一带山水环境绝胜美好，涵养和触动了诗人的内心诗情，成为山水诗创作的必要因素。

前不久去成都出公差，偶然看到黄宾虹的画展。画展以"与天地精神往来——黄宾虹艺术研究展"为名，展出了70多幅黄宾虹3个不同时期的山水画。黄宾虹被称为中国山水画大师，一生画风经历了从"白宾虹"到"黄宾虹"再到"黑宾虹"之三变，即从早年疏淡清逸的新安画风，到50岁以后趋于写实，再到80岁后形成"黑、密、厚、重"风格这三变。黄宾虹的画风画法的形成和变化，是艺术创作和自然环境的关系的实证。产生这三变的外部环境，大致可以对应歙县、贵池和巴蜀三地。徽州文脉深厚，歙县是徽州的政治、经济、文化中心，也是黄宾虹的故乡。黄宾虹青少年时在此受教较多，美学启蒙也大致由此开始。贵池和巴蜀都是黄宾虹游历时产生深刻情感反应的地方。黄宾虹曾一度想定居贵池。晚年在巴蜀游历时，黄宾虹的绘画开始剧变，"青城坐雨"之类已成典故和佳话。艺术创作和创作主体的生存环境密不可分，艺术作品是艺术家关于外部环境和内心世界的表达。在艺术家手里，对于环境的表达，有时候是等比，有时候是放大，有时候是实描，有时候又是抽象和写意。

永嘉不曾去过，倒是今年春天，临海举办首届朱自清文学奖，我从芜湖搭乘高铁，途经杭州，在暮色中抵达这个久闻其名的古老小城。小城确实是小城，古城也确实是古城。被称为古城的地方很多，但大多古城像平地新起的新城，了无古意。夜色中所见的临海，倒是街道不宽，房屋不高，整个小城被高大浓密的古树覆盖，文雅、安逸、生活气息浓厚，白天看得更清晰。临海可考历史长达2000多年，千年古城基本面貌没有大变。临海没有大变，首先是城市整体规划和一些细部结构没有大变，古城墙、府城街等一些传统建筑还基本维持原样。始建于东晋、扩建于唐、定型于宋的古城墙，历经沧桑风云，拆毁、重建、修缮，现如今还能相对完整地耸立在世人面前。由台州府城墙等构件组成的明清城墙，长达5000多米，如果不是东面1000多米被拆建成东湖路和大桥路，这段城墙几乎可以形成闭环。"无邑不城"，城墙与里坊胡同构成都城建设的基本表征。临海即便做过台州府城，依然是南方小城，不属于边疆要塞，何故修筑如此完整的防御性城墙？这与临海的特殊区域位置有关。临海临海，后一个"临海"是动宾结构的词组，临海的古城墙也被称为江南长城。从始建于东晋可知，与其他边疆一样，海防安全是历朝历代的政治大事。在东部沿海修建厚实城墙，既防御倭寇海盗，加强保卫，也有防洪功能，这大概是建城墙的原始初心。明代抗倭名将戚继光在临海练兵时，在城墙上建造空心敌台，后来他将此法带到北方，广泛应用于明城墙。

抗倭是大事，事关沿海居民的财产和生命安全。记得前几年在福建福清港吃到一种叫光饼的烘饼，这次来到临海，也有人指着一种饼说叫"光饼"，说是戚继光及士兵们打仗时的干粮。食物或许只是一种寄托，或者说，是一种间接的佐证，寄托和佐证了民众的一种愿望和追思。

临海的这座古城墙，虽然大众知名度不是太高，但在中国"长城界"有地位，曾被中国古建筑学家罗哲文先生誉为长城的"师范"和"蓝本"。忍不住爬上城墙，很宽，可6人并行。转头，迎面碰上全副武装假装巡城的"士兵"，虽然是表演，腰板却挺得很直，似乎很入戏，看着不觉违和。恍惚中，竟有些难辨真假了。

在古城墙上看临海，紫阳街南北纵贯，灵河从古城的东南区域流经。下城墙，坐上车，稍稍走一段，在台州初级中学门前停下。进到这所曾经被称作浙江省立第六师范学校的中学校园后面，佩弦楼下，紫藤花刚刚开谢。花架下面，是朱自清先生的半身铜像。1922年，朱自清北上清华大学之前，曾经在此任教8个月。虽然短暂，但临海成为朱自清的创作转型之地。他曾写道，"我不忘台州的山水，台州的紫藤花，台州的春日"，"我对于台州，永远不能忘记"。此处的台州即指临海。朱自清在临海时，台州府设在临海。在临海，他手植紫藤花，写下《匆匆》《毁灭》《独自》《侮辱》等诗文名篇，著名的"刹那主义"观点也是这个时期萌发的。1923年3月10日刊登在《小说月报》上的《毁灭》，共8节，200多行，被称为中国现代文学史上第一首抒情长诗。在临海时期的这种创作上的精进和自由喷发，像枝干遒劲却花叶鲜嫩的紫藤花一样，成为朱自清先生美好而持久的记忆。

临海之于朱自清，正如永嘉之于谢灵运，虽然时间短暂，却在创作层面产生了质的变化和影响。这是环境给予诗人的诱导和刺激。

建筑界泰斗吴良镛先生曾提出人居环境理念。他说："我毕生追求的就是要让全社会有良好的与自然相和谐的人居环境，让人们诗意般、画意般地栖居在大地上。"和谐、自然、诗意是中国哲学的提倡，也是中式建筑的一种美学追求。不和谐、不自然，有违人对居住环境的要求。在居住美学上，中国古代能工巧匠创造出关于人和自然关系的表达，在考古发掘现场，每每还能见到这些历史的生动遗存。当然，一些建筑实物今天依然是人类诗意栖居的场所，其中，以徽派建筑影响最大、保存较为完整。徽派建筑是中国南方人居环境的典型代表。"半亩方塘一鉴开，天光云影共徘徊。问渠哪得清如许？为有源头活水来。"这是理学家朱熹回乡省亲所感。朱熹眼里的徽州人居环境，今天依然保存完好。

差不多是20年前，黄山被列入世界自然遗产和文化遗产"双遗产"前夕，偶然看到由清华大学专家团队负责制作的申报文书，其中，列举了宏村等村落的保护做法。大意是宏村最初的保护倡议，不是由上而下或由专家学者提出，而是村民们自己的主张，并有共同遵守的规约。这是大规模发展旅游之前的事。这句话，给我留下了深刻的印象，事后我也专门找国家文物局有关方面核实过。徽州人对于自己家乡的热爱由此可知。

徽州四面环山，一方水土养一方人，山里人比较倔，也就是有主张，有韧性。比较起来，三面环山一面临水的临海，既有水之智，也有山之硬。鲁迅在《为了忘却的记念》一文中说柔石的硬气是台州式的硬气："这只要一看他那台州式的硬气就知道，而且颇有点迂，有时会令我忽而想到方孝孺，